魅丽文化

了不起的简宁川

Great Jane

徐徐图之 / 著

孔學堂書局

图书在版编目（CIP）数据

了不起的简宁川 / 徐徐图之著． -- 贵阳 ： 孔学堂书局，
2020.6
ISBN 978-7-80770-195-8

Ⅰ．①了… Ⅱ．①徐… Ⅲ．①长篇小说－中国－当代
Ⅳ．① I247.5

中国版本图书馆 CIP 数据核字（2020）第 061375 号

了不起的简宁川 徐徐图之 著
LIAOBUQI DE JIANNINGCHUAN

出 品 人：邓国超 李 筑
责任编辑：黄 艳 胡 馨
责任校对：任方圆
责任印制：张 莹

出　　品：贵州日报当代融媒体集团
出版发行：孔学堂书局
地　　址：贵阳市云岩区宝山北路 372 号
　　　　　贵阳市花溪区孔学堂中华文化国际研修园 1 号楼
印　　制：湖南凌宇纸品有限公司
开　　本：880mm×1230mm 1/32
字　　数：276 千字
印　　张：9.5
版　　次：2020 年 6 月第 1 版
印　　次：2020 年 6 月第 1 次
书　　号：ISBN 978-7-80770-195-8
定　　价：39.80 元

CONTENTS

目录

第一章 初遇

六月一日，早上七点。

简宁川还在宿舍睡觉，他在睡梦中向来是九天玄雷也听不到，手机响了两次，他还是半点动静都没有。

反而是睡在他下铺的秦阵被吵到受不了，抬起腿猛踹上铺床板：“小简！接电话！”

简宁川从床板的剧震中惊醒，弹坐起来，晕头转向地拿起枕边的手机看了一眼。他脸色微变，很快按了挂断键，倒在床上用被子蒙住脑袋继续睡。

不多时，又有条短信进来。

他在被子下睁开眼睛，犹豫片刻，还是把手伸出去，摸了手机进来。

还是那个被他挂断的号码发来的，短信里说：“川川，二十岁生日快乐。”

他把手机倒扣，一瞬间觉得想哭，用力闭了闭眼睛，把眼泪忍了回去。

七点半，秦阵又在下面猛踹床板。

简宁川脑袋疼，十分崩溃：“住脚！醒了！”

他慢吞吞起来穿衣服，又听秦阵在下面絮絮叨叨：“醒了就快起床，别忘了今天要试镜，迟到就不好了。要给选角导演留个好印象，没准儿这次就成了。这个戏虽然不是什么大制作，但怎么也是能上星的。不是我说你啊小简，你再挑挑拣拣，什么机会都要没了的。我说话你也别不爱听，我都是为了你好……”

简宁川道：“知道了，妈！”

秦阵哈哈大笑，说：“川川，妈妈 love you（爱你）啊。”

简宁川隔壁床的王子烨也醒了，道：“阵哥，别太惯着你家女娃儿，溺爱要不得哟。”

简宁川正踩着梯子下来，下到半途，听到这话勃然大怒，抬脚要踹王子烨的脸。对方忙不迭躲开，嚷道：“阵锅（阵哥），管管你家瓜娃子（傻孩子）！老子还要靠脸吃饭的！”

秦阵道：“好了好了，不要闹！”劝架也是只动动嘴皮子，他坐在旁边，边抠脚边看热闹，还看得一脸笑嘻嘻的。

鸡飞狗跳了一阵子后，简宁川火速去洗漱。回来后，就看到两个室友躺在床上组队打手游，边玩边用各自的家乡话斗嘴，一个老醋味，一个火锅味。

201 宿舍是六人间，但另外三位很少回来。一位家离学校很近，日常走读；一位和女朋友在外面租了房；还有一位大一刚入学就被大经纪公司看中签了约，片约日程满到几乎没时间来学校，被室友们奉为“201 一哥”。

剩下的三个 201 常住居民——

秦阵，太原人，没心没肺的“傻白甜”。

王子烨，成都人，胡子拉碴的颓废艺术家。

剩下的这个就是这故事的主人公——简宁川。他以专业课第一名的成绩考进这所电影学院，颜值够高，实力也有，只是在旁人看来，这新人实在眼光太高，普通制作的电视剧、电影一概不想拍，只去试镜名导演、大制作的片子，这些片子的竞争之激烈可想而知。

眼看大二都快过完了，另外两位常住人口中，秦阵是广告小达人，时不时去拍个连锁快餐、快销服饰什么的广告，王子烨也演过几部电视剧的男二、男三。反观简宁川，两年了，半点实战经验都没有，和同学们相比，不是输在起跑线上，而是根本就没找到起跑线在哪里。

今天简宁川要去试镜的是一部古装电视剧的男二号，剧组到学校挑人的时候觉得他不错，主动邀请他去试镜。他不是很看得上这角色，回来却被秦阵和王子烨骂了个狗血淋头，最后考虑到制作公司在业内挺有口碑，他才勉强答应去试试看。

他穿好衣服和鞋，对着镜子仔细检查一遍，又整理好头发，然后拿了盒酸奶当早餐，背了包就要走。

秦阵叫住他：“小简，开我的车去，我今天不出门。钥匙在桌上，车子昨天加满油了。”

试镜地点在南边，从学校过去，地铁要转两趟，还要再转一次公交。简宁川就没客气，拿了车钥匙，抱拳一鞠躬：“妈，我走啦。”

王子烨抬起头，深情地凝视着秦阵，道：“妈，您还缺儿子吗？刮了胡子就比小简还好看的那种。”

简宁川作势大怒："你是要和我比比谁更好看吗？"

王子烨大言不惭："老子就是比你更好看噻。"

"颜值大战"一触即发，简宁川突然想起还有正事，说："哎，算了算了，今天赶时间。阵哥，替我教育他一下。"

秦阵摩拳擦掌，一脸残忍笑意，王子烨瑟瑟发抖。

简宁川出来关上门，把王子烨的鬼哭狼嚎关在了里面。

试镜地点像个羞于见人的少女，七拐八拐十分难找，几乎令人怀疑这所谓的试镜是骗人的。

终于到了一座陈旧大厦前，简宁川满腹疑惑地停好车下来，看到两女一男在他前面，也刚要进这大厦，心中的怀疑才烟消云散。三人中的一个女生他是知道的——知名"小花"演员杨双双，大他两届的电影学院师姐。和"201 一哥"经历相似，杨双双一进学校就被签了，但人家拍的剧可比"一哥"要红得多。她既然出现在这里，起码说明这看起来有些年头的破楼里有正经从业单位。

陪在她身边的两个人，女生一看就是助理的样子，男人走在最前面，已经进了大厦门，倒是两手空空，身上的商务西装也不是样子货，简宁川没看到他的正脸，不知道他是什么人。

简宁川不太想和这一行人搭同一部电梯，有意落下一段距离，没想到磨蹭着进了大厦里，这三位还在等电梯。他已经进来，再退出去反而显眼，只好慢腾腾挪进去。

杨双双正在发脾气，冲那男人说着："你现在根本就不在乎我……"

男人用余光扫到有人过来，道："闭嘴。"

杨双双也看到了简宁川，马上不说了，把别在头顶的墨镜戴好，却难掩怒意。

简宁川意图假装"小聋瞎"，却感觉到那男人在打量他。他被看得浑身不自在，就忍无可忍地看了回去，对方却立刻移开了视线。

这人戴了副无框眼镜，身材修长，长得挺帅，就是周身萦绕着斯文败类的气息。

简宁川回想起刚才杨双双的话，明白这人和杨师姐关系暧昧。

电梯一到，杨双双三人先进了电梯，简宁川也忙跟进去。他转身按电梯楼层键，他到十六楼。

"劳驾，"身后一道听起来如斯文败类的男声道，"十七层。"见简宁川帮忙按了十七层，那男人又说，“谢谢你。”

简宁川：“不客气。”

他本以为到此为止了，那人却又道：“你是来试镜的吗？”

简宁川回头看了男人一眼。他倒是一脸善意，想来是知道十六层有试镜活动。简宁川可以肯定他不是艺人，但应该也是圈内人。

“对，我是来试镜的。”简宁川转过身来，装作刚认出杨双双，乖乖仔一样问好：“杨师姐好。”

杨双双还没开口，她身旁的男人就一脸感兴趣地问：“你也是电影学院的？大一的吗？”

简宁川道：“大二。”

那人微微惊讶道：“看你还挺小的，都大二了？”

杨双双冷淡道：“大一和大二差很多吗？”

男人笑道：“二十四岁和二十五岁也没差很多，你改你的百科名片做什么？”

杨双双用鼻子出声：“哼。”

男人不理会她，对简宁川温和一笑，说：“你以前演过什么戏吗？”

简宁川：“没有……”

男人上下打量着他，表情居然甚是开心。

简宁川在十六楼出电梯，和杨双双道别：“师姐再见。”

杨双双敷衍地“嗯”了一声，倒是那男人笑眯眯地说：“下次再见了。”

简宁川微笑点头，心里对这客套话不以为意。

试镜总体来说还算顺利，和简宁川一同试镜的另外几个人综合条件都不如他，选角导演对他的评价也很好，他却毫无成就感，比来之前更不想拍这戏了。

回学校的路上，他停车在路口等红灯，并排停的一辆车车窗开着，车里一家三口很幸福的样子，爸爸开车，妈妈和小朋友坐在后排有说有笑。小朋友衣着鲜艳，脸上还带着参加文艺表演才会化的那种夸张浓妆。

今天是儿童节，全天下小朋友的快乐节日，有些不是太要脸的大朋友也要厚着脸皮过上一过。

今天还是简宁川的生日。

然而不管是他做小朋友时，还是如今变成大朋友后，这一天，他都没有真正快乐过。

到学校已经是下午五点多，简宁川推开宿舍门。

嗯？没人？

“surprise（惊喜）！”王子烨从门后跳了出来，一拉手里的花炮，“砰”的一声，喷了简宁川满身的金粉。

对面宿舍的门“哗啦”一下打开，简宁川惊恐地回头，一群男生七嘴八舌：“生日快乐！”“祝小简生日快乐！”“Happy birthday to my 川川（祝我的川川生日快乐）！”

除了“一哥”，201 宿舍其他人都来了，对门的几个男生也都在，还有另外几个和简宁川关系不错的男同学，一群男生把对面宿舍整个挤满了。中间的秦阵两手捧着一个桃心形的蛋糕，蛋糕上还撒了玫瑰花瓣、点了一支“20”数字形状的蜡烛。烛火通红，映红了这些神情真挚的年轻脸庞。

简宁川愣了片刻，眼圈一红，眼泪“啪嗒啪嗒”掉下来。

男生们顿时愣住了。

王子烨忙向群众科普：“没得事、没得事，小简就是泪点低，放心噻。”

等眼泪汪汪的简宁川吹了蜡烛，一群男生高高兴兴地去校门口的饭店聚餐。

聚完餐，寿星去买单，却被告知已经买过了。

回宿舍的路上，喝了点酒的男生们东倒西歪，说说笑笑，闹成一片。

秦阵也喝了不少，感觉到口袋里手机在振动，他伸手往口袋里摸手机，动作都不太利索，半天才拿出来。他一看，是支付宝消息，简宁川转给他一笔钱。他回头，见简宁川朝他晃了晃手机，他便过去小声道：“小简，你这就没意思了。”

简宁川说：“你才没意思，我是没有家，又不是没有钱。”

秦阵：“你……”

他没再说下去，无奈地摇摇头，揉了把简宁川的头发，搭着简宁川的肩，一起向前走。

小简没有家。

这件事不止秦阵知道，其他同学也都模糊知道一些。

新生入学的时候要填个人资料，小简的家庭关系栏里是空着的。

和其他同学比起来，秦阵对这件事知道得最清楚。

去年暑假，因为家人过来玩，他晚回去了几天，陪家人住酒店，就遇到了假期封校后无家可回、独自住在酒店里的小简。追问之下，他才知道小简的父母离异，各自有了新家庭，还都有了新的孩子，小简除了能定期收到巨额生活费，几乎形同孤儿。

秦阵上学晚，又考了两年才考上电影学院，虽然和小简是同班同学，但是比他大了两岁多。秦阵平时就有点把他当弟弟看，知道他家里是这样的情况后，更是对他诸多照顾。因为他太爱操心、太能唠叨，还总是被不耐烦的小简叫作“妈”。

一群男生吵闹着到了宿舍楼下，宿管阿姨隔着窗看到简宁川，便拉开小窗，热情地叫他：“小简，今天过生日啦？生日快乐呀！”

简宁川以为是他们下午在楼道里声音太大，让阿姨听到是他过生日，说：“谢谢阿姨！”他准备等下上去切块蛋糕给阿姨送下来。

阿姨却笑着说：“你爸来给你过生日，在我这儿等你好大一会儿了。难怪你长得这么好，你爸就很帅的。”

简宁川一惊：“我……我爸？”

秦阵也面露惊讶，忙冲其他人做手势，示意他们快点上去。一群男生都有眼力见儿，呼啦啦跑着上楼了。

宿管室的门从里面被人拉开，一个看起来四十岁上下的男人走出来。

简宁川一愣。

对方佯做苦恼状，说：“川川，怎么看到我一点都不开心？”

简宁川笑起来，道：“你怎么不说一声就来了？”

对方得意道：“知道你肯定要和同学出去玩，就没给你打电话。我专程来等你，惊喜不惊喜？”

他张开手臂，简宁川上前和他拥抱了一下。

秦阵看两人气氛和谐，完全没有嫌隙的样子，一头雾水。

简宁川对秦阵道：“这位是我干爹。”

秦阵瞬间想歪，张口结舌说不出话来。

简宁川怒踹他一脚，道：“你想什么呢！我从小认的，亲干爹！”

秦阵：“啊？哈哈哈，这样啊。叔叔好，我叫秦阵，是小简的室友。”

为了掩饰尴尬，他还鞠了个大躬。

小简的亲干爹十分绅士，还微微欠身回了礼，说：“你好，我是李铮。”

简宁川赶秦阵走：“你先上去吧，我和我干爹要单独说话。”

秦阵回到宿舍好一阵才突然醒悟过来，忙用手机搜索了一下李铮的姓名和照片。他大惊失色，一掌拍在正在打手游的王子烨的背上，道：“他是李铮！那个很有名的编剧李铮！你来看……你别吐我鞋里！”

王子烨本来就喝得有点多，被秦阵拍得当场表演大型呕吐 live（直播）。

和李铮从宿舍楼里出来，简宁川就抱怨道：“你就不该告诉我同学你是谁，等下他肯定要问我怎么会从小就认识你，解释起来就太麻烦了。”

李铮好笑道：“早晚要说的，你又不能一直瞒下去。”

简宁川说：“谁说不能的，我就打算永远不说。”

李铮道：“你都二十岁了，怎么还说孩子话。”

简宁川抓了抓头发，伸手道：“不是来给我过生日吗？那我的生日礼物呢？拿来。”

李铮却神秘起来，说：“放在我车里了，走，带你拿去。”

简宁川有点期待，问：“很大的东西吗？是什么啊？”

李铮笑道：“等下你就知道了。”

停车场离宿舍还挺远的，两人一起散着步走过去，差不多要花十分钟。

简宁川有段时间没见李铮了，说：“前几天我看你朋友圈，你还说在希腊采风，怎么这么快回来了？国内又有新工作吗？”

李铮道：“川川过生日，我能不回来吗？”

简宁川吐槽道：“屁啊，这话我会信？”

李铮佯怒：“怎么和干爹说话的？”

简宁川哈哈大笑，道：“去年还不许我叫‘干爹’呢，说怕把你叫老了，今年就接受现实了吗？”

李铮半真半假地叹气：“干爹都四十五了，能不服老吗？”

简宁川：“一点都看不出你四十五岁，顶多四十。”

李铮道：“四十和四十五能有多大区别？”

简宁川忽然想起白天听过类似的有关年龄的一句话，脑海里浮现出一张斯文败类的脸。

到了停车场，简宁川还想找下李铮的车停在哪里，却见李铮带他朝着停在角落里的一辆黑色商务房车走去。

他愣了一下，马上明白了，停住脚步，道："我要回去了。"

李铮也站住，无奈道："川川，别这样吧。"

简宁川满眼愤恨地看着他。

这时，房车的门开了，一只脚踏出来。

简宁川瞳孔收缩，马上转身要走，李铮忙拦住他，他大怒道："我再也不相信你了！你帮他骗我！"

李铮自知理亏，没有说话。

那人已经从房车里出来，站在车边，他远远叫了声："川川。"

简宁川并不回应。

李铮低声道："他在欧洲拍戏，下午赶回来就为了给你过生日，还要搭凌晨的飞机回去。"

简宁川大声道："哦，关我什么事？我请他给我过生日了吗？"

李铮："你就和他说几句话吧，就当给干爹个面子，好不好？"

简宁川想说难听的话，可是面对看着他长大的李铮，终究还是没能说出口。

他回过头，见那男人还站在车旁，远远望着他。

见他走过来，男人的眼睛弯了弯。

他在男人面前停下，两张肖似的面孔相隔咫尺。

男人笑起来，对简宁川刚才故意大声挑衅的话全不在意，仿佛那不过是小孩子在淘气。他说道："川川，二十岁生日快乐。"

简宁川冷淡道："这话你在短信里说过了，还有别的事吗？"

男人眉头微蹙后很快展开，说："快期末考试了，好好学习，成绩还是很重要的。"

简宁川嘴巴都懒得张开："嗯。"

男人也不说话了，端详他半晌，说："暑假拍部戏吧。"

简宁川终于面露诧异。

男人又笑起来，道："有部文艺片，我觉得还算适合你，已经和导演打过招呼了，等你考完试，她会约你见个面详谈。"

简宁川沉默不语。

男人微笑道："以后就不要再到处去试镜了，你是我的儿子，不需要那么辛苦。"

在简宁川眼里，对方此时的笑容充满了上位者的自得，他的反抗在对方眼里恐怕微不足道，不过是隔靴搔痒的小把戏。

简宁川冷笑道："如果我有选择爸爸的权利，你猜我会不会选你？"

男人瞬间冷下脸来，说："你一定要每次见面都惹我生气吗？"

简宁川道："那就麻烦您以后不要再拨冗接见我。"

男人抿紧薄唇，情绪已经到了发怒的边缘。

简宁川还要火上浇油："我试镜怎么了？靠自己又不丢脸。你让那个什么文艺片导演找别人去，我用不着你帮我安排。"

男人已经完全黑了脸，道："简宁川，你不要以为……"

"你们父子俩是怎么回事？"李铮疾步走上前来，劝阻道，"好好说话是会变丑吗？"

简宁川还在愤怒于他把自己骗来的事，对他怒目而视。

他假装看不见，对另一个人道："简华，你不是给川川准备了生日礼物吗？快拿出来，他一定很喜欢的。"

简宁川道："我才不会喜欢他给我的礼物！"

简华本来已经要回身拿礼物，一听这话，立刻道："我根本就没给你准备礼物！"

李铮对这两人无奈了。

王子烨大吐特吐之后，就安详地打着鼾睡着了。

可怜秦阵只得忍着恶心，费劲地把一地呕吐物清理干净，中途差点也吐出来。

简宁川提着一个巨大的礼盒进门时，秦阵还没拖完地，他两眼放光地问简宁川："李铮老师走了吗？"

简宁川无精打采地应了句："不走，和你睡一张床吗？"

秦阵开心道："也没什么不行啊，只要李老师不嫌弃我脚臭。"

简宁川不理他了，把礼盒放在桌上，自己坐在桌边看着它。

秦阵以为那是李铮给他的礼物，也没放在心上，跑去洗完拖布回来，见他还坐在那里没动，道："怎么还没拆啊？拆不拆啊？要不我帮你拆了吧。"

简宁川说："就等你回来呢，我怕里头是个炸弹，一拆就炸了。"

秦阵明知他信口开河，还是配合道："那你还等我回来，是不是不爱妈妈了？！"

简宁川吸了一口气，把盒子上的缎带解开，慢慢打开了盒子，里面是一架还没拆包装的无人机和一张生日贺卡。

简宁川打开贺卡看了一眼，就丢在一旁。秦阵和他随便惯了，随手拿起来，正要打开看，简宁川道："你等一下！"

秦阵忙住手。

简宁川一脸纠结，又说："算了，你看吧……不过，不管你看见了什么，都不要太吃惊。"

秦阵不明白他为什么这么说，道："李老师写了什么奇怪的话吗？"

简宁川道："你……你还是看吧。"

秦阵倒不急了，说："说起来，你居然从小就认识李老师啊，那你家里也是影视圈的吗……你别误会，我不是乱打听，你要是不想说就别说了。"

简宁川却点了点头，说："干爹是我爸的朋友，他们俩在剧组认识的。"

秦阵已经隐约猜到了什么，但又不能确定，小心地问："你爸不会也是李老师那样的大牛吧？是编剧还是导演？"

简宁川有些尴尬，道："你看过贺卡就知道了。"

秦阵两手捧着那张贺卡，紧张兮兮地打开，瞬间睁大了眼睛。

祝川川二十岁生日快乐。

父　简华

秦阵猛地合上贺卡，难以置信道："小简，你爸爸是……是……是……是简华？！"

简宁川点了点头，恶作剧似的道："做我妈不亏吧？"

秦阵简直要跪了："啊啊啊！小简，我不是你妈，你是我爸爸啊！"

简华的大名，对全世界华人来说，都称得上如雷贯耳。

现年四十九岁的简华出生在海外，20世纪80年代末出演了中意两国联合制作的史诗级巨制电影《秦始皇》。该片在当年斩获奥斯卡七项大奖，轰动世界影坛。扮演片中少年嬴政的简华一举成名，随后便进入好莱坞发展，两年后凭借新作提名金球奖最佳男演员。当时不过二十岁出头的简华，已然成为好莱坞一线演员。之后二十余年，他也始终保持着旺盛的创作精力和超凡才华，几乎是不间断地贡献佳作。他最新参演的作品是好莱坞去年的一部豪华阵容科幻大片，他出演片中的天才科学家。凭借该角色，在近知天命的年纪，他被提名精神独立奖最佳男配角并最终获奖。

他是被好莱坞主流认可的为数不多的华人影星之一，在华语影坛自然而然拥有崇高地位。

而简华大神的私生活，却是一笔说不清道不明的烂账。

20 世纪 90 年代中后期，简华迁居回了祖国，并选择与当时在国际影坛初露头角的几位国内导演合作，那几年大神的工作和生活重心俨然从好莱坞偏移到了国内。

香港回归那年，简华与中国知名女演员宁晓妍共结连理。第二年，两人的儿子出生，*China Daily* 当日头条用了一整个版面来报道这对伉俪喜得贵子的新闻。

谁料一年多后，澳门回归前的秋天，宁晓妍被发现在家中割腕，所幸送医及时，没有危及生命。媒体和大众顿时一片哗然，众说纷纭。当事人伤愈出院后，迅速与简华发布联合声明。声明中称，因女方产后抑郁，性情大变，导致夫妻感情破裂，双方协商一致后，决定终止这段婚姻。随后宁晓妍宣布息影，远走异国，从此再无音信。短短两个月后，在迎接千禧年的跨年之夜，简华迎娶当红女星毕芳晨，次年五月，毕芳晨为简华生下了一个儿子——大神婚内出轨，是板上钉钉的不争事实。

然而那时网络不像今天这样发达，简华又有着超然地位和特殊影响力，没有哪一家媒体敢大肆渲染他的出轨丑闻，再加上简华与毕芳晨结婚后，很快便又把工作重心转移到海外，所以这桩丑闻也就渐渐被人淡忘。

近几年，这桩旧闻虽然在网络上偶尔还会被人提起，但因为大神为人低调，没有社交网络平台账号，除了颁奖礼很少接受访问，多年来积攒下来的真爱粉多数都是作品粉，加上他人虽然不在国内发展，但始终心系祖国，每次在国外拿奖，都会特别强调自己的华人身份，当国内不幸遭遇自然灾害时，他都会第一时间捐款捐物，甚至还有过多次亲自到灾区做志愿者的经历，所以他在国内年轻网友心目中的形象几乎被神化。即使在网络上看到有知情人科普当年的旧事，很多人也会用“圣人都会犯错”的“大神滤镜”来替简华开脱。

圣人都会犯错，所以简华犯过的错可以被大家原谅。

只是这个“大家”中，不包括简华和宁晓妍的儿子。

“原来宁晓妍就是你妈妈！”秦阵慢半拍地想到了这点，不自觉抬高音量。他又赶忙看看正打着呼噜的王子烨，压低了声音说，“我爸很喜欢她，专门收藏了好多她的旧挂历，还跟我说，当时和我妈谈恋爱，就是因为我妈某个角度有点像你妈……她现在真不在国内了吗？”

简宁川道：“在加拿大，嫁了个白人，还给我生了个混血妹妹，生活好像挺幸福的吧。在咱们这年纪，像我一样弟妹双全的也没几个了。”

秦阵想安慰他，但看他的表情，也不像需要被安慰，秦阵便伸手揉了揉他的头发，道：“你要是不嫌弃，就把我当你亲哥。”

简宁川好奇道：“你就不怪我瞒了你这么久吗？”

秦阵道：“怪你什么？我要是你，也不会说，你家这……这……这是真不能说。你放心吧，我不会告诉别人的。”

简宁川有些不好意思，说：“以前也是我以小人之心度你君子之腹了。”

秦阵笑道：“没事的啦。”他又仔细看了看简宁川的脸，道，“难怪你能长成这样呢，你家的基因是真好啊，你看你这脸长的，哎哟哟，瞧瞧这脸长的。”

简宁川把贺卡收好，去水房洗漱，回来后，听秦阵说：“你的手机响个不停。”

他擦了擦手后拿起手机，看到屏幕上显示 6 个未接来电，全是李铮打来的。李铮看他没接，又连发十几条微信，全是花式辩解，什么“干爹不是有心要骗你”“也是希望你们能好好谈谈”“我们都是为了你好”……呸。

秦阵假装自己没看过来电显示，问：“是你干爹吗？”

简宁川愤愤道：“不是，我和他断绝干父子关系了。”

秦阵说：“我看你们相处得还不错啊。”

简宁川：“都是假象！他和我爸是一伙的！要是我和我爸同时掉进水里，他肯定救我爸。”

秦阵哑口无言。

简宁川道：“他都没送我生日礼物！”

秦阵道：“我也没送啊。”

简宁川说：“下午的蛋糕肯定是你买的吧？”

秦阵道：“还真不是，是子烨买的。”

简宁川感动地看了看睡得犹如死猪的王子烨，又怒视秦阵：“你是怎么回事！”

秦阵一脸无辜地说：“我们俩说好的，他买蛋糕，晚上聚餐我买单。你偏不领情，又把钱还给我了。不如你说明天想吃什么？我请，我请。”

简宁川道：“我明天想吃蒸羊羔儿蒸熊掌蒸鹿尾儿烧花鸭烧雏鸡烧子鹅炉猪炉鸭酱鸡腊肉松花小肚儿酱肉香肠什锦酥盘儿熏鸡白脸儿清蒸八宝猪江米酿鸭

子……”

秦阵：“不请了！”

简宁川无趣道：“想吃素馅儿包子，胡萝卜的也行，茴香苗的也行，你看着买。”

秦阵松了一口气，答应道：“好嘞。”

简宁川爬上了床，道：“妈，晚安。”

秦阵被叫得有点不自在了，还是道：“川川，晚安。”

不过他也没马上就睡，睡前例行玩儿手机。

过了一会儿，简宁川突然从上铺伸出脑袋来。

秦阵：“怎么啦？”

简宁川道：“你知道杨双双吗？”

秦阵：“知道啊，咱们学校大四的学姐，挂科挂得毕不了业了。”

简宁川：“啊？这么‘菜’吗？”

秦阵：“我也是听大四的人说的，听说这姐姐四年都没来过学校，又不像咱们一哥，还知道找咱们帮他答个‘到’。她缺课太多，学分修不够，考试成绩又烂，听说是院长点名要让她留校一年。”

简宁川今天见了杨双双以后，对她的印象不太好，心里就有些幸灾乐祸，又说：“我今天试镜前看见她了，她和一个男人一起，好像两个人是那种关系，还吵架了呢。不知道那人是谁，长得还挺帅。”

秦阵道：“有多帅？”

简宁川不答反问：“你听说过杨双双的绯闻吗？那人是谁啊？”

秦阵道：“没听说，不知道。”

“我知道，就是霍浮嘛。”王子烨翻了个身，哼哼叽叽坐起来，道，“啷个不碎觉嘛（怎么不睡觉嘛）？吵死人。”

秦阵和简宁川双双被吓了一跳，秦阵道：“你什么时候醒的？”

王子烨下床去找水喝，说：“就阵锅（阵哥）你说杨学姐毕不了业的时候。”

简宁川道：“你个瓜娃子，说梦话吗？祸福？你这周要演《塞翁失马》？”

王子烨从大一就在少儿科教频道做一个短剧表演的工作，每周演一个成语故事，到现在为止，他已经演过《亡羊补牢》《邯郸学步》《一诺千金》《怒发冲冠》等近一百个成语故事，经常自吹自擂说足够去参加成语大会了。

不等王子烨回答，秦阵道：“霍浮是个人。不是吧小简，霍浮你都不知道吗？”

简宁川真不知道，道："我该知道吗？"

秦阵道："是个很有名的经纪人，哎？好像就是杨双双的经纪人吧。"

王子烨喝完水，又回来躺下，说："对头（正确），就是杨双双的经纪人。"

秦阵继续对简宁川说："霍浮很厉害的！这么跟你说吧，要是现在搞个经纪人选秀节目，霍浮就是百分之百能C位出道的那个，懂了没？"

简宁川不太确定地道："咱们说的是同一个人吗？我见的那个又不一定就是霍浮。"

王子烨忽然兴奋："肯定是啊！你们俩都不关注八卦新闻吗？杨双双今晚才发的微博，'手撕'霍浮，说霍浮玩弄她的感情，脚踩两条船，和她谈恋爱的同时，还和一个新人纠缠不清，那个新人也是霍浮带的艺人。"

八卦谁能不爱看呢！简宁川和秦阵火速去围观了王子烨说的这条微博。

这条微博中，杨双双声泪俱下地控诉她的经纪人霍浮，说他利用职务之便以及她的无知纯情，欺骗她的感情，还在事业上对她进行诸多压榨。现在他和那位新入行的女艺人打得火热，为了讨好对方，更是把本属于她的工作机会给了新人，"霍浮其人卑劣无耻，就是文艺界的一匹害群之马"云云。

秦阵看得啧啧摇头，道："这年头的经纪人都是怎么回事，去年被爆了好几个洗钱的，今年又是这种事。"

王子烨睡够了，现在清醒得很，两人凑一起讨论各路经纪人的各种八卦。

简宁川独自躺在上铺，在微博上搜了搜霍浮的相关信息。霍浮本人没有微博，但有娱乐博主爆出了他的照片，就是简宁川白天碰到的那个人。

还真是位斯文败类、衣冠禽兽。

然而仅仅过去一晚，到第二天，这条八卦新闻的关注走向就开始变得清奇，从一边倒地骂"霍浮渣男"，变成了"霍浮渣男"和"霍浮虽渣但帅"五五开。

到第三天，"霍浮渣男""霍浮虽渣但帅"和"坐等反转"三分天下。

简宁川周一去上课时，班里好多人都在讨论这条八卦。简宁川才发现，可能只有他不知道霍浮是谁。同学们提起此人都是很熟的样子，每个人都能讲出关于霍浮的二三事，例如签了某个过气艺人并使其迅速焕发第二春，再例如把某个不被看好的选秀歌手做成了一线流量明星，例如条件并不是特别出色的杨双双，也是霍浮一手把她推成"小花"的。

大家都在说“霍浮厉害”，只有简宁川一脸茫然。

秦阵悄悄安慰他：“这种厉害都不值一提，你爸那是真厉害。”然后被简宁川按在桌上打了一顿，“嘤嘤嘤”假哭装委屈。

课间休息时，简宁川接到一个陌生号码的来电。

“你好啊，简宁川。”一个男人在电话里说，“我们见过面的，六月一号，在南湖大厦。”

简宁川以为是那天试镜的剧组通知他结果，便客气道：“你好。”心里在盘算着找什么理由推掉。

对方说：“今天有时间吗？我想约你见个面。”

简宁川道：“那个……你们这戏好像是月底开机？我的时间恐怕不合适，对不起啊，耽误你们了。”

对方一阵笑，才道：“你以为我是谁？”

简宁川疑惑了，随后突然想起来，这人的声音他好像听过。

“我是霍浮，”男人说，“我想签你。”

简宁川：什么鬼？

霍浮的声音倒和他记忆里的是吻合的。

那天在南湖大厦十六楼参加那部古装电视剧试镜的，只有十几个人。虽然剧组一般不会泄露演员资料，但以霍浮传说中的厉害程度，他真要查看一下有没有值得签的新人，这些被看过的无名小卒只怕还要反过来对他的违规操作感恩戴德。

简宁川不对他感恩戴德，也谈不上生气，更没觉得惊喜，只是很好奇。他怕被同学听到，抬起一只手遮住下半张脸，问：“你竟然还有闲情逸致签新人吗？”

霍浮的语气听起来比他还好奇：“怎么叫作‘闲情逸致’？这好像是我的工作呀。”

简宁川还沉浸在和霍浮相关的八卦氛围里，问道：“杨师姐不是在微博‘手撕’你吗？你们俩撕完啦？”

那边一阵静默，霍浮忽而爆笑：“哈哈哈。”

简宁川半晌无语。

霍浮说：“看来你是凭本事才接不到戏的，有趣有趣。”

简宁川不爽道：“谢谢，比不上你做渣男有趣。”

“不客气。”霍浮又是一阵笑，说，“请问你什么时间方便和渣男见个面呢？”

简宁川：见不见？要签吗？

霍浮："不急，你可以考虑一下，我随时等你回复。考虑好了，你打这个号码就可以。"

简宁川对霍浮的了解，除了上次的匆匆一面，就只有百科里霍浮的简介和他的八卦新闻。这人如果真有传说中那么厉害，自己签了倒也不会吃亏。可是杨双双的爆料如果是真的，这人的人品也是烂到了极点，还是自己最讨厌的那种烂。

他拿不定主意，等回到宿舍，关起门来，才把这件事和两个室友说了。

王子烨"咚"的一声跪了，道："仙人板板！原来你才是天选之子！"

王子烨激动得脸上的胡子都要奓起来，他一把抱住简宁川的腿，兴奋道："为啥子（为什么）不签？！必须签！不签不行！苟富贵！要带老子飞！"

秦阵伸出"尔康手"，道："别急别急！我觉得还是得好好考虑。"

王子烨反驳道："那可是霍浮，还考虑啥子！"

秦阵冷静道："就因为是霍浮才更得谨慎，没看杨双双吗？那就是前车之鉴。"

简宁川点头，一脸深以为然。

王子烨察言观色，感觉没戏了，就地一坐，假哭起来："噫——老子飞不起咯！"他又用眼角余光看简宁川，"有没有辣个（哪个）小天使，借我无人机飞一哈（一下）？"

自从看见简宁川丢在桌子下面的无人机，他就心痒想玩，惦记两三天了。

简宁川大方地挥手，道："拿去飞，别摔坏就行。"

吃完午饭，王子烨就兴致勃勃地跑去房山飞无人机了。

等他走了，秦阵才说："小简，要不问问你干爹？看他对霍浮想签你这件事有什么看法。"

简宁川："为什么要问他？！"

秦阵理所当然道："他在这圈子里那么多年，肯定比咱们懂得多啊。"

简宁川拒绝得干脆："不问，他肯定不让我签。"

秦阵好奇道："你还没问怎么知道？"

对李铮的新仇旧恨一起涌上心头，简宁川愤愤道："因为我已经不信任他了，他肯定会找我爸打小报告！我那时候报考咱们学校，就只告诉了他一个人，千叮万嘱一定要替我保密，结果他转头就告诉了我爸。我爸当时本来在南极洲拍戏，为这事专门跑回来找我麻烦。知道我艺考过了，他还威胁我，说就算我考上了，也要找院长退我的档案。哈哈哈！简直可笑。感谢人民感谢党！社会主义制度的优越性保障了我自由受教育的权利！”

秦阵想了想又问：“你爸是不想让你学表演吗？”

简宁川道：“那倒不是。他想让我读哥大艺术学院（美国哥伦比亚大学艺术学院），我才不去。他老婆和儿子都住在曼哈顿，让我和他们同在一片蓝天下同呼吸共命运，我呸！”

秦阵道：“就算你干爹告诉他霍浮要签你，他也不一定不同意吧，毕竟霍浮是真的挺牛的。”

简宁川却说：“他肯定不同意。他压根就看不上国内演艺圈，当年是色迷心窍，为了近水楼台追我妈才来中国活动了几年，所以后来和我妈一分，他马上就回好莱坞了。”

秦阵琢磨了一下，道：“也是，我要是好莱坞一线，也看不上国内这圈子。霍浮虽然牛，也没本事捧人去好莱坞。以你爸的境界，八成是不太想让你在国内当流量演员。”

简宁川一脸鄙夷道：“他有什么境界？我看他演得不怎么样，长得也普通。和他同一时期的好莱坞男星，哪个不比他帅？他也就沾了亚洲人基因的光，比较抗老，暂时还没秃顶、没大肚子，能凑合再看几年。”

秦阵一边心想：“你说什么？请不要再侮辱简华大神的演技和颜值行不行？！”一边装模作样地点头，明贬暗褒道：“嗯嗯，你爸和年轻时候比是稍微差一点了。”

简宁川也没听出来，坐在椅子上，两手虚抱，神情肃穆，无实物模仿《教父》中的抱猫经典画面，悠悠说：“我又不准备当他的接班人，我要做中国的马龙·白兰度。”

秦阵海豹式鼓掌，以示支持，然后问：“那到底签还是不签？”

简宁川瞬间垮了，抓狂道：“我也不知道啊！”

两只“菜鸡”商量了半天，还是没有结果。

晚上，王子烨开开心心地带着无人机回来了，不但飞爽了，还在那边认识一个玩动力伞的超酷小姐姐，加了人家微信号。

他跟两个室友炫耀了两句，便不再理他们，坐在桌边发微信，发得如痴如醉，胡子都盖不住一脸春情。

简宁川站在他后面，探头探脑地偷看他在和人家聊什么，结果看到屏幕上全是王子烨自己发的消息，什么“到家了吗”“在干什么”“哪天再一起玩啊”“你的头像是什么动漫里的人物啊？真可爱”，小姐姐一条都没回。

见小姐姐一直不回复，王子烨伤心欲绝地关掉微信，泄愤似的刷起了微博。过了片刻，他满脸兴奋地说：“你们俩快看微博，杨双双和霍浮那件事真的反转了！”

于是三人又高高兴兴地一起吃起了瓜。

杨双双的微博小号被扒了出来。

大号岁月静好小仙女，小号负能量爆棚集散地。这本来也没什么，艺人压力大，有个小号发泄情绪也属正常。

可是，杨双双的微博小号画风有些不同寻常。两年多的时间里，她频频抒发自己单恋“F君”的苦闷忧愁。从半年前开始，微博小号中更是多次出现例如“F君为什么只看她而不看我？真想杀了她”的极端描述。她用微博大号“手撕”霍浮的当天凌晨，还用小号发了一句“一起毁灭吧”。结合最近的热点事件，这“毁灭”两字自然令网友们“细思恐极”——“F君”无疑暗指霍浮，而那位被杨双双微博大号提到的新人，和霍浮签订经纪约的时间，也刚好就是在半年前。

这下，杨双双从受害者变为一个爱而不得、钻了牛角尖的“疯女人”，本来就已经风向不定的舆论完全逆转了过来，热评前几条都是“建议她去看心理医生”。

杨双双的这招其实很是毒辣。近几年网友们对渣男可谓深恶痛绝，一旦吃瓜群众对霍浮形成固有印象，恐怕霍浮这一生都得被贴上“劈腿渣男”的标签。即使经纪人是做幕后工作的，但这必然会对他将来签约艺人的工作产生负面影响。

如果换作其他人，也许在杨双双刚刚发声后，对方便要立即反击以捍卫名誉。并不是说这样的危机公关不好，只是涉及男女作风问题，除了当事人知道实情，外人根本无法考证真伪。只要杨双双一口咬定霍浮就是感情骗子，再贴几张从前关系尚好时较亲密的合照和互叫昵称的微信截图，霍浮就是浑身是嘴也很难说得清楚。

然而从杨双双发微博那一刻到现在的整整四天时间里，霍浮工作室官方账号全程没有对这件事做出任何回应。

而霍浮本人，还在悠闲地物色新艺人。

固然杨双双本人的确有问题，但她的微博小号不会凭空忽然被扒。这四天里，营销号的口风一变再变，也不可能是这些大 V 觉得每天打自己的脸很好玩。

“201 三狗”深度分析了一会儿后，对霍浮的危机公关十分服气。

“小简，”王子烨趁机劝说道，“唧个厉害的经纪人，过了这个村没这个店，我们想签人家还不要，你可想好噻。”

就连秦阵都说：“我现在也觉得签比不签好。有这么个经纪人，就算你做不了中国马龙·白兰度，做中国强尼·德普也马马虎虎过得去。”

“德普粉”王子烨顿时爹了：“你个龟儿子，diss（羞辱）老子就算了，diss 德普就不得行！老子要 diss 你的石头姐！”

简宁川事不关己地拿了盒酸奶，插了吸管，边喝边围观脑残粉大战脑残粉。

第二天上午，简宁川拨了那个号码。

接电话的是个年轻女生，听了他的自我介绍后，马上开心地道：“霍老师正在开会，但他交代过，如果是你打来的，一定要转接给他，你稍等一下！”

到了此时，简宁川才终于有了些受宠若惊的感觉。

那边转接给霍浮，简宁川也不像昨天那么随意了，很客气地叫人：“霍老师，我是简宁川。”

霍浮：“咦？才一天过去，我就从‘渣男’变成‘霍老师’了吗？”

简宁川无言以对。

霍浮笑道：“你想好了吗？做了什么决定？”

简宁川：“我想当面听您讲一下签约的事，看您什么时间方便？”

霍浮十分开心：“今天就很方便呀。我十一点半下班，到你们学校大概十二点一刻。”

简宁川没说话。

霍浮：“怎么了？你不方便吗？”

简宁川本来觉得自己过去见霍浮比较得体，听他这么问，又一想：你都不怕麻烦，愿意跑一趟了，我还有什么不方便？便道：“没有，那我们中午见啦，霍老师。”

中午十二点多，烈日炎炎。

简宁川打了一把内层是一朵红色大雏菊图案的遮阳小黑伞，在校门口等到了霍浮。

霍浮把车停在他身边，车窗放下来，露出微笑的脸，说：“这伞真醒目，一眼就看到你了。”

简宁川转了转伞柄，说：“刚才遇见两个女同学，她们借我的。”

霍浮道：“先上车吧，外面这么热。”

简宁川本能地想拉开后座车门，手都已经碰到了车门，才觉得好像不是太礼貌，于是又转到另一边，上了副驾位。

霍浮笑吟吟地看他。

他突然发现霍浮和那天不太一样，道：“你今天没戴眼镜啊？”

霍浮做了个扶眼镜的动作，说：“我不近视的，偶尔戴的也是平光镜，为了好看。你觉得呢？”

简宁川没有听懂，他觉得什么？

霍浮又问：“我戴眼镜好看吗？”

简宁川：“还不错……”

霍浮一脸得意：“我是很适合戴眼镜的。”

简宁川无语。

此时的霍浮和那天的霍浮仿佛是两个人，一个斯文败类，一个自恋花孔雀。

“我们找个地方吃饭，边吃边谈。”霍浮道，“附近你熟一些，你推荐一家。”

简宁川就推荐了一家还可以的日料，开车过去只要十几分钟。

进了日料店，点菜时，霍浮只翻了翻菜单，就说：“你来点吧，我都可以。”

等简宁川点完，他又说：“不来份甜点？我看图片好像还不错。”

简宁川道：“哪个？”

霍浮指了一张以抹茶为主味的甜点图片，满脸期待。

你想吃为什么不自己点？简宁川在心里暗暗吐槽，道：“好吧，来一份。”

等服务员走开，霍浮笑着说：“很久没和人单独吃过饭了，突然间有点不习惯。”

简宁川不想再拐弯抹角，只想快点谈正事，道：“你平时不和你的艺人一起吃饭吗？”

霍浮道：“那也是和很多人一起，单独两个人的情况是很少的。”

简宁川想起杨双双，霍浮显然也想到了，主动道：“双双也很少。艺人工作都很忙，我的私人时间也不多。比如说现在，其实我也还是在工作。”

简宁川说：“我想先问个问题。”

霍浮了然道：“问我为什么想签你吗？”

简宁川自我感觉一向异常良好，说：“因为我帅。”

霍浮笑道：“你是挺帅的，不过表演班应该没有丑学生。”

简宁川道：“那是为什么？我都没有演过戏。”

霍浮说：“其实我问过你之前试镜的剧组。不是南湖大厦那次，是再上一次，一个校园青春电影，你试镜的男二号。你知道为什么剧组最后没用你吗？”

简宁川老实道：“不知道。”他觉得自己当时表现得还可以，他对自己每次试镜的表现都没觉得不满意。

霍浮说：“男主角的经纪人认为，你会抢走他家艺人的风头。”

简宁川沉默了。

霍浮道：“你明白了吗？”

简宁川道：“明白了。”

霍浮道：“明白什么了？”

简宁川道：“总有刁民想害朕，朕太优秀了。”

霍浮又是一阵笑，然后说：“你应该明白的是，你需要一个同样优秀的经纪人，而这个人就是我。”

简宁川：这么自信的吗？

其实，既认同他的颜值，又从别的渠道了解过他的专业能力，那霍浮想签他这件事也有了点说服力。

简宁川从没想过，第一个发现他这块大金子的是一个经纪人，他本以为会是某个制片人或者导演。

霍浮倒是……也还行吧。

简宁川说：“我就不绕弯子了，实话实说，我对签经纪人和经纪公司都完全不懂。”

霍浮笑着说：“没关系，慢慢来。”

简宁川却话锋一转：“不如你来说说，如果我同意让你签我，你能给我提供什么帮助？”

霍浮眨了下眼睛，好笑道：“所以，你这是要面试我吗？”

简宁川一脸严肃地点头，道：“差不多就是这个意思。”

霍浮一脸忍笑的样子：“嗯，如果我们可以达成合作的话，我能给你提供……你让我想想……哈哈哈，不行了，你太好玩了。”

简宁川仍是一脸严肃。

霍浮勉强正色道："是这样，我们刚开始接触，对彼此都没有那么了解，我不可能就这么轻率地为你制订未来的路线规划。你现在问我能给你提供什么帮助，我当然可以马上画个大饼来应付你这个问题，但这大饼只是看起来很美，你很可能最终吃不到它。"

简宁川道："等于说你什么想法都没有就跑来说要签我？霍老师，我不做练习生的。"

霍浮又笑了出来，说："霍老师也不会签只有练习生资质的新人。"

简宁川还想说什么，霍浮道："给你准备的前菜倒是有一道，你可以先听听看，再选择要不要吃。"

简宁川好奇道："是什么？"

霍浮："《罪恶城市》。"

简宁川一脸震惊。

服务员进来上菜，他忙把一脸的惊讶收了收。

《罪恶城市》名气之大，让目中无大牌的简宁川都有一点点被吓到。

这是部缉毒题材的枪战动作片，由著名导演操刀，从主演到龙套皆为全明星阵容，摄影师和配乐作曲人都是三金奖常客。毫无疑问，这是部超豪华配置的大片。

电影的名字最近频频出现在新闻报道中，但不是娱乐新闻和电影报道，而是社会新闻和法治在线。

近年一位备受关注的新人男演员，本确定出演《罪恶城市》中的一个重要配角。谁知这位外表阳光帅气的小生，私下里却是个瘾君子。进《罪恶城市》剧组拍摄前，他在家中聚众吸食毒品，被接到举报的警察叔叔抓了个现行。进组是不可能的了，片方在确定消息后的第一时间就发布了与这位演员解除合同的公开声明。

等服务员出去后，简宁川还有点不敢相信，问霍浮："你说的不会是本来要张思平演的那个角色吧？"

霍浮点点头，说："拔掉一个坏萝卜，正好空出一个坑。"

简宁川道："可是以这剧的配置，一定有超多人盯着这角色。"

霍浮道："是的，超级多，不然怎么显得出霍老师厉害？"

简宁川狐疑道："你都还没有签我，怎么先要到角色的呢？"

霍浮道："我还没要到啊。"

简宁川无语。

霍浮道："你答应签约，我马上就带你去试镜。"

简宁川："试镜我自己不会去啊？！"

霍浮："你自己去过很多次了，结果呢？"

简宁川沉默了。

霍浮认真道："别急着生气。我没在开玩笑，在这种制作级别的电影里为艺人争取一个配角，对我来说并不是太难的事。就算你不行，导演也会卖我这个面子。"

简宁川不开心地道："我怎么不行？我行得很！"

霍浮笑眯眯道："这么说，你是准备答应签约了吗？"

简宁川犹豫了一下，说："我是真的不懂，你不会坑我吧？"

霍浮两手摊开，一本正经道："你看霍老师很像个骗子吗？"

简宁川："是啊……非常像。"

霍浮："哈哈哈。"

简宁川绷了一下，没绷住，也笑了起来。

霍浮吃得很少，随便吃了几口后便放下了筷子，那份他自己要求点的宇治金时，他也只用小勺子刮了一丁点，尝过后夸了句"好吃"就没再碰过。

简宁川问："你是不喜欢日料吗？"

霍浮满脸真诚不似作伪，说："喜欢啊，你选的这家不错。"

简宁川认为他就是假客气，道："这顿是你请还是我请？"

霍浮听到这个问题，一脸惊奇，很快道："不如你定？你说谁请就谁请。"

简宁川故意说："那我们就 AA 吧。"

霍浮竟也不反对："好啊。"

简宁川觉得他有趣，道："你平时对你的艺人都是这样的吗？"

霍浮反问道："是怎么样的？"

简宁川想了想，说："不是太好形容，反正我感觉你有一点像我干爹。"不是完全像，只有一部分像，是很讨人喜欢的那部分。

霍浮的眼睛微微睁大，他道："简宁川同学，请问你说的是哪种干爹？"

简宁川木着脸："呵呵。"

霍浮马上又笑了，说："我就当作你是在表达对我的好感吧。"

简宁川没接他的话，心里倒的确对他生出几分好感。

两人约好后天在霍浮的办公室见面签合同。

霍浮送简宁川到学校门口后，便自行离开。

回到宿舍后，简宁川就被王子烨和秦阵堵住，他把中午的事简短地概括了一下：“我答应签约了，霍浮说带我去试镜《罪恶城市》。”

王子烨和秦阵双双沉默了。

简宁川说：“只是个配角。你们知道吸毒的那个张思平吗？本来是他要演的。”

王子烨激动地道：“小简一出道就要和张影帝飙戏啊！”他说的是位香港著名男演员，演过好几部类似题材的剧作。

秦阵道：“《罪恶城市》里没有张影帝吧？”

王子烨：“不管！差不多！”

简宁川道：“你们谁有泡面？我没吃饱。”霍浮不怎么吃，他也不好意思一直吃个没完。

王子烨举手：“有！汤达人、康师傅、五谷道场、出前一丁，你想吃哪个？”

简宁川一脸凌乱道：“你有这么多方便面吗？”

王子烨一拍手：“我没得，对门有，我去借。”

简宁川：“那算了……”

秦阵说：“我好像还有两盒自热火锅。”

简宁川道：“好。”

秦阵把自热火锅拿了出来，加好水盖好盖子。等它煮好的时间里，三个人坐了一圈开小会。

简宁川：“他约我后天去他的办公室签约。”

秦阵：“会不会太急了？”

王子烨：“赶快签了，才好去和张影帝飙戏噻。”

秦阵：“没有张影帝！”

简宁川：“他说现在签了，我就可以去试镜定下角色，暑假就能进组拍这部戏，也不影响下学期上课。”

秦阵：“听起来倒是很有道理。”

王子烨：“签！”

简宁川：“我是不是应该找律师一起去？”

秦阵：“嗯，找一个比较好，帮着看看合同。”

王子烨：“找！”

简宁川：“那要提前和辅导员说一声吗？”

秦阵：“咱们这届倒是没有不准签经纪公司的规定，下一届就有了。但还是应该和辅导员说一声，她平时对你也挺好的。”

王子烨：“说！”

简宁川想了想，说：“其他好像也没什么了。”

秦阵也想了想，说：“我也暂时想不到了。”

王子烨也想了想，说：“那以后小简还住宿舍吗？”

简宁川和秦阵双双沉默了。

王子烨忙道：“不会那么快就不住了，《罪恶城市》上映最快也要明年。”

简宁川低下头，有点难过。

秦阵拍拍他的后背，道：“就算以后真没时间回宿舍住了，我和子烨也能去探班看你啊。”

王子烨也道：“就是，说不定以后还有机会在一个剧组拍戏……巴适（舒服）得很。”

简宁川学他：“嗯，巴适得很。”

王子烨揉他的头发，他揪王子烨的胡子，两人闹成一团。

秦阵把已经不冒气的自热火锅打开，拆了筷子，把蘸料倒在不锈钢碗里，道：“别闹了，别闹了，快来吃你的火锅。”

第二章 签约

下午，简宁川就去找了辅导员，把情况和她说了，辅导员很为他高兴。这两年里，班里其他学生多少都有一点发展，反而是综合条件最好的简宁川在演员一职上没有任何进展。虽然学校并不鼓励学生在校期间和经纪公司签约，但以霍浮在业内的知名度，简宁川趁早签了没坏处。

辅导员还主动表示，可以介绍熟悉艺人经纪约的律师给他。

也算是瞌睡就有人送枕头。简宁川认识的两位律师都和简华或李铮有关系，他不想让简华和李铮知道他要签经纪公司，本来还在苦恼该去哪里找安全可靠的律师，辅导员这下又帮了大忙。

等他向辅导员介绍的律师咨询了一下，他才知道签合同比他想象中的复杂那么多。

霍浮想和他签订的是全经纪约，他对这些都是一知半解，以为合同里不过就是写明他今后几年的演艺活动都由霍浮全权处理。但是他理解的这种合同是艺人代理合同，通常叫作半约，而非霍浮想签的全约。

全经纪约并不是经纪公司单纯代理并从艺人的演艺活动中抽取佣金，而是艺人未来可能会有的影视作品、电视节目、广告代言、唱片、写真、书籍等一切商业活动，艺人的日常生活包括但不限于衣食住行、吃喝拉撒、婚丧嫁娶，全部要接受经纪公司在法律允许范围内没有上限的支配。

例如去年引起极大轰动的某某某和某某某的婚礼，连续半个月刷屏式霸占八卦版面，这极有可能并不是两位新人要用婚礼如此博人眼球，而是双方共同的经纪公司不肯放过这个大好的炒作机会。有约在身的艺人也只能配合公司的安排，心里再是哭唧唧，脸上也要笑嘻嘻。

全约固然弊端明显，但优点也同样显著，它能建立艺人和经纪公司最大程度上的互惠互信。全约艺人和半约艺人对经纪人来说，就是家养和寄养的区别。可想而知，在培养和经营的用心程度上，两者一定是不一样的。

因此，新人和大公司签约，大多数是签全约，不然想出头会比较难。

律师最后建议道："这么大的事，还是要和家长商量一下。"

找简华商量？简宁川才不要。

签合同的前一天，霍浮发了一份拟定的电子版合同到简宁川的邮箱，提醒他说："你先看看，如果有什么不明白的地方，随时可以问我，或者找懂行的律师咨询清楚，你们老师应该都有这方面的人脉。"

本来还有点怀疑他要"坑"自己的简宁川，又觉得可能是误会他了。

打开合同看过后，简宁川更加觉得是自己小人之心了。霍浮给他的条件未免太好看——签约时效三年，合同期内至少会为简宁川安排出演不少于四部知名导演电影作品中的重要角色；安排其出演两部电视剧的主角，包括一部上星电视剧和一部超级网剧；安排其参加一档流量真人秀，担任固定主持人。电视剧和真人秀都是可选非强制项，如果简宁川电影拍摄以外的时间协调得过来，本人主观上也想去做，那工作室就会安排，但他还是以电影拍摄为主；本人如果对电视剧和真人秀不感兴趣，这两项就可有可无，工作室不强制其必须出演。

合同里的其他内容基本上和律师说过的差不太多，只是很多数字例如抽成比例，都比律师预估的要更利于简宁川。

昨天被律师打过预防针后，简宁川对合同的苛刻程度已经有了心理准备，结果却拿到这样一份占尽便宜的合同，他感觉自己的运气也太好了，好到令人不敢相信。

第二天，他独自去了霍浮的办公室。办公室就在他和霍浮初次见面的南湖大厦，第十七层整层都是霍浮工作室的区域。

这家工作室是霍浮以自己的名字命名的，同时他还是国内最大的经纪公司之一——成果娱乐的创始人之一。霍浮工作室名义上隶属于成果娱乐，但只是和公司资源共享，运作相对独立。

简宁川一出电梯，就看到一位二十五六岁的小姐姐在门口等着接他。她的长相并不算是特别漂亮，但看着很舒服，有种邻家小姐姐的亲切感，她一见他就笑："简宁川对吗？我们上次电话里说过话的。"

简宁川只给这边打过一次电话，接电话的是个女生没错。

"你好，我是简宁川。"

"你好你好，请跟我到这边来，霍老师在等你。"

简宁川跟着她进去，经过办公区。这里人不太多，都在聚精会神地对着电脑处理各自的工作，很安静，并不是简宁川想象中那种吵吵闹闹、充满娱乐氛围的经纪公司的样子。

女生敲了敲门，道："霍老师，人来了。"

里面应了声，她便推开门，笑着对简宁川做了个"请"的动作。

霍浮坐在办公桌后，戴了副金丝边眼镜，桌上放了半杯牛奶。

简宁川：嗯？牛奶？

霍浮道："娜娜，帮我把杯子收一下。"

带简宁川进来的女生便进去端起杯子，又利落地出去，她转过身对简宁川鼓励地笑了笑，从外面把门关好。

霍浮道："坐，合同看过了吗？"

简宁川坐下，道："看过了。"

霍浮："感觉怎么样？"

简宁川："有点……太好了。"

霍浮看了他片刻，把眼镜摘了下来，道："小简，我开门见山地说了。"

简宁川疑惑道："什么？"

霍浮说："我知道你的父亲是谁。"

果然！无事献殷勤，非奸即盗。

简宁川正要暴走，霍浮抬手做个下压的手势，道："冷静！我也是昨天才知道的！"

简宁川大力输出怒气值："我才不信！"

霍浮按了按耳朵，才说："如果我一早就知道，没必要现在就说，大可以等你签了合同，白纸黑字，你赖也赖不掉的时候再说。"

咦？好像也有道理？快速回忆了一遍前天一起吃饭的始末，简宁川选择暂时恢复几分对霍老师的信任值。

"你怎么知道的？"他问，"有人告诉你的吗？是谁？"

霍浮道："没人告诉我。是我昨天中午在饭局上听人说，简华在六月一号不声不响回了次国，来去匆忙，搞得很神秘。偏巧你的个人资料上写了，你是六月一号当天生日，又那么巧，你和你爸爸长得很像。"

简宁川沉默了。

霍浮又把眼镜戴了回去，说："本来给你的合同是这样的。"他从抽屉里拿出一沓文件，放在简宁川面前。

简宁川犹豫着翻开看了看。这份合同的条款和律师预估的几乎一样苛刻，也合理。公司抽成比例很高，也没有任何字样表明签约时效内能保证给他什么样的片约和节目资源，是标准的新人待遇。

霍浮道："给你的那份电子档合同，是昨天我从饭局回来后临时换的。"

简宁川没想到是这样的发展。

那还签吗？要不算了吧。

他现在已经打消了对霍浮的疑心，也不想把事情弄得太难看，毕竟买卖不成仁义在，便说："不好意思，霍先生，给你添麻烦了，我不……"

"小简，你先听我说。"霍浮打断他的话，"我知道你想说什么，但在你做决定之前，我希望你明白一件事——不管和你签约的是霍浮工作室，还是别的什么工作室、娱乐公司，只要你踏进这个圈子，你和简华的关系都会很快曝光。"

简宁川特别不想听这种可能，一着急，说出他很早就有的计划："我改名字可以吗？起个艺名什么的，我也不是很想姓简。再随便给我安个什么身世，你们经纪公司不是都很擅长做这种事吗？身高、年龄、学历都可以改，这有什么难的？"

霍浮道："不难。这圈子里，很多你知道的人的家庭背景都是假的。卖草根人设的有可能家财万贯，富二代有可能家里只是开了个小超市，海归学霸是花钱出去读了个不被认可的野鸡大学，都有可能。"

简宁川道："那不就行了？就说我……父母双亡，从小在孤儿院长大的。"

霍浮道："你和你爸爸关系这么不好吗？"

简宁川道："你要是七岁以前就没怎么见过你爸，感情能有多好？"

霍浮道："我七岁以前倒是见过，但我爸在我五岁的时候去世了。"

简宁川一惊："对不起……"

"不用。"霍浮很快跳过这个话题，说，"如果从一开始我就知道你有这样的家世背景，我根本不会想签你。我做经纪人，最享受的是从无到有的造星过程。推一个星二代新人，从来就不在我的计划里。也许有人会觉得签简华的儿子会得到很多资源上的便利，可是比起这些便利来，你这身份带来的麻烦会更多。我喜欢按部就班、有计划地做一件事，一切计划外的东西都让我觉得麻烦。"

"麻烦"本人简宁川瞬间不爽起来，道："真是不好意思，浪费你的时间了，那还说什么？到这儿结束吧，我回去上我的课，你接着喝你的奶。"

简宁川正要起身，就听霍浮道："我有糖尿病。"

简宁川一脸问号。

霍浮接着道："所以要少食多餐，刚才那杯牛奶是我的加餐。"

简宁川本来已经抬起来的屁股不知不觉又坐了回去，他对霍浮有点同情，道："这样啊。"

他恍然大悟，难怪那天霍浮饭吃得那么少，甜点也只是碰了一下，原来不是不喜欢，而是不能吃。

霍浮笑了一下，说："你这脾气真是……"小孩子的脾气，六月天，孩儿脸。他没有把这话说出来，感觉简宁川不会喜欢听这种评价。

"我本来以为要签一个白纸一张的新人，没想到你摇身一变成了简华大神的儿子。"他说，"不在计划里是真的，但是签下你，也是我不准备改变的计划。不然我也不会只见你一面，就到处打听你的资料和试镜信息。小简，我真的觉得你很好。"

简宁川没被人当面这么说过，有点脸红，道："哎……霍老师，你用不用说得这么肉麻？"

霍浮歪头道："肉麻吗？我怎么没觉得？"

简宁川道："拜托你说正经事好吗？"

霍浮便说正经事："好。昨天发你的那份新合同，也是我深思熟虑的结果。我还是很想签你，只是要把我本来的想法做一点调整。新合同也不全是看在你爸爸的面子上，是我本来就觉得你更适合大银幕，你长了张电影脸。"

简宁川道："新合同我没意见。有便宜不占是傻子，只要你真不怕吃亏，我可真敢签。"

霍浮笑道："霍老师怎么可能吃亏？"

简宁川道："霍老师，你才三十岁，怎么会得……那种病呢？"

霍浮"啧"了一声，道："好好说话，哪种病？糖尿病而已，又不是只有年龄大的才能得的病。嗯？你听谁说我三十岁？"

简宁川："百科上写的啊，说你是一九八八年生的。"

霍浮："我八一年的。可能工作室帮我改的吧，我也忘了。"

简宁川想起杨双双的年龄也是改过的，就说："你们工作室这么擅长改年龄，帮我编个身世也很简单吧。"

霍浮道："如果你爸爸不是简华，那就很简单。"

从小到大，简宁川一直戴着有色眼镜看简华，不愿意正视他的地位和影响力，其实又怎会真不知道父亲的有名程度。他不甘不愿地问："那是不是我一出道，就要公开我是他儿子这件事？"

霍浮道："这倒不一定，回头我们会好好筹划一下，要找个最合适的时机。"

简宁川道："你怕不怕我爸找你麻烦？"

霍浮："他为什么找我麻烦？"

简宁川道："他不喜欢我在国内混。"

霍浮道："他是怕你混不好，放心。"

放心？是让他放心他不会混不好，还是让他放心自己不怕简华找麻烦？简宁川并没想明白，但没来由就觉得安心很多。他接触过的长辈不多，除了照顾他长大的保姆和教过他的老师们，就只有简华和李铮。霍浮和他们俩的某些特质有些像，就是那种自信又可靠的样子……不对，简华才不可靠。垃圾爸爸，还是个自大狂！

两人在合同上签了字。

霍浮站起来，简宁川也忙起身。

霍浮微笑道："简宁川，欢迎你加入霍浮工作室。"

他伸出手，简宁川也把手递了过去，两只手交握了一下。

先前带简宁川进来的女生是名助理，叫田娜拉。霍浮叫了她进来，从桌后走出来，正式把她介绍给简宁川，对简宁川道："以后有事，你就找她，她都会帮你处理。"

简宁川不知该怎么称呼她才合适，迟疑道："田……姐姐？"

田娜拉忙摆手："不用不用，叫我娜娜就好了。"

霍浮笑着说："对，最好不要叫她的姓，不要刺激我这个病人。"

简宁川愣了下才明白，跟着笑了一下。

霍浮问："今天还有别的事吗？"

简宁川不明所以，道："没有了。"

霍浮道："好。娜娜，订三张飞广州的机票，还有晚上九点半以后的返程票，也一起订了。"

田娜拉的手机就用挂绳挂在脖子上，她马上低头开始订票。

简宁川意识到三张机票里可能有自己的一张，茫然问道："去哪儿？"

霍浮好笑地拍了他的背一下，说："小小年纪这么健忘的吗？说好一签约就带你去试镜的。啊，你不想去就算了。"

他作势要阻止田娜拉继续订票，简宁川条件反射性地拉他的手臂，道："去去去！谁说不去了？！"

霍浮一脸笑意地放下手，道："小简，你怎么这么像个小孩儿。"

简宁川：呵呵。

田娜拉订好票后，一行三人直接去了机场，顺利过了安检、登机。三个商务舱座位，其中一个是单独的位子，另两个相邻。

霍浮道："小简，你和我坐一起。娜娜睡觉流口水，不想被帅哥看到。"

简宁川还是头一次像这样被突然安排行程，整个人还晕头转向的，听他这样说，就乖乖坐在他指给自己的位子上。

田娜拉一脸悲痛，小声惨呼："霍老师，你怎么讲出来了！我不要面子的吗？"

霍浮："哈哈哈。"

结果飞机一起飞，田娜拉捧着Kindle（电子阅读器）看起了书，反而是霍浮戴上眼罩睡了。

三人飞抵广州时，已经是下午两点多。

简宁川盲目地跟在霍浮身后出了机场，又上了来接他们的商务车。车上包括司机在内的两个陌生年轻人都是很热情的样子，霍浮和他们说广东话，简宁川听不太懂，一脸茫然。

田娜拉低声对他说："小简，路上还要一个半小时，你要是困了，就眯一下。"

简宁川道："我不困。他们是成果娱乐的吗？"

田娜拉说："他们是《罪恶城市》剧组的人。"

简宁川有些惊讶："啊？"

田娜拉笑着说："霍老师亲自送人来试镜，剧组当然要派车过来接的。"

车子行驶了一个多小时，到达此行的目的地珠江新城。

缉毒题材电影《罪恶城市》正在紧张拍摄中。

一下车，简宁川就看到不远处被围在中间的两个男演员，他们正在进行拍摄前的对台词工作，一位背对着这边看不到脸，另一位是素以刻画反派著称的戏骨。

他只顾着看片场的动静，没注意差点撞到别人，霍浮拉他的胳膊，他才忙回过头来。

霍浮道："以后有的是时间看，先和我去见陈导演。"

简宁川："哦，好……陈导演？！不先见选角导演？"

霍浮好笑道："那还用我亲自带你来吗？"

简宁川沉默了。

霍浮道："紧张啊？"

简宁川的试镜经验不算少，试镜的也都是名导演或大制作的剧，但是大导演很少亲自试镜演员，像他这样的新人，想直接见到导演是很难的。只有一次他遇到导演亲自试镜，正要铆足劲好好表现，结果还没轮到他，工作人员就出来说"各位不用等了，导演选中了刚才进去那位。"

此时他笑都不大笑得出来，说："有一点紧张。"

"别慌，"霍浮拍拍他的肩，道，"没问题的。"

试镜在剧组的一个临时化妆间里进行。

陈导演和霍浮握着手，抱怨道："小霍，你知道我为了把这角色留住得罪了多少人吗？"

霍浮两手握着导演的手，十分诚恳地道："抱歉啊陈导，但我这个小孩是真的好。"

陈导演看了眼简宁川，大抵是对简宁川的外貌还算满意，露出几分笑，说："来都来了，抓紧时间，今天戏排得很满，我时间不多。"

交给简宁川的是一段类似于《无间道》里陈永仁的戏份，因为躁郁症，他要突然间对身边的人发脾气，疯狂打砸东西。

简宁川觉得，导演虽然对霍浮说得好像很挑剔，但是应该并没打算在剧本上过于为难自己，不然不会为自己挑这样一段情绪外露的戏。这段戏比较好演，只是需要一点爆发力。

他看完台词的部分，默默想了想，便说："我可以开始了。"

导演点点头，霍浮冲简宁川鼓励地笑了笑。

几分钟后，简宁川从激烈的情绪里抽出来，呼了口气，站好，对导演鞠了鞠躬。

导演却看着他没有说话。

没有评价吗？是不是哪里不够好？简宁川脸上露出点不知所措。

霍浮却笑着过来，帮他整理了一下因为刚才动作激烈而有点歪了的T恤领口，道："特别好。"

他的话音刚落，导演便拍了拍手。

霍浮回头道："怎么样？"

"没让我白等这么多天。"导演看向简宁川，"高哲就是你了。"

高哲，就是《罪恶城市》暂时演员空缺的那个配角的名字。

简宁川没有反应过来，还满脸茫然地看着陈导演。

霍浮笑着拍他的背，道："平时不是机灵得很吗？还不快谢谢……"

简宁川被他拍醒了，心花怒放，正要谢导演，却听霍浮道："还不快谢谢我。"

简宁川：啊？谢谢谁？

霍浮一副理所当然的样子，道："要不是我这伯乐，你哪有机会到陈导面前表现？"

"小简是吗？"陈导演竟也附和道，"你是该谢谢霍浮，谢他眼光好。"

霍浮得意地冲简宁川眨了眨眼睛。

此情此景，简宁川只得干巴巴地说了句："谢谢霍老师。"

霍浮笑道："出去玩儿吧，我和陈导谈谈你的终身大事。"

五十多岁的陈导演笑眯眯道："哎呀，你们霍老师马上就要把你卖给我啦。"

简宁川：这圈子里的大佬都这么幼稚的吗？

简宁川从化妆间里出来，没看到田娜拉，也不知道她跑去哪里了。

外面，剧组工作人员架起了高空机位，看阵势好像是要拍一组大场面，所有人都很忙的样子。他也没敢到处乱走乱看，怕影响人家工作，就在临时化妆间周围随便看看。

过了一会儿，他听到有人喊："哎，那小孩儿，别站在摇臂下面！"

简宁川听到了，但没意识到是喊他，还四下看看，心想哪里有小孩儿？

那人气急败坏道："还看！就说你呢！"

简宁川这才惊觉人家说的是他，抬头一看，发现自己果然不知不觉站在了升降机摇臂下方。他忙退到一旁，回身对喊他那人说："对不起，对不起……哎！周……周放？！"

那位当红男星看智障一样看了简宁川一眼，坐了回去，没有再理人的意思，很是高冷。旁边的助理举着个小风扇给他吹风，他又突然发脾气："能别对着我的眼睛吹吗！要我说多少次？不能干就别干了！"

简宁川：哦哟哟，不得了，这么跩的吗。

但是周放本人是比电视里看起来还要帅一点，倒也对得起自出道后就漫天吹

“神颜”的通稿。

陈导演还赶时间要继续工作，霍浮没有和他聊太久就出来了，叫简宁川：“走，我们回家啦。”

简宁川亦步亦趋地跟在霍浮后面，又上了接他们过来的那辆车，田娜拉已经在车上等他们了，一行三人直接返回白云机场。

刚才田娜拉消失这么一段时间，是去给霍浮准备食物了。

上车以后，霍浮开始吃没放沙拉酱的蔬菜沙拉，配上脱脂牛奶。

这些食物很难让人产生食欲，简宁川中午又吃过飞机餐，现在并不饿，他有点同情地说：“霍老师，你没考虑过转行吗？一直这样，身体要受不了的。”

霍浮摇晃着牛奶盒，说：“也不经常这样，偶尔出门才会这么狼狈。平时我作息规律，饮食也很健康，坚持锻炼身体，早睡早起……”

田娜拉大声咳嗽：“喀喀！”示意车上还有司机在，不要信口开河。

霍浮笑起来，改口道：“不是，别听我乱说，我每天都要出去吃喝嫖赌的。”

简宁川愣了。

田娜拉哀叹：“霍老师啊。”

霍浮：“哎。”

田娜拉道：“你看小简的脸色，他都被你吓到了。”

霍浮看看简宁川，道：“真吓到了呀？”

简宁川板着脸道：“怎么可能，我也每天都出去吃喝嫖赌的。”

霍浮：“哈哈哈，以后一起啊。”

田娜拉以头撞车窗，道：“这日子没法过了。”

一个多小时后，一行人到达机场候机室，距离登机还有段时间。

田娜拉坐不住，跑去逛女包店。

霍浮拿了平板电脑出来，打开新收到的电子邮件，凑近简宁川，指给他看，说：“看，你的剧本。”

简宁川的兴奋劲比刚才在片场时少了大半，道：“哦，发给我吧。”

霍浮抬手就在他的脑门上弹了个脑瓜崩儿。

简宁川冷不丁被弹了一下，疼得边揉额头边怒道：“干什么？”

霍浮摇头感叹道：“这才刚拿到角色，就开始摆大腕儿的谱了，过几个月真成了巨星，那还得了吗？”

简宁川边揉脑门边冤枉道：“谁摆谱了？我天生就大腕儿脸。”

霍浮看了看他的脸，道：“嗯，这倒是。”

简宁川又不高兴了，说：“你不要提他。”

霍浮道：“提谁？”

简宁川不满道：“霍浮，你是故意的吧？”

霍浮秒变正经脸，说：“没大没小，叫‘霍老师’。说一下你的邮箱，我把剧本发给你。”

简宁川：到底谁才是学表演的？！变脸这么快？！

他报了邮箱，霍浮把剧本转发给他，说：“我和陈导演说了，你这个月还要期末考试。他会先把你的戏份调开，让你七月初再进组。回去后你把剧本和角色都好好琢磨一下，正好你还在学校，守着表演老师，有问题随时能找着人问，你们学校好多老师都很厉害的。”

简宁川“嗯，嗯”地应了两声，点开邮件，下载附件。听霍浮说他们学校，他就想起刚才在片场发生的事，道：“我在片场看到周放了。”

霍浮道：“哦？他好像也是从电影学院毕业的，你们认识吗？”

简宁川道：“不认识，第一次见，他都毕业好几年了。”

霍浮道：“那也是师兄弟，等进组后多和他走动一下，让你师兄带带你。”

简宁川道：“算了吧，我看他脾气超级大的。以前看八卦新闻，里面老说他爱耍大牌，我还觉得不一定可信，这回见了真人，我的天哪，简直比新闻里写的还夸张，他性格也太差了。”

霍浮皱了一下眉，说：“不应该啊，我见过他几次，挺有礼貌的。”

简宁川抱拳道：“您是大佬，能一样吗？”

他更觉得周师兄是看人下菜碟，人品堪忧。

霍浮哈哈大笑，说：“大佬现在要去下洗手间，小简要去吗？”

简宁川道：“大佬您请，小简不去。”

等霍浮去了洗手间，简宁川看附件下载完了，就打开看了看。

《罪恶城市》刚开机没多久，对外公开的只有题材和演员，故事和角色都处在保密阶段。他只从霍浮那里大致知道自己演的这个角色名叫高哲，是一名大学生，有个在缉毒警队任职的哥哥高毅，也因此被心怀报复的毒贩盯上，在诡计中卷入了一场罪案。

剧本看了没两行，简宁川就觉得五雷轰顶。

因为扮演他“哥哥”高毅的演员，恰好就是周放周师兄本人。

简宁川回到学校时，已经过了晚上十二点。

霍浮把简宁川送到校门口，交代他：“接戏的事先别到处说，剧本也千万要收好了。”

简宁川站在车门外，道：“知道。”

霍浮又说：“好好准备期末考试，有事就给我或者娜娜打电话。”

简宁川点点头。

霍浮道：“那我就走了。”

简宁川：“霍老师……”

霍浮笑着看他，说：“怎么？舍不得霍老师啦？”

简宁川马上挥手：“走好吧您嘞！”

霍浮笑着摇头，关上车门，吩咐司机开车，走了。

学生公寓十二点门禁，简宁川厚着脸皮敲门，被宿管阿姨数落了几句，装乖卖萌才过关。

秦阵和王子烨都还没睡，在等他。

他把今天去广州试镜并且成功的事说了，叮嘱道：“这事别跟别人说，霍浮说得先保密。”

王子烨点头如捣蒜，说：“晓得，不说。”还做了个给嘴巴拉上拉链的动作。

秦阵其实还想再详细问问，但看小简一脸困意，便道：“明天起来再说，快睡吧。”

他们平时也不怎么熬大夜，一般十二点左右就都睡了。今天等简宁川等到现在，秦阵和王子烨也早就困得哈欠连天，全靠玩游戏撑着。现在简宁川也回来了，两人刚沾着枕头就睡着了，下铺的呼噜声此起彼伏、连绵不绝。

究竟今夜谁才是“201 打鼾王”？一时间难决高下。

本来困到爆炸的简宁川反而没能睡着，但这也不全是因为室友们制造出来的噪声。

直到刚才和霍浮在校门口道别那一刻，他才开始从一整天像打仗一样的节奏里慢慢醒过神来。

他成了霍浮工作室的签约艺人，自今天起，三年内，他的个人行为和演艺活动都将由霍浮来帮他安排。签约完他们就马不停蹄去了趟广州，他在陈导演面前演了戏，得到了出演陈导演作品的机会，还见到了从前有些欣赏的周放周师兄。

今天发生了这么多事吗？

人在短时间内接触太多新事物的话，通常会产生慌乱感。但是霍浮为人处世的风格有种让人安心的神奇特质，简宁川此时想起这一日内发生的所有事，觉得除了周师兄真人太幻灭，剩下的部分堪称完美。

然而，后面几天，霍浮工作室完全没有人来管他这个新鲜出炉的签约艺人。

这和他想的不太一样。霍浮费劲签了他，怎么一签完就置之不理了？

他也不找霍浮。他想等霍浮打电话来问他怎么不找自己时，好高贵冷艳地回复：又不是只有霍老师你忙。

然而霍老师一直没有找他，让他觉得憋着这股劲的自己简直像个智障……不是像智障，根本就是智障！

六月中旬，临近期末，几门课都划了考试重点。201宿舍三个人在宿舍开着空调背书，背得头昏脑涨，听到有人敲门，他们都还没反应过来，在男生宿舍楼里有人敲门是件不太正常的事，因为来串门的多半是一脚把门踹开。

离门最近的王子烨应声：“谁？进来！”

门被轻轻推开，门口站着一个戴了副银色半框眼镜、身穿衬衣西裤、身材修长的男人。

王子烨：“哎？”

秦阵：“哎！”

简宁川跷着腿躺在上铺床上，听他们俩二重唱，扭头朝下看了一眼，猛然弹坐起来，手里的《美学原理》教科书也从高处“啪嗒”一声掉在了地板上。

男人走进来，弯腰捡起书，微抬高手，递还给简宁川，道：“在复习吗？”

简宁川接了书，道：“你怎么来了？”

对方道：“过来看看你。”

秦阵和王子烨对视一眼，两脸茫然。

“你们好，”那人笑着对他们俩打招呼，“我是霍浮。”

平时简宁川也没觉得宿舍有多不整洁，然而现在桌上还没丢掉的外卖盒子、搭在椅背上的牛仔裤，甚至因为热而光着膀子的秦阵，都让简宁川超级尴尬。他飞速从床上爬下来，强拉着霍浮要出去，说："走走走，我请你吃饭。"

霍浮还一副不想走的样子："我刚吃过没多久。"

简宁川："陪我吃！"

霍浮："不叫室友们一起吗？"

简宁川转头猛盯室友。

秦阵和王子烨齐刷刷摆手："不去不去，我们不吃饭！"

室友们这么有眼力见儿，霍浮还一副慢慢吞不想走的样子，简宁川只能强行把他推了出去。

霍浮当真是"陪"着简宁川吃饭，只动了几下筷子，就放下不吃了。

上次看霍浮这样，简宁川还没有太大感觉，这次心情就变得不一样了，他真情实感地替霍浮的身体状况感到难过。

霍浮看了出来，有些夸张地控诉："小简，你好像在歧视我。"

简宁川道："哪有，就是觉得你……你是因为做经纪人，才把身体搞成这样的吗？"

霍浮说："不能甩锅给职业，经纪人这么多，别人也不这样。你不是又想劝我转行吧？没有你这样的，我转行了你怎么办？"

简宁川道："说得好像我没有你就不行似的。"

霍浮笑着说道："是我没有你就不行啦。前几天就很想来看你了，要不是怕影响你考试，早就来了。"

简宁川心里一暖，涌上一种前所未有的感觉。

霍浮接着感慨："霍老师要是早点结婚，孩子都快有你这么大了。"

简宁川无语。

霍浮笑着说："和你开玩笑的，我不喜欢小孩。"

简宁川道："你结过婚吗？"

霍浮："没有。"

简宁川："那有女朋友吗？"

霍浮："现在没有的。"

那就是以前有过了，简宁川很八卦地想。

霍浮道："说起来，也差不多快二十年没有女朋友了。"

简宁川："哇……"

霍浮手按心口，假惺惺道："霍老师好惨的，都没女孩喜欢我。"

听他这么说，简宁川就知道他满嘴跑火车，搞不好都没一句实话。简宁川瞬间什么都不想问了。

霍浮却反问他："小简有女朋友吗？"

简宁川："没有，以前也没有，也单身二十年了。"

霍浮学他："哇……"

简宁川："你好烦啊霍老师。"

霍浮："哈哈哈。"

简宁川："如果我谈恋爱了，需要和你报备吗？"

霍浮想了想，说："要的。不过你不说我也没办法。"

吃完饭，霍浮送简宁川回学校，到学校门口停了车，他拿出一个文件袋来。

简宁川问："是什么东西？"

霍浮答："《罪恶城市》的合同，需要你本人的签名。"

简宁川有点失望，道："早说啊，你就是为这个才来找我的。"

霍浮正把合同拿出来，闻言，微微错愕，歪头看他。

简宁川说完就已经觉得不妥，抢先道："还真以为你是特地来看我，早知道刚才我就不抢着买单了。"

霍浮笑了笑，把合同翻到最后一页，说："多亏有这个，不然我还得等你考完试才能来看你了，还有那——"他拖长了音，"么久呢。"

简宁川认为他又在信口开河，虽然这话听来是让人开心的。简宁川问："我是一放假就去广州吗？"

霍浮："还有别的安排？"

简宁川想了一下，说："没有。"

简华让他暑假去拍部文艺片，这事也没必要和霍浮说，他自己能解决。

他又问："到时是娜娜陪我去吗？"

霍浮做吃惊状："原来你更希望娜娜陪你去吗？那我就不去了。"

简宁川不信他，道："别演了霍老师！你本来就没想去吧。"

霍浮换了个认真的表情，说："怎么会，你第一次进剧组，我当然要陪你去的。"

简宁川半信半疑地看他。

霍浮笑道："真的，如果我说谎的话，以后我就交不到女朋友。"

简宁川心道：拿这种事发誓还喜气洋洋的，也是够了。

霍浮的手机响了一声，他拿出来看了看，遗憾道："不能和你玩了，我要回去工作了。"

简宁川扔出早就准备好的台词："又不是只有霍老师你忙，我也赶时间要回去复习的。"

霍浮递了签字笔和合同过去，说："来啦小简，签一下就放你走。"

简宁川拔了笔帽，都没有看合同，就在签名的位置写了自己的名字。

霍浮好笑道："真喜欢你这样不看合同的艺人，太好坑了。"

简宁川完全没担心有"被霍浮坑"这种可能，道："好了，就地解散。"

他把合同丢回给霍浮，开了车门下车，霍浮又叫他："小简。"

简宁川回头，霍浮有些无奈地道："我突然改主意了，如果你要谈恋爱的话，还是找我报备一下比较好。"

简宁川："为什么？"改主意这么快的吗？

霍浮扬了扬手里的合同，笑道："就你这个样子，霍老师担心你会被人骗。"

期末考试最后一科考完，学生们都开始懒懒散散地收拾行李。简宁川班里的同学多数都接了工作，假期去拍网剧、演舞台剧，再不济也去剧组打个杂跑个龙套，到了大三前夕还有勇气浪费一个暑假的学生不多了。

辅导员守口如瓶，除了王子烨和秦阵，其他同学都还不知道简宁川被霍浮工作室签了。有同学来问他假期有什么安排，要不要去某某网剧剧组玩一下，那边正好缺某个角色的演员。

简宁川知道同学是好心，但实话是不能说的，因此他拒绝得很不好意思。还好同学们都知道他挑戏比挑对象还严格，邀请他的时候本来也没抱太大希望，被拒绝也就一笑置之，调侃他两句也就罢了。

第一次进组，他也不知道该带什么不该带什么，只随便收拾了几件日常穿的衣服。

秦阵说："衣服多带几件吧，有时候剧组提供的衣服不好看，还不如穿自己的。"

简宁川正要再去多拿几件，王子烨道："别听你妈的，他都没去过有钱剧组。再说咯，《罪恶城市》的造型指导是圈内大牛，衣服咋个（怎么）会不好看？"

简宁川惊叹道："烨哥厉害，我都不知道造型指导是谁。"

王子烨道："还不是知道你这瓜娃子要去拍这戏，才多关注了一哈（一下）。"

简宁川把衣服叠了叠，放在行李箱里。

王子烨和秦阵坐在各自的床边，安静地看着他，也不知道心里都在想什么。

简宁川感觉气氛伤感，道："妈、王叔叔，不要这样，过完暑假我还回来的。"

秦阵："唉。"

王子烨突然愤愤："老子在少儿频道拍了两年的成语故事，唧个（怎么）没得个霍浮看上老子要签？"

简宁川无语。

秦阵开始吐槽王子烨，随后发展成两个人互吐。

简宁川的手机响了一声，有消息进来，他打开看了看，是简华发来的："考完试了？给我回个电话。"

简宁川没回，在心里倒数三十下，还没数完，简华就打了过来："不是叫你回我电话？"

简宁川："呵呵。"

简华在别人眼里是大神，在简宁川眼里是个"大神经"。不知道是不是因为出道早、成名早、被周围的人吹捧惯了，他都已经四十几岁了，说话做事时常幼稚到堪称奇葩。

"呵什么呵？"简华在电话里问，"考完试了？考得好吗？"

简宁川丢下收拾到一半的行李，去阳台上打电话，说："不知道。"

简华："你怎么做学生的？考得好不好都不知道？"

简宁川反问："你今年能拿奥斯卡小金人吗？"

简华："什么？"

简宁川："你怎么做演员的，能不能拿小金人都不知道？"

简华哑口无言。

简宁川心中得意，语气高冷："还有别的事没有？我很忙的。"

简华很不满："你忙什么？"

简宁川就等着他问呢，说："做进剧组拍摄的准备。"

简华的声音听上去高兴起来，道："你和导演见过面了？奇怪，怎么没人和我说一下？"说着，他的声音稍微小了一点，换了英文问旁边的人："有位唐导演打电话来找过我吗？"

对方答了什么，简宁川没有听清楚，只听简华说了句"好，谢谢"，而后声音又变大："有试镜吗？唐导演怎么评价你的表演？"

简宁川："哪个唐导演？"

简华察觉出不对来："你进什么剧组？"

简宁川慢条斯理地回答他："《罪恶城市》，反映中国一线缉毒警察出生入死维护社会安定，践行社会主义核心价值观，警民携手共筑中国梦的电影。"

简华大神直接把电话挂了。

简宁川回来继续收拾东西。秦阵和王子烨斗完嘴，恢复哥俩好，脑袋顶着脑袋组队打手游。

还没五分钟，简宁川的手机又响起来。他都不用看，就知道是李铮打来的。

"川川，"李铮还是说着那句万年不变的开场白，"你怎么又气他？"

简宁川："你谁？"

李铮："干爹都不认了吗？不可以。"

简宁川："我可没有联合别人一起骗我的干爹。"

李铮哄小孩一样："还记仇呢？干爹错了，以后再也不了。"

简宁川道："还连生日礼物都没送我。"

李铮大概觉得心虚理亏，都不接这个话题，道："你爸说你要去拍国产烂片，怎么回事？"

简宁川冷笑着说："在他眼里，除了他自己的片子，其他的不全是烂片吗？"

李铮道："你们俩谁也别说谁，他看别人的片子都是烂片，你连唐心梅的片子都看不上。"

简宁川愣了，简华说的"唐导演"是唐心梅？！唐心梅是旅美华人女导演，作品两次入围奥斯卡最佳外语片。

"她这次要拍一部校园背景的文艺电影，改编原作拿过普利策奖，冲击奥斯卡的希望很大。里面没台词的小角色都要被抢破头了，你爸费了好大的劲才把你塞进去，"李铮道，"本来剧组那边是要你六月份就去拍摄，你爸怕影响你期末考试，硬把那个角色的戏份拖到暑假，为这个还答应投资方，去他们另外一部剧里免费客串。哪想到你现在搞这出……"

简宁川道："什么叫我现在搞这出？我有请他帮我做这些吗？"

李铮："川川，你别不懂事。以他现在的地位，跑去莫名其妙的三流喜剧片里扮丑客串，你当他是为了谁？"

简宁川："为了我吗？太感动啦。"

李铮："你这孩子，别阴阳怪气。"

"他是为了我吗？才不是，他就是自我感动，以为自己演了个好父亲。以前该演的时候不演，现在想演了，谁还要看？反正我不要看。"简宁川道，"还有，请你以后坚持中立，不然我真的不认你了。"

李铮："川川……你到底要去拍什么？"

简宁川："《罪恶城市》。"

李铮想了一下，道："陈奇峰的？那也还过得去……这戏不是早就开机了吗？上次怎么没听你说？"

简宁川："刚确定没几天。有个演员出事，我顶缺。"

李铮："自己去试镜的吗？"

简宁川："我经纪人带我去的。"

李铮吃了一惊："你签经纪人了？"

简宁川："签了，霍浮。"

"谁？霍……"李铮语气大变，严肃地问，"你签过正式合同了吗？"

简宁川："签了，白纸黑字。"

李铮要吐血了："你要签经纪公司，怎么不来问问我？为什么随随便便就签给那种人？"

简宁川茫然道："那种人？"

李铮在那边气到要爆炸了，道："这事你不要管了，我和你爸商量一下，我们来解决。"

简宁川："解决什么？我都要进组拍戏了，和剧组也签过合同了！"

李铮更生气了："你这孩子怎么回事？怎么做什么事都不和大人商量？合同是能随便签的吗？"

简宁川："霍浮到底怎么了？他人有问题吗？"

李铮道："你不看娱乐新闻吗？前阵子霍浮和两个女艺人的桃色八卦闹得沸沸扬扬，你没看到？"

简宁川松了一口气，道："还以为你说什么，那件事不是都反转了吗？"

"反转，反转，哪有那么多反转？说别人我不知道，说他我可太清楚了。前些年他还没上位的时候，靠着一张脸到处和人搞暧昧，就为了抢同行资源，塞艺人进剧组。他还养了一帮水军，炒作没下限。不然他一个要学历没学历、要家世没家世的胡同串子，怎么混上来的？”李铮冷冷道，“2014 年秋天，华艺娱乐的一个女经纪人泼自家女艺人硫酸，女艺人当场被毁了半张脸，那经纪人现在还在牢里，你现在在网上搜还能找到这报道。当时都说是为了钱，只有知情人才知道她们就是为了霍浮争风吃醋。两个女人一辈子全毁了，就看霍浮后面这几年的作为，你觉得他有一点愧疚吗？”

简宁川内心被震撼了，不太敢相信，说：“可是你也是道听途说，事情未必就是这样，说不定这也是以讹传讹。”

李铮：“被泼硫酸那个女演员叫李毓，是我的一个远房堂妹。”

简宁川震惊得无话可说了。

简宁川从阳台回来，忘了关门，径自坐在桌边。

打游戏的王子烨：“小简，关门！把空调冷气堵回来！”

简宁川耳朵听见了，脑子却没动，他呆坐在那里，一副有点傻的样子。

秦阵看了看他，问：“怎么了？是不是在阳台打电话打太久晒中暑了？”

王子烨：“藿香正气水、藿香正气丸、藿香正气胶囊，要哪个？”

秦阵：“你怎么有这么多藿香正气啥啥啥的？”

王子烨扬扬得意：“对门都有噻，我去借。”

秦阵：“你干脆搬对门住去吧。”

简宁川“噌”的一下站起来。

王子烨和秦阵不明所以。

简宁川道：“妈，借你的车开一下。”

秦阵指了指桌子：“钥匙在桌上。你要去哪儿？”

简宁川拿了钥匙，又从衣柜里找了件 T 恤换上，道：“我……去找下霍浮。”

王子烨：“哎哟——”

秦阵看出简宁川不太高兴，低喝：“收声。”

王子烨就闭了嘴。

等简宁川走了，王子烨道：“阵哥，啥子情况？”

秦阵道：“不知道啊。”

简宁川到霍浮工作室的时候，霍浮办公室的门紧闭着，他也没有看到田娜拉。接待他的是个陌生的工作人员，不太热情，客客气气地带他到会客室，说：“霍总在见客人，你在这边稍等一下。”

简宁川等了十几分钟，田娜拉匆匆忙忙过来，惊讶大过欣喜，问道：“小简，你怎么突然来了？出什么事了吗？”

简宁川道：“没有……就路过这附近，顺便过来看看。”

田娜拉的表情马上放松下来，她道：“唉，吓我一跳。喝水还是果汁？也有咖啡，我去帮你拿。”

简宁川突然意识到，对经纪团队来说，艺人不请自来很可能象征着麻烦。他有些尴尬，道：“不用，我不喝东西。你们今天很忙吗？”

田娜拉道：“也还好。出了点小麻烦，霍老师正在处理，问题不大。”

李铮和简华动作这么快？！简宁川吃了一惊，问道：“是和我有关系的麻烦吗？”

田娜拉奇怪道：“你能有什么麻烦？你到底出什么事了？”

简宁川一时不知道该怎么说。

田娜拉：“是学校有事，要耽误进组吗？”

简宁川道：“不是，已经考完试了。”

田娜拉察言观色的本领显然很高超，道：“是必须要和霍老师说的事吗？”

简宁川只得道：“是，是我家里的事。”

田娜拉点点头，没再问下去。她很可能已经知道他家里是什么情况，那的确需要霍浮亲自处理。

她陪着他等了一会儿，听外面有动静，道：“我出去一下，你不要出来。”

简宁川也听到了外面的喧哗，答应道：“好。”

他毕竟还是个年轻人，好奇心旺盛，听外面吵吵闹闹，也很想看看是发生了什么。田娜拉出去后，他扒拉着百叶窗，透过缝隙朝外面张望了一下。

竟然是两个女人在吵架，如果不是包括田娜拉在内的工作人员拦着，看架势已经动起手来。

其中一个女人，虽然在室内还戴着大墨镜，但简宁川还是认出了她，那是杨双双。简宁川联想了一下之前的花边新闻，猜测另一个八成就是三角新闻里的另一位女主角。

男主角呢？

简宁川仔细看了看，没在那群人中间看到霍浮，正在腹诽霍浮还真是桃花缠身，有个人就从旁边过来，整个人挡在窗前，挡住了他的视线。

从百叶窗的缝隙中，霍浮只能看到简宁川的眼睛。那是一双很年轻的眼睛，瞳仁漆黑，眼白清亮，眼神单纯。

霍浮的心情忽然变得轻松起来，他背对着身后的闹剧，对这双眼睛的主人扮了个瞪眼睛、吐舌头的爱因斯坦式鬼脸。

简宁川下意识松开了手，百叶窗的缝隙合了起来，把霍浮的脸挡在了外面。

霍浮没想到里面的人会收手，窗户玻璃反光，像一面镜子，倒映着他还没收起来的鬼脸。

他摇头笑了笑。

被发现在偷看，简宁川不好意思继续，只好返回桌边坐下。然后他才反应过来，霍浮刚才是对他扮了个鬼脸吗？

霍浮真的是干爹说的那种人？

他的干爹李铮，虽然在他和简华糟糕的父子关系里总是偏帮简华，但李铮绝不是个喜欢挑拨是非的人，反而是个爱和稀泥的老好人。

那么李铮说的霍浮的那些事，刨除主观情感的因素，最少有八分可信度。几年前真的有两个女人为了霍浮争风吃醋，搞到一个毁容一个坐牢。那不就和外面正在吵闹的那两位有点像？

外面渐渐安静下来，完全没有吵闹声后，等了片刻，简宁川才又过去扒拉百叶窗，朝外看了看。

围在那里的人散了，所有人都坐在各自的工位上忙碌着，就好像什么都没发生过——莫非是对老板的桃色事件司空见惯了？

他刚收回手，田娜拉就推门进来，笑着叫他："小简，霍老师忙完了，让你过去呢。"

简宁川问："刚才外面怎么了？那么吵。"

田娜拉犹豫了一下，才道："以后有时间再告诉你，别让霍老师等，快来。"

她只把简宁川带到霍浮的办公室门口，帮他敲了门，就摆摆手走开了。

简宁川自己进去了。

霍浮在办公桌后正襟危坐，也没有像平时一样满面笑容，歪头看着他进来，道："来了？坐。"

简宁川在他对面坐下，说："我找你有事。"

霍浮点点头，道："猜到了，你说。"

简宁川道："我干爹知道我和你签了约，现在可能已经告诉我爸了。"

霍浮问："你干爹也是圈内人吗？"

简宁川："李铮，编剧。"

霍浮恍然："啊，是他。"

简宁川："你们认识吗？"

霍浮道："不算认识，见过几次，我知道他不太喜欢我。"

简宁川沉默。

霍浮："签约的时候，你说过你爸可能会来找我麻烦，我有心理准备。合同没有任何法律上的问题，你也不是未成年人，这件事没有任何问题，除非你也不想做我的艺人了。你是什么想法？"

简宁川："我不知道。"

霍浮："怎么会不知道呢？《罪恶城市》都在等你进组了。"

简宁川："我爸让我去拍唐心梅的新片。"

霍浮显然没想到，向后靠在了椅背上，双臂环抱，道："原来你爸想让你走这种路线。唐心梅的片子就算票房扑了，也是有国际影响力的，这很不错。"

简宁川没想到他会这样说，道："你是建议我听我爸的话，毁约，然后去唐心梅的剧组吗？"

霍浮道："如果我是你，我就会这么做。《罪恶城市》和唐心梅根本不是一个量级，霍浮工作室和简华大神的团队也不是一个档次。"

简宁川低下头，沉默不语。

霍浮笑起来，说："不是吧，这就要哭了吗？别替霍老师难过，霍老师一定会向你爸敲一大笔违约金的。"

简宁川没有真的要哭，但也是真的有点感动。

进这间办公室之前，他没有一个明确的决断，他没想接受简华给他的机会，也不知是否要就此和霍浮分道扬镳。直到这个时刻，他的内心忽然间变得明亮。不管李铮说过什么，也不管杨双双和那个女艺人到底为什么而起争执，这些都不能摧毁他对霍浮已然建立起来的信任。这信任是事业伙伴之间应有的，非常珍贵。

"霍老师，恐怕你敲不到这一大笔了。"简宁川道，"从小到大，我就没听过我爸的话。"

霍浮面露错愕，放下抱着的手臂，身体慢慢前倾，说："小简，你想清楚，叛逆要分时候，更要分情况。"

简宁川说："你一定要认为这是叛逆也可以，反正我不要他给我的这些东西。"

霍浮认真地看着他，渐渐无奈，道："他一定会很生气的。"

简宁川无谓道："那我就很高兴。"

霍浮："好吧……我失去了一笔巨额违约金。"

他说着有点丧气的话，表情却分明是高兴的。

说完了工作的问题，简宁川假装不在意地问："刚才在外面和杨双双师姐吵架的那位是谁？"

霍浮道："她是吴安迪，论资排辈也算是你的小师姐，是我年初签的新人。"

简宁川假装刚刚想起来，道："就是杨师姐说你那什么的那个女艺人？"

霍浮一脸惊愕道："那什么？怎么可能，她才十九岁。"

十九岁是有点小，二十岁的简宁川在心里想。

霍浮道："可能因为我一直单身，加上以前出过一些不太好的事，所以双双才对我有点误会。"

简宁川装傻道："什么不太好的事？"

霍浮笑了一下，不无揶揄道："不要装啦，你干爹没告诉你吗？他在大庭广众之下对我动手，可不止一次了。"

简宁川吃惊道："他没说动手的事啊。"

霍浮道："哦？那他都说什么了？他的堂妹吗？"

简宁川："我想听你自己说。"

霍浮将手肘撑在桌上，单手托着腮，有点苦恼的样子，说："其实说出来很丢脸的，你确定想听吗？"

简宁川用力点头，完全掩饰不了极度想听的渴望。

霍浮却说："我突然饿了。"

简宁川半晌无语，道："喝牛奶啊！"

霍浮道："但是我想吃拉面。"

简宁川疑惑道："你可以吃面食吗？"

霍浮道："可以的，但要先打一针胰岛素。"

简宁川：这么恐怖的吗？！

霍浮歪了歪脑袋，道："陪我去啦，小简。"

他完全不像已经三十七岁的人，更不像有糖尿病的样子，肤色健康，脸上没有痘印也没有细纹，声音也很年轻，说话时偶尔会在句尾加语气助词。

简宁川心想，这样的霍老师会是个渣男吗？

生平第一次亲眼看见有人自己给自己打针，简宁川整个人都不太好了。

而且霍浮边推胰岛素，还边对他扮着有点俏皮的鬼脸。

他的感觉难以形容，反正有点心酸，他问："这个针剂是不能离身的吗？每天都要打？"

霍浮倒像是不太在乎，说："没有那么严重，偶尔才打一次。比如说现在，因为我想吃面，那就先打一针，才会比较安全。"

简宁川道："不打会怎么样？"

霍浮说："没有试过，可能会死吧。"

简宁川："你好惨啊！"

霍浮哈哈大笑，说："你别逗我笑，针断在里面就完蛋了。"

简宁川马上不敢再说话。

霍浮又是一阵笑："不是当真了吧？我吓你的，钢针哪有那么容易断。"

霍浮带他去了一家蛮有名的网红拉面馆，没到吃饭时间上座率也有一半，店里热热闹闹的。

选好两碗招牌面，霍浮道："看你还想吃什么，今天我请。"

简宁川道："我不太饿，面就可以了。"

霍浮说："别为了照顾我的情绪也委屈自己吃不好。"

简宁川道："才没有，我真不饿。"

霍浮便叫了服务员来点餐。他和服务员说话时也一直笑眯眯的，心情很不错的样子。

等服务员走开，简宁川道："你说要讲以前发生过什么事的，快讲。"

霍浮想了一下，说："还真不知道该从哪儿讲起。"

简宁川道："就说我干爹的堂妹，怎么回事？"

"她是叫李毓对吗？"霍浮道，"怎么回事……那个时候，她刚出道不到一年，发展得不是太好，我和她接触了几次。从我的角度看，作为艺人的话，她个人条件非常一般，想推她出来，难度比较大。"

简宁川奇怪道："她不是有经纪人吗？她好不好推出来，和你又有什么关系？"

霍浮说："她的经纪人叫冯薇，在转做经纪人之前，给我做过一年多的助理。

冯薇只带了李毓一个艺人，看李毓不温不火，当然着急，就来找我商量，看能不能想办法帮她捞一下。我看了几次，觉得李毓实在不太行，就劝她再物色新艺人，她也没有再说什么。过了没多久，她们俩就出事了。”

简宁川琢磨了一下人物关系，道：“这个冯薇，是本来就喜欢你吧？”

霍浮摇头道：“我不知道。”

简宁川不信：“你怎么会不知道？”

霍浮无奈道：“就连她和李毓出事，我都是看娱乐新闻才知道的。和大家一样，我也以为是她们之间的经纪约出了问题。那件事之后，过了半年多时间，在一个投资会上，我和你干爹李铮都在场，以前我们从来没见过，他却突然来找我麻烦，我才知道那件事有可能和我是有关系的。”

简宁川不可思议地道：“难道冯薇和李毓都没对你表白过吗？”

霍浮略微尴尬，说：“李毓说过，但我拒绝她了。冯薇被判刑后，我去探望过她，可是没有见到，她不想见我。所以直到现在，我对这件事都不是特别清楚。”

简宁川：“哦……那你真是‘出淤泥而不染，濯清涟而不妖’，一朵雪白的莲花。”他边说还边“啪啪”鼓了几下掌。

霍浮沉默了。

简宁川：“你这种应该叫‘绿茶’。”

霍浮还是沉默。

简宁川有点生气，说：“不喜欢别人就不要对别人好，等人家喜欢你了，你又一副‘我什么都没做，我怎么知道她为什么喜欢我’的样子，太讨厌了。”就和他爸简华那个大渣男一样。

霍浮愣了片刻，道：“可是人和人在一起相处，对对方好一点不是应该的吗？难道你希望我对你很凶恶？”

简宁川：“我不一样！我是男生，我说的是对女生。”

霍浮道：“对女孩就更不能凶恶了。”

简宁川：“不凶恶可以，但就不能换平常一点的态度吗？非要态度暧昧，勾引人家喜欢你，你就开心了吗？”

霍浮：“我没有。”

简宁川：“肯定有。”

霍浮抬手终止话题，道：“好好好，你说有就有吧，应该就是我的错。”

之后，两个人都不再说话。

服务员端了面送上来，霍浮摘掉眼镜，拿了筷子，挑起两根面条慢吞吞地吃了。吃完，他放下筷子，喝了口水，就又把眼镜戴了回去。

简宁川一时对他又充满同情，可是拉不下脸来，语气生硬道：“你就只吃这么一点吗？那胰岛素不是白打了？”

霍浮道：“没胃口，不想吃，我生气了。”

简宁川无语。

霍浮道：“你不问我为什么生气吗？”

简宁川：“我就不问。”

霍浮一下没忍住，笑了出来，道：“你怎么不按套路来？”

简宁川不理他，吃了一大口面，塞得两腮都鼓了起来。

霍浮道：“你真是……以后不能这么吃饭，都不好看了，被路人拍丑照发微博可怎么办？”

简宁川说：“我又不靠脸。”

霍浮道：“说得也是，你不是我这样的‘绿茶’。”

简宁川差点把面喷出来，被呛得不停咳嗽。

霍浮倒了水给他，他接过去喝了两口，才慢慢平复。

见霍浮托腮笑着看他，简宁川觉得尴尬，说：“你又不生气了吗？”

“生气又能怎么办，还能打你一顿吗？”霍浮又摘了眼镜，眼神异常认真，说，“也许你说得对，是我做得不好。但是无论如何，我从没想过和谁暧昧不清，特别是和艺人之间，这是经纪人的大忌。”

简宁川：“所以你摘眼镜干什么？”

霍浮拿起筷子，说：“我不生气了，就还能再吃点。”

简宁川回到学校宿舍后，两个室友啰里啰嗦地关心他，问了一大堆问题。

“好了，好了。”简宁川被问烦了，“你们俩不要好奇心太旺盛了好不好？！”

他的手机没电了，他单脚踩着梯子，从上铺床上拿了充电器，又轻巧地跳了下来。

秦阵道：“小简……健步如飞。”

王子烨道：“嗯，飞檐走壁。”

秦阵：“壁……比翼双飞。不是，谁要跟你玩成语接龙了？”

王子烨自己都觉得好笑，笑了几声，道：“职业病嘛。”

简宁川抱拳：“失敬，失敬，你们两个‘蛇精病’。”

晚上睡前，三个人一边玩着牌，一边日常斗嘴。

王子烨乘明天的飞机回成都，休息一个星期就得再回来。他演的那个成语故事短片有暑期特别节目，电视台做了档给小朋友们看的综艺节目，让他做现场助演。

秦阵接了个网剧，是给快消服饰拍广告的摄像师介绍他去的，过几天就进组，说是演男二号。不过现在网剧的编剧多半抓瞎，经常拍飞页，甚至有时候剧本逻辑都不通，还得靠演员现场编剧情。类似情况太多了，这所谓的“男二号”未必靠谱，他也就瞎拍拍，赚个零花钱，反正没浪费假期。

至于简宁川，他后天晚上去广州，霍浮说到时候过来接他。

打牌过程中，简华给简宁川打了几次电话来，简宁川都给挂了没接。简华在那边估计是气炸了，又开始信息轰炸，连发了几条语音，又开始发文字，全是跳脚骂儿子：“竟然敢背着我签经纪公司，翅膀硬了是不是”“知道唐心梅的新片多少人想拍都拍不到吗？不拍唐心梅的，跑去拍什么莫名其妙的烂片”“你怎么这么不听话，明明小时候还很乖的”……

看到这条，简宁川关掉了手机。

第三章 周放

两天后的傍晚，霍浮到学校来，接简宁川一起去广州，随行的还有田娜拉。

三人到广州后，上了一辆很新的保姆车，车和司机都是成果娱乐的。

简宁川懵懵懂懂，还是田娜拉悄悄告诉他："新人哪里轮得到，这都是霍老师专门给你的特殊待遇。"

虽然他知道这就和合同一样，特殊待遇都是冲着他爸，但心理上还是难免觉得自己被放在了特殊的位置。"中二少年"的虚荣心得到了满足，开心还是有的。

司机送他们到了天河中央商务区的一家五星级酒店。

简宁川感觉剧组不可能安排他这样的配角住五星级酒店，道："我的片酬够不够日常开销？别等拍完了，你还要我倒找钱给你，那我不是亏了？"

霍浮笑道："让你不看合同，片酬多少也不知道，小傻子。"

酒店还真不是霍浮安排的，《罪恶城市》剧组有钱，包了酒店一整层，所有演员都住这里。

霍浮之前和导演联系过，导演也已收工回来。简宁川上楼去放了行李后，霍浮便准备带简宁川过去见导演。

从房间出来，走了没几步，两人迎面遇到了满面冰霜的周放。

上次在片场见过一面后，简宁川对这位周师兄的印象谈不上太好，但此时在酒店走廊里狭路相逢，想装作没看到也不行。

谁知他还没说话，霍浮先开口叫人："周放。"

本就满脸不高兴的周放更不高兴地打量霍浮，道："霍……你叫霍什么来着？"

简宁川有点尴尬。

霍浮脸色半点没变地说："霍浮。"

周放想起了这是位经纪人，有点尴尬，态度倒是比刚才客气许多，说："有阵子没见面了，你怎么来这儿了？"

"我的艺人要和你同组拍戏。"霍浮把站在自己身后的简宁川拉到前面来，介绍道，"这是简宁川，要演你的弟弟。"

简宁川道："周师兄好。"

周放已经忘了上次见过他，问："你也是电影学院毕业的吗？"

简宁川："还没毕业，我大二的。"

周放道："大二……你们班主任是焦芳琴老师？"

简宁川："对，是焦老师。"

周放露出点笑容来，说："我也是焦老师的学生。说起来，我大二还在学校小剧场演哈姆雷特呢，小师弟真厉害。"

简宁川听不出他这是真夸还是酸话，谨慎道："还是周师兄厉害。"

霍浮笑着说："你们师兄弟就别商业互吹了，接下来一起拍戏，小简要向你师兄好好学习。"

周放问简宁川："师弟你住哪一间？"

简宁川指了指自己的房门。

周放一指对面，道："我住你对门，有空就找我玩。"

简宁川点了点头，心里对周放这假客气不以为意。

霍浮带简宁川去见了导演，简短客套后，导演和简宁川谈了谈剧本。导演听了他对剧本的提炼和对人物的理解，比较满意，还夸他"是根好苗子"，让他回去早点休息，明天就开始拍他的戏。

送他们出门时，导演又调侃霍浮："你是过来陪读的吗？我们可不养闲杂人等，吃住一概不管的。"

霍浮笑眯眯地道："那我就和小简挤一间房。"

简宁川：问我了吗，霍老师？

回到房间，霍浮打开冰柜，优哉游哉地挑了瓶苏打水喝。

难道真要挤一间房吗？简宁川想。

霍浮喝了小半瓶水，歪着头看他，一副欲言又止的样子。

简宁川脑袋里止不住地发弹幕：霍老师，你想说什么？快说！

"小简，你在这边好好拍戏。"霍浮道，"我等下就先走了。"

简宁川微愣："走去哪儿？"

霍浮说："要回北京。"

简宁川吃惊道："怎么这么快就走？"

霍浮道："我还有其他工作。娜娜会留在这边照顾你，有什么需要你尽管告诉她，如果有她处理不了的事，我会马上过来。"

简宁川沉默不语。

霍浮看他的表情，问道："不是不高兴了吧？"

简宁川低头看着地毯上的花纹，道："没有不高兴……霍老师，我有点舍不得你。"

霍浮道："你别太紧张，陈导演很好相处。平时没事你也和周放多走动走动，交到新朋友，慢慢就能适应了。"

简宁川有点沮丧，道："周放……就算了吧。"

霍浮说："我看他还挺喜欢你的，尤其听说你是他的同门师弟后。"

简宁川道："我不喜欢他。他上次凶我你是没看到，他就是在你面前装好人。等你走了，他就要露出上次那种真面目了，肯定还要再凶我。"

霍浮好笑道："他要是再凶你，你就凶回去。"

简宁川勉强做了个凶恶脸，说："我凶起来那就可怕了。"

霍浮笑着轻拍他的头顶，道："你这个小可爱。"

简宁川道："你少误会我，我才不是什么小可爱，我很粗犷的。"

霍浮上下打量着他，道："哪里粗犷了？"

简宁川粗声粗气道："要看我两米长的腿毛吗，霍老师？"

霍浮笑了。

霍浮走后，简宁川早早地上床睡觉。他是有一点认床的，因此辗转反侧到了半夜才迷迷糊糊睡着。

第二天早上他醒得也很早，精神不是太好。他冲了个冷水澡，全收拾妥当，还不到七点。田娜拉还没来，他也不想自己去吃早饭，就无精打采地坐在小沙发上发呆。

广州在清晨就已经烈日炎炎，想到从今天开始要在这个环境里工作一个多月，从小就怕热不怕冷的简宁川脑袋更疼了。

上午在片场，陈导演把简宁川介绍给剧组其他人，大家也没时间交流，打过招呼就算认识了，然后马上开始了热火朝天的拍摄工作。

简宁川的戏排在今天的第二场，化妆师给他上妆时他还在拿着剧本紧张地看。

他扮演的角色名叫高哲，是名普通大学生，有个在缉毒队做副队长的哥哥高毅。《罪恶城市》是一部群像戏，高氏兄弟是故事的次级支线。在整部电影里，高毅这个角色是除了男一号和大反派以外的三番。

高哲的戏份并不多，但他贯穿故事始终，是穿针引线的一个重要配角。

故事的开始是高哲到一家大型物流公司实习，无意中发现物流集装车内藏有大量毒品，由此揭开一桩通过物流寄运毒品的特大涉毒案件。不久后他的哥哥高毅就被派去卧底，但在即将收网时，不慎被发现身份。为了逼迫高毅交出已搜集到的证据，公开身份是知名企业家实际是大毒枭的反派绑架囚禁了他的弟弟高哲。高毅在两难境地里，选择了保护弟弟，而后在反派的胁迫下一错再错，再难回头，最终在救出弟弟后，为了救同事而牺牲。故事的结尾，逃出生天的高哲通过哥哥高毅留下的线索，帮助男主角找到了被藏起来的证据U盘，反派落网，告慰了哥哥的英灵。

简宁川为数不多的几场戏场场都惊心动魄，需要他全程保持高度紧张的状态。所以试镜时，陈导演才会要求他演一段情绪爆炸的戏。并不是他以为的，导演看在霍浮的面子上才放水。

今天要拍的这一场戏，是高哲被囚禁后第一次见到哥哥高毅，目睹哥哥因为他陷入两难境地。几分钟的戏中，他要痛哭、嘶吼着劝说高毅不要为了他变节。

因为不需要拍的前情是高哲在被囚禁期间试图逃跑，被反派虐打，所以他化了一个惨兮兮的妆，半张脸青紫红肿，从头顶浇下的稀释红色颜料——“血水”顺着发梢向下滴，不小心流到嘴里一点，又酸又苦。

简宁川缩手缩脚地坐在“囚禁”他的房间的角落里，调整着让自己进入委屈、害怕、惶恐的状态里。陈导演在机器后露出笑脸，对他的表现比较满意。

扮演他哥哥的周放也就位了，这人不知道怎么了，又是一脸全世界都欠他钱的表情。

场记打板，开拍。

周放瞬间换了表情，大步疾冲过来，感觉不到痛一样摔跪在简宁川面前，眼睛里含着泪，手不知该碰简宁川哪里，他哽咽道：“小哲，痛不痛？哥哥来了，没事了……”

简宁川呆了，他完全相信这是他的哥哥来救他了。

陈导演喊“Cut”，道：“小简，别只顾着哭，说台词！”

周放跪在简宁川面前，眼睛里的泪还没滚出来，又一脸不高兴，按着自己的肩揉了揉，不怎么耐烦，语气也很敷衍地给师弟打气："第一次来说算很好了，别着急，慢慢来。"

场记再打板，周放又变脸，甚至比刚才那次更动情，细节也更丰富。

简宁川这次也表现得不错，导演没再喊"Cut"。拍完后，简宁川看见导演在机器后竖了竖拇指，才松了一口气。

而从戏里出来的周放，又在对他的助理发脾气。

周师兄怎么总是不开心？

大半天下来，简宁川也习惯了周放在拍戏和休息时两张脸无缝切换，片场其他人对这幅场景也是视若无睹，想来这是周放的日常了。

这位人气小生的脾气是真的很差，但演技也是真的很优秀。和他一连演了两场对手戏，简宁川都是被他带进情境里的。不管怎么讲，周师兄在专业上都没有令他感到失望。

在学校上课时，两人共同的老师曾在课堂上提到过周放，给出了"他是非常难得的天生的表演家"这种很高的评价。简宁川也看过周放演的一些影视剧，就算是友情客串的角色，他也能做到瞬间抓人眼球，表演十分亮眼。

在见到周放的"真面目"之前，简宁川是相当欣赏他的，对一些"周放爱耍大牌"的江湖传言也不太相信——类似于"粉丝滤镜"。

下午两点多才吃午饭，简宁川饿到前胸贴后背，狼吞虎咽连吃了两盒盒饭。一盒盐焗鸡饭、一盒猪脚饭，味道都还不错。

田娜拉看他吃得差不多了，帮他拧开一瓶水，问道："感觉还行吗？"

简宁川还带着妆，一脸惨兮兮地说："好吃！"

田娜拉笑道："不是问你盒饭，是问你今天拍戏感觉怎么样？"

简宁川说："挺好的啊。"

田娜拉道："那就好。你想吃什么就告诉我，哪里不舒服也要说，别硬撑着，也别不好意思。"

简宁川正扒拉剩下的几口饭，嘴巴塞太满，说不了话，只点了点头。

田娜拉道："霍老师今天都问了好几次了，担心你适应不了片场节奏，又说广州天气热，让我给你准备好降暑药。真是的，我都做助理好几年了，你是新人，他也当我是新人。"

简宁川："嗯……"

田娜拉道："是不是困了？你在车上睡一下，等会儿开始拍，我来叫你。"

说完她下车去另找地方休息了。

简宁川闭着眼睛努力了几分钟，没能睡着，爬起来去上了个厕所。

大家都还在吃饭，估计还要一会儿才开始继续拍摄。外面热到爆炸，他也不太认识别人，上完厕所就又返回车上吹空调。

他拉开车门上去，坐回刚才的位置上，正要继续闭目养神，就听到后排一道声音响起："去，给我买杯冰咖啡。"

简宁川吃了一惊，忙回过头，看到后排坐着一个裸着上身的男人。

这人分明就是周放！午休也要脱衣服的吗？不对，周放为什么在他的车上脱衣服？！

看到简宁川那张被化得血淋淋的脸，周放一脸被吓尿的惊悚表情，开口质问："你谁啊？！"

简宁川一脸凌乱，道："我是简宁川。周师兄，你怎么在这里？"

周放终于认出了他，咆哮道："这话该我问你吧！谁让你上来的？！你这样子突然回头是要吓死我吗？！"

周放突然觉得被吓到是很丢脸的事，不骂人了，气呼呼地从旁边拿了衬衣要穿，右臂却像是抬不起来似的，穿得很吃力。

简宁川也终于意识到自己上错了车，他本该马上下去，但看周师兄好像不太舒服的样子，于是尴尬又不失礼貌地问："师兄，你没事吧？"

周放："没事！你是上错车了吗？"他也想起简宁川的车和他的车款式差不多这回事。

简宁川道："我没看清楚。你真没事吗？你的助理呢？我帮你叫他一下。"

"不用！我没事了。"周放穿好了衬衣，扣子系错一个，歪歪扭扭的，配上他气呼呼的表情，有点滑稽。

简宁川道："那……我走了。"

周放懒得理他，赶苍蝇一样挥了挥手，简宁川就灰溜溜地下来了。

他回到自己车上时，田娜拉已经回来了，还给他买了冰咖啡，她道："你去哪儿了？怎么不睡一会儿？喝杯咖啡提提神，马上要开拍了。"

简宁川怕苦，不是太喜欢喝美式，他把咖啡端在手里，说："辛苦你了，娜娜。"

田娜拉夸张道："对你好一点，你在霍老师面前夸夸我，我的年终奖全靠你了！”

几分钟后，周放一脸暴躁地回到片场。

简宁川想了想，过去把咖啡给他，说：“师兄，冰咖啡。”

周放看了一眼他的小师弟，有点吃惊，道：“你还真跑去给我买咖啡了？”

简宁川道：“我的助理给我买的。”

周放更觉得莫名其妙：“那你干吗要给我？”

简宁川本来还想客气客气，看他这个样子，便实话实说：“因为我怕苦不想喝。”

周放无语，最终还是接过了冰咖啡。

化妆师过来给简宁川补了妆，下午继续拍高哲惨兮兮地被囚禁起来的样子。陈导演觉得上午有几个镜头没有拍好，让他重新拍几条。

因为高哲受了伤行动困难，所以简宁川的戏肢体动作都不大。而周放饰演的高毅就不一样了，他既要冲进来摔跪在地上安慰弟弟，又要因为愤怒和反派打手发生冲突。这一段打戏里，简宁川基本上就是背景板，全程做出替哥哥担心的表情就好。

周放团队的日常通稿除了吹周放的颜，就是吹他的打戏好。以前简宁川看他的影视剧就觉得他的打戏还算不错，现场看发现比想象中还要好。这人手长脚长，身体协调性很好，动作舒展不紧绷，后期剪辑还要再有加成，效果就更出彩了。

简宁川没有听说过周放有任何舞蹈或武术基础，他能有这样的表现，除了天赋异禀，后天也一定付出了极大努力。

简宁川对周师兄的好感度上升了一点点，心想，可能艺德和人品还是可以分开看的。

今天没有夜戏，天黑后就收工了。陈导演在工作状态时是严肃的，一旦从工作状态里脱离出来又很平易近人，为了欢迎简宁川第一天进组，他提议大家一起吃顿饭。

《罪恶城市》剧组氛围很好，从演员到工作人员相处得都很融洽，似乎整个剧组的坏脾气都留给了周放一个人来发。

此时，周放已经没了人影，他的助理来说了声：“放哥不太舒服，就不去了。”

陈导演打圆场道：“小周连着拍了两个多月，身体扛不住了，让他早点休息吧。”

简宁川也不能说什么，心里默默吐槽，周师兄真是从“不要大牌会死星”来的。

还算愉快的聚餐过后，大家回到酒店。从电梯里出来，田娜拉和简宁川道别。剧组差不多就是以电梯为分界线，男女分别住在两侧。

“回去以后给霍老师打个电话，”田娜拉道，“刚才吃饭时，他又问我你今天怎么样了，你给他回个信，也好让他放心。”

简宁川敷衍地应了声：“知道了。”

田娜拉笑道：“怎么还不情不愿了？霍老师知道了要伤心的。”

简宁川道：“哪有，回去就给他打。”

要在电话里说些什么呢？真是头疼。

他独自回到房间，看到周放的房门紧闭，一点动静也没有，心想周放可能是已经睡了吧。

简宁川磨磨蹭蹭地洗了澡，这通电话无论如何也是躲不过去的，伸头一刀缩头也是一刀，他还是打了。

霍浮几乎是马上就接了起来，说：“聚餐结束了？”

简宁川：“嗯……”

霍浮：“听娜娜说，你今天表现不错。”

简宁川：“就还好吧。”

霍浮：“是不是很累？怎么无精打采的？”

简宁川：“没有……广州太热了。”

霍浮：“注意防暑，也要做好防晒，少喝冷饮。”

简宁川：“嗯，知道了。”

霍浮笑了一声，说：“看来是真的很累呀，我还没见你这么乖过。”

简宁川道：“是真的很累。今天和周师兄拍了两场对手戏，他演得真好，我完全被他带着走，太生气了！”

霍浮道：“遇到好演员还不好吗？生什么气？啊，他是不是又凶你了？”

简宁川道：“对啊，他又凶我了！我就不明白了，怎么会有脾气那么差的人。晚上聚餐他也没去，陈导演都说了是给我接风的他还不去，我看他就是看不起我这个 2016 级表演系系草，嫉妒我刷新了历届系草的颜值新纪录。”

霍浮在那边笑个不停。

简宁川道：“看在他演技还行的分上，我不和他一般见识。”

霍浮道：“其实他颜值也还行啊。”

简宁川一顿，问：“你还关注男生的颜值吗？”

霍浮道：“不能不关注，颜值是娱乐圈的生产力。”

简宁川又问：“那你觉得是我帅还是周放帅？”

霍浮：“要听实话吗？那我觉得……”

简宁川感觉他要夸周放，打断他的话：“你还是不要说了！”

霍浮还是继续说完了：“我觉得我最帅。”

简宁川无语。

霍浮笑着说：“不帅都不能做‘绿茶’。”

简宁川无力反驳。

霍浮突然认真起来，道：“小简，我好好想了想你说的话，觉得我以前在和人相处时，可能真的有问题，如果把握好距离感，有些事也许就能避免了。”

简宁川心想，怎么不早点发现这件事并且早点改正？！害人精霍老师！

他说：“真好，恭喜霍老师你要变成一个好男人了，很快就能交到女朋友了，祝你们百年好合、早生贵子、儿孙满堂。本单身狗心情非常不好，不想和你说话了，挂了，晚安。”

霍浮：“晚安。”

简宁川气哼哼地上了床躺下，怒气值还是高涨得很，把旁边的枕头凶残地打了一顿，心情才好些，慢慢睡着了。

次日清晨，他头昏脑涨地起来了。

周放的助理在对周放进行复读机式叫醒服务，几分钟后房门打开，周放一声怒吼：“要被你吵死了！”助理说了句什么，房门又“砰”的一声关上。

田娜拉进来，见简宁川灵魂出窍般歪在沙发上，道：“这才进组第二天啊宝贝，你怎么就成这样了？”

简宁川哭丧着脸说：“昨晚没有睡好，今天能请假吗？脑袋疼。”

田娜拉委婉地道：“这个……要耽误整个剧组进度的。”

“没有真想请假，随便说说。”简宁川艰难地爬起来，道，“可以！还行！”

拍戏的时候，简宁川的状态明显比昨天要差，他自己都感觉到了。他的脑子有点卡住，情绪不太进得去，周放说完台词，过了好几秒，他才反应过来该自己接话。

NG了数次，简宁川愧疚地转着圈对所有人鞠躬道歉，表示都是自己的问题。

毕竟他是一个新人，年纪小，态度又良好，所以包括导演在内的工作人员都没有很强烈的意见，都鼓励他再来一次。只有周放在最后一次NG的时候直接炸了：“你搞什么啊！年纪轻轻脑子就不行了，两句台词NG了六遍！六遍了！电影学院怎么会招你这种‘菜鸡’！”

简宁川被骂得面红耳赤，眼泪在眼眶里打转。

周放：“还哭！你哭什么啊！”

简宁川自知不对，低声下气道：“师兄，对不起。”

周放转身走了，上了自己的保姆车，车门“咣”的一声被摔上。

导演道：“天气太热，他脾气难免暴躁一点，小简你别往心里去，去休息一下，等会儿再拍。”

简宁川噙着眼泪又挨个道了歉，才被田娜拉拉着回车上去。一关上车门他就崩溃了，哭得惨兮兮的，田娜拉劝也劝不住，只好看着他哭。

“我怎么这么菜？”他边哭边检讨自己，“天气这么热，所有人陪着我在这里一遍一遍地来。两句台词NG了六遍，要是被老师和同学知道，我都没脸回学校。”

田娜拉递纸巾给他，安慰他说：“你没睡好嘛，状态不好也很正常的。没有台词还NG十几遍的演员我也见过，你表现很好了小简，不要太有压力。”

简宁川擤了擤鼻涕，道：“表现好就不会让人指着鼻子骂了。”

田娜拉道：“周放就是那种脾气，他说的话你就别往心里去了吧。”

“他说得也没错，我就是表现不好，给学校抹黑了。”简宁川道，“但是他说得对也不妨碍我觉得他讨厌。他怎么那么讨厌！”

简宁川再回到片场，化妆师过来给他补妆。他眼睛周围的“瘀青”都给哭没了，眼睛还有点肿，谁都看得出来他是躲起来大哭了一场。但是眼睛肿着也符合他此时的人物设定，对拍摄没有影响，近镜头的效果反而会更好一些。

打板开拍后，简宁川打起了精神，努力投入表演中。

这场是周放饰演的高毅在做出两难抉择前最后一次看望弟弟高哲。高哲察觉到哥哥要为了保护自己而做出万劫不复的选择，一面感动，一面又不愿哥哥做出错误的决定，一面不想死，一面又不希望自己的生是靠哥哥的牺牲换来的。

这场戏人物内心是很矛盾的，兄弟间互动的情绪非常炸裂，要两个演员都充分表现出自己的那份挣扎，这场戏才能好看。

前面几次，周放每次很投入地抛过来情绪包袱，到了状态不佳的简宁川这里，他没能接住，说起来也不能全怪周放会那么生气。就好像两个人在谈事情，一个很认真很投入地讲，另一个脑子放空不知道在想些什么东西。一次两次就算了，六次都对着一截木头表现兄弟情深，别说周放这种烂脾气的人，换成好脾气的人只怕也要生气了。

这次一条过了。

导演喊“Cut”，比了个“OK”的手势。

简宁川瞬间从紧绷的情绪里松懈下来，大喘了几口气。

周放也出了戏，一脸焦躁地看着简宁川。

简宁川不爽地想：你又要怎么样啊！

周放却伸手拍了他的肩一下，道：“你还行，加油。”

简宁川不知该作何反应，周师兄这是在鼓励他吗，还是下一秒又要变脸吼他“脑子坏掉了”？

他脸上还带着脏兮兮的妆，就只一双眼睛干干净净，迟疑地望着周放。

周放也没等他有什么反应就收回手，回了自己车上休息。

也许是因为刚才这场戏拍得顺利，简宁川觉得周放好像也没有那么讨厌了。

到了午饭时间，简宁川又狼吞虎咽地吃盒饭，飞快吃完一盒，又去拿了一盒。

田娜拉很是羡慕，说：“你们年轻男孩就是好，新陈代谢快，吃这么多也不怕胖。周放只比你大几岁都不一样，我听他的助理说，他只要在拍戏期间，中午饭量减半，晚饭干脆不吃。”

莫非是因为这样，所以他昨天才不参加聚餐？简宁川道：“这么夸张吗？可是他也不胖啊。”

“为了上镜好看呐，不然怎么对得起他的‘神颜’。”因为刚才周放骂哭简宁川的事，田娜拉对周放颇为不满，说这话时隐隐有几分暗讽意味。

简宁川对周放的观感时好时坏，说：“周师兄是真的挺帅的。”

“脾气那么坏，再帅也不讨人喜欢，不像我们小简宝贝，”田娜拉的表情简直就是慈爱，她道，“长得帅，性格还好，才来两天，剧组上下就都很喜欢你了。”

简宁川真心道：“我觉得你才是真厉害，才两天时间就和全剧组的人都熟了，周师兄那个助理叫什么我都还不知道，你都能和他聊到周师兄吃不吃晚饭的话题了，真牛。”

田娜拉在人际交往上有点像霍浮，对谁都满面春风，还能让所有人都觉得她很真诚。这个一半靠天赋，邻家姐姐的长相本身就有天然的社交加成效果；另一半恐怕就是因为师出名门了，霍浮工作室的其他员工叫霍浮都是“霍总”，简宁川目前还只听过田娜拉叫他“霍老师”。

“娜娜，”他问，“你在霍老师身边工作很久了吗？”

田娜拉笑着说：“那可不？我一毕业就到成果娱乐实习了。那时候霍老师还在成果做艺人总监，也没有独立工作室，看我还算机灵，就让我跟着他学习。时间过得真快，就快满六年了。”

简宁川问：“他还有别的助理吗？怎么我都没见过？”

田娜拉道：“因为没有别的啊，只有我一个。我过来照顾你了，他现在就是孤家寡人，哪怕是低血糖突然晕过去都没人救他的。”

简宁川呆了。

田娜拉哈哈大笑，说：“怎么脸都吓白了？我吓你的啦，霍老师在健康管理上严格到变态，不可能让自己出这种问题。”这是一个典型的霍式玩笑。

简宁川嘴角抽搐：“你还真是你霍老师的好学生。”

田娜拉收住笑，道：“不开玩笑了，严肃认真地说，别人过来照顾你，霍老师不放心，所以才让我来的。我本来都要转去成果做经纪人了，是霍老师留我，让我陪你拍完这部戏再走。”

简宁川微微吃了一惊。

他不是太懂经纪团队怎么运作，以为霍浮让田娜拉过来陪他，就是要让田娜拉以后都做他的专职助理了，原来并不是。

这样说起来，难怪田娜拉在剧组里能左右逢源，她跟着霍浮积累了六年的资源和人脉，已经有资格转去做经纪人了。这个剧组里，除了简宁川这个娱乐圈小白，恐怕其他人都很清楚，田娜拉根本就不是一只生活助理小虾米，而是一个冉冉升起的新大佬。霍浮也是真舍得，把徒弟这么大材小用。

“小简啊，霍老师对你是真的上心，”田娜拉道，“我看他带了几届艺人了，他对你是最特别的。”

简宁川：娜娜，不要帮你家“霍绿茶”笼络人心了！我、才、不、上、当！

今天收工时是晚上八点多，回到酒店，简宁川洗干净自己，就摊在床上不想动了，饭也不想去吃。田娜拉帮他打包了肠粉和艇仔粥送过来，让他吃过就早点睡觉。

她走后，简宁川正吃着东西，就看到秦阵发了个语音请求过来。

秦阵今天进了组。他们那剧就在北京拍，北京也热得要死，那个剧组还穷，伙食不行，片场连台移动空调都没有。

“小简啊，妈妈好惨，”秦阵在那边夸张地假哭，“我被那个介绍我来的摄影师骗了！”

简宁川爆笑起来，道：“哈哈哈，我听说你们拍的这剧是部网络小说改编的，改编的哪本？我听听我看过没有。”

秦阵：“《袁先生总是不开心》。”

简宁川平时没事就爱看网络小说，刚好看过这本，道：“这本很智障的，我中途弃了，你演谁啊？”

秦阵：“刚看了两页剧本，还没看出来剧情走向，我演郑秋阳。”

简宁川道：“哦。谁演袁先生啊？也是咱们学校的吗？”

秦阵道：“不是，好像是传媒大学的。我看他也是被骗来的，看剧本的时候比我还蒙。”

简宁川：“回头偷拍一张照片给我品一品。”

秦阵答应道：“没问题。你怎么样？广州好玩吗？我还没去过呢。”

简宁川开始吹嘘自己剧组条件如何好：五星级酒店，拍戏时四台移动空调，剧组盒饭有八种，现在正在喝的艇仔粥如何美味……

最后秦阵真情实感地羡慕哭了，决定拍戏期间暂时和他断绝“母子关系”。

和秦阵聊完，简宁川把餐盒收拾了一下，准备扔到门口去，免得房间里有味道。一开门，他看到周放站在对门门口，因为忘带房卡，正气哼哼地等助理来开门。

简宁川客气了一句：“师兄，要不进来等？”

他以为周放也会客气拒绝，谁知周放说：“好啊。”

进了简宁川的房间，周放也不等主人邀请，就一屁股坐在沙发上。简宁川的腹诽都还没开始，下一秒，周放直接躺下了。

简宁川无语。

周放好像特别累，很虚弱的样子，一只手揉着肩，问了句：“小简，你刚才在吃什么？”

简宁川：“肠粉和粥。”

周放安静了几秒，说：“真香。”

简宁川有点可怜他，想想周师兄天天吃不饱，闻着点晚餐“尾气”都觉得香，也是挺惨的。

他在旁边的单人沙发上坐下，说："师兄，其实你一点都不胖，完全不影响上镜，没必要晚饭一点都不吃。"

周放用难得平静的语气说："你不知道，我们公司有病，我明明一个演技派，他们非要一年发几万篇通稿夸我帅，搞得那些喷子对我的演技没要求，整天盯着我的脸，看我什么时候崩。"

简宁川不知道该吃惊于他说了这么多话，还是该吃惊于他说了这么多话居然还没发脾气。

但周放没有让他失望，他的下一句就暴躁起来："真是奇怪他妈给奇怪开门！怎么那么多喷子等着喷我？"

简宁川心想：就你天天见人就喷的样子，别人喷你不也正常吗？

周放动了一下，发出一声："嘶……"

简宁川察觉到了不对，问："师兄，你的手臂怎么了吗？"

周放揉着肩，眉宇间染上几分痛楚，道："肩膀有旧伤。"

简宁川一下想起来了，昨天午休时自己上错他的车，他赤着上身，车上隐约有一股药油的味道。所以他当时是刚擦了药油吗？

"你有药是吗？"简宁川道，"放在哪里了？我帮你擦一下？"

周放道："在我房里，等下我的助理就来了。"

简宁川问："好像很严重啊，真的不用去医院看看吗？"

周放："都说了是旧伤，不用去看，看也看不好！医生就会叫我卧床休息！我要是能卧床休息还用让他看！"

简宁川只得作罢，做乖巧状坐在旁边，心想：你肩膀不是疼吗？怎么还有力气这么凶？！

他问道："是拍戏时受的伤吗？"

周放说："以前拍一部剧的时候，摄像机摇臂掉下来砸的。你以后要小心，尽量别站在摇臂下面，不安全，谁知道哪个摇臂会突然掉下来。"

这是简宁川第二次被周放警告不要站在摇臂下面了。

周放脸色都发白了，想来是疼得很厉害。

简宁川道："是脱臼还是怎么了？这么严重的吗？"

周放不是太耐烦了，说："肩胛骨骨折，一直没长好。"

闻言，简宁川一脸震惊。

他没骨折过，觉得十分震撼。骨折啊！骨折是什么概念？王子烨大一时打篮球摔了一跤，脚踝轻微骨裂，还要请三个月假回家休养的概念！

但在剧组拍戏不像在学校上课一样请假相对随意，缺席你一个，全剧组都等着你，等一天就烧一天的钱，没人担得起这个责任。因为个人问题耽误拍摄进度，视同违约。

伤是没道理只有晚上疼而白天不疼的，可是周师兄完全没有因为伤而影响拍戏的状态。今天被他拖后腿 NG 了六遍，周师兄也就只骂了他几句，他还觉得周师兄很讨厌。换成他是带伤忍着剧痛还坚持拍戏的那个，如果搭档神游一样两句台词要 NG 六遍，他大概要和对方动手了……说起来周放师兄脾气也没有那么坏？而且是真的很敬业了。

他有一点被周放感动到。

周放的助理很快就回来了，跑得一头大汗。他送周放回酒店后，以为周放要休息，就从酒店出去办私事了，结果又被周放一个电话叫了回来。他卑躬屈膝、奴颜媚骨，只差给周放跪下了："放哥我错了，你原谅我！我下次再也不敢了！"

简宁川以为周放要大发脾气凌虐这个小助理，周放却只挥了挥手，不耐烦地道："别废话，快点开门。"

助理忙开了门，让周放先进去，回头对还没关门的简宁川道别："谢谢您，辛苦您照顾我们放哥了！"

简宁川看出这小助理一脸无奈笑意，分明是半点都不怕周放的。平时那夸张的样子，可能也只是他在长期工作中摸索出来的应对周放坏脾气的策略。

关好门回来，简宁川就上了床。他打开游戏《旅行青蛙》，给还没回来的小青蛙准备好便当后就想睡了，刚把手机放在枕头边，手机就振了一下，进来一条消息。

霍浮："睡了吗？今天累不累？"

简宁川没有回他，假装已经睡着了没看到。

过了一会儿，霍浮又发了一条："晚安，川川。"

次日清晨，田娜拉来找简宁川。两人准备去吃早饭，刚从房间出来，对面房门也正好打开，周放和助理也要出门。

田娜拉说："早上好。"

周放又日常一脸不高兴，"唔"了一声就当打过招呼了。

他的助理忙赔笑脸："早上好，早上好，你们也要去吃饭吗？"

简宁川道："对啊，一起去？"

其他三人顿时表情各异。

田娜拉不是很赞同，但还是保持微笑。周放的助理没想到这世上居然还有人肯邀请周放一起吃饭，看简宁川的眼神几乎就写着"这是什么小天使？！"周放本人两眼放空，一脸呆滞，根本就还没睡醒。

剧组在酒店单独租了一个餐厅区域，电梯直达，和普通住客的用餐区是隔开的，早上过来吃饭的全是剧组里的人。自助台上花样丰富，昨天和秦阵显摆时，简宁川说酒店一大早就提供鲜切榴莲，完全没有在吹牛。

四个人正吃着饭，电梯口那边忽然一阵骚动，呼啦啦出来七八个黑衣人开道。简宁川有点好奇，张望了一下，就被其中一个黑衣人很凶地瞪了一眼。

田娜拉看了一眼，转过身背对着那边，问了句："是谁啊，排场这么大？"

周放的助理小声答："是达伦哥，昨晚回来的。"

"达伦哥"即赵达伦，《罪恶城市》的男一号，硬汉专业户，很有国民度的一位前辈演员。这两天没他的戏，他就没在组里，简宁川还没有见过他。他的银幕形象都是十分正面的英雄人物，接受采访时也很平易近人，网上对他的评价很高，说艺德和人品都很好什么的。他私下里排场这么大，倒是简宁川完全没想到。

剧组其他人都住在同一层，赵达伦却一个人住酒店顶层总统套房，身边跟着八个保镖，生活助理也有十几个。而总是被爆料"耍大牌"的周放，还和新人简宁川住对门，随身跟着的只有一个生活助理，这牌可太不够大了。

赵达伦回剧组，自然是因为要拍男主角的戏份了。

今天要拍的第一场戏是整部电影的片头。简宁川扮演的高哲在物流公司实习，检查物流集装车的时候发现车内藏有毒品，马上报了警。赵达伦扮演的男主人公是缉毒队队长，前来处理这个案件。

简宁川连化了两天脏兮兮、血淋淋的妆，今天终于可以露出干净的脸，穿清爽的衣服，不用挨揍，也不用哭了。他年轻，皮肤底子也好，化妆师只稍微给他遮了遮黑眼圈，就算化好了妆。

他换了衣服，站到指定位置，其他演员也都纷纷就位了。

但过了好大一会儿，赵达伦还没来。

陈导演叫统筹去看看，统筹跑去看了，回来说："达伦哥在和儿子视频通话，马上就来了。”导演的脸色就不太好了。

•

《罪恶城市》是部男人戏，没有女主角，仅有两个女性角色。一个是大反派的老婆，由一位香港老牌女星来演，预计上映时会当成女主来宣传。因为戏份少，她一个多月前就已经杀青回家了。另一个是缉毒队的小女警，戏份不少，但多数是背景板，作用基本上等同于花瓶，是由一位名叫花蕾的年轻女演员饰演。她以前是演电视剧的，这是第一次上大银幕。

此时花蕾站在简宁川的旁边，小声叹气说："达伦哥的儿子在欧洲念书，因为时差，他老是早上和儿子视频一次。以后你就习惯了，碰到早上有他的戏，大家就都得等一下。"

简宁川点点头，没敢说话，怕说错话会落人口实。

大家又等了一会儿，赵达伦才来。他人看起来倒是客客气气的，可是简宁川和他打过招呼，想介绍下自己的时候，他已经不感兴趣地扭过头去了，男主架子着实端得够高。

开始拍戏了。

男主角发现报警人是副队高毅的弟弟高哲，两人有一段简短的对话，只有几句台词，主要是交代清楚人物关系。

简宁川很吃惊地发现赵达伦台词功底不太行，吞音很明显，完全没有男主气势。但导演没喊"Cut"，周围的人也见怪不怪的样子，分明不是赵达伦表现失常，而是这就是他的正常水准。以前他饰演的那些角色，八成都是用了和他音色相近的配音……这就很幻灭了。

拍完这场戏下来，简宁川用手机查了一下，才发现赵达伦不是科班出身，从前是练杂技的，也难怪身手很好台词却这么差了。

第二场戏，他是背景板，主角是赵达伦和周放。

高毅、高哲兄弟和另外几个龙套一起打着篮球，赵达伦扮演的队长找了过来，高毅和他站在篮球场边谈事情。队长告诉高毅，上头决定选派他去做卧底，两人就这次行动交换一些意见和看法，台词很多。

托了赵达伦台词差劲的福，这条不停 NG。

简宁川在背景里需要和几个龙套演员打篮球，因为不停 NG，几人都打得汗流浃背，又热又累，移动空调都拯救不了他们。

周放入戏和出戏都很快，一打板开拍，他就是马上要去做卧底的副队长高毅，一 NG，他就要表演喷火。

要不是他的助理手疾眼快冲上去递水、扇风、岔开话题，看样子他分分钟是要喷赵达伦一脸的。

简宁川彻底明白之前是自己误会了周师兄，这人并不是他以为的看人下菜碟，而是一头无差别喷火的坏脾气暴龙。

这条 NG 了十几次都没过，又 NG 的时候，导演也疲了，让大家休息一下，吃过午饭再继续。

简宁川浑身湿透，脸色涨红，整个人累垮了。

田娜拉一看不对，问他："宝贝，是不是中暑了？"

简宁川头晕眼花直想哭，说："好像是，不太舒服。"

田娜拉陪他回到保姆车上，拿了藿香正气水给他。他捏着鼻子喝下去一支，歪靠在座位上，完全没力气，一动也不想动。

田娜拉道："要吃饭吗？"

简宁川："不吃了，想吐。"

田娜拉也没法子，道："那你歇一会儿，等下看看。实在不行的话，再和导演说一声先不拍你。"

简宁川："嗯。"

田娜拉下车后，他就把座椅放倒，盖了件外套后躺下睡了。睡梦里他还惦记着拍戏，也没睡踏实。不知过了多久，他忽然梦到陈导演叫他马上过去拍戏，不然就别演了，他一下惊得睁开眼睛，发现自己是在车里睡觉才松了一口气。

"醒了？"旁边有人道，"好点了吗？"

简宁川转过头，傻眼了。

戴了副无框眼镜的霍浮坐在一旁，正关切地望着他。

简宁川有些糊涂，分不清楚是梦还是现实，道："你……"

霍浮道："哎呀坏了，川川傻掉了。"

简宁川："去你的吧！"

霍浮笑道："还这么凶巴巴的，看来是没傻掉。"

简宁川坐起来，果真凶巴巴的："你来干什么？"

霍浮道："有事来广州，就顺便到剧组来看看。"

简宁川道："来广州什么事？"

霍浮说："来看你呀。"

简宁川：能不这么假吗，霍老师？

他打开车门，不明状况的田娜拉站在车外，道："小简醒了？能接着拍吗？"

简宁川道："我能。"

他跳下车去，感觉到身后的霍浮在看他，他也没有回头。

下午他继续要演打篮球。谢天谢地，赵达伦只NG了一次，导演就勉强放他过了。

简宁川也不想回车上和霍浮待在一起，就站在移动空调边上吹冷风降温。

周放的助理跑过来，给他一杯咖啡，笑嘻嘻道："放哥让我给你买的，加奶也加糖了。"

简宁川受宠若惊，转头看了看，见周放的车门开着，他想了想，走了过去。他站在车边往里头看了看，周放正在化妆，下一场戏要换新造型。

周放看到他，抬了下手，示意他上来。简宁川就上了车，坐在旁边看周放化妆。

周放仰着脸让化妆师给他画眉，道："听说你中暑了？"

简宁川意识到他是在问自己，说："已经好多了。"

周放道："再拍户外戏的时候，提前喝一支藿香正气水，在背上和腿上贴降温贴。"

简宁川："嗯。"

之后周放就没再说话。

简宁川看着周师兄化完妆，对他的印象发生了翻天覆地的变化：说周师兄耍大牌是无稽之谈，他只是情商不高，烦你就要喷你，但是对你好就是真的好。

和某个满嘴跑火车的虚伪人士比起来，周师兄很真实了。

下午又拍了几场戏，简宁川一直没回车上，休息时实在太热，就厚着脸皮跟去周放车里。周放虽然看他的眼神有几分莫名其妙，但也没说什么。

天色渐暗，周放和赵达伦他们要转棚去拍夜戏。没有简宁川的戏，他今天可以收工了。但他不想回去和霍浮共处，就还追着周放。

周放一上车就回头做制止状，道："你想干什么？都跟我一下午了！"

简宁川站在车外，委屈巴巴地卖萌："我回去也没事做，想跟师兄你观摩学习。"

周放道："算了吧，你只能观摩到男主角NG一晚上。"他摆手赶人，很不耐烦地道，“去去去，回去休息，再跟着我就骂你。”

简宁川知道他没有恶意，但也不好再跟，只得看着要转场去拍夜戏的人们浩浩荡荡走了，然后自己慢吞吞回了自己的保姆车。

田娜拉坐在车里，正在翻看一堆合同，见他回来，逗趣道：“和周放玩够啦？你们俩怎么突然这么好了？”

简宁川“嗯”了一声，问：“霍浮人呢？”

田娜拉：“早就走了呀。”

早就走了呀……早就走了呀……早就走了呀……

回酒店的路上，田娜拉看出他不太开心，道：“霍老师在的时候你只顾着和周放玩，霍老师走了，你又不高兴了？”

简宁川道：“哪有，我才没因为他不高兴。我是在想，达伦哥台词那么差劲，怎么还会有这么多大导演选他做男主？”

田娜拉说：“达伦哥有国民度啊，他的打戏也不错，台词可以后期配音，片酬也不算天价，导演们不傻的。”

简宁川点点头，觉得也有道理。

田娜拉道：“而且他还是七色传媒的大股东，剧组能这么有钱，没少沾他的光。”

简宁川无语。

田娜拉笑道：“傻乎乎的宝贝，难怪霍老师不放心你，才两天不见，也要挤时间打个飞的过来看看。”

简宁川蒙了：“他不是来广州有事吗？”

田娜拉道：“能有什么事，就是来看你的，要是别的事，我都帮他处理了。他路上折腾一天，就只看了你几分钟。你忙拍戏是忙拍戏，拍完还和你周师兄玩，也不管他，霍老师好惨啊。”

简宁川情绪复杂。

田娜拉道：“良心发现了吧？愧疚了吧？还不给霍老师打个电话？”

简宁川：“他现在还在天上吧？”

田娜拉道：“没有，他坐高铁去深圳了，那边明天有个颁奖礼。”

简宁川顿时怒了：“那你还骗我说他是来看我的！”

田娜拉：“来广州就是看你的啊。”

简宁川觉得她和霍浮一样，只会满嘴跑火车。

吃过晚饭，回房间时，田娜拉说："今天早点睡，把前两天缺的觉都补回来。唉，霍老师今天还质问我是怎么照顾你的，把你的黑眼圈都照顾出来了。"

简宁川心想：霍浮真的这么说了吗？不一定。

田娜拉走了以后，简宁川就准备上床睡觉，这两天没睡好，的确需要补一个充足的觉。

睡得迷迷糊糊时，他听到外面走廊有说话声，猜想应该是拍夜戏的人回来了。

他看了眼时间，已经夜里两点了。

微信里有秦阵发来的新消息，是张照片。照片里是个眼睛很大的男生，正抱着半个西瓜用勺子挖着吃，两颊鼓得像仓鼠。看角度，这照片应该是偷拍的。

简宁川慢了半拍才反应过来，这八成就是要和秦阵一起演网剧的那个传媒大学学生。

他也没回复，把手机一扔继续睡，打算明天再说。不然就秦阵那个话痨，说起来没完没了，他都不用睡了。

第二天早上起来，窗外风雨大作。

纯纯的北方人简宁川很少遇见一大早就电闪雷鸣的天气，站在窗边叹为观止。

田娜拉打了通电话过来，说："导演说休息半天，等雨停了再开机。"

简宁川欢呼了一声。

田娜拉明显还没起床，道："我睡个美容觉，就不去吃早饭了，你要是去，就叫小光和你一起去。"小光是那两个男助理中的一个。

简宁川道："好，你睡吧。"

他也没找小光，就换了件衣服，自己去吃饭了。难得休息半天，让人家也睡个懒觉。

因为上午不开工，昨晚又有一半人去拍夜戏，所以早上没起床的人多，餐厅里吃饭的人很少。

周放居然也在，他一个人坐在那里喝咖啡，满脸写着不高兴，反正他一直都不高兴。

简宁川开开心心地过去叫他："周师兄！"

周放抬了下眼皮，说："嗯。"

简宁川道："你们昨天那么晚才回来，你怎么没多睡一会儿？"

周放按了下肩，说："一下雨就疼，睡不着了。"

简宁川体恤他的肩伤，主动问他想吃什么，去帮他拿了食物。

师兄弟和和睦睦地吃起早饭。

不久，赵达伦也下来了。八个保镖开路，夹道护送他坐在餐厅中央最大的一张圆桌前，四个生活助理去取餐，还有一个帮他把平板撑好放在桌上。达伦哥果然是每天早上都要和他儿子视频聊天，虽然说话声音不大，但是也能听出人家的父慈子孝来。

简宁川昨天被他的保镖凶过，今天就没正眼看过那边，心里却是有些羡慕的。达伦哥虽然业务水平一般，但是名气摆在这里，工作这么忙，还每天按时和儿子越洋视频通话。

周放也变得很安静，低着头，眼神藏在了睫毛下。

简宁川忽然想起来，他以前看过周放的采访节目，说是周放中学时父亲就病逝了。

十点多，雨过天晴，剧组的人都不用导演通知，一个个自觉地出发去片场开工。

今天简宁川又被化上了看不清脸的妆，要拍高哲被哥哥高毅救出来的一段戏。

高哲还不知道哥哥已经在胁迫下做了很多错事，只以为高毅是来救他出去，很高兴地跟着哥哥离开了这个囚禁他几个月的地方。在出来后，哥哥却让他自己走。

高毅站在废弃仓库的屋檐下，轻推了弟弟一把，说："还不快走。"

高哲想去拉哥哥的衣袖，高毅却躲开了，没让他碰到，语气强烈了几分："还不快走！"

高哲道："你不走吗？"

高毅面无表情地看着弟弟，眼神里有几分隐痛，说："我走不了了。"

高哲立刻明白了什么，黑白分明的眼睛睁大，嘴唇颤抖，道："你做了什么？是为了保护我吗？"

高毅不答，说："你听话，快回家吧。"

满脸血污的高哲茫然无措，高毅忽然伸手过来，用力抱住他，他叫了声："哥。"又被高毅猛地推了一把，踉跄着从屋檐阴影下退到了被阳光照亮的外面。

久违的阳光刺得他眯了眯眼睛，他忙抬手遮了一下。

"车上有导航，别回头。"高毅把车钥匙丢过来，高哲条件反射性地接了。

兄弟两人对望，高毅对弟弟露出温暖的笑，眼睛微红，说："好好读书，不要惹爸妈生气。"

说完，他转身走了，消失在仓库深处的黑暗里。

被他带回阳光下的高哲迈出半步想追上去，立刻又停下，眼睛里滚出大颗泪珠。

这场戏一次过了。

简宁川一脸泪地站在那里，田娜拉撑着伞过来给他遮阳，笑着说："你们俩演得真棒，我都快哭了。"

简宁川还有点没出戏，心里充满了哥哥即将赴死自己却无能为力的绝望感。他笑不出来，抬头去看周放。

周放被助理按在椅子上强制擦汗吹风，嘴里嘟嘟囔囔不知道在骂助理什么，像个不高兴的幼儿园小朋友。

简宁川瞬间出戏了，接了田娜拉递过来的水喝了几口。

天气很热，他的额头鬓角都是汗，但他也不敢太用力擦，怕妆花掉，下一场他还得是这个造型。

众人休息了片刻，准备拍下一场，还是在仓库这个棚。

高哲逃出后，马上带赵达伦扮演的男主角以及几名警员回到这里，想找到高毅，但遍寻不见。

这场戏男主角台词不太多，简宁川还很庆幸。

谁知马上开始拍了，达伦哥却突然提意见，说要修改剧本里的细节。

现场改剧本也是常事，陈导演把监制和编剧都请了过来，赵达伦团队的人也都围在那里，一群人临时开起了会。

简宁川快热晕了，看大家都在等，就也找了把椅子坐下，做乖巧状等待。

演女警的花蕾本来坐在离他很近的地方低着头玩手机，她突然脸色一变，站起来走开了。

简宁川一脸不解。

田娜拉马上过来叫他："小简，你来。"

简宁川不明就里地过去，跟着田娜拉回到保姆车上。关上车门后，田娜拉才道："你早上在餐厅遇见达伦哥了？"

简宁川道："对啊，他也去吃饭了。"

田娜拉："说话了吗？"

简宁川道："没有，他坐C位，我们离得很远的。"

田娜拉道："怎么他那边传出消息，说你早上在餐厅不尊敬他？"

"啊？"简宁川想了想，"吃完饭回去的时候，我在电梯口被他的保镖拦住了。

他们不让我上去，说达伦哥不和别人乘一部电梯，然后我就走了，也没说什么呀。”

田娜拉不清楚早上的情况，道：“现在他要改剧本，就是要删你的戏。”

配角得罪主角所以被删戏的事，简宁川也听说过不少，只是他没想到自己刚入行，这种事就要发生在自己身上，他吃惊道：“我都快是一个龙套了，戏份本来就一点点，他还要怎么删？”

田娜拉道：“别的还不清楚，现在知道的是要删你和花蕾的感情线。”

花蕾在剧中扮演一个花瓶作用的女警，并没有明显的恋爱戏，但在剧本设定上，她和简宁川扮演的高哲是CP（人物配对），只要共同出现必定有互动，所以他们俩的站位才总是挨在一起。

简宁川想了想，对此不是很在意，也有点赌气，道：“删就删吧，这设定本来就挺鸡肋的。”

田娜拉急道：“我的傻宝贝！鸡肋不鸡肋，这都是你的戏，你和花蕾的互动戏有好几场呢，算到成片里，少说也有五六分钟了。”

简宁川被她说得也紧张起来，道：“那怎么办？我真没不尊敬他啊，那要主动去找他道歉吗？”

田娜拉皱眉道：“先不用，等一下。花蕾肯定也得到消息了，先看他们那边要怎么处理。”

没一会儿，她接了个电话，是监制打来的。监制说花蕾找了赵达伦，要求把小女警和高哲的感情线删掉，改成小女警暗恋队长。

简宁川：这什么操作……

花蕾团队这么做明显是要讨好赵达伦，顺便还能保住花蕾的戏份。

田娜拉气到笑了出来，说：“本来还觉得大家在一条船上，想和她那边商量看看怎么解决，这可好，她直接把咱们踹下来了。”

简宁川没想到会这样。他和花蕾这两天相处得还不错，花蕾还对他吐槽过好几次赵达伦如何如何大牌。

他完全不懂该怎么办了，道：“那现在要怎么做？我去找达伦哥解释一下？真不知道怎么会有这种误会。”

田娜拉道：“没用，他直接就和剧组谈改剧本，分明就没有留下回旋的余地。我去见一下导演和监制，你不要下车，如果剧组有人来问你怎么回事，你就说什么都不知道。”

简宁川知道她是怕剧组有人来套他的话，道：“好，我就装傻。”

她走了以后，简宁川在车上郁闷地等，心想，怎么第一部戏就遇到达伦哥这么奇葩的主演？差点坐同一部电梯，这就算不尊敬前辈了？真是莫名其妙。

这时，车门被拍了两下，有人问：“小简，你在车上吗？”

他听出是周放的声音，道：“我在！”

周放拉开车门，一脸奇怪地上车来，问道：“怎么回事？”

简宁川记得田娜拉的叮嘱，装傻道：“我不知道啊。”

周放看小白一样看他，说：“你还不知道？赵达伦要删你的戏了！”

简宁川演了一个吃惊的表情：“啊？！怎么这样？”

周放似乎被他傻乎乎的样子给气着了，说：“真是的，问你也白问！你的那个女助理去哪儿了？”

简宁川道：“她说去和导演说点事。”

周放点点头，说：“肯定是去说这件事了。你怎么惹到赵达伦了？”

简宁川：“我哪有惹他？除了拍戏，我都没和他说过话。”

周放道：“我看你也不像会惹他的人。这人有毛病，你等着，师兄给你报仇，再开机，他只要敢NG，我就喷死他。”

简宁川有点感动。

周放道：“你的助理行不行？还是叫你的经纪人来处理吧，你那经纪人厉害。”

简宁川心里一动，问：“我的经纪人很厉害吗？他都怎么厉害了？”

周放又用看小白的眼神看他，道：“你的经纪人你自己都不知道吗？你是怎么签到他工作室的？”

简宁川老实道：“我去试镜，刚好遇见他，然后就签了。”

周放无语了一瞬，道：“你没有被拐卖到山区去做童养媳，真是运气够好了。”

简宁川：怎么可能有人拐我回去做童养媳？

周放也没再说霍浮，道：“反正，你的助理要是处理不了，就赶快找你的经纪人，不然等剧本改完，你被删掉的戏就救不回来了。”

简宁川点点头，还是一副懵懵懂懂的样子。

周放一脸同情，说：“有事再说吧，等下要先拍我的一场戏，我先过去了。你不要下车，要是有人来套你的话，你就假装还不知道改剧本的事，装得像一点。”

简宁川：“好……谢谢师兄。”

后来果然陆续有人来找他，一个场务、一个副导演，还有一个花蕾的化妆师。他谨记田娜拉和周放的话，装傻装得非常像。

田娜拉回来已经是一个小时以后的事了。

“赵达伦简直就是脑子有问题！”总是笑眯眯的田娜拉一关上车门就发了飙，“有几分资历就把自己当大哥，架子比天还高！”

简宁川一看她这样，知道不是好结果，郁闷道：“解释都没用吗？要是我真惹到他就算了，问题我根本就没怎么他。”

“因为他根本就不是冲你。”田娜拉有些怜爱地看着简宁川，道，“宝贝，你也真是倒霉，前脚被周放骂哭，后脚又被赵达伦以为你是周放的小弟，他动不了周放的戏，就拿你出气。”

简宁川蒙了：“怎么又和周师兄有关系？”

田娜拉道：“我刚才听监制说，咱们还没进组前，周放就当着赵达伦的面说过他台词的问题，两人当时还搞得很不愉快。周放没有他入行早，但是周放比他红，随便发条微博，转评赞都是他的几十倍，而且周放的经纪公司也很硬气，他拿周放没办法。大概他早憋了这口气出不去，现在看你和周放玩得好，就故意拿你下菜，杀鸡给猴看。”

简宁川沉默了。

田娜拉道：“刚才我不在，有人来套你的话吗？”

简宁川：“有，来了好几拨，周师兄也来过。”

田娜拉也沉默了。

简宁川道：“没办法了吗？我的戏是不是被删定了？”

田娜拉道：“我给霍老师打过电话了，等那边颁奖礼一结束，他就从深圳过来。宝贝你别怕，处理不好是我能力不行，霍老师出马就没有他解决不了的问题。”

简宁川：“好……”

中午剧组发盒饭的时候，田娜拉叫小助理去拿了送过来，她和简宁川都在车上没露面。现在这情况，他们不能下车被剧组其他人看笑话，但是直接离开片场也是不合适的，简宁川还没到能甩脸色的咖位。

简宁川没有平时胃口好，随便吃了几口就不想吃了。田娜拉在旁边不知道和谁聊微信，聊得一脸严肃，应该是在说正经事，很有可能就是说他的事。

他不想看可能已经不能再用的剧本，又没事情做，心情低落，就打开了《旅行青蛙》。他的蛙叫“简呱呱”，正坐在那里做风筝，他看了半小时，它还在做。

周放又来了，见田娜拉也在，就没上车，站在下面问：“怎么样了？”

田娜拉对他有怨气，笑都没笑，说：“没怎么样，等通知。”

周放感觉到她态度冷淡，一脸莫名其妙，疑惑地看向简宁川。简宁川不觉得这事怨他，道：“没事的，我的经纪人一会儿就来了。”

周放道：“那就好，有我帮得上的就找我。”

他正要把车门关上，又顿住，说：“小简，做新人是这样的，你千万别因为这么点小事就对这行业失去信心，哪行哪业都有仗势欺人的恶人。你心里光明，就不怕黑暗。”

你心里光明，就不怕黑暗——这是剧里赵达伦的台词。

周放走了好久后，简宁川还眼泪汪汪的。

田娜拉哄了他半天，发现越哄他眼泪越多，最后没办法了，也说：“周放好像人也不错。”

简宁川对周放的好感度已经冲上了乔戈里峰，再差一点就上珠穆朗玛峰了，他用力点头道：“对，周师兄人很好，不能相信第一印象。”

下午两点，不能相信第一印象的另一个典型人物——霍浮从深圳赶了过来。

简宁川一听田娜拉说霍浮来了，就不由自主紧张起来。

前次见面是尴尬的，他说话不客气，之后还故意躲着霍浮，拒绝和他有更多交流，现在有了事情，又要霍浮来帮他处理。虽说这是经纪人的职责没错，但还是多少显得自己有点丢脸。

他不好意思当着田娜拉的面表现出来，偷偷用手机当镜子照了下，感觉自己刚哭过的样子不是太帅。

刚才他为什么要哭呢？真是的！

然而霍浮没有过来，而是直接去见了陈导演。

田娜拉坐在简宁川旁边昏昏欲睡，没了气愤又紧绷的状态。显然，霍浮一来她就像吃了定心丸，眼前的问题都不再是问题。

不知道是被她感染了还是怎么样，简宁川也心安不少，但同时又心怀疑问：霍浮会怎么处理这件事？正面和赵达伦杠上吗？

他想象不出霍浮和别人闹到脸红脖子粗的场景。

在等待的时间里，秦阵发过来一张剧组盒饭的照片。盒饭里是几乎看不到鸡蛋的西红柿炒鸡蛋、几根蔫蔫的土豆丝，还有两块卖相不好的肉。

简宁川回他：“妈，你好惨！”

秦阵："嘤嘤嘤。"

简宁川看到上面他昨晚发来的那张照片，说："这个男一号长得不错。"

秦阵："是吧？可惜是个傻子。"

简宁川："怎么讲？"

秦阵："剧组昨晚聚餐，我和他聊了几句。我虽然是被骗来的吧，但片酬最起码还正常，你猜他的片酬多少？"

简宁川猜了个很低的数："十万块吗？"

秦阵："哪有那么多，一半！"

简宁川："剧组这么黑心吗？！"

秦阵："可不是？本来觉得剧组是把我骗来的，我还挺不高兴，听他一说我心理就平衡了，剧组对我还行。"

简宁川："你家男主都被骗了，你还平衡？"

秦阵："你说得也对，我要对他好一点，盒饭里两块肉就给他吧，这猪肉上的毛都没拔干净。"

简宁川："滚吧，你这个恶毒男配！"

旁边的田娜拉过了困劲儿，清醒了，问："宝贝，和谁聊天呢？"

简宁川道："我同学。"

田娜拉就没再问，从包里拿出化妆包来补妆。

简宁川也不和秦阵扯了，看着田娜拉补妆，心想，"女为悦己者容"，她是要漂亮给霍浮看吗？他顿时脑补了田娜拉暗恋霍浮多年的师徒虐恋八点档剧情。

田娜拉眼角余光瞥到简宁川的表情，笑道："干吗那么看我？被我迷倒了吗？"

简宁川半晌无言，道："你这个口红颜色好看。"

田娜拉道："等下发链接给你，你以后可以买来送女朋友。"

简宁川含糊着"哦"了一声。

田娜拉道："宝贝交过女朋友吗？"

简宁川："没有。"

田娜拉补完妆，边收化妆包边说："以后如果交女朋友了，要背着霍老师啊。"

简宁川："为什么？"

田娜拉道："霍老师都没有交过女朋友，年轻人谈恋爱就不要刺激他了。"

简宁川："'没有交过'是什么意思？"

田娜拉神秘一笑："就是字面意思，以后你自己问他。"

简宁川愣了，霍浮不是“绿茶”吗？怎么会没交过女朋友？

过了一会儿，霍浮叫田娜拉带简宁川过去。

陈导演、监制和编剧都在，还有一个简宁川没见过的中年男人。几个人站在一起聊天，霍浮也在其中。

他应该是从颁奖礼直接过来的，身上还穿着很正式的西装，脱下来的外套搭在臂弯处。他戴了副无框眼镜，脸上挂着自信又得体的微笑。

田娜拉推简宁川到前面去，让他一一向在场的人问好，他才知道那个没见过的男人是制片人。

陈导演没头没尾地说：“这小孩不错的。”

制片人点头说：“蛮好。”

然后几个人都看着简宁川笑。

简宁川被笑晕了，脑洞大开地想：霍浮不是要搞什么潜规则吧？！

“想什么呢？”霍浮拉他的手臂，让他站到自己身边，用一种长辈责备晚辈的语气笑着说，“不知道小脑瓜里整天想什么，眼睛一转看着怪机灵，谁能想到是个小傻子？难怪达伦哥要误会你。”

旁边几人又都笑起来，笑得很是夸张，个个戴着面具。

简宁川有点明白了，霍浮是在给这件事找台阶下，尽管赵达伦没在场，但这句话总会有人传到他耳朵里去。

几个大佬围观了简宁川一下后就没再和他说什么，霍浮示意田娜拉带他走，跟简宁川说：“你玩去吧，等下我找你。”

简宁川就晕乎乎地跟着田娜拉出去了。

田娜拉送他到车上，嘱咐他别乱跑，自己却走了。

他一个人坐在车里吹冷风，胡思乱想，想这件事要怎么解决，又想等下和霍浮要怎么相处才合适。

不多时，车门“哗啦”一声被打开，霍浮回来了。他拉开车门却没急着上来，就站在下面，两手撑着车门框，手臂上的肌肉匀称漂亮。

霍浮歪头看着简宁川。

简宁川不知道他要怎么样，一脸茫然，心里又有点紧张。

“小简，”霍浮沉痛地道，“为了你这件事，我牺牲很大。”

简宁川惊了：不会吧？真有什么潜规则？

霍浮一本正经继续悲痛地说："我要请他们吃晚饭。你也知道，我不能吃，只能干看着，可以说非常惨了。"

简宁川：有病啊你！哦，对，你是真的有病。

霍浮上了车，反手关好门，道："所以你要报答我呀。"

"不要，"简宁川板着脸，语气生硬道，"我和你是甲方和乙方的关系，你帮我处理这种事理所应当，凭什么要我报答你？"

霍浮像是没想到他会这样说，脸上露出微微吃惊的表情。

简宁川道："既然你还有心情开玩笑，说明我的戏份保住了，是吗？"

霍浮本来是侧坐在座椅上，身体正面朝向简宁川的，可能因为气氛急转直下，此时他把身体转了过去，说："没保住。"

简宁川愣了。

霍浮道："你和花蕾的感情线删掉了，前面有过的互动都会被剪掉，她想暗恋男主，不想喜欢你了。编剧新修剧本，会成全她。"

简宁川："那我……那你？"

他不知道该说什么才好。说了半天居然还是这样的结果，那霍浮你来这里都做什么了？还有心情开玩笑？

霍浮问："月底你还有别的事吗？"

简宁川觉得有点莫名其妙，道："嗯？月底？"

霍浮说："本来你的戏份计划是拍到七月二十号，现在要加戏，大概需要顺延一周，刚好到月底了。你有别的安排吗？有也得推掉，这边比较重要。"

简宁川："没有别的事……"

霍浮点点头，说："好。新剧本会加几场你和周放的互动，可能还会有一场追车枪战。你开车技术行吗？"

简宁川："还……还行。"

"不行也没关系，到时候动作指导会教到你行。"霍浮说，"你现在是《罪恶城市》的四番了。"

周放是三番，也就是说，简宁川会排在周放后面。

简宁川还愣愣的，有点没反应过来。

霍浮把外套抓在手里，道："有事和娜娜说，我现在要去请他们吃饭。"

简宁川道："霍老师……"

霍浮转头看他，道："怎么，还有事？"

简宁川完全蒙了，不是因为突然升番，而是他不明白霍浮为什么突然生气了。对，霍浮就是生气了，简宁川感觉得出来。霍浮平时根本不是这个样子的，他现在说话飞快，很公事公办，也没有卖萌一样的语气助词，甚至都没笑。

简宁川问：“你是生气了吗？”

霍浮道：“我没有。”

简宁川确定他是生气了，道：“如果你是觉得我态度不好才生气，我可以对你道歉。我也要感谢你为了我的事，在这么热的天里还专程来一趟。”

霍浮道：“你是甲方，我帮你处理这种事，不是理所应当？”

简宁川觉得他是在讽刺自己，小声道：“可是是你先开过分的玩笑，我才会那么说的。”

霍浮皱起眉头看他，像是不明白他在说什么。

简宁川说：“我知道这可能只是你的日常习惯，可是我不喜欢那样，我都快急死了，你还一直乱开玩笑。”

霍浮语速变慢了，有点像平时的样子，说：“小简，我只是不想让你太紧张。如果你不喜欢，以后我不开玩笑就是了。”

第四章 借住

大佬都去吃饭，导演也去，傍晚还没到剧组就收工了，大家感觉像过年一样，好多工作人员都在商量着去哪里聚餐或去哪里唱歌。

周放的助理跑来敲开简宁川的车门，说：“放哥正在卸妆，让我来问一下，你想不想出去玩？”

简宁川恍恍惚惚地说：“我？我不想去玩。”

助理以为他还因为被删戏的事不想和剧组其他人见面，道：“你别担心，没有别人，就放哥还有我，他一般不和剧组其他人玩的。”

“谢谢你。”简宁川反应过来，知道周放是好意，道，“那我过去和师兄见个面，自己和他说吧。”

周放下午拍了一场爆破动作戏，脸上被抹得乱七八糟一团黑。妆卸到一半，脸还是灰突突的，他看见简宁川来了，很有师兄样子地问：“你想去哪儿玩？”

简宁川道：“谢谢师兄，我哪儿也不想去，想回酒店了。”

周放停下卸妆的动作，看了看简宁川的眼睛，嫌弃道：“不是吧，你又哭啦！怎么那么能哭？！”

简宁川觉得丢脸又尴尬，揉了下眼睛，否认道：“没有，就在车上睡了一下，刚睡醒。”

周放十分怀疑，说：“我说你的经纪人厉害吧，他一来肯定就没事了，你还哭什么？白哭了吧。”

简宁川低下了头，道：“嗯。”

周放奇怪道：“我演了好几年才演到三番，你才第一部戏就演四番。这么好的事，你怎么还不高兴？”

从纯配角升为四番了简宁川怎么会不高兴？他这样又哪是为了戏，他现在都不知道该不该高兴，心里乱七八糟、糟糠之妻、妻儿老小……天哪要疯了，这种时候玩什么成语接龙？！

周放蒙了，道：“哎，师弟……你不是又要哭吧？！我又没说你什么！”

简宁川打起精神来，诚恳道："没有。师兄，谢谢你今天对我说了那些话。我现在只是运气好，你有现在的成绩是靠实力和坚持，我以后会向你学习的。"

周放一脸不爽，嘟囔道："屁啊，谁不想运气好？"

周放的助理收拾着用过的卸妆棉，有点幸灾乐祸地说："达伦哥都气坏了，霍总还给他面子，请他也一起去吃饭。他脸色不好看，八成不想去，又不能不给制片人面子，最后还是一起去了。"

周放看不上赵达伦，讥讽道："他还吃什么饭，气都气饱他。他那架子也就对着不如他的人摆一摆，真到了这种饭局上，还不是得装孙子。"

简宁川说："其实，我看他和他儿子视频聊天，明明就很和蔼的，不知道怎么对别人就这个样子。"

周放的助理道："AB面吧，戴面具做人，大部分人不都这样？"见周放没看他，他就用嘴巴朝周放努了努，笑嘻嘻道，"这个是例外。"

简宁川被他说得笑了起来。

周放一脸莫名其妙地扭头看助理，顿时明白了，怒道："还敢在背后说我？是不是不想干了？！"

助理立刻换了副卑躬屈膝的模样："放哥我错了！"

简宁川看这两人实在好笑，心情也放松了下来。

周放懒得理助理，说："当爸爸的大概都想让孩子看自己好的那一面。我爸脾气坏得没话说，每次喝醉了就回来和我妈打架。他对我就不一样了，不打不骂还特别宠我，我要什么他都给我买，我都上初中了，他还给我买小汽车。"

简宁川惊奇于这样的父子情，道："你都上初中了，为什么还要小汽车？"

周放沉默了一瞬，怒道："这是重点？！你会不会聊天！"

简宁川不敢说话。

助理在旁边捂住嘴巴不敢笑出声。

周放气哼哼道："你真不去玩吗？不去我就回酒店睡觉了。"

简宁川道："真不去，我也回酒店。"

周放本来也不太想去玩，无非是想安抚被人欺负的师弟罢了，师弟不去他还解脱了，他略开心道："那就回去早点睡。你的经纪人是不是等饭局结束就走了？"

简宁川小声道："他不走，还回来的。"

霍浮还说让他在酒店等，要和他谈谈。

简宁川回到酒店，趴在床上想东想西。

后来田娜拉过来找他，和他说了几句新剧本的事，他也听得心不在焉。

看他状态不好，田娜拉便不说了，道："明天拿到新剧本再说吧。你要睡觉吗？还是等霍老师回来？"

简宁川只听到了后半句，问："他回来了吗？"

田娜拉好笑道："宝贝你怎么了？这两天不是对霍老师很有意见吗？看今天霍老师大显神威，你就突然改观了？"

简宁川有点尴尬。

田娜拉起身，道："宝贝，我先走了，如果有事的话……哎算了，明天见。"

等她走了，简宁川又趴下了。没事做也不想睡，他就给远在四川的王子烨发了条微信："老王，你在做什么？"

王子烨回了他一张火锅照片，加一个字："吃！"

简宁川又问："和你家里人吗？"

王子烨："没，和女同学，嘻嘻嘻。"

要是和家人一起，简宁川就不打扰他了，但一看是和女同学一起，就继续骚扰他："好看吗？可爱吗？喜欢你吗？"

王子烨非常烦躁："大哥，你有事吗？"

简宁川："没事，我无聊。"

王子烨哪有时间理他，发来的消息连标点符号都没打："知道了先别给我发消息等我忙完再找你。"

简宁川想了想，捏着嗓子嗲声嗲气地对着手机说了句："烨烨，你在哪里啊？人家好——想你的。"随后把这条语音发给了他。

几分钟后，王子烨的电话打了过来，他破口大骂："简宁川！老子哪里对不起你？好不容易才约个女娃儿吃火锅，还没进一步，你就给老子捣乱？你妈呢？你不去祸害他？"

简宁川机智地转移话题："我妈在拍戏啊，你听他说拍网剧的事了吗？"他添油加醋地把秦阵那剧组的恶劣情况说了。

王子烨顿时把刚才的事忘了，兴奋道："啊哈哈哈！没想到阵锅（阵哥）也有今天！等老子回去就去探他的班，当面嘲笑他一哈（一下）！"

简宁川要笑疯了，道："还是别了吧，他真会打你的。"

"老子会怕他？"王子烨道，"你呢？做啥子嘛？你这瓜娃子天天自娱自乐好要得很，啷个（怎么）无聊了？”

简宁川和他聊起这边拍戏的事，还说了和霍浮之间的尴尬。

晚上九点多，简宁川房间的门铃被按响，是霍浮来了。

简宁川去开了门。霍浮进来后，两人都处在一种尴尬的状态里。简宁川走路几乎要同手同脚，霍浮也像是不知该坐下还是该站着，立在沙发边，露出几分往常没有的无措。

简宁川想，要拿出气势来！于是他就板着脸，“酷炫狂霸跩”地说：“你，请坐。”

霍浮一时好像没反应过来。

简宁川：这气势好像哪里不太对？

霍浮笑了，配合地坐下，道：“嗯，然后呢？”

简宁川一脸茫然，然后呢？他怎么知道。

霍老师也严肃不起来了，嘴角几次忍不住都要上翘，他过了好半天才说：“川川，你过来。”

简宁川心想：你叫我过去我就过去吗？我才不，我要有气势。

可是他的腿不听话，已经迈了出去。他走到霍浮旁边，笔直地站在那里，不知道下一步该怎么办了。

霍浮叹气道：“你那小脑袋里又在乱想什么？”

简宁川摆出一张凶恶脸，说：“想你是不是准备晃点（蒙骗）我。”

霍浮一脸无奈，把眼镜摘下来，随手扔在一旁，道：“我就在你面前，你直接问我呀。”

简宁川往后面挪了挪。

问题太多了，他千挑万选才问了一个：“你真的没有谈过恋爱？”

霍浮道：“对啊。”

简宁川心里疯狂吐槽：你这么“绿茶”，这么会招蜂引蝶，是没谈过恋爱的样子吗？！还说不是忽悠我？！但他嘴上还要镇定地讲道理：“你都三十七岁了，事业有成，长相还行，性格也没太大毛病，怎么会没谈过恋爱？”

霍浮道：“事业有成，长相还行……可惜有病。”

简宁川愣了。

霍浮说这话时太一本正经了，简宁川不明白，有糖尿病就不能谈恋爱了吗？这是什么逻辑？

简宁川就在他旁边坐下，但离他有一点点距离。黑白分明的大眼睛不确定地看着霍浮，带着疑惑，也很纯真。他长得很稚嫩，特别是眼神，像个小孩。

霍浮看他良久，忽而叹气，转过头去，说："小简，你太小了，很多事说了你也未必懂。"

简宁川道："那你也要说给我听，你才知道我懂不懂。"

霍浮又是一阵沉默，才慢慢道："我真的没有谈过恋爱，因为我十五岁就被确诊先天胰岛障碍。这病很大可能是遗传，我爸和我爷爷都死于一样的病。他们死的时候都还很年轻，我亲眼看过我妈在我爸去世以后，一个人带孩子，过得有多辛苦。我从那时候就决定了这辈子不会结婚，不会要孩子，也就从来没动过要恋爱的念头。我不想害别人。"

简宁川：怎么会这样？

"你太小了，"霍浮道，"你明明就还是个小朋友，说不定我哪天死掉的时候，你都还没活到我现在的岁数。"

简宁川一下子哭了，眼泪"啪嗒啪嗒"掉下来。

霍浮吓了一跳，道："怎么……别这样啊。"

他从旁边茶几上抽了纸巾过来给简宁川。

简宁川难过到无以复加，眼睛鼻子都红通通的，他说："娜娜说你健康管理得很变态，现代医学又比以前发达，你怎么会死？你不会死的。"

霍浮笑道："对啊，我身体不错的，我就说说而已。我哪有那么快死，可能根本死不了，说不定能活两百多岁。"

简宁川道："你不要总是满嘴跑火车，我都不知道你哪句是真的。"

霍浮轻声道："我刚才说的都是真的。"

简宁川问："你哪天回北京？"

"本来今天就该走，但是我退票了。"霍浮道，"想和你待两天。"

简宁川高兴起来，说："北京那边不忙了吗？"

霍浮道："忙，不想管，陪你待两天。"

第二天早上，上来叫简宁川起床吃早饭的是霍浮，他应该是和田娜拉说了，她和那两个小助理都没出现。

简宁川刚洗漱完，穿了件白T恤，整个人神采奕奕的，脸嫩得像能掐出水来。霍浮觉得他赏心悦目，多看了他好几次。

“怎么啦？”简宁川一脸得意地说，“是不是觉得我很帅呀？”

霍浮道：“是啊。”说完他马上就笑了。

简宁川没有意识到他在笑什么，低头看了看，又照了照镜子，没发现哪里不对，于是一脸莫名其妙。

两人在餐厅碰到了周放和他的助理，双方打了招呼，霍浮还是一贯的客气，这次周放也叫对了霍浮的名字。

放在平时，简宁川就和周放他们坐一桌了，热热闹闹的还不错。但今天霍浮在，他怕双方都别扭，于是和周放说了声：“师兄，等下片场见。”就拉着霍浮另找了张角落里的桌子。

他去取自己的餐，没拿太多食物，还专门挑了些看起来不容易引起食欲的食物。回来后，他看到霍浮面前摆了杯豆浆、两片全麦面包和一小盘圣女果。

霍浮扫了一眼他的盘子，笑着说：“你不用迁就我，我喜欢看别人吃东西，有时候没事做，还看吃播的。”

简宁川吃惊道：“啊？不会嘴馋吗？我都是看吃播下饭的，看完都要马上点外卖，什么垃圾点什么。”

霍浮道：“我习惯了呀。自己不能吃，看别人吃得香，心情也会很好。”

简宁川有点替他感到心酸，同时放心了，他马上高兴地道：“那我再去拿一点，面对面吃播给你看。”

说完，他就跑去拿食物了。霍浮叹了一口气，又无奈一笑。

刚到片场，简宁川就跟着霍浮去见导演。

花蕾也在，看他们过来，一脸不自然地说：“霍总好。”她都没好意思和简宁川说话。

几个配角演员陆续都过来了，大家在陈导演这边开了个短暂的小会，会上主要就是说剧本做调整的事。尽管陈导演用了“出于故事整体可看性考虑”这种冠冕堂皇的借口，但被调整的只有简宁川和花蕾的戏，大家心里也都一清二楚。

本是做配角的简宁川一夜之间就变成了主演之一，本来和他互动最多的花蕾反而因为被删掉了这条感情线，戏也被砍了几场。

她演了几年电视剧才终于得到登上大银幕的机会，之前被删一句台词，团队都要找监制交涉许久，这一下被删几场戏，还不知道团队要怎么闹。

果不其然，大家各自去化妆、换衣服做开拍前准备时，花蕾团队的几个人还都围在陈导演身边，想再抢救一下。

花蕾仍是不好意思和简宁川说话，简宁川对她倒并没有什么怨怼。以她的圈内地位，她在团队里很可能并没有话语权。她的团队不想得罪赵达伦，怎么说她就怎么做罢了，人前风光的艺人很多都是这样的提线木偶。

但让他还像以前那样，和花蕾像朋友一样相处，恐怕也是很难了。

剧本改起来没那么快，今天要拍的还是旧本子里的戏。这场戏不是简宁川的重头戏，他就当当背景板，偶尔才有一句台词。

他化好妆换了衣服，看到霍浮站在车边，远远地朝他竖了竖拇指给他加油。

开拍后，他状态极佳，背景板做得尽职尽责，有台词的部分也只拍了一条导演就喊了“过”。

休息时，对戏的周放既是夸他又是损他道：“平时没见你这么厉害，有经纪人来镇场子就是不一样。”

剧组成员到下午一点多才有空吃午饭，霍浮已经吃过了，田娜拉有点事出去了，没在剧组，她的小助理拿了两盒盒饭给简宁川送了过来。

虽然平时习惯了在田娜拉面前狼吞虎咽，但当着霍浮的面，简宁川不想那么难看，吃相很是文雅。

不料霍浮却说：“娜娜给我发过一段你吃盒饭的视频，你要看看吗？”

简宁川觉得丢脸，道：“她什么时候偷拍我的？发那种视频给你干什么？”

霍浮道：“她说看了下饭，让我当吃播看呀。”

简宁川道：“好烦啊你们，我是不是超丑？”

霍浮哈哈大笑道：“你要有自知之明，都长成这个样子了，怎么丑得起来？”他想了想又说，“下半年开始宣传，如果安排你上节目，你可以考虑下美食类的。有两家大卫视下半年都要上美食类真人秀，到时看情况。”

简宁川道：“宣传什么？我都还没作品。”

霍浮道：“有部贺岁喜剧要开拍，有个角色还挺适合你的。等这边杀青回去，我带你去试镜，试镜过了的话，就要配合剧组开始宣传了。”

简宁川是喜欢喜剧的，在学校公演时也演过几个喜剧角色。他道：“好啊。”

霍浮好奇道：“你都不问是什么类型的喜剧片？以及什么剧组、什么制作、什么角色吗？”

简宁川对他充满了信任，道：“你不是说适合我？难道你会害我吗？”

霍浮又笑了，看他一盒盒饭吃得差不多了，又帮他把另一盒盒饭打开，说：“你爸已经联系过我好几次了，我但凡有一点做得不周到，你爸大概会请黑手党过来干掉我。”

简宁川听到他爸就头大，道：“他要怎么样啊？你别理他，他那个人不正常。”

霍浮道：“他刚开始说要告我，说我骗你签合同。后来他可能发现合同没问题，又说要和我谈解约，照合同赔违约金，我忍着心痛拒绝了。前天他又托人传话给我，说近期抽时间来中国和我见一面。”

简宁川有点惊讶：“你要见他吗？别了吧，他很凶的，也不太讲道理。”

霍浮道：“我一介小草根，哪有资格拒绝和大神见面，到时候只能沐浴焚香、铺好红毯等他来……他会怎么干涉你的事？”

简宁川：“不知道……他什么都想管。”

霍浮歪头想了一下，有些懊恼。

“你也别太把他当回事，”简宁川道，“我又不靠他。他如果非要插手我的事，大不了我到时候和他断绝父子关系。反正我早想这么干了。”

霍浮皱眉道：“你们俩关系这么僵的吗？”

简宁川戳着盒饭里的猪脚，说：“说不定他自己还觉得挺好，老是表现出父子情深的虚伪样子。呵呵，真父子情深就不会把我一个人扔在中国，好几年都不管我。我都长大了他才想起来还有我这么个人，想骗谁？”

霍浮道：“可能……是他年纪大了，对亲情有需求了。”

“不是，他还有一个儿子的。”以前简宁川是不会对霍浮说这种事的，两人的关系没有好到这种程度，他吐槽简华两句就是极限。但现在不一样，现在什么都可以说！

简宁川道：“我小时候很傻的，明明那么多年都没怎么见过他，就因为保姆阿姨说他忙着拯救世界，还老给我看他的《超级飞镖侠》，我连着看了四部，看多了还真信了，以为他真去拯救世界了才没时间管我。后来我上了小学，他回来看我的次数多了，虽然我已经知道那是电影，但心里还是一直很崇拜他，以为他是很好很厉害的爸爸。直到有一年过春节，他第一次带我去他美国的家里，我才知道他为什么在我七岁以后突然对我好——我那个弟弟比我小两岁，五岁的时候不小心摔下楼，把脑子摔坏，变成一个傻子了。”

霍浮静静地听着他诉说。

简宁川说：“我这弟弟很少出门，长这么大了都没上过学，他也挺惨的，我恨不着他。但他爸不行，人品不好就不说了，性格也巨差，以后你和他见一回就知道了，他整个就是一个自大狂，别提多讨厌了。我是没想过要靠他，就他那德行，以后他早晚被扒皮打下神坛，如果我真靠他，我还得跟着他一起倒霉。”

其实简华的人气和地位早已扎实到让他不可能被打下神坛的地步，但霍浮知道简宁川不想听这种实话，道：“嗯，不想靠他是对的，在娱乐圈里拼爹本来就走不通。”

简宁川一脸疑惑：“走不通吗？怎么会？不是好多这二代那三代的，都是靠家里关系拉资源吗？”

霍浮道：“通稿吹一下，卖高大上人设而已，吹得那么厉害，真拿到什么好资源了吗？还不全是雷剧。这圈子和普通人想的不一样，星二代也好，别的什么二代也罢，当真进来了，爹妈能起到的作用，就只在你刚出来的时候能推你一把，后面几乎都用不上，反而有可能拖后腿。你爸是好莱坞一线不假，但是这事国内外都一样，没看威尔•史密斯都带不起他儿子吗？”

简宁川看了他半天，左看右看，上看下看，有一点惊奇。

霍浮一脸疑惑。

简宁川诚实地说：“霍老师，其实我一直有一点点怀疑你是看上我爸才签我的。听你这么说，我又觉得好像不是。你是这样的吗？”

霍浮严肃道：“当然是了。帅就是生产力，简华大神的帅是全球影迷认证的，你长得这么像他，我第一次看见你，就见钱眼开了，发誓一定要把这个小帅哥签到手，下手要快狠准，千万不能被别人抢走了。”

简宁川：“哈哈哈。”

霍浮用手指点着他的额头，笑着说：“你这棵摇钱树，快吃饭，吃完以后，就去给我好好摇钱。”

下午，“简摇钱树”好好摇钱，卖力表演，状态甚至比上午更好一点。

马上要拍的这场戏中，周放扮演的高毅牺牲了，来不及对弟弟高哲交代任何遗言，缉毒队的同事找到了他的遗体，把高哲带到他面前。

演尸体的周放妆容是青白色的，额头和嘴角还有干涸的血迹。开拍前，他坐在折叠担架上，龇牙咧嘴地揉肩膀，活像诈了尸。

这部电影动作戏很多，尤其是赵达伦和周放的戏，两人的戏份都是动不动就“噼里啪啦”打起来。赵达伦的身手是真的好，动作戏都坚持亲自上，除了一些高危动作，几乎不用武替。虽然他耍大牌、小心眼，还有点“戏霸”，倒也并不是完全没优点。周放在这组里和他拍了两个多月的戏，两人脾气不对头，早就杠上了，颇有“你不用替身是吧？那我也不用”的意思，幼稚得像两个小孩。

可周放的肩伤越来越严重，他好几次都一副痛不欲生的样子。

简宁川担忧地过来问他：“师兄，你的肩膀还行吗？”

周放烦躁道：“不行！你看我这样子像行吗？再来一场动作戏我就要嗝屁了，你都不用演，现场给我哭灵吧。”

简宁川习惯他这破脾气了，劝他道：“其实你干吗非和他较这种劲？真的，再有动作戏还是用替身吧，你有伤，他又没有。”

周放压低声音道：“他怎么没有？他一练杂技出来的，浑身是伤，不信你在和他演对手戏的时候闻一闻，他就跟在红花油里泡过澡一样。”

简宁川不能理解这两人：“你俩这又是何必呢？”

“我告诉你小简！”周放顶着一张诈尸脸，竖起一根手指教小弟做人，“这种时候绝对不能认输，除非以后你想一直被人压一头。不然你以为他硬扛着是为什么？还不是不想输给我？他年纪到了，再不硬扛几年，搞不好下部戏就得给我这一梯队的新生代演员做配角。以后你就懂了，这行当就是这样，不是东风压倒西风，就是西风压倒东风。不管做东风还是西风，谁先认输，谁就被按在地上摩擦。”

简宁川心想：这简直就是宫斗啊，这么严重的吗？太夸张了吧。

他说：“那我就想做‘红中’呢？”

周放翻了个白眼，配合脸上的妆，简直就是惊悚片效果，他阴森森道：“我还想做‘发财’呢，你想得美！你自己要是不争气，你的经纪人和团队就不要你了！”

简宁川说：“才不会呢，我的经纪人和团队可爱我啦！”

周放恨铁不成钢地弹他的脑门，骂他：“你就傻吧！就你那经纪人，眼镜后面那双眼珠子一转，全是鬼心眼子。他们这帮人说爱你全是假的！我上一个经纪人也说爱我，后来我连着演了两个‘扑剧’，她四个月没给我打过电话，四个月后我的一个冷门电影突然爆了，她又跑来找我，还有脸说爱我？后来我把她给换了，看见她就生气！”

简宁川知道他是浮浮沉沉才上来的，有点佩服他，又想，霍老师才不会那样。

周放往他身后一看，道：“说曹操曹操到……记住我的话，别跟你的经纪人掏心掏肺，留点心眼。”

简宁川也回头一看，看到是霍浮过来看他们拍戏了，他马上把周放抛在脑后，高兴地跑了过去。

周放没想到他是这种有了经纪人就忘了师兄的不肖师弟，气哼哼地躺下了，大声叫场记：“还不打板吗？到底在磨蹭什么！”

场记打板。

有了霍浮在旁边看着，简宁川更是有如神助。

这场戏他是没有台词的。高哲在看到高毅的遗体后，说不出话来，简宁川只能靠肢体动作和全程崩溃的哭戏来表现悲痛。简宁川的哭戏很扎实，在学校也常被老师当范本点名表扬。

扮演高毅同事的男演员把高哲带过来，高哲看到担架上死去的哥哥，难以置信地后退了两步。

警员扶了他一把，沉痛地说：“副队他……我们太晚找到他，高哲，对不起。”

高哲茫然地看了他一眼，然后甩开他，走上前去。

高哲站在担架前，仔细看着哥哥的脸，呼吸慢慢变得急促，胸口剧烈起伏。他咬住下唇，抬手抓住高毅袖子的一角，把它紧紧攥在手里。

霍浮站在陈导演边上，也看着监视器里他们的表演。近镜头打过去，能清晰地看到简宁川眼睛通红，泪水就在眼眶里打转。他白皙的脸庞还略显稚嫩，在高清镜头的检验下，依然非常帅气。

高哲弯下腰，慢慢伏在高毅胸口，抱住早已没了体温的哥哥，接受了从此兄弟天人永隔的事实，眼泪终于流了下来。未几，他放声大哭，身后那名男警员被击中泪点，也低下头暗泣。

在这极具感染力的悲伤时刻，陈导演抬手喊：“Cut！”

简宁川直起身，哭得一脸泪，眼睛、鼻子、脸蛋都是红的。霍浮在这边朝他比了个点赞的手势，他也没能笑出来，心还在戏里。

周放肩膀疼，不想起来，依然躺在那里，只睁开眼睛，等导演说话。

导演冲扮演警员的男演员道：“王民，你过来。小简和周放表现得很好，先休息两分钟。”

那演员忙走过去。导演叫助理摄像回放刚才那一段，指出王民的问题。

这边说着戏，化妆师过去给简宁川补妆。

霍浮从小助理手里接过水，看简宁川妆补完了才送过去。简宁川接过水喝了两口，整个人还木木的。

霍浮道：“辛苦了，刚才演得很好。”

简宁川冷漠地说："谢谢。"

旁边躺着的周放无聊道："我师弟入戏快出戏慢，像这种情绪激烈要很投入的戏，他得过一会儿才能忘了他不是高哲，哥哥也根本没死。"

看到"死了的哥哥"真"诈尸"了，简宁川立马出戏。听周放这么说他，他有点不好意思，问霍浮："我刚才真的演得很好吗？"

霍浮点头笑道："真的，很有感染力。"

周放的助理也端着杯水跑过来伺候，他在水里插了根吸管，送到躺着不起的周放嘴边，也附和道："真的演得好，好几个女助理都被你们俩的兄弟情深感动了呢。"

简宁川谦虚一笑。

周放吐出吸管来，嫌弃道："感动个鬼，就他哭得跟个小屁孩儿一样。"

简宁川忍了，感觉自己喷不过周放，说："师兄，我只是童颜。"

小助理道："小简的哭戏是真的好。"

简宁川说："可是导演都没让过，等下可能还得再来一次。"

周放让助理拿走水，说："那是王民的锅。他以前在学校就不怎么会哭，老是得用眼药水。"

简宁川有点意外，道："王民哥也是电影学院的吗？"

周放道："他和我一个班的……你别去问他，他不想让人知道我们俩是同学。"

同班同学在同一个剧组，一个是主演，一个是龙套，这是挺让人唏嘘的一件事。

那边导演和王民说完了戏，导演招手示意霍浮退出去。霍浮便拍了拍简宁川的肩，道："我先过去，加油了川川。周放，你也辛苦了。"

周放道："客气。"

霍浮和助理都走了，王民过来就位，各部门准备好，场记再打板。

简宁川发挥稳定，周放也没出岔子，王民被导演指点了几句后，抹泪的动作自然了很多，这场便过了。

因为简宁川哭得太惨了，结束后还一抽一抽的，王民过意不去，过来道歉说："都怪我不好，害你哭了两遍。"

简宁川忙道："没事，没事，NG也是常有的事。"

他没对王师兄提母校，从这天起，他也没在剧组叫过周放"师兄"，而是改口叫"放哥"。

晚上剧组拍夜戏，因为没有简宁川的戏份，所以他能提早收工回去。霍浮陪他去吃了晚饭，之后两人便回了简宁川的房间。两人在房间里聊了一会儿，不知不觉就到了十点多，外面一阵吵闹，拍夜戏的其他人陆续回来了。

霍浮就没再待下去，叮嘱简宁川早点睡觉后便走了。

简宁川睡前想起给简呱呱放便当，在被子底下找到冷落了一晚上的手机，打开后就看到了秦阵发来的消息，时间是两个小时以前了。简宁川发消息给他，问："妈，你睡了吗？"

秦阵秒回："没有，方便打电话吗？"

简宁川就拨了过去。

秦阵道："你拍戏怎么样？"

简宁川道："挺好的，你那边进度如何？"

秦阵道："啊！我有一肚子槽急着要吐！剧情太傻了，我的室友，他是个明星啊，居然每天挤地铁！有病吗？买辆地铁还差不多。"

简宁川哈哈大笑："都跟你说这文很智障了。"

秦阵道："你等下发个文档给我，我看看小说到底写的什么东西。"

简宁川骂道："什么文档，你还是个演员呢，有没有正版意识啊！去下载一个晋江 App！"

翌日，霍浮又陪着简宁川去了片场。

还没开拍，化好妆换好衣服的简宁川和霍浮站在车门口，吹着车里的冷气低声交谈。

周放的车停在不远处，不知道他哪里又不顺心了，正怒气冲冲地发火骂助理："你明天就回家种地去吧！我不想再看见你了！"

霍浮这还是第一次现场看见周放大发脾气，惊异道："你这师兄怎么这样？"

简宁川替周放辩解道："不是，他就是嘴巴坏一点，人很好的。他对他的助理很好，对我也很照顾，真的是个特别好的人。"

霍浮道："哦，不错。"

简宁川眉飞色舞地继续吹他的师兄："而且他演技特别好，我以前就很崇拜他，你看过他演的《放炮》吗？就是他拿了白玉兰视帝的那部戏。他在里面演一个灰头土脸的小贩，我刚看的时候都没认出是他。他本身个子高长得又帅，但在那部片子里弯腰、驼背、高原红。虽然服装、化妆是一方面原因，但他抓那角色的特点抓得特别好。后面他差点死了的那段，我们宿舍都哭疯了……霍老师，你是不是没看过？”他觉得霍浮好像并不是很感兴趣。

霍浮说：“知道一点，我不怎么看影视剧的。”

简宁川诧异道：“啊？做你们这一行的，不是应该把所有热门和拿奖的影视剧看个遍吗？”

霍浮道：“哪有那么多时间。拿奖的或者票房爆了的电影，是要看看的。电视剧的话，除非个人有追剧爱好，我们这行一般没人看。现在的电视剧大多四五十集起步，剧情注水严重，全看下来太浪费时间了，了解一下大概人设和剧情，遇到演员够商业吹捧就行了。”

简宁川道：“那如果电视剧里有特别出彩的新人呢？你们不看的话，不是就错过了吗？”

霍浮笑着说：“你想得太单纯了，新人想在大爆电视剧里出彩哪有那么简单。资本家想让观众看到谁出彩，观众才能看到谁出彩。凡是能引起观众注意的新人，在被注意到之前，背后都已经有了推手，我们来不及下手了。”

简宁川一直以为那些出彩的新人配角是凭实力上位的，现在知道了真相，不无失望道：“原来都是炒出来的吗？”

霍浮道：“也不能说全是炒出来的，推手也要看被推的新人值不值得的。”

简宁川道：“哦……你也很擅长吗？”

霍浮笑道：“大家都这样了，我总要学着做。啊，对了，你周师兄也是炒出来的。他的团队有两宝，一个是‘天赐神颜’，一个是‘爱耍大牌’。团队隔两三天就换着炒一下，所以他黑红黑红的。”

简宁川觉得莫名其妙，道：“‘耍大牌’的通稿也是他们团队自己发的吗？他自己的团队为什么要黑他？”

霍浮道：“为了有话题呀。就好像有些女明星死不承认自己整容一样，只要她一天不承认，她的团队就能一直绕着整容这件事发通稿，正着发一波再反着发一波，再买网络营销带带节奏。总之，有话题就有热度，有热度就能变现。”

简宁川惊呆了。

霍浮一副事不关己的样子，很合理地推测道：“周放自己会不知道吗？不可能的。”

简宁川不敢置信。难道周师兄是这种人吗？那周师兄平时表现出来的真性情都是假的？对他说的那些话也都是假的吗？不会吧。他不愿意相信周放是个虚伪的人。

霍浮道："真信了呀？"见简宁川一脸茫然，他笑起来，说，"我刚才就是在带节奏啊。"

简宁川无语。

霍浮笑着摇头，说："周放被说要大牌，是前两年和他竞争角色的另一个小生的团队在黑他。当时他还跟着前一个经纪人，那个经纪人对他不太上心。拖到后来他换团队时，负面影响已经造成了，他来不及澄清了。不过他的外形条件好，演技也过关，更难得的是他肯吃苦，我觉得他还算挺稳的，只要别干什么太不着调的事，五年内冲进超一线不成问题。"

今天简宁川和赵达伦有对手戏，而昨天一整天两人都还没有打过照面。

赵达伦派头还是足足的，不到打板绝不出现，要工作人员三催四请才过来。

简宁川恪守新人的本分，礼貌地叫人："达伦哥。"

赵达伦露出一个勉强但还算客气的笑容，说："等下好好演。"

两人站位很近，简宁川闻到了很浓的红花油味道，果然如周放所说，赵达伦像在红花油里泡过澡一样，不知道身上得有多少伤。因此，他对赵达伦的恶感减少了不少。

拍摄进行得还算顺利，横竖赵达伦的台词得后期配音，所以不管他说成什么鬼样子导演都懒得喊 NG 了，只要镜头没有大问题就都让过了。

午饭比前两天准时了很多，不到一点，导演就放大家去吃饭了。

简宁川跑回车边，一开车门，看见霍浮和田娜拉都在，盒饭也帮他拿回来了。

他道："娜娜，你怎么回来了？"

田娜拉马上做掩面哭泣状，说："我被宝贝嫌弃了啊，呜呜呜。"

简宁川无语。

霍浮笑道："别理她，快上来吃饭。"

简宁川上车坐下，霍浮把盒饭打开，放在他的桌板上。田娜拉在旁边看着他，一脸姨母笑。

简宁川吃着饭，霍浮和田娜拉在旁边低声聊事情。

田娜拉道："他联系过我好几次，说后悔了，知道错了，希望能再给他一次机会。"

霍浮："怎么给？已经搞成这样了。如果他早点听劝，会这样吗？"

田娜拉道："那怎么办？就别管他？违约金他是赔不起的。"

"我也没想让他赔，随他去吧。"霍浮想了想，道，"你看看公司有谁手下现在缺人，问他想不想转过去。别说是我的意思，我这里不可能再给他任何机会。别说我不想，就是我想，外面的舆论也不会接受我们继续合作。"

田娜拉点头："这个我也想过，我倒是知道几个缺人的，就是不知道把他转给谁比较合适。"

霍浮道："选个能力不太强、性格平和些的，不然别人受不了他那作劲再退回来，麻烦。"

田娜拉道："好。"

简宁川听得一头雾水，这是在说谁？不过他没插嘴问，别人聊正经事的时候乱插话，怪讨厌的。吃了几口饭，他突然灵光一现，难道不是"他"，而是"她"？是杨双双吗？

过了一会儿，霍浮把目光转向他，说："川川，我下午得走了。"

简宁川沉默了。

霍浮道："北京那边快催疯了，我再不回去，恐怕他们就要过来把我绑回去了。"

简宁川只得道："那，好……好吧。"

霍浮又和田娜拉说："川川的新合同你跟进一下，等新剧本改完后，有问题要马上找陈导演沟通，不能拖。"

田娜拉道："喂喂喂，我又不是新人，这还能不懂吗？"她说着就起身下车去做别的事了。

霍浮目光遗憾地看着他，简宁川心里一时涌起强烈的不舍。他已经很久没有过不舍得和谁分开的感觉了，上一次有这种不舍的感觉，还是他童年时和父亲简华告别的时候。

霍浮说："你要好好拍戏啊。"

简宁川道："你也要好好工作。"

霍浮问他："月底杀青回去后，你要回学校吗？"

简宁川道："不回，学校封校了，封到八月底。我寒暑假都住酒店的。"

霍浮一怔，问："你不是在北京长大的吗？没有……房子吗？"他本来想问的是"家"，话到嘴边却换成了"房子"。对一个没有亲人在身边、独自长大的孩子来说，"家"这个字极度温暖，也极度冰冷。

"有，"简宁川道，"太大了，一个人住有点害……太无聊了。"

霍浮像个长辈一样摸了摸他的脑袋，有点心疼他。

简宁川道："你干吗啦，我一点都不可怜的，你知道我卡里多少钱吗？信不信我分分钟能买下你所有的房子。"

霍浮道："我才不卖给你呢。"

简宁川"哼"了一声。

霍浮笑道："我家也很大，我一个人住也很无聊，不知道有没有这个荣幸，能邀请简宁川同学到我家过暑假？"

简宁川一下子高兴起来，又迟疑道："你是自己住吗？"

"对呀。"霍浮道，"霍老师很可怜的，房子那么大，一个人呆着很害怕，求求你来我家借住吧。"

简宁川：还能更戏精点吗，霍老师？

下午霍浮走了，简宁川怅然若失。还好后面两场戏他都是零台词的背景板，没有因此影响到拍摄进度。

今天他第一次拍夜戏。白天的戏拍完后，大家匆匆对付过晚饭，然后就转去另一个布景棚。

半夜十二点多剧组才结束拍摄，回酒店的路上，简宁川困得要爆炸。

田娜拉道："路上得花半个小时，你要睡一下吗？我帮你把灯关掉？"

简宁川强撑着坐好，打起精神来，说："不睡了，回去万一睡不着就完蛋了。"

两人又说了两句平常的玩笑话，就各自低头玩起了手机。田娜拉把手机音量开得很小，在看抖音，简宁川在刷淘宝。他想给霍浮买点东西，不然到时候空手去人家家里借住也不太好，但他不知道该买什么。

他问田娜拉："娜娜，霍老师喜欢什么？"

田娜拉在看一只金毛跳海草舞，看得笑眯眯的，头也不抬地说："喜欢钱呀。"

简宁川："你正经点……"

田娜拉说："真的，我跟着他六年了，除了赚钱，没见他对什么感兴趣。"

简宁川不问她了，低头继续刷淘宝。他看了半天，心想，不如就买高档床品好了？就是不知道霍老师喜欢什么样的款式。

他天马行空地想了一会儿，又问田娜拉："你去过他家吗？"

田娜拉道："你是说他住的地方还是他家？"

简宁川："是两个地方？"

“对啊，他家在老崇文的胡同里，现在他一个人住盘古大观。我跟你说，他那房子好大的，我给他送个文件，从进门到楼上书房把文件给他，得走五分钟。要不他那么爱赚钱呢，有钱真好。”说完，田娜拉回头冲小助理道，“你们俩也要努力赚钱啊！”

两个男生小鸡啄米式点头。

简宁川对房子不是很有概念，想起干爹李铮说霍浮是胡同串子的话，道：“胡同里的房子才值钱吧？我有回看新闻说哪儿的老胡同拆迁了，赔偿款都给了一个亿。”

田娜拉道：“就是因为赔偿款太高，一般开发商哪儿拆得起。霍老师家那片好像还被划成文物保护单位了，少说几十年内是拆不了的。以前他妈在那儿住，老太太喜欢遛弯儿，住不惯电梯房。前年她不在了，那房子也空着没人住了。”

简宁川刹那间便有些心酸。

周国平的书里说：一个人无论多大年龄上没有了父母，他都成了孤儿。

霍老师是孤儿了。

田娜拉也想起了旧事，说：“霍老师很孝顺的，只要人在北京，一个星期最少去看老太太三四次，老太太生病快不行的那阵子，吃喝拉撒都得人守着照顾，霍老师怕护工不细心，自己去陪床了两个月。他身体也不行啊，那段时间血糖都控制不好，等老太太不在了，他也扛不住了，还住了半个月的院。”

听着这些话，简宁川心里越发不是滋味。霍浮说过，他妈妈是一个人把他带大的，可想而知有多辛苦。母子俩相依为命，感情也一定非常深厚，不像自己和自己的父母。

到酒店后，田娜拉先送简宁川回房间，又帮他把房间检查了一遍——现在每天回来她都要检查的，怕有人偷偷在房间里装针孔摄像头。

对门的周放正当红，助理检查得要更仔细些。

每天都有粉丝守在酒店楼下和片场外面等着看周放，有些疯狂的粉丝晚上还会从别的房间打内线电话过来骚扰，简宁川都接到过打错房号打到他房间的骚扰电话。据周放的助理说，以前在别的剧组发生过一件更夸张的事，周放晚上收工回来，见自己房间的床上躺着一个只穿着内衣的女粉丝，他吓得跳了三丈高，屁滚尿流地出去叫保安。

田娜拉检查完，没发现什么问题，说了“晚安”就走了。

简宁川洗澡上床，又累又困，晕晕乎乎地睡了。

七月二十六号，简宁川在《罪恶城市》剧组的戏杀青了。

除了赵达伦和花蕾，大家都和他相处得很好，他杀青当晚，大家一起聚餐欢送他。欢送宴上，甚至连当初在餐厅里瞪过他一眼的保镖大哥也来了，大哥摘了墨镜还是很和气的。

这是简宁川参演的第一部戏，他对这个剧组也充满了雏鸟情。聚餐很欢乐，但散席的时候，工作人员挨个过来和简宁川抱抱，他哭得稀里哗啦，好多女工作人员也都哭了。

次日早上，简宁川起床时，楼道里空荡荡的，大家都去拍戏了。简宁川和田娜拉拖着行李箱去机场，踏上了回京的路。

两人在首都机场落地。出舱前，田娜拉接了个电话，马上从包里掏出喷雾和发蜡，道："来。"

简宁川一脸疑惑。

田娜拉道："有十几个粉丝接机。"

简宁川震惊道："我有粉丝了？！"

因为霍浮事先和剧组沟通过，说简宁川的个人宣传暂时还不启动，所以剧组官方并没有透露过简宁川的个人信息，只对合作媒体说过，这个角色在遭遇风波后换了位新人来出演。

是周放无孔不入的粉丝注意到了简宁川。某天傍晚，简宁川的车从片场回来，因为车型和周放的保姆车一样，所以周放的粉丝以为是她们家放哥回来了。粉丝们走不到近前，只远远地用单反拍了照片，她们当时就发现来人不是周放，回去后把照片随意发在了周放的超级话题里，说今天放哥收工晚，没拍到照片，但拍到了剧组里一个不认识的小帅哥，还蛮帅的。其他粉丝撺掇拍照的大粉去打听小帅哥是谁，大粉第二天就从剧组工作人员那里打听到小帅哥演周放的弟弟。

来机场接简宁川的十几个女孩都是周放的粉丝，她们爱屋及乌来给"弟弟"接机。有可能是临时起意，十几个人只举着两张手画的横条手幅，一张写着："弟弟加油！放歌一曲为你打 call！""放歌一曲"就是周放的粉丝名。另一张手幅是写给路人的电影宣传："周放主演的《罪恶城市》2019 年上映了解一下！"

机场熙熙攘攘，根本没人认识简宁川，但看有粉丝来接机，路人们的第一反应还是："哇！有明星吗？难道是周放？！"

马上有人举起手机拍照，拍过简宁川后才发现对方是个路人，就又转过去拍粉丝手幅。

简宁川本来还以为自己真有粉丝了，出来时还十分紧张，一看这情形，他顿时哭笑不得，这都什么跟什么。

简宁川上车前，“放歌一曲”热情地送给他一个超级大的礼袋。路上，他把礼袋打开一看，发现里面除了一大包零食和一盒鲜切水果，就是周放的写真集，周放的毛绒小人，周放的亚克力立牌，周放的人物棒棒糖，周放的Q图、U型枕、小毯子……总之，全是周放。

田娜拉都觉得好笑了，说：“我就说，都还没宣传怎么就有粉丝来接机了。”

简宁川把周放的周边放下，问：“送我回学校吗？”

田娜拉诧异道：“原来你要回学校的吗？我得到的指令怎么是送你去霍老师家呢？”

简宁川：“哦……对对对。”

到了霍浮家，田娜拉陪他到门口，按密码开了门，让他进去。

“霍老师有点事，晚点回来。”田娜拉没进去，站在外面说，“我得去公司一趟，就不进去了。他说让你像在自己家一样，想做什么都随便。冰箱里有吃的，想叫外卖的话，茶几抽屉里有张卡片，上面写了这里的地址。”

简宁川点点头，道：“好的，谢谢娜娜。”

田娜拉交代完，就和他道别走了。

简宁川把行李留在玄关处，进去看了看。

霍浮家很大，一楼两间房打通了做健身房，基础健身器材、哑铃和杠铃整齐地码在角落里。除了健身房，一楼还有一间客卧。楼上是书房和主次卧，主卧房间很大，落地窗边铺着厚厚的地毯，杂志架上放的是去年的娱乐期刊，书房书架上的书也都落了一层薄薄的灰尘。

他发现了，霍浮大概不爱读书。百科里没有提到霍浮是从什么学校毕业的，李铮也说过霍浮没有学历。不过李铮一个加州大学毕业的博士，看谁谁没学历。

看了一圈，简宁川又回了一楼。他坐在沙发上，拆了一小包周放粉丝给的零食吃。

他发现这房子的色调以灰白色为主，很干净，但是也很冷清，不像常有客人来。

他想，霍浮有朋友吗？除了工作，霍浮都和什么人在一起玩呢？霍浮的朋友们来做客，看到他后会喜欢他吗？霍浮怎么还不回来？

下午两点多，霍浮回来了。他开门后没看到人，家里也没动静，只见简宁川的行李箱还放在门口。霍浮心想，他是等不及跑出去玩了吗？

霍浮进来，首先看见了茶几上扔着的几包还没吃完的零食，再一看，沙发上睡着一个男青年。他被沙发背挡住了，所以霍浮刚才没看到。

这小孩睡得还挺香。

霍浮绕到沙发前，微微弯下腰，叫了声："川川。"

简宁川不知梦到了什么，被叫得一个激灵。他睁开眼睛，因为逆着光，他没看清面前的人，但直觉是霍浮回来了，道："霍老师……"

霍浮笑着拍了拍简宁川的头。

简宁川这个话痨搬进来后，这个房子里不再冷清，他一个人就能演十几台戏。

霍浮家里很干净，充满了安全感，简宁川很喜欢，对霍浮也有了一种更亲近的情感。他对霍浮有着小男孩对男人的崇拜，霍浮对他来说，亦父亦兄，亦师亦友。

之后几天，霍浮几乎没有出门去工作，就在家里陪着简宁川玩，有事情就打电话和别人沟通，打电话的次数也不算太频繁。

简宁川刚开始还很担心自己会影响霍浮的工作，后来他发现，霍浮很可能在他回来前就已经把大部分工作交代好了，就为了空出几天陪他玩。因为霍浮无意中说了一句："你一个人在我家和你住酒店有什么区别？"

这话让简宁川相当感动了。

而且霍浮做饭是真的超级好吃，他还什么都会做，只要是简宁川点得上来的菜样，他几乎都能做。遇上从前没做过的菜，他就上网临时查个菜谱。除了有些食材受限的菜，其他的他基本上都能做得像模像样。

他做饭的时候，简宁川就在旁边打打下手、捣捣乱；到吃饭时间，他就陪简宁川追剧看综艺，一起吐槽，一起大笑。

如此几日，八月上旬就快过完了。看到简宁川适应了新的居住环境，霍浮才重新出门去工作，早上出门，天黑之前回来。

简宁川怕热，就整天在家里宅着，看看剧、打打游戏，翻霍浮书架上落了灰的书看。

霍浮是真不爱看书，买回来装样子的这些书就是按照各大书籍购物网站热销排行榜买的，不是都好看，但简宁川拿来打发时间足够了。

八月十几号，简宁川去那个网剧剧组探班秦阵。

秦阵知道他现在住在霍浮家里，邀请过他好几次，让他去剧组玩，但他一直没去。眼看人家剧组都要杀青了，再不去就不用去了，他才挑了个不太晒的日子过去看看。

这个剧组是真的穷，拍摄地点在一个旧小区里，据说那房子是投资方大佬提供的自家住房。投资方大佬都住这种地方，可想而知这剧组有多穷了。

剧组人员少，设备差，还不如摄影系那帮学生拍个短片专业，完全就是闹着玩一样。剧组甚至都不清场，门口有邻居路过围观，工作人员也不怎么管。因为看起来也不像是正经拍戏，别人在门口瞥一眼就走了，还真没人长时间围着看。

简宁川就以一个路人甲的身份轻轻松松进到了片场，直接站到了导演和监视器后面，旁边的人也就冷漠地看了看他，竟然都没人质疑他是谁。就这拍摄现场，难怪秦阵一直说自己被骗了。

他听秦阵说过，这部网剧的剧情大概就是讲两个好朋友合租在一起整天鸡飞狗跳的零碎事情，类似于情景喜剧。秦阵演的这个角色是个富二代珠宝设计师，那个他看过照片的吃瓜少年扮演一个人气明星……富二代珠宝设计师和人气明星还要合租这种破房子，是吃饱了撑的吗？这设定真的没问题？

现在正在拍秦阵，他拿了个拖把在拖地。门被打开，那个吃瓜少年从外面进来，大吃一惊道：“你快住手，放着让我来！”

秦阵道：“没事，拖个地而已。”

吃瓜少年过来抢过拖把，心疼道：“你这是艺术家的手啊，怎么可以拖地？你不要拖了，我马上买个拖地机器人，我很有钱的。”

秦阵一脸笑意：“你不要太惯着我。”

吃瓜少年：“我们可是好兄弟啊！我不惯着你惯着谁？”

简宁川：这什么鬼台词啊！

拍完这场，秦阵看见了简宁川，过来一把抱住他，抽抽搭搭地假哭起来。

简宁川拍着他的背，同情道：“好兄弟啊，辛苦你了。”

因为剧组其他人还在，秦阵也不敢大声吐槽，说：“走，去外面聊会儿。”

简宁川道：“你走了这戏怎么拍啊？”

秦阵拉着他往外走，小声道：“没事，他们每场戏中间少说磨蹭两个小时，不然一共就十二集的网剧会拍了快一个月还没完？有时候他们是想改剧本，有时候是说场景哪儿哪儿不合适，上回灯光师突然不干了，撂挑子走人，他们又临时到处找灯光师。不是我说，这简直就是开玩笑。”

简宁川快被这剧组雷死了。

“秋阳！”有个人追过来，叫着秦阵在戏里的角色名，说，“你去哪儿啊？”

秦阵站住脚。简宁川回头一看，是那吃瓜少年。

他个子很高，瘦瘦的，脸特别小，就一双眼睛大，也还挺帅的。

“这我哥们儿，他来探我的班，我和他出去玩会儿。”秦阵介绍道，又向简宁川介绍说：“这是韩小飞。”

简宁川道：“你好，我是简宁川，也是电影学院的。”

韩小飞很高兴地说：“你好，我是传媒大学的。”

简宁川听秦阵说过，这个韩小飞课余时间在做平面模特，也是被一个坑爹的摄影师介绍到这儿拍这雷剧，片酬还低得离谱。

秦阵也叫韩小飞在戏里的角色名，说：“袁小瑞，我们出去了，一会儿就回来，导演要是找我，你帮我说一声。”

“好。”韩小飞很好说话的样子，还热情地对简宁川道：“简同学，回头再见啊。”

出来后，秦阵苦兮兮地开始倒苦水，说早知道会这么浪费这个暑假，还不如多拍两个广告。

简宁川安慰他说：“也没几天了，不是说八月中旬就能杀青吗？”

“还有三天，简直度日如年！”秦阵一阵哀号，又问，“你呢？在你经纪人那里住得还习惯吗？”

简宁川道：“就还……挺好的吧。”

秦阵道：“子烨前两天也来看我了，还嘲笑我，还没笑完呢，报应马上来了。他不是在少儿频道做助演吗？人家要求他把胡子刮了，别吓到小朋友，他现在白白净净的还挺好看。结果我们那导演一看见他就惊为天人，追着他‘表白’，说下一部网剧一定要找他拍，还说此生拍不到他就白活了之类的，说了一大堆，可把他给烦的。他回去就发了三十多条微信给我，实名要‘追杀’导演。”

简宁川哈哈大笑。

秦阵也笑了起来，说：“你这个月就在霍浮家里宅着了吗？他工作忙，也没时间陪你玩吧？我拍完这边的戏就回老家去避暑，要不你跟我去我家住几天？太原夏天很凉快的，晚上睡觉都不用开空调，有时候还得盖被子，太适合你这‘怕热星人’了。”

简宁川说：“去不了，过几天还有个试镜。”

秦阵吃惊道：“这么快又安排上了？这次是电视剧还是电影啊？”

简宁川说：“电影，一个文艺轻喜剧，方浩瀚的新片。”

方浩瀚是位青年作家，近几年转型做导演，试水了两部电影，本来并不被看好，没想到两部片子都是叫好又叫座。简宁川要去试镜的，就是他的第三部作品。

秦阵又号哭起来：“苍天啊！大地啊！怎么有人儿童节随便出个门就能遇到金牌经纪人，还能拍大电影！我随便出个门，怎么就被人骗了啊啊啊！”

探班秦阵的雷剧后，没过几天，简宁川就跟着霍浮去试镜方浩瀚的新电影。

到试镜地点时，房间里已经坐了很多人。除了方浩瀚导演本人，还有好几张熟面孔，两位中生代男星、一位经常在娱乐新闻里露脸的制片人，还有一位投资界知名大佬，其他几位简宁川不认识，但是他们都坐沙发，反倒是那两位男星和方浩瀚坐在椅子上。地位决定屁股的位置。

简宁川头一次遇上试镜阶段就摆出这种大场面的情况，做乖巧状跟在霍浮身后，不敢造次。

旁人见霍浮进来，纷纷起身和他打招呼，只有那位大佬没有站起来，说了声：“小霍来了，正在说你，快坐。”

沙发上的一个中年人马上给霍浮让了位子，霍浮谦让了一下，那中年人笑着摆手，另外去找了把椅子过来坐。

霍浮拉简宁川上前，对众人介绍道：“这就是我说的新人，叫简宁川。”

简宁川忙微微欠身，他不知道该怎么叫人，何况人也太多了。

大佬手里盘着两颗油光水滑的铁核桃，笑着说：“小朋友长得真精神，不错不错。快都别站着了，小简，你也坐。”

霍浮坐了那中年人让给他的位子，示意简宁川坐在他身边的宽扶手上。

简宁川懵懵懂懂地坐下。

那两位男星都朝他露出善意的笑容，他也忙挂上笑脸，挨个笑回去。

然后一群人开始聊天，聊这电影的投资，还聊宣发，连怎么营销都聊了。

简宁川整个人都晕了：不是来试镜吗？电影不是都还没拍吗？怎么就先聊宣发了？这个是正经电影吧？又不是秦阵拍的那雷剧，还能这么搞的吗？

聊了有半个多小时，大佬有事要先走，一屋子人纷纷站起来礼送大佬。

等大佬走了，房间里的气氛一下就变了。

其他人还是按原位坐下，那制片人坐在了刚才大佬坐的位置上，一开口就吐槽：“说得好听，就只画饼，又不给钱，这怎么搞？”

没人接话。

半晌，霍浮笑了一声，道：“说了半天，这事原来还没谱啊？大热天的让我带人来，玩我呢？不行我就走了，还要赶着回去打胰岛素，血糖要 hold（坚持）不住了。”

那制片人也笑了，朝众人说：“嘿嘿嘿，你们听听，这病秧子说的这什么话？下回再有好事，都别带他玩了。”大家就都笑了。

简宁川注意了一下那两位男星，两人都是一脸茫然，看别人笑了，他们俩也赶紧跟着笑。

“不带就不带，我还乐得清净。”霍浮还是笑着说，“还试镜吗？不试我就真走了，张大导演的剧组还等着小简呢。”

一屋子人又是一阵笑，简宁川这回也笑了。原来霍浮在外面是这样的，有种强势但又没有攻击性的魅力，跟和他待在一起的时候不太一样。和他待在一起时，霍浮就要亲切很多。霍浮这两种待人模式是完全不同的，满嘴跑火车这一点倒是一样。

制片人看着方浩瀚，问：“我看这孩子不错，你看呢？”

方浩瀚是很标准的作家长相，戴了副眼镜，文质彬彬，也很和气。他说：“我也觉得挺好，刚进来就让人眼睛一亮，是科班出身吗？”

霍浮示意简宁川回答。简宁川道：“电影学院表演系的。”

制片人显然已经和霍浮事先沟通过了，道：“听说刚从陈奇峰的剧组出来？演的主角还是配角？”

霍浮道：“主角，跟周放搭戏。”

制片人一脸“哦嚯”的表情，道：“那还挑什么挑？就他吧。陈奇峰调教过，我们直接捡现成的，大便宜呀。”

霍浮一脸傲娇，说：“先别，不是男主我们可不演。”

制片人转头朝那两位男星道：“吴洲，江白夜，你们俩把这人给我叉出去。”

那两位男星露出尴尬的笑容，他们知道这是大佬们之间开玩笑，自然不敢真动。

霍浮笑着说：“我开玩笑的。这剧不是公路电影吗？那他们仨就都是男主。类型片就是有这特点，我也是懂一点电影的。”

制片人不再说什么，方浩瀚也一脸微笑，那两位男星神色各异。

简宁川没听太懂，还不知道霍浮两三句话就把他一个男三配角推上了男主位，为后期排番位留下了足够的余地。

方浩瀚的片子虽然叫好也叫座，但是作为跨界导演，他对演员的演技提不出什么有建设性的意见，他的作品有口碑也多半是因为剧情的有趣和导演的艺术审美。他的片子不是太能捧演员，实力和地位兼具的超一线和一线演员都不会自降格调来接他的片子，文艺喜剧片的预算也不够请那些大牌。前两部片子他们都是找了距离一线总是差口气的男星，这类男星没有大导演资源，也不大扛得起票房，能借方浩瀚的片子演个一番二番给自己攒个代表作，说不定下部就能有好资源。这次新片的主角——吴洲和江白夜也是二线演员。

但简宁川就和这两位完全不一样了。他刚演了《罪恶城市》，又是霍浮亲自带的新人，未来可期，趁现在他的身价没涨上去，方浩瀚和他合作稳赚不赔。

《罪恶城市》是大成本制作，3D和IMAX都会上，最早也要明年下半年才能上映。而方浩瀚的片子是文艺轻喜剧，拍摄周期和后期制作都不会耗费太长时间，公映许可证也好拿，完全赶得及做贺岁片，到今年寒假档就上映。这样，在《罪恶城市》之前，简宁川就能提前进入观众视线，既能刷脸，也能试水。

“这就算试镜过了？”回到家，简宁川还感到不可思议，“这么随意的吗？”

霍浮笑道：“我也没想到今天正好赶上那位在，他夸你那句就等于拍了板。也省了其他麻烦，反正这角色我早给你预定好了。”

简宁川道：“可是制片人不是说他不给钱吗？”

霍浮道：“制片人胃口都大得很，给多少都不嫌多，‘投资方爸爸’不是不给，是给的没他想的多。本来他们想去吴哥窟拍，现在给的钱不够出国烧，他们就去敦煌拍拍了。”

简宁川觉得好笑，道：“原来大佬都这么玩的吗？就算投资少，几千万总有的吧，也太儿戏了。我刚才看吴洲和江白夜都快尴尬死了。”

霍浮也笑了，说：“我和方浩瀚认识好几年了，他人不错，也好相处。吴洲和江白夜出道时间不短，一直没红起来，这样的演员都很懂规矩，这剧组不会再出赵达伦那种事，你就当去玩。听说跟着方浩瀚拍戏很好玩的，你去过敦煌吗？”

简宁川躺在沙发上，怀里抱着一个抱枕，说：“没有，西边都还没去过。”

霍浮说：“西边很好玩的。不过这次我恐怕不能陪你去了，娜娜也要开始带新人，我帮你安排两个助理——两个够用吗？”

简宁川道：“够用的，太多人跟着也不好。”

霍浮突然观察了他一下，道：“川川，你是不是胖了？”

简宁川“嗖”的一下坐起来，摸摸肚子，惊讶地发现自己的人鱼线没了，还好腹肌还在。

他道：“好像是啊！都怪你做饭太好吃了，害我老是吃完还要添饭。”

霍浮道：“胡说，你在广州就每顿两盒盒饭还不够吃。拍戏动起来还没事，你这个月宅在家里哪儿也不去，吃了睡睡了吃，不胖才怪。”

简宁川不爽道：“我还在长身体，不吃饭怎么长？你让我吃饭的时候怎么不嫌我胖啊？现在一签新片就嫌我胖，怕我摇不动钱了是不是？”

霍浮被他逗笑了，道：“好吧，那你继续胖，没关系，这小嘴叭叭得这么利索，做谐星也不错。做吗？我联系下德云社，把你转卖过去。”他又做岳云鹏式感慨，“我的天哪，快看这个漂亮的小胖子！”

简宁川用抱枕砸他。

等简宁川闹够了，霍浮将简宁川推进一楼健身房里，勒令他健身，要保证他上镜好看。

第五章 敦煌

八月底，电影学院的学生开始返校。简宁川去了学校一趟，找班主任当面说明了情况，自己要请假去敦煌拍方浩瀚的新片。

他已经大三了，同届学生出去接剧的越来越多，他这样的也不是特例。班主任叮嘱他期中考试还是要尽量回来考，学分还是很重要的，又鼓励他一番，就准了他的假。

简宁川又回了宿舍一趟，秦阵还在自己家里没回来，宿舍靠窗的书桌边坐着一个肤白貌美、气质出尘、仿佛仙子下凡的漂亮男生。

简宁川震惊得说不出话来。

然而仙子一开口，便再也回不去仙界了："川川，老子想死你了！"

和王子烨同住了两年，简宁川上次见他刮了胡子的脸，还是大一刚报到的时候，后来王子烨的脸就再没刮得这么干净过。两年前他还有点婴儿肥、娃娃脸，现在完全就是个大美人。

简宁川感受到了秦阵那部雷剧的导演惊为天人的心情，夸张道："烨哥，嫁我！"

"嫁你个屁。"王子烨走过来大力拍他的肩，抱怨道，"你个瓜娃子天天做啥子？给你发消息都不回？"

简宁川不好意思道："有时候你发消息来我正在忙，忙完我就忘了。"

王子烨道："忙啥子？有的耍就没得亲情？"

他以前也是一口"川普"，但今天简宁川很是受不了，道："美人，你长成这个样子，就好好说话行吗？"

简宁川越看他越惊奇，伸手捏他的脸，左捏右捏，还是怀疑他戴了人皮面具，"王叔叔"也太好看啦！

王子烨："川川……王叔叔要打你了哦。"

闹了一会儿，两个人勾肩搭背去校门口的小饭馆吃饭。

电影学院男帅女美，饶是如此，没了胡子的王子烨还是一路被人行注目礼，甚至遇到的两个班里的女生都没认出他来，还很惊奇地问简宁川：“小简，这是谁啊？”

简宁川还没开口，王子烨就得意道：“你们猜！”

女同学从口音和音色判断出了这是谁，指着王子烨：“你你你你你……胡子精？！”

王子烨风度翩翩道：“嘻嘻嘻，就是我咯。”

两个漂亮的女孩子惊悚得差点尖叫，简宁川笑得肚子痛。

吃饭聊天时，简宁川把要去拍新片的事详细说了一遍。

王子烨真情实感地羡慕道：“有个厉害的经纪人真的好，你前程似锦，王叔叔为你高兴。”

简宁川道：“你假期在电视台没遇到什么新机会吗？”

王子烨道：“少儿频道有个屁机会，你看，这么多年从少儿节目里出来的有几个？也没啥子意思，我不是很喜欢小孩，和他们在一起吵得我脑壳疼，要是有其他的活，我再也不去受这种罪。”

简宁川感觉自己也不是很喜欢小朋友，能体会王子烨这种痛苦，道：“慢慢来吧，后面有试镜机会就都去试试，说不定有名导演来挑角色呢，喜欢用新人的导演也挺多的。”

王子烨惆怅道：“小简，我感觉我现在好浮躁的，就沉不下心来等。这次暑假回去，我发现我妈妈的白头发越来越多了，我是能慢慢来，也许能等个好机会，我就是怕她等不到。”

简宁川有心想帮他问问霍浮，看有没有适合他的机会。但是现在八字没一撇，简宁川怕万一没有好机会，让他空欢喜一场，于是就没说，安慰他道：“烨哥，人生际遇很难讲的。以前我像个没头苍蝇一样到处试镜，这也不行那也不行，也没想到会遇见霍老师啊。你还是要有耐心一点，别太悲观。”

王子烨点点头，道：“不说这些不开心的事了。你不回来住，你妈也不回来，我这几天要一个人在宿舍喂蚊子了。”

简宁川道：“我柜子里好像还有防蚊水。对了，还有不少零食，你看看，如果没过期就都吃了吧。我的滑板还有无人机，你想玩就都拿去玩。”

王子烨做作地一脸感动道：“川川你真好，我也无以为报，这顿饭就你请了吧。”

简宁川为他的厚颜无耻折服了。

晚上，简宁川给霍浮看了“王大美人”的照片，说：“你看，我室友是不是长得超好看？”

霍浮看了一眼，道：“还不错。”

简宁川极力推荐道：“真人更好看，照片不足以显出他十分之一的好看！你看，他这样的，适合签吗？”

霍浮道：“适合，也不适合。男生太漂亮不全是好事，我是没签过这样的。你们俩关系好吗？”

“好，特别好。”简宁川道。

霍浮点点头，说：“自己人好说，我帮他留意一下，看有没有合适的机会。”

九月初，简宁川从北京飞往敦煌。

随行的两个生活助理，其中一个就是在广州时替他工作过的小光，广东人。另一个是新面孔，但也是霍浮工作室的人。

他本来觉得这样就挺好，谁知到了敦煌，来接他们的车上还有一男一女两个年轻人。

“霍总让我们提前过来熟悉下情况，”男生道，“剧组这边我们都已经算比较熟了，有事吩咐我们做就好。”

简宁川明白了，从北京跟过来的两个人类似于在广州时的田娜拉，提前过来的这两个年轻人类似于当时的小光。

敦煌机场离市区很近，车子先送他们去酒店。这边毕竟偏远些，霍浮安排的这辆车不如在广州时的那辆豪华，但也够用。

四个助理在路上互相熟悉了一下。简宁川听到那个女生说自己是在兰州读的大学，对当地比较熟悉，因此他猜测霍浮安排的人也都是精挑细选过的，心里有点感动。

一行人抵达酒店，房间也比较普通，胜在还算干净，毕竟不是所有剧组都像《罪恶城市》剧组那样财大气粗。

简宁川给霍浮回了个电话，说自己已经到了，叫他放心。

霍浮道：“那边天气干燥，记得要多喝水。昼夜温差大，晚上盖好被子，不要贪凉不关空调。出门风大太阳大，防晒霜要好好涂，不拍戏的时候把冲锋衣穿好。吃东西要注意，那边天天吃牛羊肉，别贪嘴吃坏肚子，我在你的行李箱里放肠胃药了。还有，和剧组的人好好相处，不要耍小孩子脾气，也别什么都说。有突发情况必须及时给我打电话，自己不要乱处理。喂？信号不好吗？听得到吗？”

简宁川吸了一下鼻子，道：“霍老师，我有点想你。”

种种原因下，简宁川从小就不是一个恋家的人，长到二十岁，今天才第一次体会到恋家是什么感受。

刚刚过去的整个八月，他都是在霍浮家里度过的。对他而言，那里是家。

他对霍浮的想念，已然带着对家人的眷恋。人和人能否建立起信任和感情、关系融不融洽，和相处时间的长短是可以没有关系的。

霍浮听出他声音中的哽咽，道：“两个月很快的，如果我不忙、走得开，就过去看你。别不高兴了，进组第一天就要哭鼻子吗？”

简宁川忍了忍眼泪，说：“没有哭。霍老师，你也要注意身体，该打针吃药就打针吃药。我这一走，你也终于能好好休息休息，不用再每天硬撑着陪我了。”

霍浮：“嗯？话是好话，怎么我听起来这么不开心呢？”

简宁川：“哈哈哈。”

那个名叫小光的助理觉得简宁川应该收拾好东西了，来敲门叫他，说剧组统筹刚才来过，让他下楼去和导演他们见个面。

他只好和霍浮道别，换了件衣服，下楼去见导演。

方浩瀚一个人在房间里，穿着背心、大裤衩，正开着电脑写东西。他一个星期前就已经过来采景了，整个人比上次见时黑了至少两个色号。见简宁川来了，他开玩笑道：“小简啊，珍惜现在还白的时候，多多自拍，抓紧时间和女朋友视频。留住美好，就趁现在。”

简宁川没看过他的书，只看过他前两部自编自导的电影，也大概了解他是个风趣自在的人。简宁川道：“可是我没有女朋友啊。”

方浩瀚道：“剧本在家看完了吗？”

简宁川马上兴奋道：“看了好几遍，太有意思了！”

方浩瀚推推黑框眼镜，颇有几分文人的自得，道：“谢谢。‘有意思’就是最好的评价。”

这是一部全程在西部风沙中取景的电影，却叫《江南乱》。简宁川刚拿到本子的时候，感觉雷雷的，还和霍浮吐槽了几句，结果看了一半，嗯……真香。

故事的主角是两个生在敦煌长在敦煌的男青年，他们学习成绩不佳，工作能力不行，有着平平无奇的人生，过着平平淡淡的日子。忽然有一天，其中一个男青年收到了一封远方来信。寄信人自称是他的远房姑妈，要给他一笔巨额遗产，要求他本人在某年某月某日之前必须到达江南某地，方可领取这笔遗产。从未离开过敦煌的男青年和发小对未知的江南和巨额遗产都心生向往，两人凑钱租了辆旧车，雄心壮志地出发去往江南。谁知刚上路不久，他们就发现这辆旧车的后备厢里关着一个被五花大绑的年轻人。年轻人自称是从江南来的游客，被黑导游骗光了钱财，身无分文，身份证也没了。听说他们此行正是要去江南，年轻人主动表示自己可以做向导。于是三人一同踏上了这趟充满未知的旅程。

简宁川要扮演的就是这个被骗了的倒霉蛋。

整个故事荒诞到不行，台词处处充满着方浩瀚式的幽默。简宁川的角色也很有趣，在这三个人物中最容易出彩。而且从多方面来看，这个倒霉蛋的人物设定也的确非常适合他。

霍浮帮他挑戏的眼光是真的好，霍浮本身能力也够强。这角色百分之百是很多新人盯着想要的，在一群嗷嗷待哺的“小老虎”嘴里夺食，经纪人没点本事还真不行。

简宁川和方浩瀚聊了一会儿剧本，方浩瀚聊得眉飞色舞，但当简宁川说到要如何表现出人物特点的时候，方浩瀚立马蔫了，忙摆手道：“这个不能聊、不能聊，聊两句就冷场了，等到时候到了现场再看，我对表演真的不懂。别看我都拍了两部电影了，可我不是专业的，也完全没这方面的天分。你别对我抱太大希望，术业有专攻，我也绝对不会瞎指挥你们。”

简宁川表示理解，方浩瀚的电影看点本身也不在演员演技。但是方导演拍了两部卖座的片子，合作的还都是知名演员，说自己完全不懂那可真是谦虚了。

“吴洲和江白夜明天才能到，他们两个都是公认的演技派，”方浩瀚笑道，“小简你也是科班出身，和周放搭过戏还没被喷死，可见演技也很了不起。到时候如果真有什么问题，你们三个商量着来嘛。”

简宁川点点头，心想：放哥“喷火小暴龙”的名气都这么大了吗，哈哈哈。

到了晚上，方浩瀚叫了剧组几个人，又带上简宁川，一行人浩浩荡荡出去吃饭。

敦煌是座小城市，当地人并不多，但游客很多。夏秋两季又是敦煌的旅游旺季，年少成名、顶了好多年“美少年作家”头衔的方浩瀚很快就被人认了出来，很多人追着他拍照。

他开开心心地对人家挥手问好，直到有个女孩大吼一声："方浩瀚，你的新书什么时候出啊？！"他脸色大变，险些落荒而逃，定了定神才想起这是大西部，编辑不太可能追来。可见作者被编辑催稿的恐惧已经深入骨髓。

敦煌虽然很小，但因为旅游业发达，食物也还行。面食很多，辅料多为牛羊肉，也有少数驴肉。简宁川试了有名的驴肉黄面和羊肉粉汤，味道都很不错。

次日，吴洲和江白夜先后赶到，和简宁川见了面，三个主演讨论了一下剧本。

这两位都是"八零后"，演过不少戏，观众也都眼熟。他们就是缺个大爆的机会，资源有点差。

刚见面时，两人对简宁川都客客气气的，有点拘束，就是霍浮说的"这样的演员都懂规矩"。过了好一会儿，两人才放开了些，能和简宁川开玩笑了。

吴洲问："小简哪年生的？"

简宁川："九八年。"

吴洲叹气道："年轻真好，我和白夜都是八八年的。"

简宁川道："三十好啊，我觉得三十岁是男人最好的年龄了。"

江白夜笑道："小简太会说话了吧，现在的小孩都不得了，情商太高了。我二十岁出来拍戏的时候，人家说什么我就只会笑。"

吴洲道："你现在不是吗？我看你现在也是。"

"一边去！"江白夜又对简宁川道："我们俩是同一部戏出道的，都认识十年了。"

简宁川好奇道："哪部戏啊？"

吴洲惭愧道："说了你也未必知道，你那时候太小了。那戏里，他演家丁甲，我演家丁乙。"

江白夜说："那剧扑得没眼看，上星一轮游，这么多年都没见哪家电视台重播过。咱们俩这命不行，要是像小简一样，一出来就演陈奇峰的戏，那现在指定不一样了。"

简宁川有些尴尬，不知该如何接话。

吴洲用剧本打了江白夜一下，道："小简，你别往心里去，他就是嘴上没把门，没别的意思。"

简宁川只好笑道："没事的，我运气是稍微好一点。但我经验不够，还是得向两位大哥学习。"

他感觉到这两位大哥可能不是太喜欢他，是因为他们亲眼看到他是怎么空降进这剧组的吗？

等吴洲和江白夜安顿好，下午三点多，剧组就出发去往鸣沙山，正式开机拍摄第一场戏。

车子一出市区，简宁川憋闷的心情立刻一扫而空。

他昨天从机场过来，车子走的国道，景致虽然也很有西部风情，但他还没看到大片的沙漠。

这是他第一次来到沙漠。窗外黄沙漫漫，沙丘高低起伏，剧组车队像沙漠里的一列小甲壳虫。沙漠看不到尽头，让人仿佛置身在无边无垠的沙海之中。难怪西部民风粗犷，处在这种环境里，任何人的心胸都会立刻开阔起来。太美了！

开机仪式搞得像模像样。方浩瀚找人定做了一个写着“江南乱”的巨大匾额，上边还雕着刀剑，不知道的还以为是徐克来拍《龙门客栈》，简直就是商业欺诈。

简宁川叫小光帮他拍了几张照片，看手机信号还挺好，他把照片依次发送给霍浮、秦阵、王子烨，最后犹豫了一下，还是发给了李铮一份。

第一场戏是收到姑妈来信的吴洲和他的发小江白夜开车上路，听到后备厢里有奇怪的声音，他们打开一看，发现了被绑在里面的倒霉蛋。倒霉蛋由简宁川出演。

因为剧本设定，倒霉蛋被人骗得裤子都不剩，所以简宁川要露腿，全身上下只穿 T 恤和内裤，然后再被五花大绑起来。

他在车里脱了裤子，感觉有点羞耻。之前在《罪恶城市》里他没有露肉的戏份……当然现在这个其实也不能算露肉戏。

助理小光在外面叫他：“小简，好了吗？导演催了。”

他把冲锋衣围在腰间，尴尬地下了车。

方浩瀚笑哈哈道：“怎么还害羞了？剧组没女孩的。”

他的话音刚落，就有五六个女工作人员抗议道：“我们是什么？！”

方浩瀚又说：“小简你快过来吧，没事，她们不喜欢小弟弟。”

女工作人员：“谁说的，我们喜欢！”

简宁川羞得不敢说话。

江白夜靠在吴洲肩上，快笑哭了，吴洲也笑，鼓励简宁川道：“都有这回的，以后习惯就好了，演戏嘛。”

演戏嘛。

简宁川本着演员的职业道德，把冲锋衣解了。

方浩瀚身后的女工作人员立刻尖叫道："好白啊他，都没腿毛的！"

简宁川脸红到抬不起头来。

道具组过来给他绑好绳子，又用胶带粘住他的嘴巴。化妆师把他脸上抹脏一点，还在他的头发上喷了水，做出了他在后备厢里闷出满头大汗的感觉。

演员就位，场记打板，开拍。

吴洲是一个穿格子衫的眼镜宅男，他的发小江白夜则是个穿无袖T恤、戴假金链的社会青年。此刻，两人站在车尾。

吴洲恐惧道："你……你听到什么声音了吗？"

江白夜试探着用力拍了下后备厢盖，后备厢"咯噔咯噔"响了两声。

吴洲大惊："响了！"

江白夜道："看你尿的！"

吴洲问："里面会是个人吗？"

江白夜做沉吟状："不一定。这个导演的戏我看过，他喜欢狗，里面可能是条狗。"

吴洲一脸疑惑："啊？"

江白夜挥手道："你走开，我来打开看看。"

吴洲后退两步，道："好。"

江白夜去开后备厢盖子，开了一下没打开，又开了一下还没打开。

吴洲在后面道："我就说你租的是辆坏车！"

江白夜怒道："还说！再说你来！"

吴洲："不说了，不说了。"

江白夜手脚并用，终于打开了后备厢，还没看清楚里面是什么，便使出无影拳，闭眼大叫："啊啊啊啊啊啊！哈！"

吴洲从后面过来，冷静地拍他的肩："不是狗，是个人。"

江白夜睁开眼，马后炮道："是吧，我就说肯定是个人。"

简宁川满头大汗，一张脸憋得通红，拼命挣扎着想说话，但嘴巴被粘着，只能发出"唔唔唔"的声音。

吴洲和江白夜对视一眼，忙把人救了出来。

第一场戏完。

方浩瀚比了个“OK”的手势，这场戏一条过了。

简宁川火速回车上穿上裤子。

小光把手机递过来，说：“刚才有电话打进来，我没替你接。”

很多艺人助理是会帮忙接电话的，但简宁川没说过可以帮他接电话，小光也就守规矩地没有接，只帮他保管手机。

电话是“和稀泥”打来的。

自从那次说过霍浮的一些恶性传闻后，李铮还没给简宁川打过电话，只发过几条微信，都是劝他要听简华的话。简宁川不高兴，就都没理。

简宁川又把手机给了小光，说：“要是这个人再打来，你就说我在拍戏，忙完再回他。”

第二场戏开拍。

被解救出来的简宁川蹲在路旁，穿了吴洲好心借给他的裤子。

江白夜和吴洲站在他面前。

江白夜：“你怎么会在我们车里？”

简宁川抱着膝盖，用一双大眼睛无辜地看着两人，说：“我是来旅游的，结果被黑导游骗了。她说带我去月牙泉，但刚上路我就被打晕了，我也不知道自己怎么会在你们车里。”

吴洲看着江白夜：“黑导游？”

江白夜：“看我做什么？”

吴洲：“我记得你也兼职做导游。”

江白夜：“我只白天做，不做黑。”

“哦。”吴洲又看简宁川：“你叫什么？”

简宁川道：“我叫毛毛。”

江白夜喜道：“这不是狗名吗？看，我说什么来着。”

吴洲无语。

简宁川一撇嘴，开始哭，哭得稀里哗啦，边哭边说：“我的包被拿走了，钱都没了，身份证也没了，我给我妈买的纪念品也没了。”

江白夜一时铁汉柔情，说：“毛毛好可怜啊。”

简宁川哭唧唧道：“你们要去哪里？”

吴洲还没说话，江白夜就道：“我们去江南。”

简宁川：“我就是江南人，带我一起吧，我能给你们做向导。”

吴洲道：“胡说，你明明是北方口音。”

简宁川道：“我小时候是住在北方的，中学时就搬去江南了。不信你看我的身份证……我的身份证不见了。”他抬起头，双眼还含着泪，可怜兮兮地看着两人。

江白夜受不了了，道：“带上他吧，你看他长得多可爱啊。”

吴洲大惊道：“认识你这么多年，我都没看出来你有这种癖好。”

江白夜：“想什么呢！你不觉得他特别像我小时候丢了的那只小白狗吗？”

简宁川马上学小奶狗叫：“呜汪。”

吴洲道：“你养的那是只黑狗。”

江白夜一愣：“是吗？哦对，丢了的猫是白的。”

简宁川赶忙切换物种：“那……喵？”

江白夜满意道：“带上他吧。”

吴洲觉得烦了，道：“随便吧。”

简宁川一跃而起，冲上车坐进后排，从车窗探出来招手：“好朋友们，快走啦！”

远处的夕阳火红，照在两脸茫然的吴洲和江白夜身上。

方浩瀚剧组是真的好玩，导演本人就是个“梗王”，片场有他在，随时都是充满欢声笑语的。

拍了半天戏，晚上收工回去后大家一起吃了饭。简宁川感觉吴洲和江白夜对他的观感似乎比中午刚见时要好很多，那种拘谨又带刺的感觉都没了。

吃过饭回房间，洗完脸，简宁川敷了片舒缓补水的面膜。敦煌这边气候太干燥了，沙漠风又大，吹得脸上脱了一层皮似的。

然后他给李铮打电话，打算随便敷衍他十分钟就挂掉。

结果李铮开口差点把简宁川的面膜吓裂：“忙完了？我和你爸在楼上888房间，上来吧。”

简宁川是有点生气的。不说一声就跑来，就是简华一贯的作风，他这个爸从来就我行我素，根本不把别人尤其是他这儿子的私人生活当回事，想来就来想走就走，想打扰就打扰，想不管就不管。

他直接贴着他的熊猫面膜出了门，在楼道里遇到从外面回来的江白夜和江白夜的助理，他打招呼：“江大哥。”

江白夜听出是他的声音，好笑道：“毛毛？白天装小猫，晚上装熊猫啊？要去哪儿？”

简宁川不能说实话，只好道：“去找我的助理拿点东西。”

江白夜笑着点点头，两人便道别了。简宁川郁闷地乘电梯上楼。

到了888房间，他按响门铃。来开门的是个金发白人肌肉男，身高足有两米，穿着黑T恤、黑裤子，面无表情。这是简华的保镖。

简宁川：“我找你老板。”

那人听不懂中文，一脸怀疑地盯着简宁川的面膜看，眼神有点新奇，好像被萌到了。简宁川心想，国宝滚滚真是无敌可爱了，这么个大块头也能被迷住，哈哈哈。

房间里的简华说了句：“Let him in!（让他进来！）”

保镖便侧身把简宁川让了进去，自己出去了，从外面把门关上。

坐在沙发上的两人没想到简宁川敷着面膜就来了，简华一脸嫌弃，李铮无奈得很。

简宁川站在门口，也不进来，双手插在睡裤兜里，道：“谁叫你们来的？”配上那张熊猫脸，嘲讽力max（最大值）。

简华指着卫生间，道：“去去去，把你的脸洗干净再来跟我说话。”

简宁川道：“我哪有资格用888房间的水，有话就快点说。”

简华寒着脸道：“这是你和我说话的态度吗？”

简宁川道：“那就别说了，这回好像又不是我请您来的吧。”

李铮这个和稀泥的又来打圆场：“你们俩好好说话不行吗？川川拍了一天戏也累了，过来坐。干爹也好久没见你了，让干爹看看你胖了还是瘦了。”

“不用看，瘦了！”简宁川没动，道，“没别的事我就走了，想见我就去楼下我的房间找我，我赶着揭面膜呢。”

眼看简华要动怒，简宁川那双在熊猫面膜衬托下显得比平时大的眼睛顿时睁得更大，父子俩剑拔弩张。

眼看父子俩要吵起来，李铮忙起身，道：“都别动，听我说！”

以过去无数次的经验判断，谁听他的才有鬼。简宁川心想，吵就吵啦，反正一年总要吵几次，谁在乎。

哪知简华这次竟破天荒地听了李铮的话，把脸上的怒气忍了回去，向后靠在沙发背上，说：“你先去把脸洗了，出来再说。”

真吵起来简宁川倒不觉得有什么，现在简华没有要吵架的意思，他反而不适应。什么嘛，大老远跑来敦煌，不吵架来干吗？又演父子情深吗？谁要和你演？

“川川，你先去洗脸，”李铮道，“你爸真不是来和你吵架的。我们已经和你的经纪人见过了。”

简宁川惊了，马上进卫生间，揭了面膜洗脸。他边洗边想，他爸会不会欺负霍浮了？

从下午开始拍戏到现在，他还没有和霍浮联系过，霍浮也没有主动找他。不过以霍浮的性格，即使被简华恶语相向，他应该也不会吃当面亏。霍浮情商高，话术也厉害得很，简宁川就怕他爸在别的地方给霍浮找麻烦，这事他爸干得出来。简华虽然不在国内娱乐圈混，但是地位特殊，国内的娱乐大鳄们都要卖面子给他。不说呼风唤雨，他想搞掉一个经纪人还是轻而易举的。

他洗完脸干干净净地出来了。简华看着他，居然笑了一下，还有点慈爱。

简宁川冷漠地想：哼，有病，又要演了吗？

李铮叫他过去坐，他就过去坐下，只是离这两个爹都远远的。

他抱着胳膊，说：“你们到底来干吗的？别说是来游说我解约的，那不可能。”

李铮道：“你那经纪人……”

“他不是你以为的那样，”简宁川打断他的话，“他人很好，对我也很好，我觉得我们很合拍。”

李铮吃惊道：“川川，你是说我在诬蔑他吗？”

简宁川道：“我不是这个意思。”

李铮有点受伤，道：“我只是怕你被骗……好了，他人好不好我就不评价了，男女作风横竖是私人问题，不影响工作就好。”

简宁川有点惊讶。

李铮道：“我们知道你拍了陈奇峰的戏，也知道你这经纪人把你推成了主角，现在这片子也过得去。他帮你做的事，目前看还是可以的。总体来说，你如果非要在国内发展的话，这样也勉强还行。”

这和简宁川想的不一样，他惊奇地道：“这么说，你们不瞎掺和我的事了？”

简华又不爽起来：“你说的什么话？替你操心叫‘瞎掺和’？我吃饱了撑的，放下千万美金片酬来掺和你这点破事？我怎么不瞎掺和别人的事？”

简宁川也来了气，道：“想掺和别人的事还不简单？你再生一个不就行了吗？趁现在五十还不到，抓紧时间生去，小心生晚了，你那千万美金片酬将来都没个继承人。”

简华大怒，问李铮：“李铮，他是不是在咒我？”

李铮道："不是、不是，川川说气话。"

简华道："够了！你以为我中文差听不懂是不是？"

他抬手指着简宁川，气得声音发抖："现在马上给我滚！"

简宁川站起来就走，李铮忙来拉他。他也不管，头也没回地拉开门出去，门被关上前，他还听到简华在里面用英文骂了句脏话。

门在他身后合上，他站在门口，毫无征兆地哭了。他也搞不懂自己哭什么，他早就对父亲没有期待了，还有什么好哭的？都怪自己泪点低。

旁边的人递过来一张纸巾，纸巾上还印着酒店的名字。

简宁川转头一看，是简华的那位金发保镖。

他疑惑又同情地看着简宁川，小声道："Panda? Are you ok?（熊猫？你还好吗？）"

简宁川接了纸巾擦了下眼睛，道："OK，很OK，谢谢……拜拜。"

他下楼回了自己房间，趴在床上大哭一场，等平复下来后，才打电话给霍浮。

霍浮那边很吵，音乐声震天响。

他问："你在哪儿啊？"

"和朋友一起玩，你等下。"霍浮很快走到一个安静的地方，道，"回酒店了吗？"

简宁川道："在房间里。你今天见到我爸了，是吧？"

霍浮道："是啊，他前阵子说要见我，我天天准备着要见他。后来他没信了，我也没防备。结果他今天突然来了，还真吓我一跳，我当时血糖就飙上去了。"

简宁川勉强笑起来："哈哈。"

霍浮道："怎么了？听说你爸来见我，替我担心吗？放心啦，我没和他发生冲突，他从我这儿走的时候，还说让我以后好好看着你。"

简宁川沉默片刻后才说："他来敦煌了，我们刚见过面，又吵架了。"

霍浮道："要我赶过去吗？只有明早的一班飞机直飞敦煌，或者我先飞兰州，再转车过去。你先睡觉，明天睡醒就能看见我了。"

简宁川忙道："不用来，我没事的。我估计他明天就走了，他就是专门过来和我吵架的，现在吵也吵过了，还留在这里看沙漠吗？"

霍浮道："我不是为了他去，是想过去陪着你呀。"

简宁川呼了一口气，道："我要哭了，霍老师你对我真好。"他又问，"什么垃圾朋友还叫你晚上出去玩？你不能熬夜的。"

霍浮说："还真就是个垃圾朋友，等你下次回来介绍给你认识。"

简宁川道：“那好吧，你早点回家睡觉。”

霍浮笑道：“好的，川川。”

挂了电话，简宁川比刚才开心了。躺在床上想了想，觉得现在也没什么不好，简华以后不管他就不管，反正他也不稀罕这个爸爸。

门铃声响起，简宁川不用猜也知道来人是和稀泥的干爹。

他起来去开了门，也不让李铮进来，低声道：“我知道你要说什么，我不想听，我明天还要早起拍戏，没时间和你们纠缠。”

李铮道：“你让我进去，我保证不会提你爸爸，好吗？”

简宁川不想和他聊天，道：“我要睡了。”

李铮道：“我们明早就走了。川川，干爹很想你的。”

简宁川看着他，他脸上是简宁川很熟悉的疼爱的神情。

简宁川小时候，简华很少回国，两人几年才见上一面。反而是李铮出现得比较频繁，每隔一段时间就会到那个大得吓人的房子里，陪小小的简宁川住几天，尤其是每年的春节和儿童节，李铮没有一次落下过。大学以前，简宁川的每一个除夕跨年夜都是和李铮在一起过的，每一个生日都有李铮陪他吹蜡烛。

抛开血缘，如果问简宁川，李铮和简华谁更像他的父亲，他的答案无疑是李铮。

他最终还是让李铮进来了。

李铮进来后，看了一圈这个很普通的标间，道：“住得还习惯吗？要不要换到楼上去？”

简宁川坐在床边，略讥讽地说：“难道我也是什么好莱坞大牌吗？”

李铮道：“你啊……”

简宁川道：“说好了不提他，你提你就是小狗。”

“不提，不提。”李铮道，“我就是下来看看你。你这几个月也不理我，给你发消息你都不回，是真不准备认我了？”

简宁川道：“谁叫你一天到晚拉偏架，三观不正和稀泥。”

李铮道：“哎，你……”

简宁川道：“不许提！”

李铮：“好好好……不提。你前阵子跟着陈奇峰拍戏，能适应剧组生活吗？有没有觉得和在学校不一样？”

简宁川道：“剧组盒饭比学校食堂的菜好吃。”

李铮作势怒道：“你这个小捣蛋鬼，就不能和我好好说话？”

简宁川道："我怎么没好好说话？我骂你了吗？"

"你都这么大了，怎么还像个小孩。"李铮无奈地道，"出来拍戏，不比在家、在学校，没有人会让着你，演艺圈环境也不像学校那么单纯，什么人都可能遇到，你爸……"看简宁川要翻脸，他忙改口道，"不说他，就说你。你要是当时去拍了唐心梅的戏，去那边发展的话，就算星途不顺利，起码我也能照应到你。国内这圈子鱼龙混杂，我不能在你身边看着你，就怕你被欺负，也怕你走错路。"

简宁川被他的关怀触动到了，对他总是要当和事佬的怨念也在无形中减少了很多。

李铮和其他知名编剧不太一样，国内许多一线编剧都是作家出身，而李铮一开始就是专职写剧本的。他在加州大学读的电影专业，没毕业就给米高梅写剧本，学成回国后和国内导演合作过几部商业电影，三金拿了两个，剩下一个也入围过。他这两年都在欧洲，说是去采风，其实是在那边投资了一个酒庄，他名下可能还有别的产业，简宁川就不太知道了。

"干爹，我已经长大了，"简宁川心平气和道，"而且你也看到了，我的经纪团队还是可以的，没人能欺负我。我也不会走错路，我知道什么能做，什么不能做。"

李铮道："你那经纪人私下里人品如何，我还是持保留意见的。他反正是个蝇营狗苟、追名逐利的小人，只要你能帮他赚到钱，他就不会亏待你。你这身世，再加上你这素质，想签你的人多了，你偏偏签给了这么个人……"

"干爹！"简宁川不满地道，"都说了持保留意见，你还一直吐槽他！"

李铮说："吐槽都不能吐槽了？他也就帮你约了两部戏，你就把他当好人了？傻小子。"

简宁川道："反正谁对我好，我就对谁好。"

李铮道："我对你不好吗？"

简宁川道："哪里好啦？老是拉偏架的事我就不说了，我今年的生日，你连礼物都没送我！"

李铮一愣，道："你怎么还记得这件事？"

简宁川道："你当然恨不得我快点忘了，你好省下一笔钱，铁公鸡。"

李铮摊手道："好了，好了，要什么，我给你买。"

简宁川道："什么也不要，我现在自己也有钱了……你以后不要再带着楼上那位突然来见我不行吗？别以为我看不出来，要不是你陪着，他根本就不敢来见我。”

李铮顿了顿，道：“你也知道他不敢来见你？一见面你就对他没好脸色，他怎么敢一个人来见你？”

简宁川惊奇地道：“哦，还怪我了？”

李铮道：“川川，这回真不是我拉偏架，你知道自己刚才说话多过分吗？你怎么能对你爸说那种遗产啊继承人啊什么的话？他都这个年纪了，听见这种话能不生气吗？”

简宁川道：“他不来见我就不用听我说这种话，他干吗非要来？我让他来的吗？好了你不要说了，就知道你来找我没安好心！我不和你聊了，我要睡觉了。”

他做了个“请出去”的手势，李铮起身，却又走到他面前来，他冲李铮翻了大大的白眼。

李铮伸手拍了一下他的脑袋，道：“你这小孩啊……我们飞了一晚上到北京，和你的经纪人见面聊你的事，聊完又马上飞来敦煌看你。怕给你找麻烦，我们从下午打电话给你的时候一直等到了现在，这好不容易见到面了，你就这种态度。”

简宁川道：“我要感动哭了，你们真是全世界最好的两个爹。一个唱白脸，扔下巨额片酬不要，来骂我；一个唱红脸，扔下酒庄不管，来替他教我。哇，一对感天动地的好朋友。啪啪啪，给你们鼓掌。”

李铮沉默。

简宁川不想说话了，道：“干爹，你快走吧，我真要睡觉了，一困就脑袋疼。”

李铮：“好吧。你好好拍戏，有事一定要给我打电话，别全指望你那经纪人。”

简宁川瞪眼睛：“你走不走啊？！”

李铮：“走走走。”

他走了以后，简宁川心里憋闷得不得了，比刚才和简华吵过架后还更憋闷。吵完架以后漠视对方没那么难，烦就烦在有个人非要跳出来告诉你：你爸爸真的很爱你啊，他其实就是不会表达，你要体谅他啊。

如果说这话的是别人，简宁川打死对方的心都有，偏偏这人是李铮，是他前二十年的人生里对他最好的一个人。这就让他非常郁闷了。

第二天，没到七点，剧组就出发去鸣沙山继续拍摄。这边太热了，去得越晚，整个拍摄工作就会越辛苦。

今天的戏是吴洲和江白夜两个傻瓜带上简宁川这个倒霉蛋，三人踏上了去往江南的路。此时的吴、江二人对简宁川扮演的毛毛还是心存戒备，毛毛同样也不太信任他们，三个人同在一辆车内，互相试探对方，从而引起了一连串啼笑皆非的事件。

毛毛的角色设定是个文艺中二青年，怀着对飞天传说的向往来敦煌寻梦，结果到敦煌的第一天就被人骗了。毛毛虽然见识到了世界的黑暗面，但他心里的光还是不曾熄灭，他仍然是个向往美好的单纯的年轻人。他虽然怀疑吴、江二人没说实话，毕竟没有人会因为一封莫名其妙的信就要去万里之外继承什么鬼遗产，但他在与两人的相处中慢慢接受了这件荒诞的事，最终融入了这个小集体之中。

方浩瀚的剧本很大的特点之一，就是充满了年轻人才能理解的有趣。

这片子的主要演员就只有吴洲、江白夜、简宁川他们三个，几乎用不着拍飞页。按照正常顺序拍摄，演员对人物心理的变化更容易产生共情。

这几场戏拍起来都很顺利，而且好玩。每次出戏之后，简宁川都能感觉到，随着戏里三人关系的渐渐融洽，戏外吴、江二人对他的态度也变得更热情几分。这种从戏里延续出来的友谊给他的感觉非常好。在拍《罪恶城市》时，他对周放也产生过很强烈的兄弟情。

临近中午，太阳大到能烤熟人，剧组撤退回敦煌城里，下午要在市区拍摄几场室内戏。

简宁川抽空看了眼手机。简华和李铮走了，李铮发消息对他说了一声，简宁川看过后也没回他。

紧锣密鼓地拍摄了一天后，大家的状态都很好，因为天气预报说明天可能天气不好，方浩瀚便决定一鼓作气，晚上抓紧时间再拍两场夜戏。

戏中，吴洲忽然发现自己把姑妈寄来的信忘在家里了，这样，他就算到了江南也没有领取遗产的凭证。三个人不得不返回敦煌，回吴洲家里去拿信，却撞见吴洲的爸爸在家暴吴洲的妈妈。吴洲从小目睹这件事无数次，早已习惯了隐忍，但在这个要离开家踏上冒险之路的夜晚，他忽然获得了与父亲抗争的勇气。

三个年轻人阻止了中年男人的暴行，帮那个可怜的女人报了警。警察来了以后，对家庭问题进行了调解，最后不了了之。警察走后，吴洲的母亲埋怨儿子：“你这小子是不是疯了？为什么要害你爸？！”

吴洲做过很多年的拯救母亲的英雄梦，在这个夜晚实现了，也破碎了。

他站在楼下的胡杨树下，仰头看着家里的那扇窗，里面隐约又传来父亲的谩骂声。他身后不远处的旧车上，坐在驾驶位的江白夜一脸漠然，后排的简宁川趴在车窗上，双目含泪，望向树下的那名孤胆英雄。

这场戏 cut 了很多次，近半夜十二点才拍完。每个人都心情沉重，几个女工作人员“围殴”方浩瀚：说好的文艺轻喜剧呢？写这种桥段要虐谁啊？害我们小简都要哭死了！

《江南乱》的拍摄进行顺利，转眼到了九月下旬。距离杀青虽然还有一段时间，但电影的宣传要正式启动了。

吴洲和江白夜都是二线演员，微博粉丝千万出头，水分还很大。剧组主创中最具网络影响力的反而是方浩瀚导演本人，他的前两部作品差不多也是靠他自己扛起了大半票房。

早在七月电影立项时，他就已经在微博透露过新片确定了片名的事；九月初电影开机时，他也晒了那块写着“江南乱”的大牌匾，当时很多粉丝还当真以为他要拍部武侠片。

现在宣传大幕正式拉开，方浩瀚发的第一条微博是：“《江南乱》开机第二十天，介绍一位二十岁的新朋友 @ 简宁川。”文字下附上了剧照，是开机第一天拍的，照片上是腰间围着冲锋衣正在害羞的简宁川。

这条微博一分钟评论过万，三分钟转发过万，可见方浩瀚的影响力不是吹的。

简宁川的“电影学院学生”V 认证微博账号的粉丝数也在几小时内涨到了近三十万。

他的微博在他高中时就开了，他平时就在微博里发些生活日常、晒晒好吃的好玩的、转发些搞笑的段子。因为贴过自己的照片，他之前靠颜值也吸了几千“僵尸粉”。

在他刚进《罪恶城市》剧组的时候，霍浮就问了他的微博名，一条一条检查过这些微博。

简宁川没有发过不合适的东西，他就是一个生活很简单的大学生，和他有互动的基本上都是他的同学或老师，他偶尔会回复一些夸他长得帅的评论，回复的也都是“谢谢”或者一个笑脸表情。

田娜拉当时还感慨说，她入行六年，见识过的新人的微博少说也几十个，各种奇怪的都见过，有炫富的、哭穷的，有贴过大尺度照片的，有每天和人在网上吵架的，有愤青骂街的，也有追捧公知的，甚至还有些心理阴暗到变态、微博里充斥着反社会反人类言论的、虐猫虐狗的、自残的，什么妖魔鬼怪都有。像简宁川这种干净成这样的微博，她还没见过。大部分新人要认证演员、歌手V账号了，都要删几百上千条旧微博，还有些新人得直接弃号注册新的，旧的微博账号完全不能用，只要被人扒皮就要凉凉了。

他的微博从被霍浮接手后就停止了更新，在V认证账号之前，霍浮只做了一点工作——帮他取关了几个网络小说扫文账号。

当天，拍完戏回到酒店后，简宁川还捧着手机刷微博。他的微博里涌入了很多来围观他的路人，很久以前的旧微博也被人翻出来转发评论，有说“小哥哥真好看”的，也有说难听话的。

他心态还算好，就是觉得新奇。十万字了！主角终于出道了，这个娱乐圈文的读者要有多善良才能不骂街？出道了，终于出道了！简宁川你再也不是新手村的简宁川了！换紫装，买神器，走上人生巅峰！

霍浮给他打电话，说：“恭喜恭喜，川川出道啦。”

简宁川美滋滋地自得道：“谢谢霍老师。”

国庆节黄金周，敦煌迎来了游客爆发期。剧组拍不了外景，只能拍室内戏。拍了四天半，能拍的拍完了，大家没事做了，方浩瀚大方地给大家放了假。于是大家追剧的追剧，沉迷游戏的打游戏，打牌的打牌，还有泡在酒店健身房锻炼得挥汗如雨的、正儿八经跑去景点旅游的，干什么的都有。

《江南乱》在这里拍摄的事已经传开了，正值假期，方浩瀚、吴洲、江白夜的粉丝专程过来看他们拍戏。方浩瀚把自己关在房里写欠下的稿，吴洲和江白夜出门也不方便，简宁川本来以为自己就被曝了一张照片，应该没事的，还想出去逛一逛，结果一下楼就被观光团围住要拍照、要签名，小光赶忙护着他把他送回了楼上。他这下哪儿也不敢去了，乖乖宅在房间里看剧——秦阵暑假拍的那部雷剧上线了。

那部剧的剧名改了，和原著名字风马牛不相及，叫《27与31》。视频下方的简介说，剧名是两位男主的年纪，还写道：“该剧讲述了两位男主在不同的年纪勇敢追寻梦想的励志故事。”

简宁川被雷习惯了，也就囧了一下，当没看见这简介。

不知道是不是因为他的期待值太低了，他看了几集，竟感觉还挺好看的。

秦阵入学时文化课就不太行，成绩在班里一直是吊车尾。但他的专业课其实学得不错，“声、台、形、表”样样出色，他又长得浓眉大眼纯天然，不耍宝搞笑的时候看起来是很正气的一个人，也不显得油腻。

在这剧里，他演一个高富帅。剧组没钱，衣服他都是穿自己的，剧里高富帅开的车也是他自己的。他家里条件不错，父母也很宠他，整个宿舍只有他有一辆车，尽管是辆奔驰低端。

上次简宁川去探班时，对他们拍戏的那套房子印象深刻，小区比较旧，房子也装修得土里土气的。没想到这剧组的灯光师居然技术很好，打光显得那房子漂亮了几十倍。当时现场看起来剧情尴尬得要死，后期剪辑加入配乐后……嗯？还挺有意思？这是怎么回事？简宁川几乎要怀疑自己当时探了个假班。

老实说，他对秦阵这剧完全没有期待，也不觉得除了那二十万片酬，秦阵还能从这剧里得到额外的什么，每年扑街的网剧太多了。可是这剧如今上线过半，点击量已经破亿，微博热门轮得风生水起，官微的转发和评论里全是“哈哈哈”。

虽然这剧的确很好笑，可是条条微博转发过万，电视剧热门话题排位也很靠前，这完全不像没钱剧组买得起的营销啊！

简宁川纳闷地给秦阵发语音消息：“妈！妈妈妈妈妈妈妈妈！收到请回话！”

秦阵用太原话语音回他：“闹甚了？”

简宁川看他能语音，知道他现在方便，就打了电话过去，道：“点击量破亿的网剧男主在忙什么呢？”

秦阵：“没忙，在宿舍躺尸。你没拍戏吗？”

简宁川道：“国庆放假，游客太多了，不能拍。阵哥，你们那剧什么情况？你该不会让你爸把煤矿卖了，自己花钱买营销了吧？！”

秦阵道：“什么鬼，早跟你说我不是‘煤二代’了！谁告诉你山西人家家有矿的？！你们北京人家家都有四合院吗？”

简宁川道：“我又不是北京人，我亲妈祖籍上海的，我爸美国人。”

秦阵一阵沉默后道：“我跟你说，我们那剧简直魔幻，那韩小飞你还记得吗？”

简宁川：“就戏里你的室友嘛。”

秦阵：“那韩小飞看着傻乎乎的是吧？但他原来是个超级网红啊！剧组后来所有的投资全是他拉来的。”

简宁川震惊地道：“网红？还是超级网红？”

秦阵：“你知道微博上有个宠物博主叫‘韩噔噔和韩等等’的吗？”

简宁川难以置信："不是吧！难道那是他？！"

秦阵："对啊，就是他！我在家里避暑时，导演在剧组群里让所有人配合宣传，我就随便发了条微博。结果这哥们儿问导演'我用大号还是用小号？'他的微博号当时和剧组很多人互关了的，有一千多粉丝吧，大家都以为那就是他的大号。然后我们那贱兮兮的导演估计觉得好笑，说'小韩啊，你的大号多少粉啊？'那群里的人都等着看他笑话，结果这哥们儿说——'一千多万吧'，一千多万吧？！"

简宁川爆笑起来："哈哈哈，哈哈哈。"

秦阵："没想到吧？！整个群的人当时都蒙掉了，有人就说'小韩不要开玩笑啊'，韩小飞说'没有开玩笑啊'，然后截了个微博界面的图发到群里。那群安静了有三分钟，然后群里的人开始集体跪舔叫'爸爸'。"

一边和秦阵聊着天，简宁川一边拿了平板电脑来，搜了韩小飞的千万粉大V账号。

他是个萌宠博主，养了两只虎斑美短，微博名"韩噔噔和韩等等"分别是两只猫的名字。两只猫都很漂亮可爱，"云养猫"的"野生爹妈"们每天在他微博下面吸猫。他没贴过自己的照片，现在那部网剧营销得这么火热，他这微博里却只字未提这部剧。

"你们该不会认错爸爸了吧？"简宁川很疑惑，道，"我看了这个萌宠博主的微博，里面什么都没有提啊。"

秦阵道："他不打算曝出那是他，剧组里倒是有人在网上爆料说他演了网剧。你看他的微博评论里，有人在问的，他都没回，就还是每天晒晒猫。"

简宁川佩服道："够沉得住气的啊。"

秦阵道："这种千万粉的网红，发发广告，月入百万，小意思啦，我们那剧才给他五万块片酬，他可能嫌说出来丢脸吧。"

简宁川道："妈，你也要低调点啊。"

秦阵："知道，我微博没实名认证，就随便转发了剧组的几条宣传，朋友圈里一个字都没提这剧。"

网络小说改编的网剧，短时间内也许能收获一定网络人气，演员微博看起来也是热热闹闹、人气暴涨，但这种热闹只在很小的受众范围内传播，说到底只是被部分粉丝接受并认可，并且演员极有可能在未来很长一段时间内无法甩掉"低俗网剧"标签带来的消极影响。

网络上的花团锦簇，只是传播学的"回声室效应"——一个封闭的环境系统里，意见相近的声音以夸张甚至戏剧化的形式不断重复。这个环境系统里的人，会认为这声音就是真实的，在热度退去之前，很难察觉这仅仅是封闭环境里的小众狂欢。加上如今多数社交类和新闻类 App 都在使用一种看似方便实际很反智的推送算法——根据用户以往的浏览，推送用户更感兴趣的东西。这使网络使用者的环境系统较之过去更为封闭，但多数人身在其中，无法自知。

秦阵才二十岁出头，还是个刚出来的新人，连经纪公司都没有签。他和这部三流制作水准的网剧绑定在一起，未来可能会有的害处远大于现在一时的流量。

两人聊了点学校的事和《江南乱》剧组的事，秦阵还吐槽王子烨，说他刮了胡子以后，平均两天被人表白一次，每天都有人找他约饭，他把胡子又留起来也不管用了。简宁川想象王子烨每天在宿舍里用一口“川普”骂人的场景，就忍不住爆笑。

秦阵道：“敦煌天气干燥，昼夜温差还大，你要多喝水，早晚要添衣服，身体才是拍戏的本钱。”

简宁川道：“哎呀，这话霍老师每天要说八百遍。”

秦阵伤心道：“有了经纪人就忘了妈，不可以吧，嘤嘤嘤。”

简宁川道：“妈，我还有件事要告诉你，你不要哭啊！”

秦阵警惕地问：“什么事？”

简宁川：“苏青君要来我们剧组拍戏啦！”

秦阵：“啊啊啊？！她哪天进组啊？我要马上订机票去敦煌！”

苏青君是秦阵唯一喜欢的国内女演员，文艺女神，婚后就不太出现在影视剧里，只在微博日常晒晒自己的插花和油画，充满了岁月静好、生活恬淡的文艺范。方浩瀚和她是朋友，请她来友情客串《江南乱》中一个重要的女性角色。

两天后，黄金周结束，如织的游人渐渐稀散，剧组重新开始拍戏，苏青君如期进组。

简宁川以前对这位文艺女神没什么感觉，但亲眼看到本人后还是对她产生了好感。女神的气质太好了，虽然颜值比不上以美艳著称的女星，但她也是一位当之无愧的美人。

戏中，主角三人上路几天后，还在沙漠里不停地打转。黄沙滚滚，没有一株绿植，所望之处尽是枯寂，三人之间的氛围慢慢透出一股莫名的浪漫，或是叫作三个单身汉在荒原里对浪漫的渴望。

这时，江白夜提出要回家一趟。

吴洲问道："回去做什么？"

江白夜："我要回去向青青表白。"

后排的简宁川趴在两人中间，问："青青是谁？"

吴洲道："一个女孩，他暗恋人家。"

简宁川："只是暗恋，没有表白过吗？为什么？"

吴洲道："因为他是个 loser（失败者）。"

江白夜愤怒地道："在座的谁不是？"

吴洲无话可说。

简宁川却道："我不是啊，我只是被骗才搞成这样，我不是 loser。"

吴、江二人并不想理他。

吴洲道："真要回去吗？这不是你一个人的事，尊重民意，我们表决下态度吧。"

江白夜道："同意回去的举手。"他把手举起来，吴洲没举，简宁川也没举。

江白夜回头，深情地道："毛毛，难道你不想给你妈带纪念品了吗？"

然后简宁川也举起了手。

三人便折返回敦煌城。

在一家卖旅游纪念品的商店门外，江白夜隔着玻璃门，如痴如醉地看着他的女神。

苏青君坐在店里的柜台后，低头看着一本书，头发乌黑如瀑，脸庞白皙，翻书的动作优雅漂亮。

但这美好的一切突然被打破，简宁川"咣"的一声推开门进了商店里。

江白夜赶忙跟了进去。吴洲等在外面，点了根烟。路旁有对夫妻吵架，他看了一眼，转过头来，狠狠地吸了一口烟。

店里，江白夜尴尬地叫女神："青青。"

简宁川不可思议道："她就是你的梦中情人吗？"

苏青君看看江白夜，又看看简宁川，一脸茫然。

江白夜害羞地道："毛毛，你先出去。"

简宁川眼神复杂地看了他一眼，转头出去了。

江白夜站在柜台前，犹豫着是否要告白。

简宁川出来后，背对着商店大门，对吴洲道："小江被骗了。"

吴洲道："什么？"

简宁川有些难以启齿，片刻后才说："里面那女的，就是骗我的骗子。"

吴洲顿了一下，道："不可能吧，我们没听说她在做黑导游啊。"

简宁川摸了摸脸，凑到吴洲的耳边，小声说了两句话。

吴洲瞬间震惊了，忙又看向店里。

江白夜正把手伸到青青面前，手心里是一枚金戒指。那是他去世的奶奶留给他的，让他送给女朋友。

简宁川着急地道："小吴，那女的如果真拿了他的戒指怎么办？"

吴洲把烟丢了，道："阻止她。"

两人对视一眼，像两个战士一样推门冲进了店里。简宁川从江白夜手里抢过戒指，吴洲拦住发怒的江白夜。简宁川转身，从货架上拿了一个飞天摆件抱在怀里。

吴洲快控制不住愤怒的江白夜了，急道："毛毛！你干什么？"

简宁川："给我妈的纪念品啊！"

江白夜："你把戒指还给我！"

苏青君："抓小偷啊！"

简宁川抱着飞天摆件跑出店，在敦煌的街道上狂奔，身后依次是江白夜、吴洲、苏青君。苏青君渐渐追不上，掉队不见了，江白夜和吴洲跑得上气不接下气，反而是怀里抱着飞天摆件的简宁川兴高采烈地跑得飞快。

这段追跑戏拍了七八次，飞天摆件还被简宁川不小心摔了一个。摆件表面太光滑了，跑着抱不太稳，后面两次他手上涂了防滑的镁粉。

拍完这段戏，三个人都累坏了。助理们过来送水扇风，不让他们仨坐下，怕他们腿抽筋，他们刚才跑得太厉害了。

苏青君女神用条大披肩蒙在头发上防晒，过来看看他们，笑着说他们三个年轻人体力都不行。三人还都挺不好意思的，尤其是江白夜，他真情实感地脸红了，可见也是文艺女神的粉丝一枚。

忽然，有个小剧务跑过来，道："小简，有人来探你的班。"

简宁川："啊？"

吴洲道："家里人吗？我们也打声招呼。"

简宁川心想，秦阵还真来看苏女神了？他道："不用，估计是我同学，我过去一下。"

他拿了瓶水，边喝边过去和秦阵见面，等看到来人是谁，他立刻被水呛到了。

"你是在这边背着我做什么坏事了？"来人笑道，"一看到我就这么害怕。"

简宁川大喜过望，边咳边开心地冲上去道："霍老师，你终于来看我了！"

霍浮很绅士地说："对啊，我终于来看你了。"

他一来，简宁川的心思完全不在拍戏上了，就急着想和霍浮一起玩。但霍浮不能不讲人情世故，特别是他和方浩瀚也是认识几年的朋友。

方浩瀚听说他来了，很快过来和他见面，寒暄几句后，约好晚上剧组收工后一起吃顿便饭。

简宁川在旁边一脸丧气。还要拍半天戏就算了，拍完戏还要浪费时间吃饭？！

接下来的戏也是丧丧的。

三个男主为了商店里的事大吵起来，江白夜认为吴洲和简宁川这两只"单身狗"是见不得自己好，吴洲和简宁川却是不忍心告诉他真相。

江白夜凶恶地道："毛毛，戒指给我！"

简宁川看着吴洲，吴洲摇头，简宁川道："不给。"

江白夜道："好啊，你们两个要造反了是吗？！"他是三人中唯一一个社会青年，一路上都以"老大"自居。

简宁川道："戒指可以给你，但你不能再回去找那个女的，你换个人喜欢不行吗？"

江白夜奇怪地看了简宁川半晌，恍然大悟，向后退了半步，道："毛毛，虽然你长得还行，但是我们两个不行的！"

简宁川无语。

吴洲道："小江，你就别做梦了，我都看不上你的。"

江白夜恼羞成怒："把戒指给我，快点，不然我揍你了！"

简宁川一脸委屈，又去看吴洲，说："我们就告诉他吧。"

吴洲同情地看了看江白夜，艰难地道："那……毛毛你说。"

简宁川伸手按在江白夜的肩上，江白夜莫名其妙地看一眼他的手，简宁川道："小江，你要坚强。"

江白夜怀疑地道："你把我奶奶给我的戒指弄丢了是不是？"

简宁川道："你的女神，她是只骗人的……咯咯嗒。"

江白夜不得其解。

吴洲翻译道："就是'鸡'。"

江白夜大怒，一拳将简宁川揍翻在地。简宁川摔倒时，碰到从女神店里抱回来的那个飞天摆件，瓷器“啪”的一声碎了。简宁川也生气了，两人打作一团，拳拳到肉，拦架的吴洲也被殃及池鱼，被打出一只熊猫眼。

由于那辆破车是以江白夜的名义租来的，打完架后，他便开车绝尘而去，把吴洲和简宁川丢下了。

两人都是惨兮兮的，一个和父母反目，无家可归，一个身无分文，连身份证都没有。两个人灰头土脸地走在路上，路人纷纷投来奇怪的目光。

吴洲难堪地道：“我长这么大，还没被人这么注意过。”

简宁川无所谓地笑了一声，说：“我猜他们肯定在想‘瞧这两个人，好像两条狗啊’。”

夕阳西下的时候，吴、简两人坐在敦煌城里的马路牙子上，看着路上来来往往的人。他们旁边是一个蓝色的垃圾桶，上面写着“不要乱扔垃圾”。一个大妈走过来，把香蕉皮丢在垃圾桶外。

简宁川生气地道：“你没看到垃圾桶上写的什么吗？”

大妈道：“凶什么？我不识字的。”

简宁川：“哦……对不起。”

他把香蕉皮捡起来扔进桶里，又坐回吴洲身边。吴洲看傻子一样看他，最终抬手揉了一把他的头发。

一辆熟悉的车停在两人面前，江白夜在驾驶位上看着他们，他们也看着江白夜。

三人静默了片刻。

江白夜忽然从旁边拿起一个旅行包。

简宁川惊喜道：“我的包？”

江白夜拇指向后指，示意他看后座。

后座上放着一个用红布包起来的飞天摆件，和碎了的那个一模一样。

简宁川贴着后座车窗看了看，像个小孩一样开心地跳了起来。

吴洲还坐在马路牙子上，也笑了。

江白夜道：“好朋友们，还不上车？”

今日份的拍摄任务完成，剧组收工。

简宁川脸上还带着妆，小光要帮他卸，他把卸妆湿巾接过来，自己擦了脸，问：“霍老师呢？”

小光道：“好像在咱们车上休息。”

简宁川开玩笑道："我去车上和他说点商业机密，你们都不要过来。"

小光和他已经很熟了，根本不信他和霍浮要说什么机密，哈哈大笑道："好的，我们都不去，你和霍总好好聊'机密'。"

简宁川跑到车边，嘴里"铛铛铛铛"地配着音效，拉开了车门。霍浮正在车上和别人讲电话，笑着用口型对他道："等一下。"

他上了车，把车门关上，坐在霍浮身边等着，两只腿不耐烦地抖着，好不容易才等到霍浮说："好，等我回去后，咱们再约个时间详谈……再见。"

霍浮刚把手机从耳边挪开，简宁川就朝他扮了个鬼脸，他差点笑出来，忙按了挂断键。他仔细看了看简宁川，道："川川，你是不是长高了？"

简宁川得意地笑了，又说："我不想和他们去吃饭，我想回去给你看我最近在玩什么游戏。"

霍浮道："饭也不会吃得太晚，方浩瀚不是爱应酬的人，而且剧组还赶进度，主次轻重他向来分得很清楚。"

简宁川吐槽导演："可是他的话很多啊，作家聊起天来都一套一套的。"

然而过了会儿，真到了饭桌上，方浩瀚"一套一套"起来，简宁川听得比霍浮还认真。

他快成方浩瀚的粉丝了，有趣的灵魂总是会吸引到人。

苏青君和霍浮坐得近，两人也聊了一下。简宁川抽空听了两句，他们在说苏青君的经纪合同。听起来似乎是女神和老东家的合约快要到期了，女神有转约的打算，霍浮在给她提建议。

霍浮和人单独聊正经事的时候，不管内心的真实想法到底是什么，他总会让人觉得他的诚恳度是百分之百的。可是如果是和一群人聊事情就不一样了，就像他带简宁川去和投资大佬、制片人一起见面那次，他整个人就会表现出一种满不在乎、一切尽在掌握之中的强势。

这样的人，又是草根出身，加上桃色传闻，在很多人眼里就是工于心计、虚伪势利、小人得志。

可是简宁川已经很了解他了，就觉得他好极了，还有着令人羡慕的成熟魅力。

剧组监制不了解情况，见霍浮没怎么动筷子，还在旁边劝菜。方浩瀚道："霍总血糖高，不能随便吃东西的。要不叫厨房做碗杂粮面？霍总，怎么样？"

霍浮笑道："可以，浩瀚有心了。"

方浩瀚也笑着说："刚才你们邱总还给我打电话，问我你到敦煌了没，他还以为我忘了你的饮食习惯，特地嘱咐我别拉你喝酒。”

霍浮道：“他也常对我夸你，说和你相见恨晚，要是能早几年认识你，就拉你一起创业，那就没我什么事了。”

简宁川知道他们说的“邱总”叫邱植，是霍浮的合伙人，当年和霍浮还有另外一位现已退出的合伙人创办了成果娱乐。从一个小工作室创办起来的成果娱乐，如今已发展为国内最具影响力的娱乐公司之一。

一顿饭吃到晚上十点多才散，简宁川吃得很累了。

方浩瀚的地主之谊尽得到位，还帮霍浮在酒店楼上订好了一间豪华客房。到了剧组住的楼层，方浩瀚、吴洲、江白夜和监制都出了电梯，对霍浮道别，简宁川还站在电梯里，说：“我要上去玩会儿。”

方浩瀚和他熟了，开玩笑道：“玩可以，别太晚啊，明天要是起晚了，耽误了拍戏，我要扣你工资的。”

上楼到了霍浮的房间，简宁川迫不及待给他看自己最近玩的几个游戏的记录，霍浮其实不感兴趣，就在旁边笑着看他炫耀。

等他炫耀够了，霍浮道：“还有半个多月戏就杀青了，春节前我不帮你接新戏了，等回去……你还要回学校宿舍住吗？”

简宁川有点舍不得201宿舍，道：“要等回去看情况，我的室友们都还等我回去呢。”

霍浮道：“说起室友，你上次给我看了照片的那位，有部戏还挺适合他的，你问问他有没有意向。”

简宁川忙道：“什么戏？什么角色？”

霍浮道：“谍战电视剧，里面有个名伶，男三或者男四。出品方很靠谱，制作有保证的，他的长相也很适合这种角色。主旋律片子对你们科班学生来说，也是个很好的选择。”

简宁川竖起大拇指：“霍老师靠谱！我明天就问他。”

第二天，霍浮没有再陪简宁川去剧组，得坐十一点的飞机回北京。

因为沙漠气候多变，天气预报有时也不可信，所以剧组每天开工都很早，简宁川的早饭通常八九点时在剧组解决。

近九点，太阳大了起来，大家准备吃早饭。今天除了日常过来送饭的餐车，还来了一辆冷柜车，送来的是水果切盒和冰镇饮料，霍浮请的。

剧组的人都知道简宁川的公司来人了，但不是都清楚“霍浮”是谁，领的自然是简宁川的情，遇见他就笑着说句“谢谢小简了”这样的话。

霍浮这短暂的探班给简宁川充了一点电，让他继续投入拍戏中去。

戏中，简宁川扮演的毛毛一开始对吴洲和江白夜撒了个小谎——他不是被黑导游骗的，而是被兼职做“鸡”的青青女神骗了。

多年暗恋，一朝梦碎，江白夜接受了现实。

但重新上路后，简宁川还是遭到了他和吴洲义正词严的教育——

“毛毛！你小小年纪，怎么可以叫‘鸡’？怎么可以对‘鸡’一点防范意识都没有？”

毛毛很无地自容。

拯救落难的“文艺鸡”于水深火热之中，这愿望存在于每一个文艺男青年的理想里。作为一个文艺男青年，他在被骗之前也是这样想的。

至此，三个人心中最美好的梦一一破碎了。

小吴救不了母亲，小江爱错了人，毛毛意识到了他所钟爱的文艺可能是个屁。

在一个傍晚，三人对着落日，各自抽了一根烟。

毛毛是不太会抽烟的，就只吸进口腔再吐出来。他用很羡慕的眼神看着身旁两位大哥，因为他们能缓缓吐出很漂亮的烟圈。

吴洲道：“我不想去江南了。”

江白夜和简宁川都转头看他。

吴洲道：“我们家祖祖辈辈都是当地人，从来没人离开过，我根本就不可能有生活在江南的姑妈。”

江白夜一副“早知如此”的样子，道：“你是早就想明白了，还是现在突然才明白的？”

吴洲道：“不知道。”

三人中对巨额遗产的事一向表现得最为怀疑的毛毛，却在此时变成了最相信的那个人，他说：“信里不是说只要你到那里就知道是怎么回事了吗？是真是假，要去看过才知道。不是还规定了期限吗？我们在那之前赶到就行。”

吴洲从上衣内兜里摸出信封来，递给毛毛，道：“你看看吧。”

毛毛疑惑地接过信，打开后匆匆看完，错愕道：“2008 年 12 月？”

吴洲道："对啊，我的'姑妈'要给我遗产，让我在十年前赶到江南。"

毛毛把信装好，塞回吴洲怀里。

江白夜抽了口烟。

天边残阳如血。

这场戏在雅丹地质公园拍摄，这里也是当年张艺谋拍摄《英雄》的取景地，落日非常美。

故事的最后，主角们放弃了去江南的打算，吴洲和江白夜带毛毛去看了他心心念念的月牙泉。

毛毛一下车就高兴疯了，朝着沙漠中的绿洲飞奔而去，像终于遇到了心爱姑娘的少年。

江白夜和吴洲也下了车，远远跟在后面，看着疯跑的毛毛。

吴洲嫉妒地道："我要告诉他泉水是从地下管道灌进来的自来水。"

江白夜说："好啊，你说啊。"

不一会儿，毛毛跑了一圈回来，开心道："好朋友们，我爱你们！"

两个人对他露出微笑，他又跑走了。

江白夜道："你怎么不说了？"

吴洲道："不想说了。"

月牙泉边的最后一幕戏拍完，《江南乱》正式杀青。

第六章 邱植

剧组的人都高兴疯了，男生都像刚才的简宁川一样，在绿洲边开心地疯跑。跑完后一伙人朝方浩瀚冲过来，把来不及逃跑的导演抓住，高高地抛起来，但是不接。导演哇哇大叫地摔在沙漠里，疼是不太疼的，就是满身都是沙子。灰头土脸、晕头转向之际，女生们又一拥而上，撩起沙子把他埋了起来。当然不是真埋，闹着玩而已。等方浩瀚像个沙人一样爬起来，大家早就笑着跑远了，他也只能站在那里边吐沙子边无奈地笑。

吴洲还有别的戏要赶，拍摄地点也在西部，杀青当天下午他就和大家道别，匆匆离开，赶去那边的剧组。

晚上的杀青宴，全剧组的人都高高兴兴的。拍戏期间剧组禁酒，到了这挥手的时刻，年轻人都放开了喝、放开了玩闹。

江白夜论资历说到底也是前辈，别人还不太敢闹他，但是简宁川是不会被放过的。简宁川很少喝酒，没喝几杯就脸红了，脑袋也有点晕。女工作人员们看不下去，再有男生过来找他喝酒，姐姐们都很义气地帮他挡了，男生们也不好总让女孩子喝酒，慢慢地就不再过来闹他。

他有点晕，但没有醉，只乖乖坐在那里吃菜。

江白夜和他中间本来隔了一个女副导演，后来那导演跑去别的桌玩了，江白夜看他的脸红彤彤的，挪过来问道："你没事吧？"

简宁川道："没事啊。"

江白夜道："还没事呢？谁来灌你酒你都喝，长点心吧毛毛。"

他还是叫简宁川在戏里的角色名，简宁川一时感觉自己还在戏里，伸手拍了拍他的肩，带着醉意说："小江，么么哒。"

江白夜哭笑不得："什么小江？叫'哥'。"

简宁川借着酒劲，问道："江大哥，你是不是刚开始不太喜欢我？"

江白夜道："你傻吗？谁会当面问人这种问题？"

简宁川拍胸口："我呀。"

“要不我说你傻呢！”江白夜给自己倒了半杯酒喝了，说，“不是我说，在这圈子里混，你再这么单纯下去，早晚是要吃亏的。”

简宁川不服气地道：“我一点都不单纯，我是很复杂的，你还不太了解我。”

四周吵吵嚷嚷的，江白夜靠近他一些，说：“我刚入行演戏的时候，和你现在差不多，觉得自己什么都懂、都明白，后来生活还不是教我做人了。”

江白夜讲了两件他自己的事。一件是他的前经纪人盘剥克扣他的片酬不说，还让他去陪公司女高层吃饭；另一件是他把这事私下里吐槽给了另一个他当朋友看待的男演员，结果这人转头又添油加醋地去告诉了他的前经纪人，趁机抢了他一个有可能会爆的角色。不过这戏后来也没如预期中那么火，那人也算是竹篮打水一场空。

“你现在至少有一点还算好，你的经纪人比较厉害，别人想抢你的角色不容易，”江白夜道，“他也不至于打你片酬的主意，人家看不上那点小钱。我最惨的时候，出道五年多了，卡里就一万多块钱，过年想回家，就得围追堵截我那浑蛋经纪人讨薪。人家农民工找无良老板讨薪都能大张旗鼓扯条幅，我还怕人知道，得偷偷摸摸的。”

简宁川有点同情他，真心地希望他能像爽文男主一样逆袭，说：“等咱们这戏上映，也许这次你真就爆成一线、超一线演员了。抢你戏的那人，还有你那前经纪人，他们非得眼红死不可。”

江白夜笑道：“你真是小孩心思。真成一线和超一线了，谁还在乎这些路人甲乙丙啊？凡是天天说自己要逆袭了，嚷着要向别人证明自己的，要不是我这种混得不怎么样的，要不就是运气好炒红了、心里根本不踏实的，才非要卖个励志人设，叽叽喳喳喊两句口号。”

简宁川想了想，觉得他说的话好像也有道理。当真已经“封神”的，比如他爸，就很少接受媒体采访，也不玩社交软件卖人设，根本就不在乎别人怎么看自己。

第二天，简宁川要回北京，方浩瀚带人留在这边，要补拍两组风景，江白夜在西安有个商演，坐下午的飞机。一行人在酒店告别，简宁川带着他从北京带来的两个助理去了机场。

昨晚简宁川喝了不少酒，现在还头昏脑涨的。在机场候机的时候，几人也没聊天，各自坐在那里低头玩手机。

简宁川在微信上和王子烨聊了几句。上次霍浮说的那谍战剧，王子烨去试了镜，剧组对他很满意，双方已经签了演员合同，王子烨再过几天就要进组了。

两人正聊着，王子烨突然来了句："川川，阵哥说微博有人扒你！"

简宁川打开微博看了看，看到有营销号发微博说：方浩瀚新片《江南乱》，新人主演疑为超级星二代。

这时，机场广播通知可以登机了，助理小光过来帮简宁川拿包和外套。

王子烨又给他来了条信息："这都是乱说的吧？什么鬼嘛！"

简宁川回他："阵哥在宿舍是吗？让他跟你说吧。"

他又给秦阵发了条微信，让他把实情告诉王子烨。

霍浮上次来探班时就已经和他说过，《江南乱》这边开始宣传了，他的星二代身份瞒不了太久，与其等别人居心不良地爆料，不如自己来。他也不是很懂这些操作，霍浮怎么说他就怎么做，心里对这次营销号突然爆他身份的事早有准备了。

飞机在北京落地，简宁川走时这里还一派夏天的气息，如今已是秋风萧瑟。

他一开手机，就收到包括王子烨在内的十几名同学的上百条消息，有直接问他那爆料是真是假的，有说"你看某某营销号了吗？他们在编你的料呢，哈哈哈"的，还有很久没联系的拐弯抹角不明说只问简宁川人在哪里的。

王子烨在一个多小时前发了一条："简宁川，我要和你绝交了。"

简宁川暂时还不知道该怎么回复其他同学，就先都没有回，只给王子烨发了个卖萌的表情，然后说："绝交是不可能绝交的，这辈子都不可能绝交的。王叔叔，对不起，我不是故意要瞒你的。"

王子烨秒回："不要叫我'叔叔'！我不配！"

简宁川以为他真生气了，正在边措辞边打字，结果收到王子烨的三连发——

"我跟你讲，秦阵不要脸，早知道真相，还给你当妈！

"说不定他就是想上位，要蹭你爸的人气，没得一点原则！

"我就不一样了，上次不是说让我嫁你？我嫁！老公！"

简宁川差点把头笑掉。

这次没有周放家的"放歌一曲"来装模作样地接机，简宁川顺利出了机场，上了来接他的车。司机问他去哪儿，简宁川想了想，还是说了霍浮家的地址。

路上，他给霍浮打了个电话，是霍浮的助理接的。

田娜拉已经去成果娱乐做经纪人了，霍浮换了个新助理。新助理是简宁川以前在霍浮工作室里见过的熟人，叫常平，是个很爱笑也比较会说话的男生，约等于男版、低配版的田娜拉。看他就大概能看出田娜拉前几年刚跟霍浮做事时的样子。

常平道："霍总正在和邱总开会，你有急事吗？"

简宁川只好说："不急，等他忙完，你转告他我找过他就行了。"

到了霍浮家，他没让助理小光再陪他上楼，独自拖着行李箱上来，按了密码开门。

霍浮家还是他第一次进来时那种冷冷清清的样子，霍浮平时只晚上回来睡个觉，因此这里没有一点家的气息。

简宁川突然离开了剧组那种喧嚣热闹的氛围，还有点不适应，放下行李后，去洗了个澡，换了衣服。他在家里转来转去看了看，感觉什么都缺，便拿了钱包和手机出门，到附近超市去买了两大袋水果、零食和饮料，回来把冰箱塞满。他还觉得不满意，又在网上订了几束鲜花。花店很快送来鲜花。霍浮家的闲置花瓶倒是很多，简宁川到处摆上了百合、绣球、洋桔梗等各色鲜花，这才满意了，窝在沙发上边吃零食看电视边等霍浮回来。

下午四点多，霍浮才打电话过来，开口便道歉："对不起啊川川，我在成果这边开了半天会，刚结束，害你等我了。"

简宁川道："刚开完会吗？那你这大半天吃东西了没啊？赶快先吃点东西。"

霍浮道："在喝脱脂牛奶了。你在哪里？"

"我在你家，"简宁川提到"家"字就有点高兴，说，"霍老师，你什么时候回来呀？"

霍浮道："我这边……"

有个声音从旁边插进来："是简宁川吗？"

霍浮的声音远了些："是他。"

那人道："他今天是回北京了吧？叫他出来一起吃个饭？我都还没正式见过他。"

霍浮道："刚拍完戏很累的，我问问他想不想出来吧。"

他又把手机拿近了，道："晚上想出来吃饭吗？"

简宁川问："你旁边是谁？邱总吗？"

霍浮道："对，不用太在意他，你要是不想出来就算了。"

邱植在旁边笑骂道："你是不是不想混了？我可是你的老板。"

简宁川觉得不去不是太好，而且在敦煌拍戏这段时间，饭菜虽然不难吃，但连续那么多天一直是那几样，他早烦了，也想出去打打牙祭，便道："还是出去吧，我想吃点好吃的。”

霍浮笑着问他：“好，想吃什么呀？”

简宁川道：“都行，只要不是西北菜。”

邱植大声道：“广东菜行吗？”

简宁川道：“行！”

邱植说：“我听见了，他说行。”

霍浮道：“我说你烦不烦？出去出去，让我和他说两句话。”

邱植：“你要说什么？让我听听。”

霍浮：“麻烦您，这边滚。”

邱植大笑着滚了。

霍浮对电话这边的简宁川说：“回来这么半天了，做了点什么？”

“等你晚上回来就知道啦。”简宁川道，“你和邱总是好朋友吗？”

霍浮道：“一般，塑料花友情，说散就散。”

简宁川半信半疑，又问：“那我需要穿得正式一点吗？”

霍浮说：“不用，就是顿便饭。他应该会带他老婆一起去，你到时候记得夸女士漂亮有气质就行了。”

简宁川了解了，道：“我好多同学今天都来问我营销号的爆料了，我都没有回，能告诉他们实话吗？”

霍浮道：“可以，现在就回吧，再晚就不太好了。对老师同学都能说实话，但是不要太夸张，言辞平淡些，也别提你和你爸关系不好。你父母的事网上都查得到，他们心里有数，不会问那么多。”

简宁川道：“好。”

霍浮又说：“还有就是，你的联系方式会被人透露出去，会有娱记联系你。不管对方说是什么媒体的，问你什么，你都不要回答，让他们联系霍浮工作室。《罪恶城市》和《江南乱》两个剧组也会有人来问你，不要回复。等过几天你换了新手机号，再通知该通知的人。”

简宁川道：“如果是周放问我呢？还有方浩瀚、江白夜和吴洲，也都不说吗？”

霍浮道：“他们是不会问的，入行都这么久了，不会做这种低情商的事。”

于是简宁川照他说的一一回复了来问他的那些同学，承认了他和简华的父子关系，并对这么长时间没有对大家坦白表达了歉意。同学们都很快回复了他，表示能理解。

果然如霍浮所言，过了没一会儿，就有陌生电话打进来，声称是某某网站的娱乐记者，想采访他几个问题。他谨慎地对对方道谢，然后请对方联系霍浮工作室，就赶快挂了电话。一会儿又有陌生号码打进来，还有陌生人请求加他为微信好友。他有点紧张，把手机开了飞行模式，只连着 Wi-Fi，微信好友请求都放着没管，然后他打开微博看了看。

爆料他是超级星二代的那条微博已经上了当日热门，热评第一贴了他和简华的照片对比图，说“长得这么像，亲父子无误”，下面连续十几条热评都是讨论他的颜值的，没有人说很恶劣的话，大多是说他“长得不错，演技待观望”。他点开这些评论的人的主页，发现都是真人微博，不是僵尸号、营销号，可能给这些热评点赞的才是工作室安排的人吧。他再往下拉一拉，看到的也几乎都是夸他好看的或是单纯吃瓜没有恶意的评论。以前他看那些流量明星的粉丝控评还不觉得有什么，现在亲眼见识了“爆料”自己的微博被控评，感觉还挺微妙的。他没有什么粉丝，只可能是霍浮给他买的营销。

不涉及是非善恶的纯娱乐新闻，如果没有幕后之人做舆论引导，不可能收获一边倒的好评或恶评。

他又搜了自己的名字，关于“简宁川”的实时微博里，声音就丰富很多了。有简华粉表示怀疑，说“没听说大神儿子在国内，碰瓷的滚”，相应的就有简华黑粉提起简华当年婚内出轨的事而同情简宁川的，还有路人说风凉话“又一个拼爹的，将来还不知道会被分进吸毒队还是嫖娼队呢，呵呵”，还有方浩瀚黑粉说“简华不能打了吗？让儿子去拍这种戏？FHH 垃圾”……娱乐新闻下光怪陆离的众生相，就像用万花筒看世界。

他刷微博刷得入迷，都没注意到天快黑了。直到霍浮打不通他的电话，发了消息给他：“被烦得关机了？下楼吧，车在楼下等你了，黑色埃尔法，车牌号是……”简宁川看到消息才赶忙爬起来，整理了一下头发，然后出门了。

到了饭店门口，司机大哥尽职尽责地护送他进了包厢才走。包厢里有霍浮，还有邱植和他老婆。

简宁川在网上看过邱植的照片，发现他真人比照片上稍微胖一点。邱植和霍浮年纪差不多，看起来就是三十七八岁的样子，比较真实，没有霍浮那么逆龄，但也算帅。他老婆长得就比较普通，没化妆，皮肤偏黄有斑，头发很短，气质干练。

他们应该正在说什么笑话，简宁川进来的时候，三个人都是刚大笑过的样子。

霍浮示意简宁川过来他身边，道：“川川，我来给你介绍一下，这位美丽的女士是邱太太，这位是邱太太养的小猪。”

邱植哈哈大笑：“本小猪有老婆养，霍大福你是不是嫉妒？”

简宁川一头雾水：霍……大福？

霍浮说：“你闭嘴吧，邱植树。”

邱植摇头晃脑，一点成功人士的样子都没有。

邱太太笑着招呼简宁川，说：“你别管他们，快坐。这俩是中学同学，一天不互黑就难受。”

邱植叫屈道：“这怎么叫‘互黑’呢？我以前是叫邱植树，算命的说我命里木太多了，我才改了名。这事我没瞒着，好几回有人采访我，我都说过的，网上都能查到。霍浮这人不行，太假了，百科名片上的年纪是假的吧？名儿也是假的！我认识他那时候，他还叫霍大福。小简，不信你问他。”

简宁川疑惑地看向霍浮。心想，这两个名字也差太多了吧。

霍浮一脸尴尬地道：“你别听他乱说，大福是小名，我妈盼着我有大福气。”

简宁川对这话很怀疑。为什么呢？因为胡同串子和“霍大福”好像更配啊，哈哈哈。

一顿饭下来，简宁川对邱植夫妇也慢慢熟悉起来。夫妻俩都是热情健谈的性格，从两人对他既没有过分热情也没有丝毫冷落的态度里，就能看出两人都是进退有度的场面人。

邱植和满嘴跑火车的霍浮有点相似，想起什么就说什么，思维跳跃，人很有趣。他和霍浮你来我往地聊天，说两句正经事，再混两句吐槽，两人之间是相识多年的伙伴才有的氛围。

两人聊着成果娱乐要收购某家传媒公司部分股份的事。这家传媒公司很有名，主要做电影发行，而且还有一个同名票务 App，简宁川和他身边很多人买电影票都是首选它。他听了几句，听不太懂，听到邱植提了句：“买是要买的，我现在就考虑，这十个亿花出去到底值不值？”

简宁川面无表情，心想：哦，十个亿……

邱植和霍浮聊工作聊得起劲，邱太太大约是怕简宁川无聊，主动和他攀谈，说：“小简，你属什么的？”

简宁川道：“我属虎的。”

邱太太说：“巧了，我也属虎的，正好大你一轮。”

简宁川有点意外，没想到她才三十二岁，看她整个人的状态，还以为她和邱植一样，该是差不多近四十的岁数。

“不太像是不是？”邱太太笑道，“保养得不太好。”

简宁川忙道：“没有……您气质特别好。”

邱太太落落大方道：“哪有什么气质，我儿子都开玩笑叫我‘黄脸婆妈妈’了。”

简宁川道：“我听霍老师说，您家小孩快上初中了？”

邱太太道：“五年级了，成绩蛮好的。”

她翻开手机相册，给简宁川看她家儿子的各种奖状奖杯，很是自豪。她翻相册的时候还翻到不少一家三口的自拍合影，三人冲着镜头扮鬼脸，看得出是很幸福的一家人。

简宁川有一点点羡慕。

邱太太道：“下次有时间，我让霍浮带你去我家玩吧。他做饭好吃，轻易请不动他下厨，到时你一起去，我好好使唤使唤他。”

简宁川感觉到了她的善意，道：“好，有机会一定去您家里做客。”

邱太太笑道：“别老是这么客气了，你要是不嫌弃，叫我一声‘姐姐’，我从小就想有个弟弟呢。”

邱植插话道：“我做证，你晓男姐这话是真的，她就喜欢认你们这种小帅哥当弟弟。我能怎么办呢？只能原谅她。”

叶晓男往他手臂上拍了一巴掌，他装模作样地揉着，一脸笑意。

简宁川看了看霍浮，霍浮示意可以，他便改口叫：“晓男姐。”

叶晓男很高兴的样子，说：“既然叫‘姐姐’了，姐姐送你个见面礼吧。”

简宁川忙道：“不要这么客气……”

叶晓男从包里拿了一个文件袋出来，笑眯眯道：“送你个代言。”

简宁川：这是什么操作？！

邱植一脸感动，说：“晓男姐，我都想给你做弟弟了。”

霍浮笑着拆穿他们俩：“你们俩够了！这是我给川川谈下来的代言。你们俩骗个弟弟还不够，拿我的劳动成果在这儿借花献佛，一对奸商夫妻。”

“是是是，是霍浮谈的，我帮他拿了一下合同而已。”叶晓男笑着把文件袋给了简宁川，道，“这次太匆忙，见面礼真还没准备，下次姐再补给你啊。”

简宁川一脸凌乱，道：“不用，真不用……谢谢晓男姐。”

他拿着文件袋，想打开看看，又觉得现在拆开好像不合适，求助地看向霍浮。

叶晓男很喜欢他，道："弟弟，你怎么这么乖啊，吃完饭不要和霍浮回去了，跟姐姐回家吧。"

邱植道："哎？你这个女人是怎么回事？"

夫妻两个在一边插科打诨。

霍浮笑着说："川川，拆开看看。"

简宁川打开文件袋，里面是一款单反相机的中国区代言合同。

他现在作品都没上线，没有粉丝也没有带货能力。如果他强行去代言彩妆护肤品、连锁快餐这一类产品，代言期内品牌销量没有明显增长，那对他以后的商业代言资源都会产生消极影响。但是单反相机就不同了，它的消费群体是相对固定的，冲着代言人去的消费者非常少。而且这种世界范围内知名度都很高的相机品牌，既低调又有格调，和他超级星二代的身份也匹配。

吃完饭，和邱植夫妇道别后，简宁川还有一点点兴奋，翻来覆去地看那几页代言合同。

霍浮边开车边说他："川川别看了，回去再看，这么看东西眼睛容易坏的。"

简宁川把合同装好，道："邱总和晓男姐人好像都挺好的。"

霍浮却说："邱植是个滑头鬼，叶晓男倒是个好女人。"

简宁川第一次听他用"好女人"来形容别人，警觉道："霍老师，朋友妻不可欺，你不要有什么奇怪的想法。"

霍浮吃惊道："快把你的脑洞堵住，才不是那回事。"

简宁川看他这样，知道是没事，夸张道："啊，那是怎么肥四（回事）啊？！"

霍浮被他逗笑了，也不卖关子，讲给他听："当年创办成果，本来是三个人一起的，除了我和邱植，还有一个合伙人，是邱植的前女友。创业前期很辛苦啊，她扛不住了，就和邱植分了手。邱植认识叶晓男的时候，他刚被甩，还什么都没有。叶晓男那时候二十一二岁，还在上大学，帮他跑业务、拉投资，每天应酬到半夜，工作室大大小小的事她都做。邱植那几年很渣的，看不上叶晓男，还一直惦记他那前女友，后来叶晓男怀孕了，他也不提结婚的事。叶晓男生孩子的时候人差点没了，经历一回生死，她想开了，生完就把孩子扔给邱植，自己回老家找了新工作，不打算再回来。邱植一下发现没了人家不行，在家抱着孩子哭，问我该怎么办。我跟他说'你就去叶家门口跪个三天三夜，再把你名下公司的股份分一半给人叶晓男，这事说不定就还有戏。'"

简宁川：“他去了吗？给了吗？”

霍浮道：“当然去了，也给了。你看他现在老婆奴的样子，一半是因为他对叶晓男真有感情了，一半是因为叶晓男才是成果娱乐最大的股东。”

简宁川琢磨了一下，道：“该不会……是你和叶晓男联手设计了邱植吧？”

霍浮笑了两声，道：“你猜是不是？”

简宁川感觉是这样的，还有一点替叶晓男感到不值。可是她现在看起来也还挺幸福的，那也算值得了吧。

他想起叶晓男刚才说加他微信了，便拿出手机来，才看到手机还开着飞行模式，他道：“对了，霍老师，下午真有记者联系我了，我都让他们找工作室了。我和同学们也都说过了，下周期中考试，这样我回去看见他们也不会被围着问。”

“好。”霍浮道，“对了，你那个同学要去拍那部谍战片吗？我这几天忙，没顾上再了解一下情况。”

简宁川道：“拍的，他签合同了，期中考试考完就进组了，他还让我谢谢你。”

霍浮笑了，说：“自己人，怎么还这么客气呀。”

简宁川转头看他。车内昏暗，路旁不断闪过的霓虹灯光忽明忽暗地打在他的侧脸上。

简宁川发表感想：“霍老师，你是什么味的大福？草莓？抹茶？哈哈哈。”

霍浮一脸无奈，很嫌弃这个名字了。

简宁川却道：“太可爱啦，这个名字！”

霍浮也只好笑了，说：“我真没叫过霍大福，不信的话给你看我的户口本，我没有曾用名的。”

简宁川道：“知道啦，知道啦，这是你妈给你取的小名，霍大福有大福气。”

霍浮安静片刻，道：“好像也没叫出什么大福气。”

简宁川一下子后悔了，猜他是想起了去世的妈妈，忙道：“你不要难过……要是你不喜欢，我以后都不这么叫你了。”

霍浮笑着看他，道：“川川，说不定你就是我的大福气。”

简宁川心里一动，想到霍浮几岁没了爸爸，十几岁又生了病；家里条件不好，又没学历，创业很艰难，要吃很多苦才有今天；后来他什么都有了，又失去了妈妈。他不敢谈恋爱和结婚，很可能就要一个人走完这辈子，就像那个很大很空的房子。简宁川觉得霍浮的人生不失败，甚至算是很成功的，只是太冷清了。

简宁川是在这种冷清和孤单里长大的，明白这有多难过，因此心里涌起强烈的要对霍浮好的愿望。他握拳道："霍老师，我就是你的大福气。我会一直努力工作，努力给你摇钱的。"

霍浮忍着笑，说："嗯……好，我真幸福。"

几天后，简宁川去学校参加期中考试。老师和同学都已经知道他的情况，他能感觉到有几位同学看见他时态度稍稍有些变化，但大多数同学还是和以前一样。特别是几个女同学，一见面就把他逼到墙角连声责问，怪他早就签了霍浮工作室，还去拍了《罪恶城市》这种大片以及方浩瀚的《江南乱》，居然一点消息都没透露，还说："平时都白疼你了！"

最后是秦阵出现救了他，女同学改去围住大热网剧男二号秦阵，激动地追问："韩小飞到底是不是'韩噔噔和韩等等'？"

考完试，"201宿舍三子"和对门宿舍，还有班里几个和简宁川关系好的男同学，再加上女生们，大家一起去吃了顿饭，简宁川请客。

朋友们还像以前一样和他相处，最多调侃他几句"苟富贵"，也有女生问他剧组八卦：周放是不是真的很爱耍大牌啊？听说花蕾很势利眼是真的吗？方浩瀚本人是不是和传说中一样好玩？吴洲和江白夜是不是面和心不和？

简宁川大吃一惊，道："什么？吴洲和江白夜关系很好啊！"

女生们："嘁……什么嘛，你还没我们了解。"然后几人开始七嘴八舌地给他讲吴洲和江白夜相识十年、明争暗斗的传说，还推荐他看某视频网站的"洲夜"剪辑视频。

简宁川心想：你们真是够啦！

吃过饭，一行人回了学校，简宁川和秦阵、王子烨一起回宿舍。

宿舍里还是老样子，只是他的床铺空着，秦阵问他："晚上在咱们家睡吗？睡的话我就帮你把床垫拿出去拍拍灰。"

简宁川有点想留下，虽然现在也很好，但他也很怀念鸡飞狗跳、热热闹闹的宿舍日常。只是星二代的身份一曝光，他住学校就很不方便了。

王子烨即将进那谍战片的剧组拍戏，因为要演京剧名伶，他不方便再留胡子，此时脸上干干净净、漂漂亮亮的。他说话也不故意飙"川普"了，用标准普通话道："还是别了吧，现在知道小简回来的人还少，等下人多了，晚上都跑来看他，问东问西的，都不知道安的什么心。说不定马上就有狗仔听说了，也要跑来堵他。小简，你没几天清净日子可过了，别这么早就当熊猫了。”

简宁川知道他说得对，只好说：“我和你们玩一会儿，等下再叫人来接我。”

他今天来考试，是霍浮让小光送他来的。他说考完还要和同学聚餐，小光就开车去其他地方休息，让他想回去时再打电话。

王子烨跑去对门借了一大包瓜子过来，三个人久违地凑作一堆，边嗑瓜子边开小会。

简宁川吓唬王子烨：“王叔叔，你长得这么红颜祸水，到时候整个剧组，从制片人到场务，从主演到群演，无论男女老少，见过你的人都要被你迷住，缠着你要和你恋爱，你就小心吧。”

王子烨厚颜无耻：“恋爱也不是不行，不白恋，要收费的。”

秦阵做打电话状：“喂，横店 110 吗？”

三人嘻嘻哈哈了一阵子。

秦阵忽然伤感道：“过几天子烨去横店了，到时候宿舍就剩我一个人了。”

简宁川也被他感染到，神色戚戚。大家以后都要各自为工作奔波，像这样聚在一起嗑瓜子聊天的机会越来越少了。

十一月初，简宁川在霍浮的陪同下去了趟德国，在新天鹅堡拍了单反相机的广告片。这个时候德国异常湿冷，简宁川得了重感冒，半个月才好。然后，大半个冬天，他没再做其他事，整日宅在家里看书、看电影。

他现在回学校已经不是太方便了。

营销号曝光了他的星二代身份后，霍浮等“爆料”发酵了半个多月，才叫工作室公关回应了媒体，说旗下新人简宁川确实是知名华人演员简华的长子。

其后就有知名娱乐媒体电话采访了远在欧洲拍戏的简华。大神正在工作，工作人员代表大神简短回答了记者的提问，承认了“双简”的父子关系，并表示：“简先生工作很忙，很少回中国，父子俩的交流也不是太多。关于专业和工作的方向，简宁川都很有自己的主意。作为父亲，简先生当然希望简宁川能顺利发展，不过还是要看他的个人能力，谢谢国内媒体的关心。”

这段电话采访发出来后，简华的话被网友解读为：简宁川是我儿子，我们不是太熟，演什么是他自己的事，以后红不了那是他不行。

网上的评论两极分化。一方说简华也太冷漠了，前妻的儿子也是自己亲生的，扔在国内这么多年不管，现在儿子长大了，也要出道做演员了，他夸两句都不行？一方说前面的人都太年轻了，要是大神真不管，一个还没毕业的学生，凭什么签霍浮工作室？凭什么拍陈奇峰、方浩瀚的片子？

还有些其他声音也夹在评论里，扒简华当年是如何在两个当红女星之间周旋的，预测方浩瀚新片票房会不会崩盘的，讨论中西方教育观念差异的，还有各式各样角度清奇的喷子键盘侠。

处于事件中心的简宁川更是很快就被扒了个底儿掉，他从幼儿园到高中的毕业照，在学校演的几场舞台剧的视频，《罪恶城市》和《江南乱》的片场、酒店路透照，一夜之间全出现在网上。知乎上讨论他的问答帖开了十几条，从幼儿园到高中的各路“同学”纷纷现身，多数是匿名回答的，有说他从小成绩好、懂事听话的，有说他在学校飞扬跋扈、欺男霸女的。有些时间久远的芝麻绿豆小事简宁川都不记得，看了几遍自己也难辨真伪。

发他照片的、在知乎上半真半假回答问题的，很多都是霍浮工作室专业公关的账号在操作。霍浮叫他不用管，安心休息安心玩。

他病好以后，和霍浮一起去了一次邱植和叶晓男的家。霍浮下厨做菜，邱植和叶晓男帮忙打下手，叫他在外面和邱植的儿子邱家成一起玩。

邱家成今年十一岁，懂点事了，又不是太懂，稍微“熊”一点，又不算太令人讨厌的那种“熊”，就还挺能和简宁川玩到一起去的。

邱家成炫耀说：“我每次考试都考第一名的。”

简宁川道：“哦，我也是。”

邱家成对新朋友的成绩很满意，说：“你会打篮球吗？”

简宁川道：“会一点，打得不是太好。”

他长到一米七八就再也不长了，对篮球也提不起兴趣来。

邱家成挑剔道：“不好可不行。那踢足球呢？”

简宁川道：“我中学时是校队的。”

邱家成：“这么厉害吗？！”

简宁川得意道：“是啊，哈哈哈。”

可是足球也不能现场表演，家里也踢不了。邱家成又问：“你还会什么？”

简宁川道：“我是电影学院的，我会演戏啊。”

邱家成对这不感兴趣，勉强捧场道：“那你演一个给我看看。”

简宁川想了想，让他退后，给他演了个蜘蛛侠的经典动作——后空翻，然后翻手掌，“嘶”地吐丝。

邱家成立刻服气了。

叶晓男来叫他们俩去吃饭时，一大一小两个男孩子正坐在地板上，聚精会神地玩着霍浮今天给邱家成带的新 Switch（游戏机）。

到了饭桌上，邱家成对新朋友非常满意，一口一个“川哥”，叫得别提多亲热了。他扒了两口饭才想起要赞美霍浮：“霍大爷做饭真好吃！”

简宁川差点笑得喷饭。

还是叶晓男强制让儿子改口：“成成，不要乱叫。小简叫我姐，你叫他哥，我该叫你什么？”

邱家成才不情不愿地改口：“小简舅舅。”

简宁川撞了撞霍浮的胳膊，笑眯眯地看他，露出一脸“你看我和你辈分一样了”的高兴表情。

回去的路上，霍浮问他：“和成成玩得高兴吗？下次还想不想来？”

“还行，成成还挺乖的。”简宁川忽然想起一个人来，道，“我弟弟……我是说我爸的小儿子，也叫成成，也很乖的。”

他和弟弟简毕成只见过一次，当时他十一岁，简毕成九岁。他去美国之前就知道，在爸爸美国的家里，有他的继母，还有他同父异母的弟弟。但是他并不清楚，这个弟弟因为几年前摔到脑袋，已经从一个正常小孩变成一个有智力障碍的儿童。

“我去的时候，想象了好多类似《灰姑娘》的场景，比如他们母子俩趁我爸不在家，欺负我，让我做家务什么的。那不行，我是要反抗的，”简宁川道，“我从中国的家里带了把弹弓，随时准备和恶毒后妈大战一场。你知道我后妈是谁吗？”

霍浮道：“知道，毕芳晨，我小时候她还挺红的。”

简宁川有点意外，道：“是吗？我以为她是十八线的。”

霍浮道：“一九九几年那时候，她主演的电视剧都在央视黄金档播的。那时候没网络，电视台也少，央视电视剧的收视率都是几十个点，不像现在，电视剧破一就能做收视王。”

简宁川不是很明白那种万人空巷看电视剧的时代氛围，道：“反正我也是白担心一场，这毕女士还挺正常的，对我也客客气气的。刚开始我一直没看见她儿子，以为他也不喜欢我才躲着不见我。后来到了睡觉前，他自己跑来找我，站我床前，也不说话，吓我一跳。我马上就要拿弹弓打他了，他却把手伸出来，要给我糖吃，还叫我‘哥哥’。”

他提起这件事，表情也没那么开心，道：“不知道他现在怎么样了，应该也挺帅的，其实我们俩长得有点像……不说了，下回再来晓男姐家玩，我也给成成买个礼物，不能白给人家当舅舅。”

霍浮笑道：“我看小简舅舅是个好舅舅，成成也很喜欢他。”

简宁川说风就是雨，马上就打开淘宝给他大外甥成成挑起了礼物。

圣诞节当天，简宁川的单反相机广告片上线。

他在新天鹅堡拍摄这片子的时候，被冻得感冒、发烧、流鼻涕，狼狈得不行，要不是霍浮陪他去的，他搞不好当场就要哭起来。

成片的效果出奇好。新天鹅堡是迪士尼城堡的原型，处在阿尔卑斯山间，建在山顶之上，城堡四周点缀着湖泊山峦，是一个极具童话美好色彩的取景点。拍摄当天下着雨，郁郁葱葱的密林里升腾起几分雾气，平添了几丝中世纪古堡的神秘色彩。简宁川穿了件宝石蓝的羊毛大衣，打了一把明黄色的复古雨伞，在古堡下徘徊，像一个穿梭岁月的时光旅行者，在等待他的公主归来。

广告片上线当天，品牌商官微的视频微博被转了上万条。当然，品牌自己的影响力是最主要的，加上这支广告片的质感和美感都很上乘，最初转发的很多都是摄影爱好者、单反玩家以及业内人士。霍浮工作室在这条微博已经有上热门榜的趋势后，才开始营销发力，十几个长期合作的营销大号分时段持续转发，才把大家的关注重点从最初的“新天鹅堡太美了”慢慢转移到“男主太有气质了”。

圣诞节这天，霍浮没去上班，在家里陪简宁川。两人穿着家居服，一起坐在沙发上，把那条广告片投影到一整面墙那么大的幕布上循环播放。

简宁川自恋得不得了，自吹自擂：“我真是帅爆了，这种美貌是真实存在的吗？”

霍浮笑着无条件附和：“川川真是帅。”

简宁川自鸣得意道：“幸好你下手快，签了我，这是你赚到了。不然等别人都发现我这么帅，我不小心就被别人挖走了，你就哭去吧。”

霍浮夸张地感慨道：“现在就不哭了吗？我每天都幸福到哭泣。啊，我这样的幸运儿是真实存在的吗？”

简宁川：“哈哈哈。”

元旦后没几天，《江南乱》正式宣布定档大年初一。

方浩瀚亲自打电话给简宁川，约他去录电影主题曲。他和吴洲、江白夜三个人要共同翻唱《追梦人》，录歌时间约在了下周一。

简宁川对这首老歌不太熟，只听过几次，为了尽快熟悉，他在家里循环播放听。

霍浮回来后，听他说了这事，道："这是《雪山飞狐》的主题曲。"

简宁川也没看过《雪山飞狐》。

霍浮唱了几句。他的声音低沉，充满磁性，音准出奇地好。

简宁川拍手鼓掌，震惊道："霍老师你唱歌太好听了吧！还做什么经纪人？自己就能做歌手出道了！"

霍浮竟有点不好意思，说："哪有那么好，瞎唱的。"

简宁川觉得他这反应不同寻常，追问道："你以前是不是真想过要当歌手？"

霍浮刚开始不想说，被他问了几遍才道："也不是想当歌手，就是喜欢音乐，想学音乐，要是没辍学，我说不定还能考上音乐学院。不过考上也没用，学费太贵了，上不起，我妈想让我去上师范学院，免学费的。"

简宁川道："既然有免学费的学校，那你为什么还辍学了？"

霍浮一笑，说："成绩不好啊，免学费的也考不上。"

简宁川突然觉得自己这问题有点像"何不食肉糜"一样讨厌，忙道："不说这个了。我去录歌，你陪我吗？"

霍浮道："下周一？那不能陪你去了，那天我已经约好人谈事了。"

简宁川只好道："好吧。万一我不能唱好就糟了，我没有你这么好的音乐天赋，霍老师你快把你的音乐天赋渡给我一点。"他做了个发功的动作，嘴里还"嚯嚯哈哈"地叫着，霍浮也配合地喊着"嚯嚯哈哈"，假装把"功力"传给了他。

星期一上午，小光来接他去录歌。小光现在是他的专职助理了，二十四小时待命的那种。不过简宁川这阵子没工作，也没怎么出门，小光就还在霍浮工作室做些其他的零碎工作。

"今天录音室那边有媒体在，"小光在路上和简宁川说，"霍总说你可以接受采访，回答三四个问题就走，不要不好意思。这些娱记都是顺杆爬，你越给面子他们越得寸进尺，什么都敢问，他们才不管明星要不要面子。"

简宁川点点头，这些话霍浮早上已经和他说过了。

到了录音室他就直接进去了，方浩瀚把媒体都请去另一边等着，表示要等这边录完才能接受采访，请大家行个方便。媒体也知道这片子赶着要上宣发，耽误一天耽误的都是真金白银，便都配合地去他安排好的会客室里等着。

杀青后的这几个月，主创们都还没再见过面，就简宁川换手机号后通知大家时，同大家在微信上随便聊过几句。

当时霍浮工作室还没正面回应简宁川的星二代身份，吴洲、江白夜和方浩瀚也都没问简宁川有关这件事的问题。就像霍浮说的，入行这么久，他们的情商不至于这么低。

吴洲在拍一部清宫戏，剃了光头；江白夜这阵子在休息，比在敦煌的时候白了，脸颊也稍稍丰腴了一点点。两人看到简宁川，都很热情地打招呼，还夸他的相机广告片拍得好。

因为杀青宴上的那次聊天，简宁川对江白夜是比对吴洲要亲近一些的。

方浩瀚安顿好媒体才过来，一见面就一把抓住简宁川，道："小简啊！你怎么不早说简华是你爸爸？早说的话我就能从大佬那里多骗点钱了，咱们就能去吴哥窟拍戏了！"

简宁川整个人都凌乱了，不知该说什么才好。

方浩瀚却哈哈大笑起来，说："我开玩笑的，别当真。要是去吴哥窟拍，咱们这片子不能叫《江南乱》，得叫《东南亚乱》，这么破坏国际关系，都过不了审的。"

录歌还算顺利，《追梦人》不是一首很难唱的歌，因为原曲也很符合这部电影的立意，所以编曲改动不大，三个人在老师的指导下录了几遍就结束了录音工作。反正如果哪里不太合适，后期还会有修音师再精修。

他们一从录音室出来，等着的媒体记者就一拥而上，几乎都是来围攻简宁川的。

简宁川还从来没有接受过任何媒体的访问，在记者眼里就是个还没被发掘过的新鲜宝藏，谁都想上来挖第一铲。

简宁川没想到他们如此来势汹汹，立刻紧张得同手同脚了。助理小光忙从旁边过来想护着他，然而记者凶猛，小光没能很快挤进来，幸而方浩瀚和江白夜一左一右把他护在了中间，工作人员也帮着维持秩序，一度混乱的现场才总算暂时稳定下来。

记者们的提问也主要是冲着简宁川来的，三句不离简华。虽然霍浮早和他说过这是在所难免的，毕竟简华的大神光环太强大了，可他还是不高兴，也不想回答。他就假装没听清楚，只挑了两个女记者问的问题回答了一下。

一个问："你刚拍过的两部电影风格差别很大，未来是不是会尝试多种类型的片子？"

他说："当然会啊，我还这么年轻。"

另一个问的是："×× 单反相机的广告片备受业内认可，你有没有进军时尚界的打算？"

他回答说："要看有没有合适的机会吧，我觉得我还挺时尚的。"在家里自吹自擂也不觉得有什么，现在对这么多陌生人说这种话，他也微微脸红了一下。

见此，这两个提问的女记者，还有在场的其他女记者，纷纷露出"姨母笑"。

他身边的女孩们多数都喜欢他，但又很少是那种"喜欢"。因为他上学早，比同班同学年龄都小，他一路都是当弟弟当大的，他的脸又长得稚嫩，因此对女孩子的性吸引力没那么大，但很能激发她们的保护欲。就好像多数人类看到小动物，像小猫小狗，特别是熊猫宝宝，都会觉得"哇！好可爱啊，好想亲亲抱抱举高高"一样。年长女性看他像看儿子，年轻女性看他像看弟弟。

男性当然也有这种保护欲，不过多数男性没有女性那么容易表现出来就是了。

简宁川谨记着霍浮的交代，只回答了两个问题，然后配合地让记者们拍了几张照片，就在小光和其他工作人员的护送下出来了。

吴洲要赶回去拍戏，方浩瀚要去盯后期，江白夜没事做，便和简宁川一起吃了顿饭。

剧组杀青宴上，两人深谈过一次，简宁川是把这大哥当朋友了，说实话是有点担心因为自己隐瞒了星二代身份这件事，而影响到江白夜对他的观感。但江白夜显然是个坦坦荡荡的东北人，刚才人多时还没有表现，只剩他们两个时，江白夜用力地拍他的肩泄愤，抱怨说："难怪那天你说什么你是很复杂的，原来跟这儿等我呢？！你还真够复杂的哈！哥跟你掏心窝子说这说那，你给我憋这么大个秘密！"

简宁川作揖讨饶："江大哥我错了！"

江白夜："滚犊子，请哥吃饭，我要吃最贵的。"

最贵的是请不了了，那些地方都得提前定位子。简宁川便带江白夜去了一家霍浮带他去过的私房菜馆，那里环境私密，菜品卖相和味道都很好，关键是还能把霍浮不能吃的佐料和食材都去掉不放。

饭桌上，简宁川给江白夜看了"洲夜"视频，江白夜却说："早看过了，这个，还有这个，都是我以前公司的剪辑师剪的。”

简宁川一脸震惊：“啊？”

江白夜道：“我们两个二线小明星，哪有那么多大手愿意给我们剪视频啊！刚开始第一个，是2012年的，那时候我和吴洲演了部肥皂剧，八十集裹脚布那种雷剧，当时收视还行，我演反派，他演男二。这UP主是真的‘用爱发电’啊，给我们俩剪了这视频，”他指了指简宁川的手机屏幕，“就这个，剪得特别好，点击量挺高的。我们公司一看，觉得有意思，就找了吴洲他们团队，两边联手策划，又剪了好几个，浑水摸鱼买点击和弹幕送上视频网站首页去。那时候注册网站正式会员还不用答题，买弹幕比现在方便。现在不行了，注册答个题能累掉半条命，营销都不愿意接这活儿。”

简宁川倒是知道圈内很多好友和CP是炒作出来的，但是没想到连这种视频都是自产自炒的，亏他被女同学们安利后，这段时间看了好多“洲夜”视频，还有点真情实感地被他们俩这十年的情谊感动了。

江白夜看他一脸失望，不知道怎么，还有点良心不安，道：“也不是都这样，有些是真的粉丝剪的。尤其是一线那些，人家粉丝多，粉丝里‘神剪刀手’也多。是我和吴洲比较弱。你和周放合作过不是？你搜周放就知道了，他多红啊，视频当然也多，那可真是男女老少都有能搭配的，有些十八线小明星，和他八竿子都打不着，粉丝还要强行剪‘拉郎’视频。”

简宁川也看过周放的各路CP视频，周放是真的三百六十度无死角神颜，随便怎么剪都非常帅。

晚上回去后，简宁川和霍浮说了今天同江白夜一起吃饭的事，说得眉飞色舞。因为工作交到新朋友，是一件很开心的事。

霍浮笑着听他说完，才道：“江白夜人还可以，可以和他一起玩。不过吴洲就算了，你以后尽量少和他有过多接触。”

简宁川诧异道：“吴洲怎么了？”

霍浮道：“他的团队这几天搞小动作，想撕番位，把主意打到江白夜头上去了。你看吧，就这一两天，踩一捧一的通稿得满天飞。”

简宁川道：“经纪团队的事，吴洲自己也未必说得上话吧。我看他和江白夜感情挺好的啊，今天两人录歌的时候看着也还挺亲近的。”

霍浮道：“吴洲的经纪人是他的亲哥哥。”

想起今天江白夜提到吴洲时，还用只有说亲近朋友才会用的语气说的那些话，简宁川心里一时有点替江白夜感到难过。

霍浮看出他的想法，道："江白夜的团队肯定也早有准备的。这种男主戏，两个演员的名气又差不多，撕番位是早晚的事。"

简宁川道："我是几番啊？"

霍浮反问道："你想做几番啊？"

简宁川："我想做几番就做几番吗？"

霍浮道："一番是不行了，二番三番随你挑啊。"

《江南乱》的人物设定里，吴洲和江白夜本来是并列男主，简宁川扮演的毛毛是半路上车的配角。剧情是三段式，一段是吴洲和家暴，一段是江白夜和女神，一段是吴、江两人的追梦之旅宣告终结。毛毛只是个过客，连名字都是个狗名，并没有单线故事。因为成果娱乐参与了投资和宣发，霍浮对简宁川的星二代身份又炒作得当，所以顺理成章地把简宁川推上了男主的位置。

简宁川想也不想地道："那我还是做三番吧，他们俩都这个年纪了，好不容易才演一部男主戏，我不要仗势欺人。"

霍浮无奈道："你啊……要是没了我这个经纪人，你可怎么办哪。"

果不其然，两天后，网上出现了大面积的明里暗里踩着江白夜吹捧吴洲的营销帖，江白夜的团队也很快做出反击，两边粉丝也撕得不可开交，"洲夜 CP"几乎土崩瓦解。《江南乱》剧组省了一笔炒热度的营销费，乐得吃瓜。

寒假将至，简宁川回学校参加了期末考试。王子烨还在横店拍他的谍战剧，请不到假，缺席了这次考试。

简宁川现在算是体会到了成名的困顿。学长、学姐和同级的同学们都还好，有名的已经很多了，也不会来围观他或者怎么样。等他考完试交了卷，就看到教室外人来人往，很多学弟学妹假装经过，其实是来围观他一下，搞得他连厕所也不好意思去上。

坐他前面的秦阵转过身来，摊开手，给了他一颗松露巧克力。

简宁川调侃他："妈啊，你什么时候这么大方舍得买歌帝梵了？"

秦阵羞答答地道："我女朋友给的。"

简宁川震惊道："啊？"

秦阵小声道："大二的学妹，你见过的，短头发、大眼睛那个，也是我们山西的。"

简宁川想起来了，那学妹以前就经常追在秦阵身后跑。他道："叫文莹是吗？"

"对，就是她。她已经考完试了，寒假没事，要回家，等会儿我要送她去高铁站，"秦阵不好意思道，"她挺喜欢你那个相机广告的，你能陪我一起去见见她吗？我不能陪她回去，哄她高兴高兴。"

简宁川义不容辞道："哄我小妈高兴，当然行啦。"

他给小光打电话说不用等他，然后把帽子口罩戴起来，上了秦阵的车，送文莹去车站。

文莹是个很可爱的萝莉型小女孩，绕着秦阵叽叽喳喳、蹦蹦跳跳。简宁川很克制地没有在她面前叫秦阵"妈"，也不揭秦阵的短，竭力维护秦阵优质男友的形象。

送走了文莹，"母子俩"去吃饭，简宁川说："我看文莹不错的，很可爱，也很喜欢你。"

秦阵笑嘻嘻道："嗯，她挺好的。"

吃饭的时候，秦阵点了瓶白酒，简宁川怕回去被霍浮念叨，就没喝。秦阵自己一口闷一杯，一杯一两，连喝了四五杯。

简宁川道："阵哥，你喝太猛了。"

秦阵笑着看简宁川，说："没事，酒瘾犯了，平时女朋友不让喝。"

简宁川道："霍老师也不让我喝酒，说我喝了酒就撒酒疯。"

秦阵哈哈大笑："你就是撒酒疯啊，每次喝大了都在宿舍调戏我和王子烨，王子烨一看你喝大就要吓尿了。去年冬天，也是放寒假前，你喝醉了，回去非要脱他的衣服，快吓死他了，你还记得吗？"

简宁川根本不记得，哈哈大笑道："还有这种事吗？！"

秦阵道："不然你以为后来子烨为什么每次出来都帮你挡酒？他酒量又不是多好，他是怕你回去再整他。"

简宁川："哈哈哈，我的天哪。"

两人又开开心心地聊了些有的没的，简宁川一杯没喝，秦阵最后喝大了。结束时已经太晚了，宿舍肯定锁门了，以前简宁川卖个萌能让宿管阿姨放他进去，但现在他已不是从前的普通学生，再这样也不方便，但是带秦阵去酒店开房更不方便。

正好霍浮给他打电话，问他："你在哪儿？还不回来吗？"

简宁川说："我和我同学一起，他喝大了，宿舍回不去，能把他拖回你家里吗？让他睡一晚客房。他要是吐了，明天我来打扫。"

霍浮笑道："好了，可以的，要我去接你吗？"

简宁川道："他开了车，我没喝酒，开他的车回去。"

霍浮道："那你路上小心。"

简宁川便把醉死的秦阵拖上了车。

秦阵个子高还壮实，简宁川一个人拖着他，十分吃力。到楼下后，简宁川给霍浮打了个电话，霍浮帮忙把秦阵拖进来，扔在一楼客房的床上。

简宁川脱了秦阵的鞋，那个味道……

他心里有种自家亲戚在霍浮面前丢人的感觉，不太好意思地说："霍老师，你快上去吧。等明天他走了，床单和被套我都会消毒洗干净的。"

霍浮表示理解："没关系的，我……"

简宁川推他出去，道："快走快走。"

霍浮便先上楼去了。

简宁川帮秦阵把被子盖好，开了房间的新风系统，又去拿了两瓶水放在床头桌上，留了一盏小夜灯，才出来关好门，上去找霍浮说了声。

第二天上午，秦阵从宿醉中醒来，云里雾里的，不知道这是哪里。

简宁川穿了身熊猫睡衣缩在沙发里看电视，见他走出来，叫他："妈。"

秦阵一副被这房子震惊了的模样，道："我去，你们剥削阶级也太过分了吧！两个人住这么大的房子干吗？养马吗？"

简宁川谦虚道："霍老师也就中产，我爸才是剥削阶级，他那院子能当停机坪用。"

秦阵知道他对他爸意见很大，就没接他这话，道："你的经纪人呢？"

简宁川道："去赚钱了。"

秦阵道："你呢？"

简宁川站起来，在沙发上摇摆，说："看出来了吗？我是棵摇钱树，一年只结两回果，现在还在长叶子，不到摇的时候。"

秦阵无语。

简宁川道："妈，你吃早饭吗？我帮你煮个面？我跟霍老师学的，我还会打荷包蛋。"

秦阵竖了竖拇指，一脸憔悴道："川川厉害。我不吃了，不饿，胃也不舒服，还得赶紧回学校换件衣服，收拾下自己，我下午要去见剧组的选角导演。"

他寒假不回家，就是这个工作的缘故。这是部历史正剧，也是部群像戏，导演还没确定要安排他演什么。

简宁川本来以为能和他玩一会儿，得知如此，也没办法，只好送他出门，和他互道再见。

春节前最后几天，霍浮也忙得不可开交。成果娱乐参与投资的包括《江南乱》在内的三部电影，都在春节档上映，宣发、排片、营销、口碑，都是没有硝烟的战场。

方浩瀚那边也已经把《江南乱》首映以及上映后的路演行程发给了简宁川，整个正月简宁川都要全国各地到处飞了。

年前，简华给简宁川打过一次电话，问他："春节有什么安排？"

简宁川惜字如金道："宣传电影。"

简华："嗯，那就好好工作吧。"

简宁川一脸疑惑。

简华又道："不给我拜个早年吗？"

简宁川顿了一下，道："新年好。"

简华道："爸爸祝你新的一年鹏飞万里、前程远大。"

简宁川愣了。

挂了电话后他还怀疑要么是他做梦，要么是简华没睡醒，不然怎么这次简华这么客气、这么心平气和？又要搞什么幺蛾子吗？

腊月二十五晚上，《江南乱》在北京举办了首映礼。

进会场之前，有走红毯环节。

这是简宁川第一次在公众面前正式亮相。他在车里紧张得抖腿，霍浮按着他的膝盖，鼓励道："川川，别紧张，你很好、很帅、很可爱，所有影迷都会爱上你的。"

到简宁川入场了。他们这辆车缓缓开动，贴了反光膜的车窗外，挤满了来看首映红毯的观众以及各路媒体朋友。

车门打开，四下的闪光灯不断亮起，红毯两侧人山人海。

主持人介绍道："即将踏上红毯的是——简宁川先生和霍浮先生……"

简宁川先下了车，他站在车边，微微侧着身，等着霍浮下来，悄声说了句："霍老师，谢谢你。"

"不客气。"霍浮彬彬有礼地轻声道。

他挂上分寸得宜的笑容，带简宁川一起走上了星光璀璨的红毯。

当晚的首映十分成功，现场观影氛围很好。放映结束后，主创接受现场提问，导演和三个男主演都讲了很多在敦煌发生的趣事，连文艺女神苏青君都放开了吐槽，说："敦煌太晒了，把我晒得老了好几岁。我刚进组那天，毛毛还叫我女神，我杀青那天，他叫我苏大姐。"

简宁川不好意思地当场道歉。

媒体也问了他很多问题，难以避免有问到他爸的。记者第一次提到简华的时候，简宁川马上照着霍浮教他的，说："虽然我和我爸长得有点像，但是我觉得我比他帅。你们看海报，这个真的是我，他真的没有给我做替身。"

方浩瀚接话："哪个剧组请得起你爸做替身啊？"

简宁川卖萌道："所以不要 cue（提）他了，多 cue 我一下啊，哥哥姐姐叔叔阿姨们。"

媒体记者们哄堂大笑，后面也都识趣地没再问到简华。

首映结束之后，受邀前来的观影媒体、自媒体以及通过其他途径来现场观看首映的观众，在网上对影片给出了相当高的评价——"方浩瀚再一次奉献了一出去伪存真的人生探险之旅""故事还是方浩瀚的故事，电影技术手段上已经是'方浩瀚 2.0'了""演员选得很合适，张弛有度的表演使得这个荒诞的故事有了说服力"……

"毛毛"扮演者——备受关注的超级星二代简宁川，在影评里被提到了无数次。

在大多数提到简宁川的影评中，首映观众都对他大加赞美。

上次拍摄了单反相机广告片后，他的外形已经得到了广大路人的认可，这次的影评中大多提到的都是他的电影脸。他的五官上镜，头肩比例非常好，外形很适合大银幕，另外，他的台词功底出乎意料地不错，和吴洲、江白夜这样圈内公认的演技实力派相比也毫不逊色。

还有相当一部分女性观众在影评中表达了对"毛毛"的喜爱，并且专门表扬了简宁川在现场采访中的临场反应。

首映评价极高，加上成果娱乐和其他几家联合发行方在电影的宣发上不要命地砸钱，大年初一电影正式上映首日，《江南乱》的一线城市院线排片率达到了百分之四十一。正式上映当日，豆瓣才开放影片评分，到了晚上，《江南乱》在豆瓣的分数是七点九分。宣发方自然安排了人在刷高分，但相应的，同期档的其他片子宣发方也雇了人刷了低分，两相即使不能完全抵消，但这部电影的真实分数也能打到七分以上。

正月初三之前，片方都没有给简宁川安排路演，霍浮一年到头也难得连休几天假，便和简宁川两个人在家里一起过年。

简宁川是没有亲人在国内了，霍浮倒是有，但和他没有来往。

他自己没有说过这方面的事，但是简宁川有次和叶晓男微信聊天时，叶晓男对他提过几句，说当年霍浮的爸爸去世后，他爸爸这边的亲戚想要他家那套四合院，对这对孤儿寡母百般刁难，最后虽然没得逞，但是两边的亲情也自此就断了。

除夕早上，霍浮带着简宁川去给父母上坟，去之前还给简宁川准备了一条红围巾，说墓地阴气重，怕对他不好，身上带点大红色能祛邪气。

简宁川是个唯物主义者，其实不太信这些，但看霍浮很认真，他就乖乖围好了。

他长这么大，除了小时候清明节时学校组织去八宝山扫墓，从来没参与过这种活动。他不太懂规矩，到了墓地，看霍浮做什么就跟着做什么，跟着霍浮献了花、摆了祭品、跪下磕头。

霍浮道："川川，你不用。"

简宁川也不说话，还跪在他旁边。

霍浮便不再说了，转过头来，对他爸妈介绍说："这是川川，我今年不是一个人过年了。"

简宁川道："以后也不是了，我会每年都陪霍老师一起来的。"说完，他又郑重其事地躬身磕了一个头。

正月初四，简宁川结束休假模式，又把头发梳成大人模样，穿上一身帅气西装，开始为《江南乱》跑路演了。

方浩瀚的电影受众目标明确，是在一二线城市居住和读书的年轻人，所以他们前期路演集中在北上广，走的是快闪路线——合作影院某个放映厅放映结束后，灯光亮起，主演们突然出现，三分钟问候，七分钟问答。这样，每到一座城市，他们一天内能跑好几家影院。

刚开始在北京几家影院做路演宣传时，简宁川除了觉得兴奋和疲惫，还没有其他很明显的感觉。毕竟电影这时刚上映，路演氛围热烈归热烈，但也就是很普通的打招呼、回答几个高度雷同的问题，互动结束，然后合影、道谢、退场。连着几家影院跑下来，除了放映厅大小不一样、灯光不一样，几乎没有什么区别。

然而几天后，剧组赶赴上海，在合作院线继续这种快闪模式路演时，观众的反应却刹那间热烈起来。原因无他，电影口碑发酵了。

方浩瀚的电影历来不缺“彩虹屁（吹捧）”影评，很多影评人会在他的电影故事里试图深挖人性和社会性问题，有些是方浩瀚想表达的，有些却真的是强行解读、升华主题。在这种正解或曲解的影评推波助澜下，影片的关注度逐节攀升，很多观众是看过影评后，抱着来印证那些影评观点真伪的想法才买票来看的，入场之前对人物和故事已经有所熟悉，所以当导演和主演们快闪出现的时候，现场瞬间气氛热烈。尤其是热情的年轻女孩们，还用手机滚屏播放：“方浩瀚，我要给你生猴子！”“‘洲夜’今天营业了！”“毛毛好可爱！”现场应援的操作娴熟到令人震惊。说起来，江浙沪的追星文化起步早，氛围较之其他地区本身就浓厚很多。

在北京十几分钟就能结束的路演，在上海都要持续二十分钟以上。

元宵节过后，大学校园路演开始了，第一站就是简宁川正在就读的电影学院。同级同学和学弟学妹学长学姐都很捧场，学校也大开绿灯，给剧组的活动提供了很多便利。

简宁川的同学们还给他准备了惊喜蛋糕，他事先完全不知情，回学校之前还在微信群里问大家有没有时间来玩，见群里反应冷淡，他还有点难过，没想到同学们给他玩这一出。骗他说还在横店拍戏的王子烨也来了，和秦阵两人推着蛋糕车出来，在场的校友们鼓掌，齐声给简宁川打气：“2016级表演班简宁川！加油！”

他傻眼了，王子烨把话筒送到他嘴边，小声提醒他：“念校训，快！”

他忙大声诵读：“尊师重道……”

台下的校友们齐声接道：“薪火相传！”

平时他也没觉得这校训如何，但在这场景下念出来，简宁川瞬间泪崩，哭得稀里哗啦。他对到现场的院领导和老师们鞠躬，对台下台上的同学们鞠躬，最后又对剧组所有人鞠躬。大合影的时候，先拍了方浩瀚站“C位”的一张照片，一群人又喜气洋洋地把眼睛鼻子红通通的简宁川围在中间拍了一张。

方浩瀚站“C位”的那张照片，由《江南乱》官方微博发出来做宣传。

后面这张，方浩瀚发在了自己的微博上，配文：“我、吴洲、江白夜，名字里的水都太多了，只有简宁川一个人没水，结果他是水做的。”

方浩瀚的微博从来不缺热度，只是这次没有“彩虹屁”，评论转发里的粉丝、黑粉、路人清一色地教方导演学汉字——川：河流。

方浩瀚很快又转发自己的原博，认错道："原来不是一条小溪，而是一条大河，失敬了，@简宁川。"

舆论有时很有意思，几分钟前还在说方浩瀚没文化的黑粉，马上又鉴定盖章此为"低级炒作"。

方浩瀚边刷微博评论边无奈地对简宁川说："毛毛，怎么才能让他们相信，我是真的没文化呢？"

简宁川无语。

北京高校路演结束后，《江南乱》主创们又出发前往其他城市的大学校园。一直到农历二月，简宁川都是大半个中国飞来飞去的状态。每座城市不同的大学有着不同的氛围，每场路演都有不同的特色主题和环节设置，他虽然很累，但开心还是大过疲惫。被肯定和被喜爱，总是能令人感到愉快的。如果说这些行程中有什么不愉快的地方，除了他不得不离家半个多月，就是吴洲和江白夜的关系了。

在敦煌拍戏时，这两人几乎焦不离孟，简宁川也曾动容于他们相识十年、低谷期时互相鼓励给对方以支撑的友谊。可是春节前，两边团队因为两人的番位撕得不可开交。到最后宣发时，文字是吴洲男一、江白夜男二，但海报上两人的名字一左一右并列，不分主次。

在北京院线做快闪见面会时，吴、江两人的气氛就已经很尴尬了，两人甚至每次都刻意不挨着站在一起，中间总是隔着方浩瀚或简宁川。后来几场高校路演中，台下的大学生里有"洲夜"粉举着醒目的灯牌，观众提问环节还有大胆的女孩会要求两人做头顶比心之类的互动。吴洲和江白夜倒是对粉丝的要求都很配合，发糖不要钱，气氛似乎缓和了很多。可是下台后，江白夜从不会主动去找吴洲说话，很多次两人面对面擦肩而过，眼神都不愿意给对方一个。

川师大活动结束的当晚，剧组回酒店时，江白夜和简宁川坐了同一辆车。上车时，有粉丝跑来，是个秀气的男孩子，他送了江白夜一个羊毛毡做的吴洲小人钥匙扣，上面还有一个手缝挂牌，绣了"十年相守，不舍洲夜"一行字。

回去的路上，江白夜把那钥匙扣捏在手里看了很久，简宁川感觉到他有点难过，但什么也没说。

至此，全部路演行程结束，也迎来了又一年的春暖花开。

第七章 水仙

《江南乱》的最终票房突破了十六亿，在类型片里算是相当不错的成绩了，方浩瀚笑称，下次能从投资方大佬手里骗到更多的钱去拍《东南亚乱》了。吴洲和江白夜也都如愿以偿升了咖位，据说有商业片大导演在和江白夜谈合作，吴洲也正在几个资源里挑选更合适的那个。

大家也算是求仁得仁吧。

简宁川和霍浮分开了近二十天的时间，两个人又都很忙，有时候简宁川还要连夜赶场坐飞机，两人连每天通电话都做不到。

忙起来时还不觉得，等终于跑完了宣传，在机场等待登机回北京的时候，简宁川才明白什么叫归心似箭。

他真是恨不得飞机变火箭，“嗖”的一下就在霍浮工作室所在的南湖大厦楼顶降落，他再像《碟中谍》里的阿汤哥一样戴上壁虎手套，三下五除二地出现在霍浮办公室的窗外，把正在喝脱脂牛奶的霍浮吓一大跳，牛奶洒一身！他想想就觉得开心。

飞机在北京落地时，还不到下午四点，简宁川也不想回家，就请来接他的司机送他去霍浮工作室。

小光问：“要不要给霍总先打个电话？”

简宁川道：“不用打，不要打。”

霍浮工作室里，大家都在兢兢业业地工作。娱乐公司的员工经常见到明星，看到他也不觉惊奇，只微笑着和他招呼：“小简来了？”“小简好啊。”“路演结束了？辛苦了。”这都已经算很热情了。

常平的办公桌在霍浮办公室门外不远处，他正站在那里翻找东西，简宁川叫他：“常大哥。”

他一抬头，马上笑起来，说：“小简回来了？路上辛苦，怎么没回家休息啊？”

“过来玩儿。”简宁川看到霍浮的办公室关着门，百叶窗也都放了下来，道，

“霍老师在忙吗？”

常平说：“吴安迪来了，霍总在和她商量点事。”

去年杨双双在网上“手撕”霍浮时，说霍浮“脚踩两条船”，吴安迪就是杨双双口中的“另一条船”。她是一个十九岁的女歌手，本来是成果娱乐的练习生。霍浮见过她几次后，觉得她有星途，就把她签到了工作室这边。

霍浮和简宁川说过，这女孩对他没有那个意思，完全是被杨双双泼了脏水，而且吴安迪还有个同龄的男朋友，是她的青梅竹马，也是学声乐的。

“小简你着急吗？不急就坐着等一下？”常平道，“估计他们也快谈完了。”

简宁川和小光就先到旁边的会客室去等。

常平很热情，给两人拿了饮料和小零食，还陪简宁川聊天，问他：“路演累不累？厦门好玩吗？看你好像瘦了点，是不是这阵子没好好吃饭？”——越来越像田娜拉了。

过了近半个小时，霍浮那边还没谈完，简宁川忍不住问：“常大哥，他们到底谈什么事啊？”

常平道：“这个我也不是很清楚，不是霍总约吴安迪来的，应该是她临时有事。”

简宁川心想，孤男寡女瓜田李下这么长时间？！

他给霍浮发了条微信消息吓唬人：“I'm watching you！”

等了几分钟，霍浮都没有回他。他又想，霍老师该不会不认识这句英文吧？初中英语也不会吗，我的文盲经纪人？

常平朝外面看了一眼，笑道：“哎，小简，他们谈完了。”

简宁川也看了过去，见霍浮和吴安迪正从办公室出来，看来是霍浮要送一下她。

吴安迪个子不太高，是个娇小型的女孩，挺可爱的样子。她和霍浮道完别，转过身就赶忙把墨镜戴上了，但简宁川还是看到了，她明显是哭过的。

吴安迪一走，霍浮站在那里，朝会客室这边招手，一脸笑意地叫简宁川过去。

简宁川跟着他进了办公室，一关上门，立刻“磨刀霍霍”，道：“你对小姑娘做什么了？她为什么哭？快从实招来！”

霍浮后退半步，夸张地惊恐道：“哇，十六亿票房男主演这么凶的吗？”

简宁川一下没忍住，露出一丝笑来，又马上憋回去，严厉道：“你不要转移话题，是不是‘绿茶’的老毛病又犯了？才二十岁的小——姑娘，你都不放过吗？”

霍浮夸张道：“哇，你这个二十一岁的小——男生，搞年龄歧视可还行？”

简宁川哈哈大笑，才用正常样子问：“吴安迪是怎么了？”

简宁川道："就是累，想回去睡觉。"

到家以后，他衣服也没换就上床睡了，睡也睡不踏实，一会儿醒一下。他心里憋闷，感觉房间很空旷，又很压抑。

晚上，霍浮回来了，打开门看到家里一片漆黑。他开了灯，看到简宁川的行李箱又被随手扔在门口，便提着它上楼去了。

楼上，简宁川的房间也没开灯，外面的灯光照进来，霍浮能看到床上的被子鼓起了一个包。

他把行李箱放下，过去开了床头的一盏小灯，动作很轻地把被子掀起来。简宁川蜷得像只虾米一样，怀里抱着一个枕头，不知在睡梦里为什么不开心，还皱着眉。

霍浮把枕头从他怀里抽走。简宁川醒了，慢慢坐起来，还有点恍惚。

霍浮却说："川川，我们来讲讲道理吧。"

简宁川一头雾水："你？要和我讲道理？"

霍浮道："对啊。"

简宁川沉默了一下，道："好，讲就讲。"他很大度地说，"我让你先说。"

"好啊。"霍浮道，"你这个小男孩，知道自己想要什么吗？我帮你安排的就一定是对的吗？川川，我觉得你太感性，太在乎感情需求了……或者，需要我这个经纪人骂醒你吗？"

简宁川茫然道："什么？"

然后，他懂了，有点伤心。

"我在你眼里只是个感性的小男孩？"他不可思议地问，"霍老师，你是没有把我当作一个有成熟判断力的大人看吗？"

霍浮歪头看他，有些意外于他的反应。

简宁川道："我不是一个没有理智的小孩。你为什么这样看我？我知道我想要的是什么，我一直都知道。"

霍浮认真地看他，忽然笑了。

简宁川不高兴道："你不要笑！我很严肃的！如果你是这样看我的，那你为什么还要亲自带我？我在你眼里根本就不特别。"

霍浮好奇道："那我在你眼里是特别的吗？"

简宁川说："对，你特别老！你年纪这么大，还有病，你太特别了！"

霍浮稍稍尴尬道："哎，你这……"

简宁川道："我知道糖尿病以后可能会有什么并发症，我自己查过。你如果不养生一点，以后可能会瞎掉，可能会烂脚，中风脑梗的风险也比别人要高很多。你还比我大十七岁，就算没有这些并发症，我三十多岁风华正茂去泡夜店、喝大酒的时候，你只能在家喝枸杞泡水，跟着一帮老头老太太去跳广场舞。"

霍浮听前面还有点哀伤，听到后面哭笑不得，道："川川，你一定要人身攻击吗？我真的要哭了。"

简宁川把自己说得眼睛红红的，道："你哭啊！我才不会哄你，你每次说哭都不哭，最后全是我一个人哭，你这人怎么回事？太不老实了。"

霍浮把手放在他的肩上按了按。

简宁川道："可是我不会因为还没发生、只是可能会发生的悲剧，就悲观地去看待这个世界。人都会死的，难道因为怕死就不活着了吗？害怕会失去，就连得到的勇气都没有吗？那叫因噎废食……算了，你这个文盲听了也不懂。"

霍浮感觉自己又受到了人身攻击。

简宁川吸了吸鼻子，说："霍老师，我告诉你，我真的把你当家人，我是很认真的。我是很重感情没错，但感情是要给对的人才有意义。我觉得你是对的人，如果你不对，我干吗要重视你。"

霍浮的嘴角微微上翘，道："那我今天是不是不太对？"

简宁川像个教育家一样道："大错特错！你对我的认知就有问题！不过倒也不是不能理解，面对这么出色的我，你有点自卑情绪也很正常。"

霍浮："哦……"

"可是你不能想当然地以为我是怎么怎么样的，我的优秀不是只在长得帅、演技好，还在这里！"简宁川指了指自己的脑袋，道，"我是很有思想的，你要努力提升自己，跟上我的境界才对啊。"

霍浮笑出了声。

简宁川不爽道："又笑！不许笑！"

霍浮道："不笑，不笑，川川继续说。"

"我说到哪里了？对了，说到我的思想境界。"简宁川严肃道，"霍老师，我希望我们能成为彼此最重要的家人。我想演最棒的戏，我想做一个善良的人，还想做一个优秀的演员。我可能偶尔会很感性，但我一直很清醒，我知道我想要什么，请你不要小看我。"

霍浮目光奇异地望着简宁川，过了良久，才道："川川，你比我想象中更……"

简宁川一脸期待。

霍浮道："更能摇下钱来。"

简宁川冷漠道："走开，你这个爱钱如命的胡同串子。"

霍浮："哈哈哈。"

简宁川奓毛了，气愤道："我的思想境界呢？！你都没看到我的大脑在闪光吗？钱钱钱钱钱，你怎么就知道钱？气死我啦！"

霍浮仰头看他，夸张地挡眼睛，道："果然在闪光！啊，闪瞎了！"

简宁川一阵无语。

他穿了件浅色毛衣，肤色也很白皙，整个人像只白色的小奶狗，眼睛里还闪烁着一点星光，他说："霍老师，你要相信我，我只是年轻，不是无知，我想过的事，比你以为的多。"

数日后，王子烨约简宁川吃饭，他本来想去吃火锅，但简宁川不能吃辣，他就改约到大董吃烤鸭。

学校开学也有一个月了，秦阵就只在《江南乱》路演时回了趟学校，后来就去拍那部古装历史剧了。那部剧是元末明初背景，他扮演常遇春，不是主角，但是戏份也还挺重，他大概要在横店待三四个月。

而从横店回来没多久的王子烨，提起横店一肚子苦水。冬天在那边拍戏太辛苦了，天天都有夜戏，冻得要死。普通演员被安排住普通酒店，条件不比学校宿舍好，学校宿舍起码供暖正常，那酒店连被子都是潮湿的。王子烨和另一个新人男演员被安排同住一个标间，那个演员还有点不检点。

王子烨道："他手脚不干净，老子刚开始没发现，丢了几回东西才感觉不太对。"

简宁川："那你没和导演说吗？"

王子烨："他是副导演的啥子亲戚。后来老子就看好东西，新人嘛，还是不要惹人比较好。"

简宁川点点头，说："没想到电视剧剧组这么乱啊。"

王子烨道："电影剧组乱的也有很多哦，是你这瓜娃子进的剧组都有钱，导演也都是大牌。听说剧组风气是咋个样子，全看导演。"

两人又聊了些两边剧组的小八卦。

服务员来上了菜，王子烨开心地说正经事，道："我是要跟你讲一件好事，这谍战剧的出品影视公司要签我。"

简宁川高兴道："那很好啊！霍老师说这公司不错的。"

王子烨得意道："是的，那是相当不错。他们打算翻拍《日出》，找我演方达生。"

简宁川："太好了！霍老师就说你很适合这种正剧路子。"

王子烨："哈哈哈，你呢？春天就一直休息了吗？"

简宁川道："不了，我这几天已经在看剧本了。霍老师帮我接了部新戏，四月份开拍。"

王子烨感兴趣道："什么新戏？"

简宁川道："一个喜剧电影，《我的职业是少女漫画家》，过几天就发宣传了。"

王子烨说："名字听起来还蛮有意思的，是找你演少女吗？哈哈哈，我乱讲的，不要生气啊川川，川川你最可爱了。"

简宁川笑道："也差不多，我演少女漫画家。"

王子烨："男主角哦？"

简宁川点点头。

王子烨叹了一口气，突发感慨："老子也好想有个厉害一点的经纪人。"

四月中旬，《我的职业是少女漫画家》在北京开拍，成果娱乐参与了投资。

这是一部都市轻喜剧电影。男主角沈时是一个朝九晚五的普通小白领，工作时平平无奇、泯然于众，下班后却变身为在网络上拥有超高人气的少女漫画家。

这部电影由青年导演冯源自编自导。冯导演是中国第六代导演中的佼佼者，擅长通过喜剧形式表达当代年轻人的人生态度。他的电影投资成本都不算太高，但每一部的票房都有保证，在豆瓣上，他评分最低的作品也在六分以上。

简宁川这次要扮演的男主角沈时，和他在《江南乱》中扮演的毛毛有共通点，都是年轻单纯、充满热血的性格，其实《罪恶城市》里的高哲也是这样的青年，但三个故事的背景以及三个人物的设定天差地别。

大部分普通观众其实并不具备判断演技高下的能力，但是演员重复出演同一类型的戏，就很容易让观众形成"这人不会演戏，演什么都是一个样子"的刻板印象。

霍浮为简宁川选择这三个角色，既能尽可能地挖掘他的优势，又能避免他被观众贴上标签。

电影的拍摄地点就在北京，进组第一天，是霍浮陪他过去的。

剧组租借了一层空着的写字楼，临时搭景搞成剧情里需要的广告公司，还像模像样的。

简宁川跟着霍浮进去，在场的几乎所有人都客客气气地叫霍浮“霍总”。简宁川狐假虎威地跟在后面，心想，王子烨说得对，有个厉害的经纪人真的太棒啦！

冯源导演比霍浮大不了几岁，但胡子拉碴，发际线很高，还有啤酒肚。霍浮和他握手时，被衬托得像个二十几岁的大帅哥。

这边两人聊着，另一边简宁川被请去化妆、换衣服。

电影男主角沈时是个不引人注目的广告公司员工。为了符合这个人设，造型师把简宁川早上出门时才精心打理过的头发喷水打湿，规规矩矩地梳下来，把刘海剪短一些，还在他的 T 恤外面套了件格子衬衣，最后给他戴上一副黑框眼镜。

虽然看脸还是能看出他的帅气，但整体看，这就是一个有点土的宅男了。

他换了造型出来后，看到和霍浮一起聊天的变成了一群人。除了刚才就在的冯导演，还有几个新来的，其中一个就是饰演这片子女主角的演员——汪妙然。

剧情设定上，男主角沈时暗恋他的女上司，两人会展开一段姐弟恋。

汪妙然是现在的流量小花旦，拥有超高人气，但演技相当一般。但这部《我的职业是少女漫画家》是男主戏，简宁川是毋庸置疑的一番，需要的恰巧就是一个比他年长的“花瓶”女主角。第一次当主角的简宁川还不具备扛票房的能力，小花旦汪妙然方方面面都符合女主角的要求。

如果非要说有什么缺点，就是简宁川听霍浮透露过，只有两周戏份的汪妙然，工作量是他的六分之一，片酬却比他多一个零。但是霍浮也说，这钱花得很值。

以美貌著称的汪妙然，本人比电视上更漂亮，就是简宁川这眼高于顶的人都不得不承认，她身上有一种女性特有的韵味，还真有点迷人。

第一场戏是广告公司开会，沈时本该展示他的广告方案，结果因为面对女上司太过害羞紧张，手误点开了收藏的人体结构技法图，被女主角和同事们误会的乌龙戏。

霍浮和制片人站在一处，远远看着他们拍戏。

简宁川戴着黑框眼镜，穿着格子衬衣，稍微缩着一点肩，和“同事们”坐在会议桌的两侧。

大家都看着正在展示方案的男同事，他却偷偷把视线投向坐在他斜对面的汪妙然，眼神里充满了爱慕。

汪妙然一转头，他又忙假装在听方案，紧张地抿了一下嘴唇，那一点暗恋的羞赧跃然而出。

“简华这儿子还不错啊。”制片人赞叹了一句。

霍浮笑着点了一下头，道：“他很不错。”

制片人说：“你也是运气够好，怎么什么好事都让你碰上了？”

霍浮含蓄道：“没别的本事，也就眼光还成吧。”

制片人问：“多少了？”

霍浮一笑，道：“你也越混越回去了，不懂规矩？这能随便问吗？”

这制片人也笑了笑，两人没再聊了。

汪妙然扮演的女主角林苗在这位男下属讲完方案后，点名男主：“沈时，你的方案呢？”

沈时没想到会被突然点名，他手忙脚乱地拿着笔记本电脑走到前面，也不太敢看上司林苗，强行镇定地操作鼠标，把电脑和无线投影连接上，道：“我的方案是这样的……”

投影幕布上出现了女性人体结构图。

同事们轰然大笑起来。

沈时还没发现，被大家笑得一脸茫然。

林苗脸色不善，拿起文件夹拍了拍桌子，同事们登时安静了。沈时的同事兼好友罗志阳提示他看屏幕，他这才发现自己点错了，赶忙关掉页面，想解释：“林总监，我……”

但林苗是个有些以自我为中心的女强人，并不想听解释，将他一顿大骂，勒令他好好反思，还要他写检查并对在场所有女同事道歉。

这场戏，汪妙然NG了九次，不是忘词、念错词，就是莫名其妙笑场。

每次NG后，她都马上笑眯眯地双手合十，卖着萌道歉说：“对不起大家了，我真的不太会骂人，包涵一下啦。”

大家能说什么呢？只能一次一次地包涵了。

全剧组她最红，冯导演也不好说她，只能一遍一遍陪着她来。

简宁川只拍过两部戏，还是第一次见识这种演员。和她比起来，《罪恶城市》里堪称戏霸的男一号赵达伦大哥都显得更敬业。人家虽然台词不太行，也常NG，可人家每回 NG 了还会不好意思。

汪小姐这样一直 NG，除了说明演技真不行，还说明她事先也没好好看剧本。就这还卖得动萌？女生“不会骂人”算是可爱的点，但女演员不会，就一点都不可爱了好吗？

九遍 NG 终于让汪妙然记住了台词，他们总算拍完了这场戏。

制片人已经走了，霍浮还在边上看着，简宁川下来找他。片场人多，简宁川也不好直接吐槽汪妙然，走到跟前，才冲他扮了个白眼翻到天上的嫌弃脸。

霍浮笑着说：“好了，这不是拍完了吗？”

简宁川不习惯戴眼镜，摘下眼镜揉了揉鼻梁，低声道：“你还说这钱花得值，哪儿值了？”

霍浮道：“忍一忍，两个星期，快得很。”

简宁川也没办法，说：“你今天没别的事了？”

霍浮道：“有，马上就走，就等你结束这场，和你说两句话。”

简宁川道：“说什么？”

霍浮笑道：“已经说完了。”

虽然这戏在北京拍，但是因为夜戏超级多，简宁川还是得住剧组安排的酒店，晚上回不了家。他道：“我走不开，你不忙就来看我啊。”

霍浮道：“好。但我现在得走了。”

简宁川想起初中时，班里有住校的同学，每次开学被家长送到学校来，家长走的时候，他们都难过得不得了，扒着校门的栏杆，宛如要坐牢。他以前没机会体会这种感觉，今天却忽然觉得好像明白了。

他这么想着，听霍浮又说：“晚上下班我再来看你。”

简宁川眨眨眼，开心道：“你说今天吗？”

霍浮也笑了，道：“不然呢？你希望我过几天再来？”

霍浮离开片场后，剧组继续拍戏。简宁川本来心情不算太好，但因为有了霍浮晚上还会来看他的奔头，看汪妙然都顺眼了很多。

汪妙然演戏一 NG 就全场卖萌，下戏后却像换了个人。除了导演和监制，她对其他人包括演员们几乎都很冷漠，只对简宁川笑得极甜，很亲切的样子，和他说话时一双美目十分灵动，看起来好像对他充满了好感。

可惜简宁川不为所动，只感觉她假得要命，很不喜欢她。

她的第二场戏还是不断NG，团队随行人员大约也是觉得太不妥，找了导演，说“妙然处在生理期，要休息一下”。

导演同意了，大家便暂时休息。

汪妙然坐在沙发椅上，身边围了一群人。一个给她补妆，一个给她整理头发，一个在旁边端水等着伺候，还有一个很入戏地念着剧本里林苗的台词，听那腔调，专业度不亚于学院里的台词老师。

简宁川：现场教学吗？还有这种操作？？？

小光在他旁边小声道：“听说她昨天才从别的戏下来，估计都没时间看咱们这剧本，只好临阵磨枪。”

很多流量演员都轧戏，多半是身不由己。团队都想趁着演员正当红，抓紧时间把流量变现，恨不得把一个人劈成两半去接戏。

流量明星都是“劳模”，一年到头没有休息日，不然，好好的美貌小花颜值说崩就崩，好好的英俊小生说油腻就油腻……“全都是泡沫，只一刹的花火”。流量市场全无逻辑，流量明星们基本上说过气就过气。

理解归理解，但真碰上这样轧戏连剧本都没时间看的同事，正经演员们还是喜欢不起来。

看他一直看汪妙然那边，小光道：“小简喜欢那样吗？咱们也行的，霍总给我配了六个助理，都在楼下车里待命。”

简宁川吃惊地看他。

小光笑道：“不对，不是给我配的，是给你。要吗？都叫上来？”

简宁川忙道：“别叫。就在北京拍戏，这么方便，要那么多助理干什么？”

小光理所当然道：“你都是男一号了，六个助理一点都不多。你看妙然女神，那就是女主的派头。还记得在广州时吗？达伦大哥那样的，就是男主派头。这就跟那些生意人出门谈买卖一样的，开豪车、戴名表，别人就高看一眼。也算是个潜规则吧。”

说完，小光忽然看了看他，有些欲言又止。

简宁川道：“怎么了，光哥？有话就说。”

小光不好意思地道：“我刚才那都是顺嘴说的。霍总肯定不是为了你的派头，就是为了让你有事时用人能更方便。你和他们不一样，用不着靠这种派头撑场面。”

简宁川瞬间懂了他在说什么。赵达伦是杂技演员转行的，汪妙然也是演了好几年配角才有了这小花旦的名头。对比起来，简宁川第一部戏就演周放的弟弟，

第三部戏就是男一号，连汪妙然这种人气小花都要被他压番，他可比他们强多了。

早上霍浮陪他来的时候，他当时那狐假虎威想来也当真是狐假虎威。他这狐的虎，有霍浮，还有他爸简华。

他本来也不觉得，听小光说了这几句，忽然就觉得这剧组的人对他的态度很微妙。除了汪妙然，其他演员只在刚开始和他打过招呼，后来就都不怎么和他说话了，剧组工作人员也没有像从前那两个组的工作人员一样爱逗他。

他有一点郁闷，长这么大，他头一次在一个新环境里有被人孤立起来的感觉。

汪妙然进行了突击培训后，再拍戏时就好了很多。她毕竟也是科班出身，认真演个“花瓶”也不会太差到哪里去。

磕磕绊绊地拍到了傍晚，天快黑了。

简宁川时不时看看电梯的方向，像个等探监的小犯人。他心想，霍老师怎么还不来看我？

傍晚这场拍广告公司其他人下了班，简宁川扮演的沈时还在焦头烂额地写检查，他的同事兼好友罗志阳过来慰问并看他笑话的一段贫嘴戏，台词很多，笑点十足。

演罗志阳的演员叫任巡，二十七八岁，个子很高，是个浓眉大眼的帅哥。简宁川以前看过他在正剧里演配角，他是那种基本功很扎实的演员。

白天的几场戏简宁川就感觉他演得很好，这时两人有正式对手戏，简宁川更觉得他厉害。很多正剧演员来演喜剧很容易演得尴尬，抓不到那种好笑的点，但任巡不会，每个笑点他都表现得很到位，表情和语气都卡点卡得恰到好处。

这场戏很顺利地演了下来，是一天中拍得最顺利的一场戏。

导演说先吃晚饭，吃完转场去拍夜戏。

简宁川对任巡欠了欠身，道：“辛苦您了。”

任巡受宠若惊地摆手：“什么‘您’，别这么客气。”

简宁川很真心地赞美道：“任大哥，你的台词功底真好。”

任巡也忙夸了回来。

两个人正“商业互吹”，简宁川的余光忽然瞥到一旁的霍浮。他就站在人群后面笑着看简宁川，不知道什么时候来的。

任巡还在说：“你刚才那个摔笔的动作……”

简宁川欢欢喜喜道：“任大哥，我有事先走了！”

说完他就跑了，留下任巡在原地一脸茫然。

简宁川冲过去，一个急刹车，停在霍浮面前，一脸笑嘻嘻的。

霍浮笑着说："我帮你买了晚饭，在车里，走吧。"

他远远地冲冯导演示意了一下，表示要带简宁川先走。导演笑着挥了一下手放行了。

五月份时，汪妙然杀青离开了剧组。

但是剧组的工作氛围并没有因为流量女明星的离开而变得轻松和谐起来。

午餐时间，简宁川在车里吃饭，收到了王子烨发来的微信："最近好吗，漫画家？"

车里只有他自己，简宁川就边吃饭边用语音和王子烨说："就那样。你们公司什么时候翻拍《日出》啊？我还等着看你演史上最美方达生呢。"

王子烨："还拍啥子，黄了！"

简宁川："啊？怎么回事？"

王子烨道："怕拍了卖不出去。现在没观众爱看这种剧，'狗血玛丽苏'才有市场。"

简宁川："那你还在学校上课吗？"

王子烨道："还上着，过几天就不上了。《日出》没的拍，公司要拍'玛丽苏'剧，叫我去演霸道总裁……"

简宁川："哈？"

王子烨："的情敌。"

简宁川："哈哈哈，我就说你那张脸也霸道不起来。是男二号吗？"

王子烨道："是的，说是要找个流量小生演男一，说不定收视率能炸。到时王叔叔也能跟着鸡犬升天，就红了噻。"

一提起"流量"，简宁川就一肚子槽要吐："我的流量女主角上周杀青走了，我现在听到'流量'两个字就脑袋疼。"

汪妙然轧戏不熟悉剧本，简宁川认了，毕竟还要靠人家扛票房；她势利眼、假惺惺也就算了，毕竟她也没对简宁川和简宁川身边的工作人员怎么样。但这位小姐一共拍了半个月的戏，和剧组里除了简宁川以外的三个年轻男演员都谈了一遍恋爱。

王子烨震惊道："啊啊啊？"

简宁川道：“没想到吧，网上那些有关她的爆料居然都是真的，她真的是‘集邮’啊！”

王子烨不可思议道：“你们那个剧组的男演员都很帅吗？”

简宁川：“除了丑角，能当电影演员的还能丑到哪里去？真丑的话她可能还谈不下去。”

王子烨：“阔怕（可怕）……”

简宁川不爽道：“霍老师经常来探我的班，我好几次感觉汪妙然看他的眼神不对，我怀疑她有点打霍老师的主意了。还好她杀青早，不然我拍个戏还得把经纪人赔进去。”

王子烨：“哈哈哈，川川你想太多了，你经纪人那种大佬，是女明星的‘集邮册’里夹不住的邮票。”

简宁川无言以对。

王子烨又道：“阵锅（阵哥）再过几天就杀青了，等他从横店回来，我们一起去看你哈。”

简宁川：“好啊！”

他每天都有夜戏，晚上很少两点前睡觉，天天困得要死，白天靠咖啡续命，一下戏就坐在那里神游天外，只有霍浮来看他的时候他的精神才能好一点。

但霍浮也不是每天都来，就两三天来一次，一般是傍晚剧组吃饭的时间过来。他会给简宁川打包带点好吃的，看他吃完再走。

虽然简宁川吐槽汪妙然“集邮”，但细想一下也不是完全不能理解她。她没结婚、没固定男朋友，团队把她的日程排得满满当当、全年无休，工作对她而言可能早就没有乐趣了，她还有随时过气的忧虑。心理压力大的时候，有些人就会患上些怪癖。

明星其实也是高危职业，如果没有很强大的内心，过气都算是最好的结局。

简宁川拍这部戏也拍得不是很愉快，不只是因为累，也不只是因为汪妙然。从进组第一天到现在，剧组几乎所有人都对他有一种敬而远之的疏离感。他知道是为什么，但他毫无办法。

只有在剧里演他好友的男演员任巡和他走得近些，说来也是有点缘故。

任巡这人是个踏实演戏的实心眼，被汪妙然勾搭了以后，他是走了心的。结果才心动两天，他就发现汪妙然又和另一个男演员恋上了，他的心情复杂程度可想而知。

有一天晚上，收了工后导演请大家吃夜宵。任巡喝了一点酒，情绪突然崩溃，抱着身边的简宁川大哭了一场。简宁川忽然觉得他有点像秦阵。自那天后，两人便走得近了些。

任巡的表演基本功相当厉害，就是公司不太捧他，所以他能接到的都是配角资源。他经常自嘲，说自己是“黄金绿叶”，拍戏休息时间也拿着话剧本子小声诵读。

简宁川算是天赋型演员，平时自吹自擂，心里其实对这种勤奋踏实的演技派很是推崇，于是他也有意无意地找了些话剧本子来读。

一旦能静下心来学习，毛躁的心情无形中就被抚平了很多。

五月的最后一天，北京下起了今夏的第一场暴雨。

本来导演说晚上要熬夜拍戏，但到晚上九点，导演看天气实在不行，便说不拍了。一整层楼瞬间充满了欢呼声，有约着一起去唱歌吃饭的，有说终于能回家看看孩子的。

简宁川也想回家。他给霍浮打电话，打了两遍都占线，第三遍才打通，电话是常平接的，常平说：“小简，我们在机场，等雨停了要飞去上海。霍总正在陪人说话，你有急事吗？”

简宁川：“他陪谁说话？”

常平说了个国内影视界如雷贯耳的名字。

简宁川只好道：“我没事。天气这么不好，你们说不定要等很久，你帮他买点他能吃的东西，别让他低血糖。”

常平道：“好的。”

任巡来问简宁川：“他们说想去唱歌，你去不去？”

简宁川和除任巡以外的那些人根本都不熟，感觉去了也玩不开心，道：“你们精力太旺盛了吧，我不行，快困死了，想回去睡觉。下次有时间我再请客吧。”

任巡道：“好吧，你回家还是回酒店？”

简宁川道：“回家。”

尽管霍浮不在，简宁川也想回去睡一下家里的床，家里的味道能让他充满安全感。

下了雨，路况不好，他在路上困得睡了过去，到家时还是小光把他叫醒的，已经是夜里十一点了。

他独自上楼去，按密码开了门，家里一片漆黑。他摸着开了灯，躺在沙发上就想继续睡，心里又惦记起霍浮：霍浮登机了吗？还是已经到上海了？忘了问问航班号，不然还可以查一下。

他这么想着，却听到了脚步声。

脚步声？

简宁川从沙发上一跃而起，就看到霍浮鬼鬼祟祟地从一楼最外面的房间走出来，手里端着一个蛋糕。

两人大眼瞪小眼，沉默片刻后同时开口。

简宁川：“你不是去上海了吗？”

霍浮：“你没睡着？”

简宁川明白了，道：“你教常平大哥骗我？你根本没去上海，那什么大佬也是假的？”

霍浮一脸无奈道：“川川，你装作睡着了好吗？不然我太尴尬了。”

简宁川趴在沙发背上爆笑。总是风度翩翩、十分绅士的霍浮，端着个蛋糕，在自己家里做贼一样，谁敢信？哈哈哈。

霍浮也笑着走过来，简宁川一看，他手里的蛋糕上写着“祝川川生日快乐”。那字歪歪扭扭的，一点都不专业，一看就不是蛋糕师写的，倒像是霍浮那除了签名能看、写别的都像狗爬一样的字。

“我都忘了明天就是我生日了，”简宁川感动道，“霍老师你太好啦！”

霍浮却很遗憾，说：“不是太成功，浪费了常平的好演技，还浪费了我在你们剧组安插的眼线。”

简宁川惊奇地问：“你在剧组还有眼线吗？”

霍浮正色道：“是啊。川川，你给我小心一点，I'm watching you（我正在看着你）。”

简宁川被这句英文戳到了笑点：“哈哈哈！”

霍浮绕到沙发前，把蛋糕放在茶几上。

十二点半，简宁川许愿吹了蜡烛，吃了一块蛋糕，感觉甜到不可思议。霍浮也尝了一点点。

“明天上午不用去剧组，”霍浮道，“帮你请了半天生日假。”

简宁川一听这话又来了精神，道：“万岁！我可以玩……”

霍浮道：“不行，早点睡，你看你的黑眼圈。好好睡一觉，等你不拍戏了再好好玩。”

简宁川一下子沮丧了，随后正色道："霍老师，我和你说点事。"

"什么？"霍浮习惯了早睡早起，上下眼皮已经开始打架了。

"霍老师，"简宁川道，"我不喜欢我现在拍的这部戏。"

霍浮一下子清醒了："嗯？怎么了？"

简宁川憋了一肚子话，道："工作氛围太差了，导演也有点……就说是急功近利吧。明明是个很有意思的故事，但剧本和台词都写得特别浮夸，还找汪妙然这样的演员演女主角。我看冯导演以前的戏都不是这样的，他是要转型了吗？我感觉他好像不是很喜欢我……这剧组的人都不太喜欢我。"

霍浮一时沉默了。

简宁川觉得自己这么负能量不太好，又改口道："说不定就是我多想了。我就是个演员，对剧本和导演也没那么懂，可能这样拍出来效果也很好，汪妙然还能扛票房。反正我会好好演的。"

霍浮道："我不是太懂电影……"

简宁川怕也影响他的心情，忙道："我真的就随口一说，你别放在心上。"

霍浮却道："川川，对不起。"

简宁川疑惑道："嗯？"

霍浮道："如果你现在按照你爸的安排，已经去拍艺术电影了，就不会有这些烦恼。"

"什么啊，你别这么说，我才不要听他的安排。这和你没有关系，就算没有你，我也没打算去国外演戏。"要吐槽他爸，简宁川就精神了，"我爸那个人一点都不实际，他是天时地利人和全赶上了，才能在好莱坞主流站稳脚。他本来就是美国人，但我不是啊，我生在红旗下，长在春风里，跨越新世纪，还要实现中国梦，和他根本就不是一路人。"

霍浮："川川……"

简宁川道："不说了，不说了，去睡觉。"

霍浮却道："这是最后一次给你接这种戏，以后再也不会了。川川晚安。"

次日吃过午饭后，霍浮把简宁川送回了剧组，还上去和导演见了一面才走。

睡饱了的男主角精神焕发，拖了把椅子坐在正吃着盒饭的任巡旁边。

昨晚一伙人唱歌到三点，一早又起来拍戏，任巡一脸憔悴。他羡慕地说："小简，你用了什么美容神器？怎么你今天看起来好像只有十六岁。"

简宁川：“哈哈哈，秘密！就不告诉你，就不告诉你！”

任巡怀疑道：“你是不是交女朋友了？”

简宁川：“没有啊。”

任巡不信道：“你这么个小帅哥，怎么会没女朋友？肯定是交了。”

简宁川：“帅就有女朋友？什么歪理？”

任巡忽而道：“人是可以以二氧化碳为生的……”

“只要他有爱情。”简宁川接道。

两人都笑了。这是话剧《恋爱的犀牛》里的一句台词。

下午拍戏时，简宁川的心态变得好了一点，演起戏来又充满“电量”。回家就是他的充电宝，充一次能用很久。

汪妙然杀青后，剧情才正式进入和“花瓶”女主无关的主线阶段。

白天是广告业白领、晚上是少女漫画家的沈时，在经历了暗恋女上司未果、辛苦做好的广告方案被同事窃为己有、养了几年的猫咪走失、相依为命的母亲被查出肿瘤等一系列挫折与打击后，越来越迷失自我，找不到生活的方向，无法投入已经厌倦的工作，连载中的漫画也陷入了瓶颈。

下午要拍的是沈时的母亲做了手术，成功摘除肿瘤，母子谈心的一场戏。

扮演沈时母亲的是年逾五十的老戏骨云萍，她是八一制片厂的老演员，年轻时很漂亮，后来年华渐逝，她也没有借助医学手段强行冻龄，现在就是一位保养得不错、气质很好的阿姨。因为没整过容，她的一颦一笑都很自然，经得起大银幕的考验。和打过针、动过刀子的女星相比，她的演艺生涯反而得到了延长。

沈母的戏份不是太多，云萍前天才进组，和简宁川演过了两场对手戏。一场戏是简宁川扮演的沈时总是熬夜不睡觉，刀子嘴豆腐心的沈母担心儿子的身体，说儿子画画是不务正业，母子俩隔着门吵架斗嘴；一场戏是她被检查出肿瘤，决定手术，在饭桌上对儿子交代遗嘱。

老戏骨之所以是老戏骨，重点不是“老”，是戏在骨里。简宁川对这位阿姨的演技佩服得五体投地，但因为那两场都是夜戏，拍完就很晚了，他也没有什么机会和云萍私下交流。

今天这场是病房里的戏，剧组就在写字楼的办公室里搭了一个病房的景。

沈母手术后身体很虚弱，还打着吊瓶，脸色苍白，眼睛虚虚地睁着，看着坐在床边的儿子。

沈时面容憔悴，双眼却因为母亲手术成功而充满了希望，看到母亲醒来，他欣喜地道：“妈，感觉怎么样？”

沈母笑了一下，脸上是母亲的柔和，道：“‘审时度势如破竹’，你今天更新了吗？”

沈时一怔，眼泪一下流了出来。“审时度势如破竹”，是他在网上连载漫画的笔名。

沈母艰难地抬起手，沈时忙紧紧握住。

这对总是在争吵的母子，在这劫后余生的时刻，在这间小小的病房里，放下了对彼此的偏见，自沈时成年后，第一次进行平静地交谈。

沈母年轻时是位舞蹈演员，后来为了“面包”放弃了梦想。她用自己的这段经历启发沈时，“昨日之日不可追”，时代不同了，要趁着年轻，勇敢去做想做的事，不负春光，不负韶华。

这场戏整体很是温情，台词倒是一贯浮夸，但有了云萍的演技加持，那种浮夸的感觉淡了很多。

这场戏拍了两遍就过了。

简宁川忙擦了眼泪，小心地去扶云萍起来，还是照着角色叫人：“妈，辛苦您了，快起来放松一下腰和背。”躺这么久不能换姿势，年轻人演起来都很累的。

云萍却一改刚才戏里的温柔，用恶婆婆的语气道：“起开起开，我的助理呢？叫我的助理来，你笨手笨脚的。”

简宁川尴尬地收回手。

云萍的两个助理过来扶她起来。

简宁川一脸茫然地站在旁边，尴尬得脸都红了。这和被赵达伦或是周放骂的感觉不一样，云萍在戏里演他的妈妈，年龄上也足够做他的妈妈，他又总是不太容易出戏，完全还沉浸在戏里的那种母子情深的氛围里，被“妈妈”这么说，他一下伤心得都有点想哭。

小光也不知道到哪里去了，简宁川想找个缓解尴尬的人说说话都不能。

一旁，云萍的女助理在帮她捶肩揉背，云萍也不说话，闭着眼睛，很享受按摩的样子。导演好像也没有看到这边发生了什么，和旁边的助手说着话，时不时指指监视器。其他工作人员也都各忙各的，没有人理简宁川。

他难过地想，他的感觉果然一点都没错，这个剧组的人都不喜欢他，看他被云萍骂，说不定都在偷偷看他笑话。

他默默地走到一边，想给自己拿瓶水喝。场务走过来，手里拿了瓶可乐，道：“小简要喝水吗？没水了，可乐行吗？”

简宁川看了看水箱，里面明明就还有好几瓶水，他十分纳闷，但还是道：“也……也可以，谢谢。”

他伸手要接，场务却没给他，自己开始拧瓶盖。

简宁川：“我自己来……”

“砰！”瓶盖被拧开，喷出了亮晶晶的碎屑和彩带，原来这是个可乐瓶造型的花炮。

简宁川惊呆了。

场务小哥欢呼一声：“生日快乐！”

附近的几个工作人员迅速从口袋或是包里掏出花炮来，围住简宁川，一时间花炮的“砰砰”声不绝于耳，还一脸茫然的简宁川被缓缓落下的彩带和花屑完全包围了。

导演不知道从哪儿推出一个好几层的大蛋糕，蛋糕最上面有个翻糖做的小人，小人头上一缕呆毛，穿了条背带裤，眼睛大大的，两个红脸蛋。

简宁川的脑子转不过弯来：心想，天哪，这小人丑死了，是谁啊？难道是我吗？！

导演带头，剧组人全围了上来，拍着手，大声唱生日歌。刚才一直不知道哪里去了的小光也混在人群里，嘻嘻哈哈地跟着大家一起拍手唱歌。

云萍也恢复了温柔和蔼的样子，从旁边过来，笑道：“小简，生日快乐，刚才差点把你吓哭了，真是对不起啊。”

简宁川这才完全明白，忙道：“没关系、没关系，妈妈，我……那个……”他已经出戏了，却顺嘴叫出了这个称呼，他一下有些震惊，这和叫秦阵的时候是完全不一样的感受。

云萍像是明白了，张臂抱了抱他，笑着说：“好了，妈妈都知道了。”

冯源导演和监制也都过来和他拥抱，然后剧组所有人和蛋糕一起拍了一张大合影。

热闹够了，简宁川切了蛋糕，大家一人一块。小光一早就去订好了咖啡，整个剧组一起享受这因为男主角生日带来的难得的下午茶时光。

简宁川偷偷问小光：“光哥，咖啡钱剧组报吗？”

小光答道："霍总说给报啊。"

简宁川心里了然了，说不定这场惊喜都是霍浮向冯源导演提议的。

霍浮帮他制造了一个融入集体的破冰契机，热闹了这么一场，剧组工作人员对他的态度比之前明显亲切了很多。

他吃了一点蛋糕就吃不下了。奶油这东西，第一口好吃，第二口还行，第三口凑合，第四口就腻了，他昨晚在家里就已经过了前三口的意思。

云萍坐在离他不远的休息椅上，笑着招手叫他。

他忙起身过去，不好意思再叫"妈"了，道："阿姨。"

云萍示意他坐下，简宁川坐下后，两人聊了聊刚才的戏。

简宁川有点喜欢这阿姨，她很温柔，是他想象中的妈妈的样子。

"我儿子和你差不多大，"云萍道，"有你一半听话、上进我就放心了，整天就知道打游戏，回家看到他我就生气。"

简宁川谦虚道："我也每天打游戏的，现在拍戏才没打。他还在上学吗？"

云萍道："上啊，在中科院读研二，学的微生物研究什么什么的，我也忘了。"

简宁川：现在炫儿子都这样炫的吗？阿姨再见。

晚上拍夜戏。

沈时在母亲的启发和鼓励下决定辞职，离开朝九晚五日复一日的职场，专心于真正热爱的漫画创作。

因为状态不好，他的少女漫画《隔壁那个他》停更了一段时间，读者催更已经催疯了。他翻看着评论，越看越焦躁。暗恋女上司失败的经历让他对感情感到迷茫，剧情创作也卡在了瓶颈里，他画了很多，又都成了废稿。

他在房间里转来转去，蹲在马桶前发呆，靠着房门唱国际歌，用额头"咣咣"撞墙……一番自我折磨后，沈时忽然灵光一现，回头看向挂在墙上的线稿。线稿上是《隔壁那个他》的女主角，常笑笑。

之后，在他的幻想世界里，他化身为常笑笑，暗恋住在隔壁的男生卫知——卫知也是他的脸。

这段剧情设置得相当"水仙"。简宁川当初看剧本的时候最期待的就是演这段，女装大佬是他，隔壁校草还是他。

这个漫画里的故事是常笑笑暗恋卫知，但最后会揭晓卫知其实也一直在注意常笑笑。这就意味着简宁川要演两个暗恋自己的角色，两边都是他自己。从表演的角度看，这非常有意思。

男演员要演女装角色其实是很冒险的，演员在年纪小、骨骼纤细时期演起来还不容易崩，但如果再年长些，五官和骨头都长开了，女装就容易变得很搞笑。这部喜剧片里的女装当然有搞笑的成分，但更重要的还是要契合“少女漫画”的主题。

造型师来给穿了裙子的简宁川戴好假发，忽略他的身高，看身形他就像个少女。

化妆师的化妆技术也很高超，把他本来很英挺的眉毛画成了黛眉；男孩子脸颊两侧的咬肌比少女的明显，化妆师就大力刷阴影；化妆师还用粉底把他的上下唇都遮盖一点，再把粉色系唇膏涂上去，樱桃唇的效果就出来了。最后再看简宁川的脸，活脱脱就是张少女脸。

简宁川照了照镜子，满意地穿着裙子跑出来，一个猛虎扑食跳到导演面前，道：“导演导演，怎么样？”

冯导演无语。

他又跑去问任巡，撩着裙子露出腿毛来，道：“任大哥，看我！”

任巡：画面太美，我不敢看。

造型师气急败坏地追出来，大喊：“简宁川，求求你不要砸我的招牌！”

简宁川玩够了，叫小光给他拍了张全身照，然后发给霍浮，说：“霍老师，你看我美不美？”

那边，导演用喇叭喊“演员就位！”他赶忙过去，开始拍“常笑笑”的戏份。

晚上收工后，简宁川回到酒店，已经半夜两点了。小光仔仔细细检查了房间一遍，确认没异常后就准备走了，走之前说：“小简，我转发一个视频链接给你，霍总说让你看看。”

简宁川刷牙的时候便随手点开看了看。

今年的六一儿童节那天，联合国儿童基金会官方微博发了一个公益性视频，采访了几位有国际影响力的华人影星。他们在视频中科普了儿童节的由来，分享了个人对儿童节的感受。

简宁川以前对这个没有了解，看了几秒就沉浸进去了，边刷牙边眼泪汪汪。

第一位出镜的是国内外影响力都很强的功夫巨星，第二位是在国际影展担任过评委会主席的华人女星。两位除了讲述一些冷知识，还在采访末尾讲了讲自己或是自家小朋友在儿童节发生的趣事。

第三位出镜的，是和简宁川有着“塑料父子情”的简华。

一段科普加公益宣传后，简华似乎没什么想说的了，采访人主动问道：“您的长子恰好是儿童节当天生日，您有什么祝福想对他说吗？”

简华道：“希望他快乐。”

采访人等了片刻，笑道：“嗯，没有了吗？”

简华道：“还要什么呢？他能快乐就很好了。”

简宁川关掉了视频，心里说不出来是什么感觉，好像是没感觉，好像也不是，他不知道。

儿童节早上简华给他发过消息，祝他生日快乐。他当作没看到，没有回复，简华也没有打电话来。

从父子俩那次在敦煌见过后到现在，九个月左右的时间里，简华只在春节前打过一次电话给他，在电话里平平静静地说了几句漂亮的吉祥话。

难道真的是他那次在敦煌说的话伤了简华的心吗？

简宁川觉得他早就不爱这个父亲了，可是想到他居然有可能真的会伤害父亲，心里又很难过。这种矛盾几乎是与生俱来的死结，他无法疏解。

他一时有点想冲霍浮撒气，为什么要让他看这个视频？一时又想，就算霍浮不提醒他看，这条微博的转发量这么大，还有人特地@他，他只要有空刷一下微博，早晚会看到的。

女装大佬的戏份一连拍了好几天。开机时，简宁川是可爱的常笑笑，等导演一喊“Cut”，他就故意挖鼻孔、各种扮鬼脸，变成了“如花”。

这天，从横店杀青回来的秦阵和王子烨一起来探班。

两人没赶上好时候，简宁川的女装戏份刚好拍完了。当天简宁川开始演剧中漫画《隔壁那个他》里的校草卫知，他穿着校服和球鞋，发型飘逸，戴了大直径的美瞳，活脱脱就是从漫画里走出来的花美男。

两人不知道剧情是男装简宁川和女装简宁川组CP，就看着小简对着绿幕耍帅撩妹，看得一头雾水。

王子烨猜测是汪妙然轧戏走了，所以简宁川只能这么演，和秦阵叽叽咕咕咬耳朵。

秦阵深以为然，又叽叽咕咕和王子烨小声说：“我们那古装剧组也有这种人！”

到剧组午饭时间，简宁川下戏，这俩已经把如今娱乐圈所有的当红流量明星八卦了个遍。

他带着两人去他车上玩，两人瞬间被这豪华房车给震惊了。秦阵还好，面上比较镇定；但王子烨不行，刘姥姥进大观园一样，里里外外转了个遍，为了用一用厕所，硬挤出泡尿来，留作到此一游的纪念。

随后，三人围坐在一起，开小会！

秦阵和王子烨义正词严地吐槽："汪妙然太不像话啦，怎么能轧戏！川川要对着绿幕演，后期抠图吗！"

简宁川一头雾水："啊？"

随后他把大概剧情讲了讲，替汪妙然洗白了一下，虽然没什么用，不过也无所谓啦！然后他开心地翻出自己的女装照给室友们看。

秦阵宛如一个被惊艳的老母亲："我的女儿，原来这么好看吗？"

王子烨捧着手机一脸花痴，嚷嚷道："小简，你再穿给我看看嘛，我最萌女装大佬了！"

简宁川道："只穿裙子不好看，像个变态一样，要化妆师给化全妆才能看，我不会化妆。"

王子烨激动道："我会！"

简宁川和秦阵齐声道："你为什么会？！"

王子烨说："我常去漫展耍，帮忙化过妆。"

简宁川和秦阵两脸怀疑。

王子烨很快心虚了，拿出了个小礼盒给简宁川，说："给，叔叔给你买的生日礼物。"

他在六一当天就告诉简宁川，说他买了礼物，但是一个人不想来探班，要等秦阵回来。

简宁川打开看了看，里面是巧克力。这礼盒也不知道是从哪里要来的，上面还有没撕干净的旧胶带印子。

王子烨喝着从车上冰柜里精挑细选出来的湾蓝水，边喝边厚颜无耻地说："礼轻情意重！"然后被简宁川按在座位上一顿捶。

秦阵送了简宁川一顶 CBA 辽宁队夺冠时李宁出的限量版帽子，这款帽子简宁川一直想买，但没有买到，价钱倒是不贵。

"这才是礼轻情意重！"简宁川又把王子烨捶了一顿。

王子烨嘻嘻哈哈的也不在乎，从简宁川放零食的箱子里找了块巧克力吃。

午休时间结束，简宁川要回去拍戏。

王子烨依依不舍地抱着简宁川大哭：“老子不想去拍玛丽苏戏，只想给川川做助理！这个车车太好睡了！以后睡不到这样的车车，人生还有啥子意义！”

随后他就被秦阵抓着衣领拖走了。

七月中旬，《我的职业是少女漫画家》杀青了。

杀青宴就在酒店办的，一起工作了三个多月的剧组同仁玩开了，杀青宴很晚才结束，好多人还是上楼回客房休息。

简宁川喝了点酒，微醉，很想回家，就叫小光去开车，他到酒店大堂里等。

云萍也在大堂，正和一个年轻人一起，那年轻人帮她拿着包，两人似是要走。

简宁川因为惯性叫了声：“妈。”

云萍回头，道：“小简，你怎么也下来了？”

简宁川道：“我要回家了。您呢？也回去吗？”

他看清了和云萍在一起的年轻人，那人二十四五岁的样子，和云萍眉眼相似，帅哥一个，他马上猜到这是云萍炫耀过的在中科院读研的儿子。

云萍笑道：“我儿子来接我回去。”

她又拉着简宁川对自家儿子介绍：“这个也是我‘儿子’。”

那年轻人主动伸手，道：“你好，我叫薛停云。”

简宁川有点醉，脑子反应也迟钝，慢了半拍才忙和人家握手，道：“你好……我叫简宁川。”

薛停云笑着说：“我知道，看过你演的《江南乱》。”

简宁川看着他，疑惑地问：“你们科学家还看电影吗？”

薛停云愣了，云萍在旁边笑了起来。

小光把车开到了酒店门外，简宁川知道该走了。他有点舍不得云萍，泪点低的毛病又犯了，眼泪就在眼眶里打转，他说：“妈妈，我走了。”

云萍上前抱了抱他，道：“别难过，想妈妈就给妈妈打电话，有空去家里玩，妈给你做好吃的，好吗？”

简宁川点点头，看到站在旁边的云萍的科学家儿子，想起这不是戏里，觉得丢脸，道：“那我走了，你们……再见。”

杀青后，简宁川休养生息了几天，规律作息，健康饮食，又生龙活虎了，开始享受繁忙工作间的休息期。

叶晓男知道他放假了，叫霍浮带他去家里玩。

成成放了暑假，除了有一大堆作业，还被叶晓男安排着上这个补习班那个补习班，一看见简宁川就抱住他哭诉："小简舅舅，做小学生真的太辛苦了，作业写不完，还要上补习班，太辛苦了呜哇哇哇……"

简宁川也开始哭："大学生也很辛苦啊，放暑假没有作业做，每天除了玩就是玩，总是玩也很累啊呜哇哇哇……"

成成怒目而视。

简宁川："哈哈哈。"

皮了一下的小简舅舅险些失去他的大外甥。

第八章 父亲

《罪恶城市》定档八月十日。

简宁川被安排在七月二十几号去录一个综艺节目，宣传即将上映的电影。

这节目是档慢生活真人秀，节目设定是三位固定成员在杭州西溪湿地风景区开了家咖啡馆，慢慢悠悠享受所谓的小店老板的市井生活，嘉宾上节目就是从早到晚做一整天服务员。

接到上节目的通知后，简宁川在家里把这节目的上一季以及这一季已经播出的前几期恶补了一下。这节目的收视率和网络关注度都很高，视频网站每一期的弹幕都有近十万条，其中对嘉宾的吐槽和批评很多。

他第一次录真人秀，心里很是忐忑，每看到嘉宾被观众用弹幕集中批评，就想象如果是他在那个环境里会怎么样。他怀疑自己也做不好，因为真人秀的镜头会把人的很多小缺点放大无数倍。

他把节目补完，内心被弹幕搞得有阴影了，他检阅了自己一番，感觉浑身都是“喷点”：

一开心就抖腿——“没有气质”；

爱嘚瑟——“自大狂，和他爸一个样儿”；

看见什么都想吐槽——“看把他这新人能的”；

饭量大——“卖什么吃货人设，呵呵”；

不会做家务——“懒还笨”；

和前辈说话会不自觉地装乖巧——“太做作了！”

他把平板电脑一关，安详地瘫在沙发上，认命地想：哎哟我怎么这么讨厌？被弹幕喷死算了。发弹幕的都是周放吗？怎么看什么都不顺眼？

想着屏幕那头，周放顶着那张厌世脸“噼里啪啦”敲着键盘喷这个、喷那个，他一下就笑喷了，弹幕好像也变得没那么可怕。

到了录节目的日子，简宁川出发去了杭州，还是小光陪着去。因为来去要三天，所以他还多带了一个生活小助理。

《罪恶城市》剧组来了三个人录节目，他、周放、花蕾。男一号赵达伦大哥本来说要来，但档期临时调不开，最后没有来成。

节目组安排他们住在西溪湿地的一家度假酒店。简宁川到酒店时，花蕾已经到了，周放在上海拍戏，晚上会赶过来。

自从《罪恶城市》杀青后，简宁川和花蕾就没有再联系过。因为时间过了挺久，当时剧组里的那点不愉快他现在也没放在心上了，就很自然地和花蕾打招呼问好。花蕾却对他超乎寻常地热情，叫“小简”叫得很是亲热，好像两人一直是关系很好的朋友一样，搞得他本来轻松的心情都变得有点不自在。

小光当时也在那个剧组，对花蕾那时候趋炎附势、捧高踩低的做法很清楚，私下里对简宁川吐槽说：“当时她以为你是普通新人，好欺负，现在不光知道你是霍总力推的新人，还知道你爸是谁了，这可不就变脸了嘛。”

花蕾去年好不容易才拿到《罪恶城市》电影资源，想转型上大银幕，结果在剧组搞那么一出闹剧，想巴结赵达伦，没巴结上，还无形中得罪了霍浮和周放的经纪人。此后，成果娱乐参与投资和宣发的电影都不会用她，周放的经纪人也是个狠角色，花蕾自那之后就再也没有电影资源，只能又回去拍电视剧。她的年龄比较尴尬，上有汪妙然这样的大花压着让她出不了头，下有源源不断涌进来的新人随时抢占资源。如果两三年内还升不上去，那她恐怕就彻底凉了。现在她唯一的希望都寄托在《罪恶城市》上，所以近期所有和电影有关的宣传活动她都会参加。

简宁川不喜欢她，也觉得她有点惨，不想和她走得近，也不想和她一般计较。

他对周放就不一样了。电影里高毅和高哲兄弟情深，戏外，简宁川也很喜欢周放这个人。

晚上，他正在房间和霍浮视频聊天，东扯西扯嘻嘻哈哈聊得正十分开心，听说周放来了，他马上跳起来道：“霍老师，我不和你说了，我去看我放哥了！”

简宁川都还没关掉视频，就穿着背心、短裤、拖鞋一溜烟跑了出去。

霍浮过了半晌才气愤地说了句脏话。

简宁川下楼到酒店大堂就看到刚进门的周放，他还是一脸不高兴。

哈哈哈，这熟悉的画面！

他“嗒嗒嗒”地跑过去，大喊一声：“放哥！我想死你啦！”

周放：“你……”

简宁川一个箭步冲上去，熊抱住周放。虽然他的个子不如周放高，但是他的力气并不小，他用上了劲，把周放抱得双脚离地，来表达这份久别重逢的欢喜。

酒店外面忽然爆发一阵山呼海啸的尖叫声。

周放瞬间表情狰狞，怒吼道：“简宁川！”

简宁川吓得忙撒了手。

门外的重重夜色里，乌压压一片全是被安保拦在外面的“放歌一曲”，相机闪光灯此起彼伏，他能听到有些姑娘在大声喊——

“啊啊啊！是弟弟！”

简宁川惊呆了。

离开粉丝视线后，简宁川毫不意外地被周放喷了一通。

他对周放的脾气很了解，被喷也没觉得生气，不但觉得很亲切，还听得一脸喜气洋洋。

周放看他这样，顿时怒火升级，小喷变成大喷：“你眼睛那么大是用来出气的吗？！外面那么多粉丝看不到吗？！还敢抱起我转圈圈？！你再敢转一下试试！”

简宁川十分听话地张开手臂，又要抱他。

周放惊恐地连连后退，马上吼道：“你还没完了！”

简宁川高兴地对他认错：“对不起啊放哥，我真的没看到外面有粉丝。”

周放道：“你入行多久了？！怎么还是个小白？！”

简宁川充耳不闻地问：“放哥，我听说你正在上海拍一部校园剧，和那个谁演情侣……”

周放大吼一声：“简宁川！你知不知道我正在骂你啊？！”

简宁川兴高采烈：“知道啊！你骂完了吗？”

周放气得要升天，却拿这小孩毫无办法。

简宁川对久别重逢的周师兄有着掩不住的热情，像只小狗一样绕着周放转，问东问西。

“放哥，你新戏的女主角是不是那个谁？

“放哥，我最近在看话剧视频，看了一部你以前演过的剧，太好看啦！

“放哥，你吃饭了吗？要不我们去吃个夜宵？

“放哥，你是不是瘦了？

“放哥，你说话啊！

“放哥！你没事吧？”

周放要疯了，道：“闭嘴！你放哥死了！”

简宁川哈哈大笑："放哥，你怎么还是这么有趣。"

周放无力应对。

简宁川道："放哥，我走了，明天录节目时再见。"

周放潦草地挥了下手。

简宁川和周放"抱抱举高高"的视频很快就上了微博热搜，不过这和他那点捉襟见肘的人气没太大关系，主要还是因为周放很红。《罪恶城市》片方一看"高氏兄弟"上了热门，就趁热打铁买营销，添了把柴火，为即将上映的电影努力炒作。

第二天，简宁川和周放、花蕾去录真人秀节目。

刚开始，简宁川面对镜头时总是充满了紧张。这和拍电影不一样，电影有固定走位和明确台词，他照着演就行了，而真人秀说是有剧本，其实也只是导演会交代一下今天都会走什么流程。所谓的"突发情况"是会提前预设好的，本质是"秀"，大家都有心理准备，但是到实际拍摄时，每个人的言行细节还是要真实记录的，不然就失去了真人秀的意义和看点。

三个嘉宾都换上了咖啡馆服务员的衣服，男帅女美，都挺好看的。尤其是周放，个高腿长，围裙往腰间一系，倒三角身材一览无余。一米七八的简宁川对周放的身高充满了羡慕和嫉妒。

周放奇怪道："你一直看我干什么？"

简宁川诚心诚意地赞美他："放哥你真帅。"

周放看神经病一样看着他。

周放的坏脾气到了真人秀里也没有变好很多。

他在一边擦地、擦桌子，简宁川怕自己出错，也不敢独自去做别的，就追着他帮忙洗拖布、递抹布。

然而简宁川从来没有做过家务，实在是笨手笨脚。周放没一会儿脾气就上来了，开始骂他："你怎么这么笨！干过活吗？！在家里就每天混吃等死吗！"

挨骂的简宁川反而担心节目播出后周放会被观众骂，每次都火速认错，然后岔开话题说别的。等周放不发脾气的时候，简宁川追着他小声劝道："放哥，你等下不要再骂我了，到时候弹幕都会骂你的……"又对摄像师道："这段掐了别播啊！"

周放道："你不要再跟着我了。"

简宁川对摄像师狐假虎威地说："听到没有？别跟着我们拍啦！"

周放吼他："我说的是你！不要再跟着我了，自己去干点别的不行吗！"

简宁川茫然道："我去干什么好呢？"

周放嘲讽道："那你什么也别干了，长得这么帅，坐着就好极了。"

简宁川无言以对。

周放冷漠地提着拖布走了。

简宁川是真不知道该做什么好。三位固定成员出去买东西还没回来，咖啡馆就巴掌大的面积，只有两个区域——吧台和外面的客人桌，花蕾在吧台里整理东西，他不想和她离太近，现在一大早，外面街道上也没人，他也用不着出去揽客。

简宁川想了想，又去跟着周放。

周放回头看到他，崩溃道："你一定要跟着我吗？"

简宁川一脸委屈："放哥带带我。"

周放绝望了，把拖布丢给他，说："不许说话，拖地。"

在周放时不时咆哮起来的指导声中，简宁川把咖啡馆里里外外的地都拖了一遍，把桌椅摆放整齐，还给店里的花浇了水。

他第一次做家务，相当有成就感，感觉胸前飘扬的红领巾更鲜艳了，开心得不得了。

现场导演和跟拍摄像师甚至吧台里的花蕾，都用一种同情到古怪的目光看简宁川。他们心里都在想：这位小帅哥……莫非就是传说中的受虐狂？

录了一天节目后，周放没有等到拍摄完，傍晚就提前走了，他还要赶回上海去拍戏。在大家一起送周放走的镜头跟拍下，简宁川道："放哥，等你拍完戏回北京了，有时间我们一起出来玩。"

周放几乎骂了他一整天，临走时也觉得自己好像过分了，别别扭扭地答应了，说："好，有空找你玩。"

八月初，《罪恶城市》上映前，这期真人秀在电视上播出了。简宁川这是第一次上电视节目，他很兴奋地守着电视机想贡献收视率，结果广告太长，把他看得睡着了。

第二天，日上三竿了，他还在床上"挺尸"。起床困难，他干脆不起了，打开视频网站，躺着看昨晚那期节目。他心里忐忑，想看看弹幕都说了什么、会不会喷他。

到他和周放的部分，弹幕一条条飞过：

“周放这狗脾气，名不虚传。”

“简华的儿子真的什么都不会啊，完了，养废了。”

“周放身边这是谁？不认识。”

“简宁川，在《江南乱》里演毛毛。”

“简华的儿子。”

“不能怪周放生气，遇到什么都不会的人我也生气。”

“我放哥是清流，从来不装。”

“周放厉害，简华的儿子也敢这么骂。”

“一看他们两个就很熟，弹幕别加戏了。”

“小简也还好，家里肯定有保姆，没干过活正常。”

“起码他努力在帮忙。”

“周放是骂了他，但是也教他了啊。”

“突然 get 到了周放的颜。”

“给神颜周放放打 call ！”

“不知道有什么好喷的，小简都这么乖了。”

“哈哈哈，放哥别骂我了！弹幕会骂你的！”

“还叫摄像不要拍了，综艺新人哈哈哈。”

“哈哈哈，简宁川你现在在窥屏吗？我们没骂你放哥。”

“哈哈哈，‘放哥带带我。’”

“‘金句 Boy’简宁川。”

“放哥还是心软了，刀子嘴豆腐心。”

“周放也很可爱啊。”

“各位，这不就是《没头脑和不高兴》真人版吗！”

到了周放因为有戏要拍提前离开，众人送别他那一段。

“放哥要走了吗？舍不得放哥。”

“小简比你还舍不得他放哥。”

“回北京一起玩啊放哥 [狗头]。”

“好啊，一起玩。”

“放哥再见。”

“八月十日我们影院见。”

“八月十日《罪恶城市》，不见不散。”

…………

简宁川把视频跳着看了两遍，弹幕里除了这种友好的话，也有些难听话，简宁川都当看不到。他最后还被弹幕刷屏宣传电影搞得有点感动，也像被打了鸡血，对《罪恶城市》的上映抱着极乐观的态度和极大的期待。

还有一周《罪恶城市》就要正式上映了，和文艺轻喜剧《江南乱》比起来，特效很多的枪战动作片《罪恶城市》在投资和宣发上可谓砸钱如流水。简宁川听霍浮提过两句，这片子如果到时票房压线不过二十亿的话，那都算是在赔钱赚吆喝。

本来这部电影的宣发是由成果娱乐和另一家传媒公司合作，结果那家公司由于一些问题临时撤资了，所以风险和利润都要成果自己来承担。

简宁川前几天从杭州回来后，因为天气热，哪儿也不想去，就在家里读读话剧本子、健身举铁，劳逸结合，内外兼修。

这天，他大外甥邱家成给他打电话说想他了，霍浮没有时间陪他过去，他就自己买了玩具过去和成成玩。

他在邱家和邱植匆匆打了个照面，邱植憔悴了很多，发际线也有点危险，可见工作压力很大，成成也说，最近半个月只见过爸爸三四次。

这样两相比较起来，霍浮的状态还算是好一点，按时按点上下班，偶尔晚上有应酬，但晚上十点左右就回来了。他不喝酒，也没人敢灌他，回来洗了澡，还能精精神神和简宁川玩一会儿再睡觉。

简宁川问过他：“你不是成果的股东吗？邱植那么忙，怎么你好像还和平时一样？”

霍浮道：“我是股东，但份额不太多，赚了能赚一点，赔也赔不了太多，我的重心在工作室。所以我才说你一定要好好摇钱呀，不然霍老师就要去睡马路了，你忍心吗川川？”

简宁川对这话一知半解，大概明白这话的意思是——工作室才是霍老师的，成果娱乐是邱植夫妇俩的。

《罪恶城市》上映前，王子烨去年拍的那部民国谍战剧在两家卫视同一天上星播出，简宁川热情追剧！

在此之前，他只知道这是部谍战剧，王子烨演的是位京剧名伶。至于剧情、人设什么的，他都没有问，就想留到这剧播出时，他能带着悬念追追剧，好给“王叔叔”贡献一下收视率和点击量。

简宁川看完电视剧前两集，给王子烨打了个电话。

王子烨："小简！唧个（怎么）想起给我打电话？"

简宁川喊他在剧里的名字，道："南追月老板，什么时候能得您赏光，让我看一出《穆桂英挂帅》？"

王子烨竟有点紧张："哎？你看了？"

简宁川道："看了！超好看啊！"

王子烨："真的假的？我都还没时间看。我在玛丽苏剧组拍戏，刚收工，准备回酒店，片场 4G 信号不太好，我要回去才能看。"

简宁川："真的好看，今天这两集的剧情也有意思，挺抓人的，反正我是要追了。还有你那京剧扮相，太！美！啦！"

王子烨臭屁起来："嘻嘻嘻，老子就是美翻天。"

简宁川听到那边有车门推拉的声音，道："你上车了吗？"

王子烨道："是的，剧组给我配了辆专车！我也有男二号的待遇了！"

简宁川："那你刚才还那么大声吐槽人家是玛丽苏剧？被制片人听到你就完了。"

王子烨道："没事，全剧组人都这么叫，我们这剧名就叫《玛丽不苏》。"

简宁川愣了："这么雷吗？"

王子烨："还好，还好。你那部缉毒电影是十号上映吗？上映好久(多长时间)？我怕我看不了，实在不行我就和导演请假出去看一场。"

简宁川："等你杀青，应该就能在网站上看到了。这电影可能要出蓝光盘，到时候我送你一张。"

王子烨深沉道："川川，你有点怪。"

简宁川茫然道："啊？"

王子烨："你怪可爱的，哈哈哈。"

简宁川："太土了吧！"

王子烨："我跟你妈学的！他说这个才有一套，你看见他朋友圈里发的和小文的对话截图没？"

简宁川道："你是说'猪肉羊肉心头肉'那条吗？我妈真的太肉麻了！"

两个人吐槽了一阵秦阵的土味情话，直到王子烨快到酒店才挂了电话。

秦阵在横店拍了四个多月的戏，暑假就没再接工作，回太原老家避暑去了。

简宁川给他发了条消息，问他："阵哥，在做什么？看烨哥的新剧了吗？"

秦阵回道："还没，在陪女朋友。"

知道他不方便，简宁川就把手机丢一边，跑去洗澡了。

出来后他懒洋洋地朝床上一趴，摸过手机来看了一眼，发现秦阵二十分钟前给他打过电话，但他没听到，后来秦阵又发了条消息说："我送女朋友回家了，你怎么了？"

简宁川回拨了过去。

秦阵："喂，小简。"

简宁川："妈，我好想你！"

秦阵："哈哈哈，你少来，我订了后天《罪恶城市》的票，我们全家和文莹全家都去影院看你。"

简宁川感动道："谢谢妈！妈，我爱你！"

八月十号，《罪恶城市》上映第一天，票房就破了两亿。这其中有暑期档国产电影保护月的利好，但院线同期也确实没有比它更能打的"选手"。

《罪恶城市》节奏紧凑、特效精良、故事性也较强，豆瓣上短评热门第一条称之为"国产电影工业化的又一座里程碑"。

内行看门道，外行看热闹。男观众的正面反馈都是说动作戏和枪战太漂亮了，女观众们则嗑起了"高氏兄弟"。

高哲作为整部电影第一个出场的人物，初次露面就像个小太阳，帅气、充满正能量。然而到第二次出镜时，他就已经被坏人囚禁，弱小无助并被折磨到遍体鳞伤。高毅出场时就是英俊潇洒的罪恶克星，双商在线，武力值爆棚，加上周放的个人形象和气质，高毅成了一个非常有魅力的角色。但之后他为了救弟弟，甘愿一步一步滑入黑暗深渊。

美好的东西被摧折，悲剧感十足。

这条支线的故事很完整，男二号高毅的人设甚至比男一号更充满戏剧化的冲突和张力。高氏兄弟两人的互动既充满温情，又极度虐心。

高毅救出高哲，两人在旧仓库告别，再度相逢已是天人永隔，高哲伏在哥哥的尸身上放声恸哭，镜头闪回昔日种种。这已成为《罪恶城市》最为催泪的一段戏。

很快就有多位UP主相继剪了高氏兄弟的同人视频。周放出道时间长，又是当红流量演员，能用的素材自然很多；简宁川出道还不到一年，曝光度也不高，网上能找到的动态影像就只有《罪恶城市》官方宣传片、《江南乱》、他和周放一起上的那期真人秀、相机广告片，不过素材虽少但精，UP 主剪出来的每一帧效果都非常好。

电影刚上映，还在火热的宣传期，简宁川不可避免地要和周放一起参加活动。因为那些视频，简宁川现在一看到周放还有点尴尬，一反常态地不主动和周放说话，宣传活动时也尽量离周放远远的。

周放有点粗神经，简宁川不来缠着他，他还乐得清净，也不把这事放在心上。

《罪恶城市》票房一路飘红，除了女粉丝刷“高氏兄弟”的话题给简宁川带来了较高的关注度外，经过霍浮的一些合理合法的运作，官媒在对这部缉毒题材的正能量影片进行宣传时，发布了影片中的一个片段——简宁川扮演的高哲在发现物流车里藏有毒品时，及时联系警方，从而教育大众：检举揭发毒品犯罪，是每个公民应尽的责任和义务。

央视新闻还播出了一段对简宁川的采访，小简同学从此成了被官媒盖章的正能量新人演员。

但谁也没想到，201 宿舍乃至整个 2016 级表演班，第一个爆红成为现象级明星的，不是热门网剧出道的秦阵，也不是根正苗红的简宁川，而是在少儿频道默默无闻演了一百多个成语故事短剧的王子烨！

他在谍战电视剧《春风不度》里扮演京剧名角南追月，靠着稳扎稳打的演技和惊艳绝伦的颜值，几乎以一己之力扛起了整部剧的话题和热度。在剧集上线的十几天里，他以各种花式话题频频登顶热门榜。

自从开始有了一点人气后，简宁川就不太刷微博了，他有点“玻璃心”，怕看到不好的言论，也怕自己不留心点赞了不该点赞的内容。他把微博上交给了霍浮打理，自己偶尔才会登上去看一下。

八月二十号，《罪恶城市》上映第十天，总票房过了十五亿。霍浮从公司打电话过来，告诉了他这个消息，还说等下会帮他发一条感谢微博。过了一会儿，他就上微博看了看。

他入行以后，微博里就只有宣传，别的都没发过，他的上一条微博是十天前电影刚上映的时候发的，是一条广告，也是霍浮代发的。刚刚才发的这条感谢微博下的评论，暂时还都是“恭喜”“太棒了”“加油”这样的字眼，他心满意足了，没再看下去，火速退出来，去看看有什么新鲜热门话题。

南追月老板今天的热门话题是“月老板被捕”。简宁川一直在追这个剧，知道昨晚的剧情里，南追月暴露了自己地下党的身份，被特务秘密逮捕。

简宁川没事做，就骚扰了一下王子烨，用微信问他：“月老板，今晚你会被同志们救出去吗？”

王子烨还在拍那部玛丽苏剧，时忙时不忙。他现在就不忙，秒速回了简宁川消息：“没有，我被严刑拷打，和高哲老弟你在旧仓库里一样惨。”

简宁川：“你出来看过电影啦？”

王子烨：“是的，看过了，好看[哈哈]。”

王子烨：“我今晚会被严刑拷打，被灌辣椒水、坐电椅、竹签插指甲。”

简宁川：“[大哭][大哭][大哭]。”

王子烨：“然后我就叛变了，嘻嘻嘻。”

简宁川：“哈哈哈，月老板不要胡说八道。”

王子烨：“真的，这是剧透。”

简宁川没信，到晚上追剧的时候，傻了眼。

南追月叛变了！看剧情走向，月老板才是这剧最大的反派！

被剧透了的简宁川十分生气，但是王子烨已经看过了《罪恶城市》，让他无剧可透，他一时间也报复不回来。

霍浮回到家，就看到被气成河豚的简宁川，听他说了始末后，便道：“简宁川同学，你现在有两个将来剧透给你同学的机会，就看你想选哪个了。”

简宁川瞬间明白是新片约来了，还一次来了两个，他问道：“两个都是什么剧？”

霍浮道：“一个还是刑侦题材，不是《罪恶城市》这种动作戏，主打推理，主角是个逻辑推理的天才。”

简宁川觉得很有意思，又问：“那还有一个呢？”

霍浮道：“说是讲医患关系的，剧本还没写完。”

简宁川觉得荒唐，道：“这什么雷剧？本子还没出来就先来约戏啦？”

霍浮笑了笑，说：“剧本出来的速度，说不定取决于你要不要演。”

简宁川一脸疑惑。

霍浮道：“编剧是李铮。”

编剧是李铮？！

简宁川很是意外，他这干爹已经很久没有写过剧本了，常年泡在欧洲经营酒庄、画廊以及别的产业，赚钱第一。

他问霍浮："确定不是拿他做噱头，找枪手代笔吗？哪个片方请得动他出山？"

霍浮道："是确切消息，他这次不但亲自操刀写本子，还参与影片投资，可能是看现在国产电影有的赚了吧。"

简宁川怀疑道："他还回来投资电影？怎么感觉不像他干得出来的事。"

霍浮也面露疑惑，问道："你们现在不常联系吗？"

简宁川想了想，说："今年也就和他打过两三次电话吧，过年、我过生日、他过生日的时候。我以为他还在欧洲忙他的生意，他回国了吗？"

霍浮道："听说今年一直在国内。"

简宁川沉默了。

霍浮知道他对家人的感情都很复杂，无意置喙，说："这两部电影的硬件配置都还不错，就看你更喜欢哪个了，两边都说希望让你演第一男主。"

简宁川有点开心，一时又觉得奇怪起来，说："我干爹能写医患关系这么社会性的剧本吗？就他那不食人间烟火的劲儿，要多不接地气就有多不接地气，怎么会写这种题材？"

霍浮笑了，说："不是那种医患关系，是医生和患者之间爱恨交织的哲学关系。"

简宁川哈哈一笑，竖了竖拇指，道："嗯，是他没错了。"

李铮的剧本创作很多样化，最擅长写很矛盾的人物关系。但是他没有底层生活的经历，所以他的剧本不接地气也是真的。他擅长写大都市、大美人、充满辩证思维的感情，喜欢他的是真喜欢，不喜欢的就会说他爱装。

霍浮去了书房，简宁川说要给李铮打个电话。

过了一会儿，霍浮出了书房，看简宁川坐在落地窗前的地毯上打游戏，问道："给你干爹打过电话了吗？"

简宁川道："打过了，他又回欧洲去了，正在参加什么拍卖会，说过几天回来，等回来再找我细说。"

霍浮点点头，也在地毯上坐下。

霍浮问道："川川，你想好了没？两部片子要选哪个？"

简宁川："没有想好。你觉得哪个更好？"

霍浮道："推理剧是个纯商业片，如果票房能爆，会拍续集。片方的意思是想打造成一个类似'东方福尔摩斯'的原创大 IP，不一定真能实现，但是很值得一试。”

简宁川点点头，表示明白。

霍浮又说：“你今年这两部戏，《江南乱》和《罪恶城市》，随便哪部拿去参赛，都够你拿新人奖。明年上映的《我的职业是少女漫画家》票房也不会差，但是它不会成为让你被记住的作品……川川，我真的不该帮你接这部戏，太砸了。”

简宁川道：“你别这么说，我一个新人，第一次演男主就是演冯源导演的作品，已经很好了。”

霍浮拍拍他的头，说：“你那几个月拍得也不开心，就别安慰我啦。我这事做得不漂亮，仅此一次，绝对没有下回了。”

简宁川已经把在那个剧组里的不开心忘掉了，只记得好的，道：“没有不开心，我很开心啊，还交到了好朋友。任巡大哥教了我好多东西，我现在坚持每天读话剧本就是跟他学的。还有云萍阿姨，她人太好了，今天她还打电话问我哪天有空，叫我去她家吃饭，说要给我做红烧肉。我太喜欢她了，我要是还有妈妈，应该就是她那个样子的。”

此时此刻他是真的开心。

霍浮一时不忍，问道：“川川，你妈妈她……没有回来看过你吗？”

简宁川安静了下来。

霍浮道：“不想说就算了，不重要。”

“不是，”简宁川道，“我想说的，这件事我还没有和别人说过。”

霍浮微微一笑，说：“天哪，那我岂不是太荣幸了？”

简宁川也笑了，道：“你听了后自己知道就好了，千万不要告诉别人，就算别人给你大刑伺候，给你坐电椅、灌辣椒水、牙签插指甲，你也不可以说。”

霍浮好笑道：“我又不是月老板，就算坐电椅、被灌辣椒水、被竹签插指甲，我也不会出卖同志的。”

“嗯……”简宁川道，“我妈没回来看过我，但我去看过她。”

在他十六岁那年的暑假，他独自去过温哥华。通过在网上认识的当地华人朋友帮忙，他辗转找到了他的生母宁晓妍。

那天刚下过雨，阳光灿烂，天气晴好，他站在马路边的一个斜坡上，脚下泥土湿润，空气里都是青草的芬芳。

隔着一条马路和院子的栅栏，他看到了那个从小到大就只见过照片的女人。

她和他想象中一样漂亮、温柔，气质很好。她牵着一条很大的狗，是他不认识的品种，可能是什么牧羊犬，长毛曳地，威风漂亮。

他想叫她，又不知该叫她什么，只好傻站在那里。

他想：她看到我，会认出我吗？她还记得我吗，我的妈妈？

随后，房子的门被推开，出来一个漂亮的小女孩，十二三岁的样子，身后还有一个白人男子。女孩金发黑眼，开心地扑过来抱住宁晓妍，叫她“Mom”。一家三口互相拥抱，互相亲吻，商量着等下要去哪里吃饭。

没有人注意到外面的简宁川，只有那条牧羊犬用一种警惕的目光盯着他，仿佛在问：你是哪里来的陌生人？

“你没有进去吗？”霍浮问他。

“没有。”简宁川道，“她已经很幸福了。我突然出现，不会让她变得更幸福，只会让她烦恼吧。没有那个必要。”

霍浮道：“也许，也许她也很想你。”

简宁川道：“我长得和我爸很像的，她恨我爸，恨屋及乌，所以这么多年都不回来看我，也不想要我了。我其实能理解她，我不恨她，而且希望她幸福。”

霍浮：“嗯。”

简宁川说：“我那个混血妹妹很漂亮的，她现在也该是个大姑娘了，肯定更漂亮了。以后如果去加拿大玩的话，我再带你偷偷去看看，就是不知道他们搬家了没有。”

霍浮答应道：“好，我陪你去。”

那两部电影究竟选哪部的问题被暂时搁置了，两部都还在筹备阶段，开拍最早也要到秋天，简宁川还有考虑后再选择的时间。

两部剧的优势都很明显。推理剧如果能爆、能拍续集，果真打造出一个大 IP 的话，简宁川出演绝对是稳赚不赔。一个大热 IP 能养艺人半辈子，这不是开玩笑的。李铮的剧本还没写完，简宁川目前还不太了解到底是什么情况，但是李铮出手，有拿奖的希望，哪怕只是陪跑。简宁川才二十一岁，入围就是拿奖。

霍浮的建议是，不如等李铮从欧洲回来，简宁川去和他见一面再做决定。

简宁川深以为然。李铮还不知道片方有意想找他来出演，他也想听听李铮的意见。

九月初，电影学院开学了。

简宁川没有工作安排，就回学校去参加最后一年的开学典礼。他早早地去了，戴了顶鸭舌帽坐在角落里，尽量低调。

他给秦阵发了他的座位号，秦阵来的时候带着文莹一起。文莹比他们低一级，座位不在这边，她过来和简宁川打了声招呼才过去，简宁川对她的印象很好。

“子烨过一会儿才来，”简宁川道，“他现在人气太高了，出个门都不方便。”

秦阵叹道：“这学期宿舍里就剩我自己了。”

简宁川怂恿他：“正好出去和女朋友同居。”

秦阵沉默了。

简宁川拍了几下手，暗示道：“很好的，你试一下就知道有多好了。”

秦阵不自然道：“你别说了，我再想想。”

简宁川拍拍他的肩，说：“勇敢展望新生活啊。”他又“啪啪啪”地拍手。

秦阵痛心道：“我的纯情川川呢？你怎么学成这样了？”

简宁川得意扬扬。

典礼快要开始了王子烨才来，他匆匆进来，在秦阵和简宁川给他留的位子上坐下。他在门口被一小撮狂热粉丝围堵了，刚冲出重围，脸和嘴唇都很红，鼻尖上还有点汗珠，美绝了。

两个室友都用一种倾慕到夸张的眼神看着他。

他凑过来，一双含情美目看着他们俩，低声装狠道：“等老子知道是哪个龟儿子把老子要回学校的消息发在网上……”

秦阵和简宁川差点吐血。

开学典礼结束之后，王子烨带他们俩去自己的新住处玩。房子是公司给他安排的，面积不大，但一个人住也绰绰有余了。

买了一堆酒，用外卖点了菜，三个人围坐在一起喝酒开小会。

《春风不度》这部剧是王子烨所属公司出品的剧，到现在已经播了二十多天，近来每晚收视率都能破一，这是相当不错的成绩。公司本来要力捧的是演男一号的那位小生，但是男三号王子烨红到天天霸占热门，除了剧粉，还吸引了一批微博看剧的伪剧粉。大家至今连这剧的主演到底是谁都不知道，就只迷“南追月”一个人，男一号一点水花都没有。经纪公司逐利为本，为男一号准备的炒作资源后面也都便宜了“月老板”。

简宁川担四番的电影《罪恶城市》上映月余，也快下档了，票房逾三十二亿，是今岁暑期档票房冠军。

秦阵在横店拍了四个多月的那部历史题材正剧《洪武大帝》，下个月国庆黄金周档期要在央视电视剧频道正式上线。

大家如今各自发展得都还算顺利，真是再好不过了。

“亲爱的朋友们！值此金秋九月，让我们举起手中的美酒，为今天喝彩，为中国文艺界的明天加油！”王子烨一副播音腔。

秦阵和简宁川双双无语。

王子烨笑道：“来嘛，来嘛，阵锅（阵哥）、小简，爱你们噻。”

简宁川：“好吧，我也爱你们。”

秦阵：“么么哒。”

三人满饮杯中酒，嘻嘻哈哈了一阵子。

简宁川问“新进流量王”王子烨：“烨哥，后面有什么安排？有什么好剧能带我上的吗？”

王子烨骂他：“爬哦（滚开），你还用老子带？霍浮没给你安排新剧吗？”

简宁川就把待选的那两部剧说了一下。

王子烨想了想，说：“推理剧更好一点吧。”

秦阵道：“我觉得干爹的好。”

王子烨：“推理剧有意思，李干爹的风格太闷了。”

秦阵替李铮争辩道：“什么闷？那是艺术！”

王子烨道：“有趣比较重要。”

秦阵问简宁川：“你经纪人比较懂，他让你选哪个？”

简宁川道：“他说都不错，让我自己做决定。”

王子烨夸张道：“完了完了，霍老师不宠你了！”

秦阵立马武将常遇春上身，横刀立马一脸威胁，喝道：“月老板，你给我好好说话！”

王子烨配合扮㞞，道：“常将军对不起！我乱讲的，小简原谅我。”

简宁川笑道：“不行，罚酒三杯。”

王子烨一脸猥琐地装嗲：“哎呀，小简你坏坏。”

简宁川：“烨哥你就别说话啦！我只想看你的脸！”

王子烨：“哈哈哈，就说就说就说。”

秦阵道："一起喝，一起喝。"

简宁川怕秦阵再把自己灌醉，道："妈，你少喝点。"

王子烨提醒道："小简你才要少喝点，不要喝多了又来扒我的衣服。"

简宁川："哈哈哈，我就扒就扒就扒。"

最后秦阵果真又倒了。

"他怎么回事？"王子烨道，"以前酒量都没有这么差。"

两个人把秦阵抬到床上去，秦阵缩成了一只大号虾米，睡着了。

他们俩出来继续聊天，简宁川也有一点上头，托着腮，笑着说："王叔叔，去年这个时候，你还对我吐苦水，说你心态不好什么的，现在就红啦，我真替你高兴。"

王子烨坐在他对面，不笑了，忽然认真起来，道："小简，我要谢谢你。"

简宁川："嗯？什么？"

王子烨："《春风不度》这部戏，如果没有你帮忙，我也没机会拍。"

简宁川道："别这么客气啦，和我没关系，是霍老师眼光好。还有就是你适合这角色，这角色换别人拍也不一定能爆。"

王子烨倒了杯酒，用酒杯和简宁川的杯子碰了一下，一本正经道："川川，谢谢你。"

简宁川一脸疑惑。

王子烨喝了那杯酒，才说："你不知道，去年那时候我心态真的很不好。看同学们都有戏拍，我还在少儿频道混，也不知道要混到什么时候，就每晚失眠睡不着，心态都崩掉了。你还记得阵哥那个网剧的导演吗？那人老是来骚扰我……老子烦死那个垃圾了，也根本不想演网剧。后来那人又说不想拍网剧也行，能介绍老子进一个言情剧组，条件是叫老子陪着去马尔代夫度假一个月。"

简宁川一脸惊悚，他当然知道此"度假"不是彼"度假"。他去秦阵的剧组探过班，记得那导演笑眯眯的，没想到是这种人！

王子烨有点不好意思，说："现在说也不怕你笑话了。我那阵子天天睡不好，脑壳有毛病一样，还真犹豫了，差点就答应了。"

简宁川大惊。

王子烨道："正犹豫的时候，你就从敦煌打电话给我，叫我去《春风不度》剧组试镜。"

简宁川松了一口气，道："吓死我了，你要是被辣手摧花，我现在就去追杀那导演了！”

王子烨一笑，当真是色如春花。

简宁川伸手捏他的脸，道：“王叔叔你真好看。”

王子烨道：“无以为报了！就以身相许吧，来。”他作势要解皮带。

简宁川假模假样地捂住眼睛，从指缝里露出一双笑眼来，道：“哇！你不要这样！你这是在害我！脱了吗？咦？烨哥，你穿小黄人内裤吗？”

王子烨一阵爆笑，两个人打打闹闹起来。

时间太晚了，简宁川要回家，给小光打了电话。小光过来接他，王子烨送他到楼下，看他上了车，才回去和醉鬼秦阵一起睡。

几天后，李铮从欧洲回来，约简宁川见面。他们约的是个周末，霍浮当天没事，就没叫小光来，自己送了简宁川过去。

李铮住在华尔道夫，是四合院套房，管理很严格。

霍浮送他到门外就没再进去，道：“我去王府井逛一下，想买两条领带，你要什么吗？”

简宁川道：“要是路过耳机专卖店，你就给我买个新耳机吧。我那个好像进水了还是怎么的，有点杂音。”

霍浮道：“说‘机’不说‘吧’。要是你干爹中午有别的事，不和你一起吃饭，你再给我打电话，我过去接你，回家做大盘鸡给你吃。”

简宁川进了酒店，酒店管家认出了他，直接带他到李铮的套房去。

他和李铮近一年没有见面了，这一年他很忙也很充实，只觉时间过得飞快，并没有感到有一年那么久。然而一进去看到李铮，他脚步一滞，吃惊道：“干爹，你的头发？”

脸没多大变化的李铮两鬓花白。

管家出去了。

李铮道：“故意染的。现在很流行这样的，不好看吗？”

简宁川心想，这也不像染的呀。他道：“还行吧。”

两人拥抱了一下。

李铮仔细看了看简宁川，笑道：“我们川川更帅啦。”

简宁川也笑了，说：“干爹，没想到你还会回来写剧本，我还以为你以后都在资本主义国家生根发芽了。”

李铮道：“一直不写，手早痒了。你坐，喝什么？夏天你从不喝热的，果汁怎么样？冰镇过了。”

“好。”简宁川坐下，说，“干爹，你是不是不知道片方想找我演你这个剧啊？”

李铮把果汁给他，然后在另一张沙发上坐下，才道：“对，我不知道，要是知道，我就阻止他们了，这本子不适合你。”

简宁川以为他在开玩笑，说：“真的呀？好吧，那我不演了，我去演推理天才，做东方福尔摩斯啦！”

李铮认真道：“反正你别演我这个就对了。”

简宁川疑惑道：“真不适合我吗？那片方干吗找我？”

李铮道：“先不说剧本的事。”

简宁川心说：又来了，又要调解父子关系。你做什么编剧，去做调解员好了。

李铮看了他片刻，皱着眉道：“川川，你是不是住在你经纪人家里？你们俩关系很好吗？”

简宁川有点吃惊，道：“你怎么知道的？”

李铮道：“我怎么知道的？你该问的是，还有多少人不知道吧？”

简宁川沉默了。

李铮道：“你住在盘古大观也不是一天两天了，你爸在那里没有房子，那你住在谁家？你的关系人里谁又在那里有房子？你以为娱记们会连这种事都搞不清楚吗？”

简宁川是真不清楚。

“我是借住在他家，因为我没地方可去，又不想老是住酒店。”他对李铮坦白了，道，“我把霍老师当家人，他对我也很好。”

李铮气到失语，脸色也极其难看，半晌才道：“我堂妹因为他才毁了容，本来漂漂亮亮的一个女演员，现在找不到男朋友，也没办法继续演戏，一辈子全毁了。我已经不想和姓霍的人渣计较了，现在你跟我说，你把他当家人？川川，你有没有脑子？”

简宁川：“干吗这么大声？不是谁声音大就是谁有理。那件事他是有错，他以前对身边的人好得没有分寸，可是他真的没有想骗你堂妹，也没想骗其他人。他不是那种人渣，他人很好的。”

李铮简直要吐血，道：“你已经被他骗傻了，你几岁？他几岁？”

李铮一向文雅，很少发脾气，此时穿着衬衣马甲，还是雅痞大叔的样子，就是脸色铁青，不像他本人，倒像杜莎夫人蜡像馆里的李铮蜡像。

他以前自己吐槽过，他去给那蜡像做倒模的时候正赶稿子，天天睡不够，脸色不太好看，最后蜡像成品的脸色像个僵尸一样。现在他头发又白了，简直比蜡像还惨。

简宁川心里和他还是亲近的，语气缓和下来，道："干爹，你不要生气了，我长大了，我有判断能力。再说了，你和我爸那种人都能做朋友……"

"不要提你爸！"李铮突然大声道。

简宁川一怔："你们怎么了？"

李铮又坐下，慢慢倒着一杯茶。

简宁川："你和我爸闹翻了吗？"

李铮道："别说了，我这个剧本不想找你演，你走吧。"

简宁川看到他的手在抖，疑惑道："干爹，我不是为了……"

李铮道："别叫我干爹了。"

简宁川愣住了。

李铮放下茶壶，抬眼看他，说："是因为你爸爸的关系，我才认你做晚辈。现在我和简华已经不来往，你和我也就没有关系了。简宁川，我从来就没喜欢过你，你还是个小婴儿的时候，我就很讨厌你了。如果不是因为你爸爸的关系，我根本就懒得管你。"

简宁川不知所措。

霍浮正在耳机专卖店里挑选耳机，接到了简宁川的电话，就回来了。他把车开到酒店大门外，打给简宁川，电话响了两声被挂断了，他再抬头，就见简宁川从镏金大门里出来。

酒店正门前正好有车在下客，车上下来的一个年轻人注意到简宁川，马上向同伴示意。同行的人也认出了简宁川，四个年轻人都不管行李了，一下子都围了过去，他们并无恶意，只是见到明星想拍照或是搭讪而已。

简宁川抬手挡在额前，遮住了眼睛，不断向后退。

已经有过路的其他人注意到了这里的动静。

霍浮忙把车靠边停下，马上下车快步过去，强硬地挤在中间，把简宁川挡在身后，劝阻对方几人："麻烦各位不要声张，可以拍照，但是要到大堂里面去。"

几位客人素质很好，很理解也很配合，马上便退开了些。男孩们去拿行李，一个女孩用欣赏异性的目光看霍浮，问道："请问，你是他的保镖吗？"

霍浮微笑道："对，我是。"

酒店大堂人不多，暑假一过，国内游客就很少了，入住这里的多半是外籍客人，所以简宁川给这几位年轻人签名合影也没有引来太大的关注。有一位南方口音的女士也过来和他合了张影，拍完还很开心地自报家门，说自己是"放歌一曲"。

简宁川和霍浮内心想的都是：怎么哪里都有你们？！

刚才在门外和霍浮说过话的女孩想和霍浮也拍张照片，被霍浮婉拒了。

几位客人同两人告别，和和气气地完成了一次小型的粉丝见面会。

两人离开酒店，出来上了车，都还没离开王府井商圈，简宁川再忍不住，大哭起来。

霍浮吓了一跳，道："怎么了？"

简宁川边哭边道："你假装什么保镖！"

霍浮道："不是吧你，这就气哭了吗？"他又问，"是不是你干爹又说我坏话了？"

简宁川想起李铮，一撇嘴，又开始大哭。

霍浮有点慌了："哎？好了好了，到底怎么了？别哭了川川，等下要被狗仔拍到了！你哭得太丑了。"

简宁川哭了一路，回到家，有点无精打采地躺在沙发上。

霍浮猜测地问："你干爹骂你了吗？"

简宁川抓了个抱枕捂在脸上，闷声道："我没有干爹啦。"

霍浮不了解具体情况，也没说什么。

过了好一会儿，简宁川把抱枕拿开，抱枕上面还有两片泪湿的痕迹。

他以为霍浮这么半天都没有出声，应该已经走开去做饭了，结果看到霍浮还坐在他旁边，正安静地看着他。

他有点不好意思，把抱枕被弄湿那一面抱在怀里，道："你怎么还没去给我做饭？不是要做大盘鸡？"

霍浮道："现在就做，川川，你想要母鸡，还是公鸡？"

简宁川揉了下还湿漉漉的眼睛，坐了起来，道："母鸡和公鸡有什么不同？"

霍浮实力模仿："母鸡是，咯咯嗒！公鸡是，咯——咯——咯——"

简宁川哈哈大笑起来。

霍浮也笑了，道："开心了吗？"

简宁川拿抱枕砸他，没有说和李铮到底因为什么翻脸。霍浮也没有问，可是简宁川觉得霍浮能猜到大致的过程。霍浮太聪明了，仿佛什么都知道。

在简宁川和李铮见过面的第二天，李铮编剧并参与投资的那部剧的片方很不好意思地来找霍浮，说恐怕不能合作了，霍浮还要做出不太清楚发生了什么事的惊慌样子，质问对方："怎么这样？是你们说要合作，我们小简已经把档期错开了！"

对方连连道歉，也没提李铮的名字，只说剧本还在创作中，还在边写边改，以至于角色和前面变动较大，不太适合简宁川了。至于剧本到底是什么故事，对方只字未提。

霍浮也不能装得太过火，毕竟以后还有合作的可能，便和和气气了结了这件事。

但是这样一来，简宁川只能彻底放弃这部电影，推理片成了当前唯一的选择。

和片方接洽谈片酬什么的都是霍浮的事，简宁川不懂，也没管过，只等片约谈妥拿到剧本再说。

九月份还是有点热意，他不想出门，就在家里宅着，每天读读话剧本子、健健身、看看电影，偶尔和朋友们在微信上聊聊天。

王子烨的《春风不度》收官，大结局收视率破二，是近几年上星电视剧里能排进前十的好成绩，谍战剧里更是只此一家。现象级爆红的"南追月"把王子烨推上了当之无愧的"流量之王"宝座，他现在工作多得飞起，排得上号的几档热门综艺被他上了个遍。短短半个月时间里，五大杂志的封面他解锁了两个，他每天不是在跑通告，就是在跑通告的路上。

秦阵的那部剧国庆待播，他想走正剧路子，也沉得住气，不想演乱七八糟的剧了。倒是文莹接了部宫斗剧的配角，在怀柔拍戏。秦阵每天除了上课，就是往返于影视城和学校，给女友送吃送喝送温暖，简直是"二十四孝好男友"。

三个人没事就在小群里耍耍贫嘴，热闹完了就作鸟兽散，各自去忙各自的事。

方浩瀚和江白夜没事也会找简宁川说两句话。方浩瀚今年没拍电影，回归了老本行，闭关写书。江白夜又去西北拍戏了，这次拍的是位蜚声国际的大导演的新作品，演男一号。他倒是不骄不躁，和简宁川聊天，说的也还都是些日常琐碎的事，或和表演相关的事。

最后还有周放，他在网上的画风和现实比差别很大。简宁川给他发十条消息，他能回一条就算很不错了，通常还是一个"哦"，或者"好的""知道了"。高冷！睿智！在好友列表的一堆话痨里，放哥如此与众不同。

拖拉了半个多月，眼看国庆就要来了，推理剧的片约却迟迟没能确定。听霍浮的意思，是有别的小生也在竞争这个角色，片方还在衡量。

除了简宁川这戏一直敲定不下来，霍浮工作室旗下的另一个艺人吴安迪也有了不小的麻烦。当初她哭着闹着把自己的歌给了男朋友，事情也如她所愿，那男孩用她的歌当原创，在暑期一档音乐选秀节目中出了道，最后拿了亚军，一夜爆红，从前想要的都有了。然而吴安迪小妹妹猜中了开头，却没猜到结局。这男孩走红后，对她更加冷淡，两人吵架的次数更多了。她因为恋情不顺，状态很不好，参加活动时屡屡走神，说话前言不搭后语，再加上她减肥过度，某些居心叵测的人便在网络上散布她吸毒的谣言。

因此，霍浮最近都很忙，晚上回来总是一脸疲倦，和简宁川打声招呼后回房倒头就睡。

简宁川闲得无聊，精力过剩，又帮不上霍老师的忙，有时想起罪魁祸首就很生气，只能用小号在网上喷一喷吴安迪的男朋友。他没做过“喷子”，技术不太好，还被这男歌手的粉丝反喷了，又气成了河豚。

他虚心向目前没拍戏也在家休息的周放请教：“放哥放哥！有时间吗？教教我怎么喷人好吗？我请你吃饭呀！”

他发了三条，周放都没有反应，发到第四条时，信息旁出现了红色感叹号……放哥把他拉黑了，嘤嘤嘤。

霍浮晚上回来时，见简宁川在那里玩手机，正面目狰狞地打着字。霍浮过去一看，发现是简宁川白天用小号在微博上喷吴安迪的男朋友，被这男歌手的脑残粉群起而攻之。简宁川现在正一条一条地喷回去，越喷越生气。

男方刚红，还需要吸女友粉，不愿曝光和吴安迪的恋情。吴安迪到现在都还对这男生心存幻想，也不愿公开恋情。所以简宁川在网上喷这男的，也只能喷他长得丑、唱功差，至于拿女友作品当原创参赛、嫉妒女友人气这种真实喷点，反而不能喷出来。

霍浮劝他说：“你别和粉丝较这劲，这种网络骂战根本没有意义。”

简宁川把手机一丢，道：“吴安迪怎么样了？”

霍浮道：“还行，比前几天状态好了很多，今天还去录音室练歌了。”

简宁川哀其不幸又怒其不争，道：“她什么时候才能清醒一点？赶快明白这男的不是好东西，和他分了手，我们好大大方方拆穿他！我的键盘迫不及待了！”

霍浮配合地扼腕叹息：“我也很着急啊，她怎么还糊里糊涂的。”

简宁川道：“干吗非要等她自己明白？直接曝这男生的歌不是他的原创，他就是个沽名钓誉的小人，不行吗？”

霍浮笑了，说：“撕不撕小人的面具不重要，让吴安迪摔这一跤才比较重要。她入行、出道、走红都太顺利了，不懂得珍惜，很需要摔打一下。”

简宁川细想一下，吃惊道：“不是吧？你同意她把歌给她男朋友唱，还送那男生上节目，就想到会像现在这样了吗？难道你这是为了磨炼吴安迪？”

霍浮哂然道：“我又不是神仙菩萨，怎么可能想得到这么远，当时还是你说这男生不会念吴安迪的好。但这样也没什么不好，让吴安迪长点教训。”

简宁川听他这种语气，更觉得他是猜到了事态会这样发展，才故意放任吴安迪纵容渣男。他道：“如果吴安迪过不去这一关呢？”

霍浮道：“游戏规则就是优胜劣汰，如果她连这种小麻烦都过不去，那我也没办法，只能再签个有潜力的新人啦。”

简宁川沉默了。

霍浮认真道：“你是不是觉得很残酷？其实不只是做歌手、演员，所有事都是这样的。你不珍惜你有的东西，觉得给别人也无所谓，自然就会有别人来拿走。”

简宁川是觉得有点残酷，但是霍浮说得很有道理，他便点点头，说：“我明白了。”

吴安迪和她男友的事很快迎来了新的高潮。

国庆假期里，有路人目击并拍到唱作歌手吴安迪在某小区门外掌掴一个男人。据目击者称，挨揍的男人当时身旁还有一个年轻女伴，疑似吴安迪捉奸，当街暴打渣男。

由于角度和光线的问题，渣男的脸并没有被拍到和看清，因此此人身份尚且不明。但在此之前，吴安迪只有过一位绯闻男友，即她的经纪人霍浮，她还因此和同门师姐杨双双反目。

事件在网络上的热度持续发酵到了当晚。当晚，霍浮和其工作室力推的新人简宁川一起出席某公益晚宴。

被媒体追问白天这件事时，霍浮称，稍后会通过工作室正式回应这件事。和他同行的简宁川不免也被记者问到对此事的看法，简宁川面露不快，似乎有话想说，但在霍浮的眼神制止下并未作答。

晚宴的座席安排是有讲究的，简宁川没有被安排和霍浮坐在一起。

入场后，霍浮叮嘱了他几句，两人便去了各自的位置。

和简宁川一桌的都是演员，他都不太认识。人家和他打招呼，他就应一声，没人理他，他就坐在那里喝水。他的眼睛一直看着入口处，他在等江白夜来，这大哥在微信上说他也要来的。

然而他还没等到江白夜，先等来了李铮。

李铮一进来，两人就看到了彼此。

简宁川条件反射性地站了起来，想叫李铮一声，却又不知道该叫什么。在他犹豫的时间里，李铮飞快地转开了眼，在工作人员的引导下去了自己的位子。

简宁川看着他穿过人群，走到了……霍浮坐的那张桌边。那张桌子旁坐的都是叫得出名字的“神仙大佬”。

简宁川紧张起来，眼睛盯着那张桌子不敢挪开。李铮的位子背对着他这边，他看不到李铮的脸，只能看到霍浮和桌上其他人一样，对李铮客气一笑。他的嘴唇几次开合，大约是和李铮打了声招呼，而后他便神色淡定地又去和身旁其他人聊天了。

参加这种到处是摄像机的活动，艺人们一般不玩手机，因为太容易泄露个人信息了。简宁川的手机都没带在身上，想问霍浮他那边是什么情况都得亲自跑过去问，问题是他现在也不太好直接过去。

江白夜来了以后，过来和简宁川聊了几句。他现在已经是一线演员，座位被安排在更前面一桌，再前面就是超一线和顶级流量明星们的座位。

“我刚才在我那桌看了一眼，”江白夜低声道，“看见吴洲的座位牌了。我不知道他也来，早知道我就不来了。”

简宁川道：“你们现在完全不联系了吗？”

江白夜故作不在意地说：“也就点赞之交吧。”

简宁川也不知道该说什么，他和吴洲在拍《江南乱》期间关系就比较普通，杀青后也没有私下联系过。电影上映主创们跑宣传那段时间，吴、江两人已经因为撕番位的事闹僵了，他和江白夜走得近，自然和吴洲就更疏远了些。

“我看八卦说，他和女朋友分手了，”简宁川也很小声地说，“不知道是不是真的。”

江白夜道：“我也不清楚。不说了，你那推理片还没拿下来吗？”

简宁川提起这事也很苦恼，说："还没，我的经纪人还在尽力争取。"

江白夜八卦道："对了，今天吴安迪打的是不是他？"

简宁川挺直背，捍卫霍浮的清白，说："不是！等这边晚宴结束，回去你看微博就知道了！"

来参加公益活动之前，霍浮工作室的公关就敲定了今晚澄清公告的文案，晚上八时许会在工作室官微发出，大意为：

吴安迪当街暴打的是不久前通过某档选秀节目走红的男歌手。为男歌手带来大量人气的所谓原创作品，词曲都是出自吴安迪之手。

今晨吴安迪与其发生冲突，缘于男方在尚未和吴安迪分手的情况下，又与成果娱乐未出道女练习生交往。吴安迪发现后一时气愤难当，才会做出过激行为。对公众及社会造成了不良影响，吴安迪委托工作室郑重道歉。

文案最后澄清了吴安迪并无吸毒行为，声明将保留追究造谣者法律责任的权利。

公告还附上了吴安迪的词曲创作手稿图，以及她与身在海外的作曲老师讨论歌曲细节的邮件来往记录，记录上的时间是去年。

而男方在节目里曾几次声称，这首歌是他为参加这档节目特别创作的。

这则声明发出后，在网络上引起了热议。吴安迪从出道起就是话题女星，这阵子又一直被黑吸毒，有心人士时不时买营销带上"吸毒"字眼送她上热门榜；她的男友又刚刚通过选秀节目积攒了大量人气，正是个"小流量"。两边的超高关注度加在一起，迅速爆了热门。

然而这些都发生在公益晚宴外，在场的多数人尚且不知情。

晚宴开始后，简宁川观察了一阵子，发现李铮和霍浮谁都没再理谁。

他又去看前面那一桌，看到吴洲竟主动和江白夜搭话了！台上的主持人正在讲话，两人为了能听清楚彼此的话，头挨得很近。

"洲夜"这是破冰了吗？！

等他嗑完糖，再去看李铮和霍浮那一桌，他才吃惊地发现：干爹和霍老师都不见了！

他忙过去问坐在那桌的从前见过的一位大佬有没有看到霍浮，大佬说："好像和李编剧一起出去了吧。"

和李编剧一起出去了吧……出去了吧……吧。

简宁川：天哪！

又过了好久，李铮一个人回来了，坐回了原位。

简宁川坐立难安，感觉李铮好像朝自己这边看了一眼，又好像没看，他也不确定。

霍浮呢？怎么还不回来？！

直到活动结束，霍浮都没有回来。

简宁川正想走，江白夜过来一把拉住他，很高兴的样子，说：“毛毛，咱们仨合张影？”

他说的“咱们仨”当然是他们两个和吴洲，《江南乱》曾经的铁三角。

吴洲也过来，搭着江白夜的肩，说：“好不容易聚在一起，拍张照片纪念一下吧。”

简宁川只好和他们俩站在一起拍了照片。

小光过来了，站在旁边等他们拍完。拍完后，简宁川和两人告了别，忙跟着小光出来，也没接受媒体访问就匆匆离开了。

小光送他上了保姆车，帮他关上车门，自己去了前面驾驶区。

驾驶区和后座区是完全隔开的，霍浮就坐在后座。

简宁川一看到霍浮就震惊了：“我干爹下手这么重吗？！”

霍浮为了晚宴精心做好的发型已经乱掉了，来时戴的无框眼镜也没再戴着。他的鼻孔塞着一小团纸巾，嘴角还有点血迹。他脱了礼服外套，上身只穿着雪白的衬衣，衬衣胸口有点斑驳的红色痕迹，可能是鼻血滴在了上面。

他的凝血功能不好，一流血就不容易止住，他刚想说话，鼻血就浸满了纸巾，又滴了下来，他赶忙换了干净的纸巾再塞住鼻孔。

简宁川快哭了，边帮他擦血边说：“对不起，对不起……要不要去下医院？你这样一直流血怎么办？”

霍浮安慰他说：“没事，不用去医院，多塞一会儿就止住了。”

简宁川凑近看他，问：“嘴巴也破了吗？这里也有血。”

霍浮：“他打我的脸的时候，我不小心咬了自己一下，不是太要紧。”

简宁川道：“他和你说什么了吗？”

霍浮道：“没说。你干爹真的是……他叫我，说‘霍先生你出来一下。’我看他客客气气的，就跟他出来了。虽然想到他可能会找我麻烦，但没想到一出来，他二话不说就动手！而且打完就走，根本没有要和我谈的意思。”

简宁川不可思议道："怎么我看他好像没事？你难道还打不过他一个弱气书生吗？"

霍浮道："还不是因为我没还手！上次他打我是为了他堂妹，那次好歹还是讲讲道理的，怎么这次连道理都不讲了？这叔叔怎么越活越回去了？他是不是进更年期了？脾气这么暴躁。"

简宁川心想：你就别装嫩了吧霍老师！我干爹只比你大几岁而已，你敢当面叫他'叔叔'，说他进更年期，他会把你的另一个鼻孔也打出血的！

他又仔细看了看霍浮的脸，难过起来：霍老师被打得好惨啊，还很君子地没有还手，又惨又有风度，我现在是不是应该想着要为霍老师报仇……算了吧，这仇报不了。话说回来，那我要不要主动去找干爹？干爹还会理我吗？干爹还爱不爱我了？我去还是不去？

"你想去找他吗？"霍浮仿佛会读心术，一副勉为其难的样子，说，"我猜他还是很在意你的。"

简宁川心情复杂地想：哦，是吗……

他问霍浮："这猜测的根据从哪儿来的？你们不是都没有说话吗？"

霍浮理所当然道："就是猜测，没有根据呀。"

简宁川无语。

霍浮说："说来哄你开心一下。"

简宁川怒了。

"哈哈哈，"霍浮一捂鼻子，"哎哟。"

简宁川生气道："疼的话你就不要笑啦！你这倒霉孩子，真是要气死我了。"

霍浮了然道："是和江白夜一起玩了吗？看你被他带的，这一口东北碴子味。"

简宁川："我们还是去医院看一下吧，流这么多血，你有没有觉得头晕？"

霍浮道："你不想去找你干爹了？"

简宁川说："让他也揍我一顿吗？"

他按了车上的对讲键，叫小光："光哥开车，去下医院。"

到了医院，简宁川戴了个口罩，和小光一起陪着霍浮上去。大夫给霍浮做了下鼻腔和口腔清理，问题不大，普通人不会这么严重，还是霍浮自己的凝血功能不行。

从医院回来后，简宁川把大夫开的几盒药都摊在茶几上，自己坐在一边，挨个拆了说明书，看都是什么药、要怎么吃、有没有忌口。

霍浮道："川川，就是普通消炎药，不用看得那么仔细了吧。"

简宁川把药收起来，问他："你没觉得哪儿不舒服吧？"

霍浮"戏精"上身，往沙发上一倒，说："我头晕。"

简宁川愣了。

霍浮卖力地演着病患："啊……肩酸背痛。"

简宁川过来按了按他的肩，道："这里吗？"

霍浮："对对对。"

简宁川半跪在他旁边，给他按按肩、捶捶背、捏了捏腿。

霍浮眯着眼睛，舒服得很。看简宁川一副任劳任怨的样子，他十分感动，说："挨揍也太好了吧，我应该每天去和李叔叔见见面。"

简宁川求饶："霍老师，你就饶了我吧！"

霍浮："哈哈哈。"

兵荒马乱一晚上，次日霍浮也起晚了，九点多才起床，他关着卫生间的门在里面刮胡子。

简宁川还睡得四仰八叉。

霍浮的手机响起来，简宁川在隔壁都听到了，霍浮却因为剃须刀的声音还没听到。简宁川半梦半醒的，叫了声："霍老师，接电话。"

霍浮也没有听到。

简宁川被吵得睡不着，只好起床过去。他帮霍浮接过几次电话，每次都假装小助理实习生，他把霍浮的手机拿起来，见手机屏幕上闪着陌生号码，心想：哇！这么早就打电话！这人好闲啊！没事做吗？太讨厌啦！接起来时，他又礼貌乖巧得像个十佳好少年："喂，您好。"

那边沉默了一瞬，才道："川川？"

简宁川沉默了。

那边是李铮的声音。

简宁川有很多话想说，但又不知该先说什么。

李铮也沉默了片刻，才道："霍浮在吗？方不方便接电话？"

简宁川："他在。"

恰好霍浮从卫生间里出来，见他在接自己的电话，用带着询问的眼神看向他。

简宁川对李铮说："我让他接。"他便把手机给了霍浮。

霍浮接了手机，一听那边说话，立马诧异地看着简宁川。简宁川朝他摊了摊手，表示自己也不知道什么情况。

霍浮："你好……是的……没关系，不是太要紧……不用这样，您太客气了……"

简宁川边听边想：难道李铮是看了吴安迪的声明，来向霍老师道歉的吗？！

通话持续了有一分钟左右，霍浮把手机从耳边拿开了。

简宁川道："他说什么了？"

霍浮一脸哭笑不得，道："他说昨天的事是个误会，他很抱歉，如果有需要，他可以公开致歉，还让我寄医药费单给他。"

简宁川："我不知道该说什么了……"

霍浮感慨道："在我的印象里，他这还是第一次对我这么客气。"

简宁川道："他就是有点那个。他出身比较好，自己又优秀，不太看得上别人，不是专门针对你。他以前刚认识我爸的时候，也不怎么看得上我爸，我爷爷奶奶是在唐人街开饭馆的，我爸去演《秦始皇》之前，在纽约一个小破剧院里演舞台剧。他自己跟我说的，说刚开始觉得我爸纯粹是走运，后来相处时间久了才对我爸改观……要我说，还不如别改观呢。"

他上次去见过李铮后，回来就很郁闷。霍浮一直也没有问过他，现在看他自己提起，才问道："他是和你爸有矛盾了吗？"

简宁川道："我也不知道他们俩怎么回事，上回见面时他没和我说。可能是还没来得及说我们就吵架了吧，他说你不好，我就生气了，后来他也生气了，就说狠话，说没喜欢过我，不是看在我爸面子上根本不会理我。霍老师你听，这是人话吗？我简直要被他气死了。但是我没哭！我忍住了！我就和他一拍两散，我没干爹，他也没干儿子了。"

霍浮想安慰他："其实……"

简宁川说："不要安慰我，是他比较惨。我已经不是小朋友了，晚上不用干爹唱晚安曲。他呢？一个人孤零零地睡酒店，惨不惨？太惨了吧。"

霍浮想笑，立刻忍住了，笑人家干爹不是太好。

简宁川说："刚才他打你的电话，一听是我接的，气得都说不出话来，肯定特别想骂我。但是没办法呀，谁让他先不要我的，现在想骂我都骂不着了。啧，傲娇干爹，在线吃瘪。"

霍浮："哈哈哈。"

简宁川道："解气吗霍老师？"

霍浮一顿，道："我没生他的气呀。"

简宁川略愧疚道："真的没有吗？我不需要你这样。"

霍浮马上换上一副委屈脸，说："好的。川川，昨天我说没事都是骗你的。被你干爹误会，还被他打了两拳，我伤心又伤身。试问还有比我更惨的经纪人吗？没有了。如果不是为了你，我才不会受这种委屈，就问你感动吗？不管你感动不感动，我都被自己感动了。我已经集合了天下所有的美德，隐忍、扛揍，痛也不说，被虐还会说'虐得好、虐得棒、虐得再狠些'，感天动地的最美经纪人就是我。括弧，没有说你不好的意思，括弧完毕。"

简宁川"咚"的一声跪了，道："霍老师，求求你不要再说了！"

另一边，吴安迪的声明一出，她的麻烦便解决了一大半。毕竟这件事的症结就只在她自己身上，只要她自己能真正放下，霍浮就能帮她逆风翻盘。

她的男朋友在选秀时卖的是暖男才子人设，现在被曝脚踩两船，原创歌曲还是剽窃，人设完全崩坏。选秀明星的粉丝本来就不太牢固，现在更是像油皮姑娘们夏天的妆容，大太阳底下一晒，脱粉脱得一塌糊涂。这男孩的经纪约在成果娱乐，他的经纪人本来还想求霍浮高抬贵手，一看网上这阵势，知道救不回来了，干脆也放弃了他。

吴安迪前阵子因为被造谣吸毒，在网络上形象一度跌到谷底，她这段时间写的歌都是比较灰暗的主题，自己又减肥过度，整个人的形象很难再回到从前的小萝莉样子。霍浮及团队就顺势给她打造了浴火重生的女王新形象，她的妆发造型全换，头发剪短，服装也从甜美系换成了摇滚哥特风，和她新歌里酷女孩的主题相得益彰。

声明发出后的第三天，她就直接用这新造型跑了台商演。凭借霍浮工作室的得力操作，当天她演出的照片视频便刷屏式霸占了热门。当然，这还有吴安迪自己唱作俱佳的缘故。在网络同情度最高的这股东风里，她顺利完成了从美丽小女生向实力女唱将转型的第一步。

简宁川也终于不用再每天一生气就上小号去喷那个男歌手了。

第九章 一年

然而那部推理剧的男一号还是没能敲定。霍浮没有和他说得太具体，他还是从小光那里听来的，听说和他竞争男一号的是成果娱乐的一个流量小生，认真说起来，人家是比他红一点，是成果娱乐重点在捧的男星之一。小光说，霍浮和邱植为了这个角色已经闹过好几次不愉快了，还是迟迟没有定下来。

简宁川和邱植的关系也就普普通通，但是他和邱植的老婆叶晓男来往比较多，还认了姐弟，他也很喜欢邱植的儿子成成。他感觉霍浮不想让他知道这些事，可能是怕他知道以后，见到邱家人会心里不舒服。于是他也就没有问霍浮，只当自己没有从小光那里听过这个八卦。

他对红没有很大的欲望，也不觉得在家里休息等下一部好戏有什么不好。

倒是王子烨爆红以后，每天忙得脚不沾地。他和简宁川联系的时候，一听他在休息就嫉妒得跳脚，跳完脚还得继续跑行程。

秦阵参演的《洪武大帝》在央视播出后，评价很好，豆瓣评分一度超过了九分，回落后也在八点五分以上。他在里面扮演的常遇春出场比较晚，但是作为明朝开国名将，戏份还是很足的。只是正剧的关注度相对较低，他不太可能像王子烨那样，出现一剧爆红的情况。

简宁川也追了这剧，觉得很好看。秦阵就是正剧脸、正剧演技，哪里都很正。有时候他看完剧，在微博搜秦阵的名字，会看到有很少的三两条微博说："'常遇春'这么正剧脸的演员，从前竟然还演过低成本网剧？"大家都感到很不可思议。

十月中旬，天气渐渐凉了。

简宁川也开始有点着急了。今年快过完了，除了《我的职业是少女漫画家》，他还没有拍过别的戏。戏瘾一上来，他就很寂寞。

可是霍浮还是很忙很累的样子，他也不好意思催：你怎么还不给我接戏？

有一天，到了很晚的时候，霍浮很反常地还没有回来。简宁川给霍浮打电话也没有人接，正着急的时候就接到了常平打来的电话，他说："小简，霍老师在医院，晚上可能回不去了。”

在医院做什么？！

简宁川肝胆欲碎，忙问：“怎么回事？”心里一百万个祈祷不要是什么不好的事。

常平道：“没事没事，你别紧张。低血糖晕了一下，他现在已经醒过来了，在打点滴，真没事。”

简宁川察觉到不对，道：“那你让他和我说话。”

常平明显在找借口：“大夫和护士都围在他旁边，不方便。”

简宁川：“你不要骗我！”

常平只得说了实话：“还……还没醒。”

简宁川一下便哭了出来，边哭边跑到门口换鞋，道：“哪家医院？”

常平还没说话，那边一个女声道：“让我和他说。”

是叶晓男，她说：“小简，你别慌，真的没事，等下他醒了我让他给你回电话。你听姐的话，在家乖乖睡觉，好吗？”

简宁川已经在等电梯了，哭得停不下来，说：“晓男姐，你们在哪家医院？求求你了，告诉我。”

叶晓男诧异道：“哎？怎么还哭了？这……”她还是说了医院的名字，道，“叫你的助理开车慢点，千万别着急，这边有我们在，不会有事的。”

简宁川哪还等得到小光来，他打了车就直奔医院。他之前已经准备睡觉了，还穿着睡衣、短裤和拖鞋，他哭得稀里哗啦，又是去医院，司机安慰他说“是家人生病了？小伙子别着急，这会儿路况好，眨眼就到了，吉人天相，肯定没事儿的”，倒是没认出他来。

他到医院时，常平在楼下接他，一看他这形容衣着，慌张道：“小光呢？你怎么这样就来了？被狗仔拍到就坏了！”

简宁川问他：“霍老师呢？”

常平带他上楼去，在电梯里说：“他真的已经醒了，没事，在打点滴，这次不是骗你。”

简宁川哭疲了，木着一张脸，道：“好好的怎么会低血糖？他很注意的。”

常平面露为难，说：“晚上应酬时喝了酒，大夫担心是DKA，就是什么中毒……”他不太记得那个词。

“酮症酸中毒。”简宁川咬了咬牙，额头和脖子上暴着细细的青筋，眼泪又在眼睛里打转，说，“结果是吗？”

常平忙道：“不是不是，就是低血糖。医生给他静脉滴注了葡萄糖，他现在在吊盐水。”

简宁川抬手用力抹了下眼睛，道：“什么应酬，还用他陪酒？”

常平沉默了。

简宁川道：“邱总和叶总都在这个饭局上吗？”

常平道：“嗯……主要是局上还有那位在，霍总不能不给那位面子。”他说了一位影视圈举足轻重的大牛的名字。

简宁川有一点点明白了。

病房里，叶晓男在霍浮身边守着，还有一个秘书打扮的女生，应该是叶晓男的跟班。

霍浮闭眼躺在那里，手背上扎着针，还在输液。他的嘴唇惨白，整个人仿佛毫无生机。

看到这样的霍浮，简宁川整个人都呆住了。

叶晓男先是被他的装束吓了一跳，然后叫了他一声：“小简，你来了。”

简宁川没回答，盯着霍浮看。

霍浮在听到叶晓男叫简宁川时，马上睁开了眼睛，看到他，便微微一笑。

简宁川道：“你笑什么？”

霍浮道：“我没事。”

叶晓男附和道：“小简，霍浮没事的，大夫说把盐水输完就能回家，你别太担心。”

简宁川很客气又很不客气地说：“好，谢谢你了。”

叶晓男皱了下眉。

霍浮道：“叶总，你先回去吧。”

叶晓男道：“你回去一定要好好休息，还是身体重要，别的事都往后放一放。”说完便带着她的跟班走了。

常平识趣地没有进来，在门外守着。

简宁川走到床边，忍不住又哭了，他在床边伏下，哭得整个人都在发抖。

霍浮也不知道该说什么才好，只把空着的手挪过来，拍了拍简宁川的小脑袋。

简宁川哭了好一会儿才抬起头，突然一脸凶恶道：“你怎么回事！嫌命长吗？怎么那么厉害啊？还会喝酒了？”

霍浮笑道："我错啦。"

简宁川道："你还笑？！"

霍浮绷住脸，道："不笑了，不笑了，我也哭。"

简宁川无语。

霍浮道："怎么穿着睡衣就来了？"

简宁川道："忘了换衣服。"

霍浮道："吓到你了是不是？对不起呀。"

简宁川又哽咽起来，道："你吓死我了。"

霍浮道："不要乱说，什么死不死的。"

简宁川一吸鼻子，眼泪又往外冒了。他哭得稀里哗啦，边哭边道："霍老师，你都是骗人的，说什么会好好注意身体、会活到一百岁，都是骗人的，我以后再也不会相信你了……"

见他小嘴"叭叭叭"个不停，霍浮装不舒服："哎呀，我头晕。"

简宁川忙道："没事吧？我叫医生来看看。"

见他要去叫人，霍浮道："不用不用，你别哭我就不晕了。川川，不要骂我了，我知道错了。"

"你为什么要喝酒？是谁非要灌你酒吗？"简宁川道，"是不是邱植？"

霍浮疑惑道："嗯？为什么你觉得是他？"

简宁川道："光哥都告诉我了！邱植想让那个谁演那部推理片的男一号，和你因为这件事掐过好几次了。霍老师，你不用担心我和晓男姐不好相处，她如果不站我这边，我也不是非要和她攀这门亲戚。"

霍浮道："叶晓男没有不站你这边。"

简宁川："邱植要灌你酒，她在场都没有帮你。我不喜欢她了。"

霍浮道："她劝过邱植，邱植不听，她也没办法呀。叶晓男不是那种不明事理的人，对你也很真心的，你不要迁怒她。"

简宁川道："那邱植什么意思？就因为这个男一号吗？那我不演了，他想让谁演就让谁演，我们再接别的戏就好啦。"

霍浮："川川……这部戏我不能帮你拿到的话，以后我可能也没办法帮你接到更好的戏了。"

成果娱乐是由霍浮和邱植联合创立的，前期邱植负责管理和行政，霍浮主抓签约艺人。后来小作坊式的工作室渐渐做大，邱植也在工作室发展过程中渐渐占据主导地位。尤其是，成果上市时霍浮只给自己留了一部分原始股，还出来另行开了霍浮工作室。之后成果最大的股东是邱植的妻子，成果娱乐几乎就是邱植的一言堂。

后来，霍浮陆续成功推红了几位艺人，把自己小小的工作室打造成了业界标杆、圈内金字招牌，“霍浮工作室”的品牌市值翻了数倍。

他出来拉旗单干的时候，和邱植约定好，工作室名义上挂靠成果娱乐，实则独立运营，和成果分得很清楚。但在工作室估值破五千万后不久，邱植又提出成果要注资。霍浮拒绝了几次，但最后还是答应了。

“啊？”简宁川道，“你不是一直说邱植是个滑头鬼吗？怎么又答应他注资？”

霍浮道：“那是去年六月的事，工作室出了点小麻烦，就是杨双双那件事爆出来以后。你也知道，我当时还没签你，工作室旗下只有杨双双和吴安迪两个艺人，杨双双爆我是渣男，和她恋爱又劈腿吴安迪，当时工作室基本上是要玩完的状态，成果那时候注资进来，我没有不答应的道理。”

简宁川沉默了。

霍浮道：“你在想什么？”

简宁川不太敢相信自己的猜测，说：“就是……我有点阴谋论。”

霍浮一笑，说：“川川你很聪明，我不如你啊，所以我当时失算了。”

杨双双现在在成果做签约艺人，还是霍浮心软，叫田娜拉帮她介绍的经纪人。虽然有去年那件丑闻，但是成果似乎对杨双双还不错，暑期档播了一部大女主戏，她还演的女一号。虽然暑期档电视剧都被《春风不度》和王子烨抢光了风头，杨双双这剧也扑了，但是总体来看，她的资源非但没变差，反而更好了。

“因为前几年李铮那位堂妹的事，我一被这种事缠上就头大，当时搞得焦头烂额，怀疑自己做人真的有问题。”霍浮道，“当时我还有一点不想继续做娱乐圈的工作，想退休找个乡野村间去养老，所以当邱植又来谈注资的事时，我就答应了。”

结果他就上了邱植这大猪蹄子的当。

等霍浮输完液，常平送他们俩回家。简宁川穿了身睡衣，来时心里有事还没觉得，现在知道霍浮没事了，下楼被风一吹，一路上喷嚏打个没完，大概感冒了。霍浮就把西装外套给他披了。

到家楼下的停车场，霍浮先下了车。简宁川正要下去，霍浮道：“等一下。”

简宁川一脸疑惑。

霍浮大步走向停在几米开外的一辆黑色商务车，敲了敲车窗。车窗放下来，里面几个人都端着各式“长枪短炮”。

简宁川：哇！活的狗仔！

霍浮在那边和狗仔低声谈了几句，便折返回来，叫简宁川：“回家。”又和常平道了别。

简宁川下车，回头看了看那辆狗仔的车，车窗里的几人竟还朝他挥手笑了笑。

他知道霍浮和娱记们相处得很好，过年的时候，霍浮还包了大红包给那几家知名狗仔工作室。

以前他都是听小光说后面有狗仔、前面有狗仔、左边右边有狗仔，感觉被小光说得到处都是狗仔，心里暗暗觉得光哥草木皆兵，有被害妄想症，毕竟他又不红。

没想到他第一次亲眼看见狗仔，他们当真是离得这么近在跟拍他。还对他笑？笑什么？

进了电梯，他从电梯镜面里看到自己的样子，就知道狗仔们笑什么了。

他穿着睡衣、短裤和熊猫拖鞋，套了比他大两码的霍浮的西装外套，显得他像个偷穿家长衣服的中学生。

霍浮遵医嘱在家里休息了两天，但也没闲着，电话不断，各种事情一大堆。

此刻他歪在沙发上接电话，笑眯眯地和人讲着：“一千万啊？那可能不太行……抱歉，这几天不方便见面，我人没在北京……”

简宁川也不打扰他，安安静静地坐在餐桌边看电子书。

霍浮：“对呀，一千万是春天的价了，小简现在演电影男一号的报价是两千万……对，不演配角。电视剧六十万一集，真人秀一季打包价一千五百万……”

简宁川震惊了：我这么贵了吗？！

霍浮：“我没在北京啊，我在火星……嗯嗯好的，等我回地球了再约你。”

简宁川了然了：霍老师嘴里怎么会有实话。

霍浮挂了电话，简宁川道：“是谁啊？火星人吗？”

霍浮道：“影视公司的，想找你演部校园剧。”

简宁川大吃一惊，本来以为霍浮是在和朋友开玩笑，没想到是真的，他道：“真是谈片约的啊？那你干吗还虚报我的身价！”

霍浮道：“不想接，就用天价吓退他们呀。”

简宁川：“我不是非要拍那部推理片，你没必要和邱植杠。”

他虽然很讨厌邱植，可是邱植实力比霍浮更强，如果两人真杠起来，霍浮又像昨天那样吃亏怎么办？一部戏而已，不值得。

霍浮却说：“不是我要和他杠，是他要和我杠……我等下再和你说，又有电话。”

他又接电话，语气秒变正经，看来这次对面是个比较严肃的人。

霍老师见人说人话，见鬼说鬼话，面对严肃的人能一本正经，对爱开玩笑的人就没个正形，也难怪到哪里都吃得开。

邱植是海归学霸，和霍浮本来不是一路人，但他回国后进了影视圈，机缘巧合之下遇到了也在行业内打拼的老同学霍浮，两人在很多事上的想法不谋而合，才决定一起创业。霍浮曾是他最信赖的左右手，然而一将功成万骨枯，飞鸟尽，良弓藏。

简宁川正这样感慨着，自己的手机也收到了微信消息，是王子烨问他在干什么，他便和王子烨随便聊了几句。

霍浮还在打电话，但坐了起来，他一脸严肃地和电话里的人说：“他说三个亿，我给他三个亿，不遵守游戏规则的不是我。”

简宁川惊呆了：啊！霍老师有三个亿？！

霍浮瞥了他一眼，他忙低下头看手机，假装什么也没听到。

“在和谁聊微信？”霍浮打完了那通电话，问简宁川。

“同学。”简宁川反问霍浮，“这个电话是谁打来的？”

霍浮说了个名字，就是前晚饭局上的那位超级大佬。常平和简宁川说过的，如果不是这位在，霍浮也不会喝酒喝到紧急入院。

简宁川道：“地位高就能勉强别人做不能做的事吗？他也不是好人，打电话来是想干什么？你没告诉他和他吃完饭你就住院打点滴了吗？看他好不好意思。”

霍浮好笑道：“你真是个小孩。这事我自己说不着，会有别人告诉他的。”

简宁川却还是小孩思维，道：“那他不好意思了吗？看他把人害的！”

霍浮感觉他这样也挺好，不是一定要明白成人世界这样那样的奇葩规则，说：“病一下也不全是坏事。这位就是那部推理片的出品人，我给足了他面子，他当然也要还我几分面子。”

简宁川一拍桌子，道：“噢！我知道了！你故意忍辱负重被邱植灌酒，就为了演这出苦肉计，好让大佬把这戏给我？”

霍浮沉默了。

简宁川："不是吗？我猜错了？"

霍浮不可思议道："川川，你真是个聪明的小傻子。"

简宁川："霍老师，你是骂我还是夸我？"

霍浮道："夸你呀，你太聪明了。就是这样，我演了个苦肉计，这角色多半要给你了。"

简宁川其实是随便猜了猜，没想到猜中了。他顿时震惊了，马上又狠狠拍桌，生气道："我用得着你这样吗？牺牲健康来帮我换一个角色？你还真伟大呀！你就感动自己去吧，我才不会感动！等你身体垮掉，躺在床上打吊瓶，我就到你的病床前晃来晃去，还要在你面前吃巧克力，喝熊猫奶盖！什么甜就吃什么！而你——只能看着！"

霍浮配合地瑟瑟发抖道："你也太残忍了吧！我要哭了。"

简宁川眼眶一红，道："我才要哭了吧。"

霍浮愣了一下，道："怎么还来真的？"

他起身拿了纸巾盒放在简宁川面前，又对简宁川扮鬼脸，道："哎呀呀，看是谁家的小帅哥在流眼泪？"

简宁川现在是一个"没有感情的杀手"，他用双手朝霍浮比了个开枪的姿势，霍浮顺势趴在餐桌边装死。

简宁川一阵无语，道："戏太过了！"

霍浮爬起来，笑道："过了吗？我下次会控制住的。"

简宁川道："不要有下次了。我刚才是乱说的，你真的病倒了，我不会去气你，我会为你伤心。"

霍浮："川川，我没想感动你，也没有自我感动。"

简宁川道："霍老师，我其实真的是个很随意的人，不是非要演什么大制作的片子。我以前老是去试镜大导演的戏，只是和我爸置气，不想被他看不起，我想一鸣惊人……不是，就是想'一鸣惊他'。我对你说没什么不好意思，但你不要告诉别人。"

霍浮："我会保密的。"

简宁川道："我没有什么艺术追求，你帮我接什么我就演什么，我真的什么都能演，实在没的演，让我去做幕后也行，或者我干脆给你做助理都行。"

霍浮："不行，常平不答应。"

简宁川："我没有开玩笑！"

霍浮道："我也没有啊。川川，苦肉计是有的，但是我真不至于为了一部戏就把自己搞得住院，我没有这么无能。还是说，在你眼里，霍老师这么菜？"

简宁川道："当然不是，你很厉害的，什么都会，你是超人。"

霍浮笑道："谢谢川川，但我更希望能像蝙蝠侠一样有钱。"

简宁川被他逗笑了，忙板起脸来，道："不要开玩笑，我在谈正事。"

霍浮立刻坐好，像要谈判一样，说："好，简先生，我就严肃、正经、认真地把这件事向你做一下汇报。"

去年夏天，成果娱乐确定注资霍浮工作室，并以注资方的身份要求和霍浮签对赌协议——两年内，工作室品牌市值需达到三个亿，否则，霍浮将出让他在成果娱乐的原始股。霍浮同意了。

在杨双双风波过去后，霍浮签下了新人简宁川，并把简宁川塞进成果参与投资的《罪恶城市》剧组，秋天时又把他送进成果和其他几家公司联合发行的《江南乱》剧组。这两部戏的成功制作和发行，让霍浮工作室市值在不到一年时间里翻到了两亿多。

此时，圈内却忽然兴起一股势头极盛的传言，说是成果注资后，霍浮才能帮艺人拿到这两部电影的优质资源。

而这两部电影的资源，其实都是霍浮用自己多年的人脉和关系才帮简宁川争取到的。《罪恶城市》导演陈奇峰是霍浮的老友，《江南乱》的制片人前几年遇难处于低谷，是已经有些名堂的霍浮介绍他进了他现在任职的影视公司。而且简宁川的自身条件以及片酬报价，和他在这两部戏里的番位足够匹配，更何况他超级星二代的身份曝光后，在无形中还帮片方省了一笔可观的宣发费用。对这两个剧组来说，简宁川绝对称得上"物美价廉"。

可是邱植不这么想，或者说就算这么想了也不承认。传言的源头就是他，他对内对外都在有意无意地宣扬，说是成果的注资拯救了濒临灭亡的霍浮工作室。

霍浮之前擅长推流量艺人，人设、炒作两手抓，艺人蹿红得比较快，他就赚快钱。他的上一个演员艺人杨双双，签了几年了，在微博"手撕"他的时候，也只不过是个电视剧流量小花，比《罪恶城市》的女配花蕾还差些。吴安迪是歌手，和演员情况不一样，不能同日而语，加上她先是被杨双双坑了一把，后来又为恋爱所苦，所以这一年多都没什么建树。

因为霍浮从前推旗下艺人还没有这样下过力气，所以邱植的宣扬被很多不明就里的中层圈内人当作了真相，认为成果娱乐厉害，邱总厉害，霍浮不行，霍浮工作室不行。

这个情况造成的负面影响不只停留在舆论上，在实质上也给霍浮找了不少麻烦。别的就不说了，简宁川的第三部作品该演什么，这就是个麻烦。有了前两部的积累，简宁川这次应当是演男一或是男二，可是以他的资历，如果是接和前两部一样水准的戏，霍浮硬推他做男一还是有点困难。那再消耗一次霍浮多年来攒下的人脉吗？从长远发展看，这对简宁川没有裨益，还很有可能给邱植做嫁衣裳。

霍浮既不想便宜邱植，又得让简宁川当男一，最后想了个折中的法子，这才有了《我的职业是少女漫画家》这部快餐电影。

"这部戏真是一言难尽，"霍浮道，"又要因为这烂片和你说对不起了，这事我办得不好。"

简宁川道："不用了，你都为这片子道歉好多次了。"

霍浮道："用的，我一直没跟你说实话。"

简宁川一头雾水。

霍浮："你那段时间说这剧不好，从出品人吐槽到场务，我就没好意思告诉你，我就是这片子的出品人。"

简宁川愕然道："所以，你才是这电影的'金主爸爸'？"

霍浮点头。

简宁川："原来你当时探班那么勤根本不是去看我，是去看你的钱？"

霍浮笑道："是看我的钱，更是看我的小摇钱树。"

简宁川真发怒了，他以前没放肆喷过这电影，总归是觉得霍浮好心帮他接了男一号，他喷得太厉害要伤霍浮的心，才忍了很久。但现在还忍什么？他遂大喷特喷：

"《我的职业是少女漫画家》是大烂片！

"花瓶女主汪妙然，整容、演技烂，还集邮男演员！

"沽名钓誉冯源，狗屁六代导演领军人，剧本都没好好看过就乱导！

"垃圾出品人霍大福，没有一点艺术审美，还敢骗自己的艺人去演这种烂片！这个烂经纪人他完蛋了！"

霍浮变脸，道："什么完蛋了？"

简宁川喷得兴起，被他问得愣了片刻，才道："没完没完，我喷得太厉害，一下没收住。"

霍浮无语。

简宁川道："那我拍了这烂片，对你有帮助吗？"

霍浮谦虚里透着骄傲，羞涩里透着奸商的无耻，说："当然有了，不然我投资它做什么？这片子有噱头，能卖座，赚头很大的。"

闻言，简宁川忍无可忍，又喷了三分钟。

霍浮道："就是因为这片能赚钱，邱植急眼了，才非来和我杠那部推理片。他看出自己要输了，想赶在两年期限前来堵我的下一步棋。他不是不想让你拍这片，而是所有有可能爆的电影，他都会推成果的人上。成果不缺人，但我只有你。你也知道，吴安迪不稳定，我手里只有你这一张牌，打不好，就得把原始股输给他。这不是钱的问题。"

简宁川喷爽了，又与他同仇敌忾，说："我知道，这不是钱的问题。如果真的杠不过他，大不了你再投拍这种有噱头、有赚头的烂片，多烂我都能演！"

霍浮沉默片刻，道："不要了吧，刚才你还喷这戏呢。"

"喷归喷，两码事。"简宁川道，"帮我的伯乐赚钱挣面子，天经地义！"

霍浮笑了，说："你没这个机会了，就算我以后再投拍烂片，也不会让你演，我找周放演。"

简宁川简直无语凝噎，道："放哥又做错了什么？"

霍浮休息了三天，到第三天晚上，才打过电话没几天的李铮又打了电话来。

这次李铮打的是简宁川的手机，劈头盖脸就是一通怒吼："你知道霍浮和成果娱乐签了对赌协议吗？他还骗你拍了部烂片！亏我还以为误会了他，他就是个彻头彻尾的骗子！"

简宁川正面杠干爹，道："我就喜欢被他骗！怎么了？"

第二天，霍浮回去继续和邱植杠，继续工作。简宁川跑去见李铮。

李铮还住在华尔道夫，他是南方人，没在北京购置房产，以前他来京时经常住简家。现在虽然不知到底是什么情况，但毫无疑问他是和简华翻了脸，那他自然不可能还像以前一样。

酒店管家带着简宁川到套房门外，微一鞠躬就走了。

简宁川在门口抓耳挠腮。

昨天在电话里他对李铮不太客气，听声音就知道李铮气得要跳脚。等下见面李铮不会又骂他吧？会气得要打他吗？

他小时候只挨过一次打，那时他是七岁还是八岁。是李铮打的他，因为他在学校说谎，对同学说“我爸爸很凶的，经常打我”。说谎总归是不对的，他为什么对同学说那种话呢？因为同学告诉他说自己因为没写作业回家挨揍了，他很羡慕，还虚荣心发作，想让同学认为他也是有爸爸管的。

听到那话，同学震惊了，偷偷告诉了老师。老师信以为真，打电话到家里，表示不可以对小朋友使用家庭暴力，保姆阿姨又传话给李铮。当时李铮还在国内工作，那句话就引来了简宁川有生以来的第一次挨揍——

“你不是说你经常被打吗？那我就真的打打看啊。

“小孩怎么可以说谎？你想做一个不诚实的人吗？以后要靠说谎去安身立命、顶天立地？靠说谎去取得成就？

“如果那样，即使你富有，即使你有名望，也没有人会真心爱你。”

他到现在都记得那天自己哭得呼天抢地的狼狈样子，其实不是有多疼，主要是小孩犯了错以后的恐惧：干爹生气了吗？干爹是不是不爱我了？

十几年后的今天，已经是个大人的他，站在李铮的房门外，按下门铃，心里想的还是：干爹生气了吗？干爹还爱我吗？

已经接近中午，李铮却是刚起床的样子，还穿着睡衣，眼睛里有红血丝，样子很疲惫。

“赶稿到早上才睡，”李铮指了指沙发让他坐，自己到咖啡机前打了杯咖啡，问，“你喝吗？”

简宁川回头看着他，道：“我不喝。你也不要总靠喝咖啡提神，对心脏不好。”

李铮“嗯”了一声，端起杯子，平静道：“你来干什么的？”

简宁川道：“我看看你。”

李铮说：“看完了，我好得很，你走吧。”

简宁川叫他：“干爹。”

李铮道：“我不是你干爹。”

简宁川用撒娇的调调说：“干爹，你不要生气了，我爱你。”

李铮不语。

简宁川转身跪在沙发上，卖萌道：“我真的爱你，你别不管我。”

李铮一下子怒了，道：“我还管得了你吗？！”

简宁川猛点头：“管得了，管得了。”

李铮冷酷道：“那你马上从霍浮家里搬出来。”

简宁川道：“这个不行，其他事我都听你的。”

李铮："好，你和霍浮工作室解约，违约金你不用管。"

简宁川："这个也不行。"

李铮愤然道："那什么行？让我管你吃喝拉撒睡吗？我是你的保姆？"

简宁川道："话不是这样说的，现在都什么年代了，国家还鼓励自由择业，你还要做封建家长吗？"

李铮把咖啡杯用力放下，咖啡溅了大半出来，他怒吼道："别说了，我不是你家长！没什么好说的，你走吧！"

简宁川往沙发上一趴，耍赖道："不，我不走，我长在这里了。"

"那你在这里长着吧！"李铮无情道，"我现在要出门退房了！"

简宁川一骨碌爬起来，道："不要这样对我！爸爸，我错了！"

李铮顿住了。

简宁川从沙发背翻过来，坐在地毯上，抱着李铮的腿，哭号起来："爸爸，我是你最亲最爱的儿子啊！你念念父子情，不要离开我！"

李铮整个人都不好了，道："你叫我什么？"

简宁川抬起头仰望他，眼神真挚，说："爸爸，你就是我的爸爸，最帅、最疼我的爸爸，爸爸我爱你。"

简宁川一通胡搅蛮缠，把李铮搞得也没脾气了。

两人面对面坐下，心平气和、开诚布公地谈了谈。

"爸，昨天电话里你说的事，我都知道，他没有骗我。"简宁川没有说谎，只是没有说他也是刚知道没几天。

"他就是拿你当摇钱树，你明不明白？"李铮道。

"我明白的，"简宁川道，"这个很早以前他就说过了。我帮他摇钱摇得很开心啊。"

李铮："你就气死我好了。"

简宁川道："说到底他是个生意人，赚钱当然是很重要的事。难道你希望他签我回去，是为了把我当菩萨一样供起来吗？他没钱赚，我也没的赚了，我们俩是在一条船上的。你看，我都还没毕业，就演了两部叫好又叫座的电影，还都是主要角色。可是我的大部分同学还在网剧里混，而且我还没有靠我爸……不是说你啦，是说那个渣男。我没有靠他，这都是霍老师帮我争取到的机会，那我拍一部质量可能没那么好的片子，就算我们没有私交，只当是我回报他的知遇之恩，也合情合理吧。"

李铮说："那你想过没有？如果这部烂片票房扑了，他和邱植对赌落败，他就什么都没有了。"

简宁川信心满满道："不会，他不会输的。你不了解他，他比你以为的要厉害很多。"

李铮说："你这就是盲目信任嘛，你这不行……"

简宁川道："我最爱你了，爸爸。"

李铮神情复杂，终究还是有些动容，语气和缓道："反正你现在说什么也要维护他。"

简宁川理所当然地笑着说："他也是我的家人啊，我当然要维护他了。"

之后，两人一起在酒店餐厅吃了午饭。

李铮道："我下午要去开剧本会，吃完你自己回去。"

简宁川道："我的助理在附近等我，等下我叫他来接。你的剧本还没写完吗？"

李铮道："差不多写完了。"

虽然两人没了嫌隙，但简宁川还是小心翼翼地问他："你和那个谁是怎么了？"

李铮道："没什么，就是有些事谈不拢。"

简宁川还想再细问，李铮说："你让不让我吃饭了？话怎么这么多。"

简宁川猜测是李铮终于也受不了简华那独断专行的坏脾气，道："那我有最后一个问题。就是你上次说你的电影角色不适合我，是气话还是真的？"

李铮道："真的不适合你。这个角色需要一个有阅历的男演员来演，你太小了。"

简宁川不服气道："可是我很有阅历啊！"

李铮简直要翻白眼："被骗的阅历吗？"

当天下午，霍浮出席成果娱乐和某电视台战略合作发布会。

在实时娱乐新闻里，他被记者问到，工作室发展势头正劲，他是否有离开成果另立门户的打算。

霍浮先生说不会离开成果，并且情真意切地回溯了自己和邱植多年的友情、当年创业的艰辛，表示未来还会继续作为邱植的得力助手，与其携手为中国娱乐行业贡献自己的光和热。

看着新闻的简宁川无语地想：霍老师你太不诚实了。

霍浮先生线上说完场面话，线下还要和邱植继续杠。

他和邱植认识这么多年，彼此也称得上互相了解，对方会出什么招数两人心里也大概有点数。因为这样，到现在这个时候，谁也不敢先动手，都想等着后发制人。

霍浮休息了几天，攒了一堆事，晚上几乎都不能再回去吃饭。

简宁川只好每天傍晚做有氧运动加举铁，惨兮兮地点健身餐外卖，吃一口掉两滴泪。他现在的优势是年纪还小，新陈代谢比较快，正常健身配合健身餐就还可以维持完美体形。周放比他大几岁，已经过了二十五岁，拍戏期间就和晚饭告别了，每次在新戏开拍之前还要极速瘦身，靠蛋白粉续命，一份健身餐都得分几次吃完。江白夜和吴洲这一群人也都是这样。

简宁川友情提醒：热爱美食的朋友千万不要入行做艺人，太苦了！

转眼到了十一月初，推理片片方还在简宁川和成果娱乐推的那位小鲜肉之间摇摆不定，或者更直白点说，是在霍浮和邱植之间抉择不下。

简宁川都已经等疲了，认真考虑要不要趁这段时间去和秦阵一起演话剧。

秦阵那部历史剧在央视平台播出后，也有些古装剧组联系他，想邀他演一些类似的武将角色，但他都推掉了，而是找院里老师帮忙推荐，跑去话剧院演话剧。

因为刚去没多久，他还没演过重要角色，就串串场，演个龙套，或是哪位配角演员不合适的时候他就顶一场。他说演话剧很有意思，特别是能及时收到观众的反馈，比拍戏好玩。

简宁川隐约觉得他在表演艺术上很有野心，说不定将来要考博士。

王子烨也说："没想到宿舍里从前最浮夸的阵锅，现在好踏实哦。自从和小文耍朋友，他就像变了一个人。"

简宁川道："恋爱改变人生啊！你还不谈个恋爱吗？"

王子烨嗤之以鼻道："老子正当红，女友粉好多，跑去谈恋爱，怕不是脑阔（脑壳）坏掉了。"

简宁川哈哈大笑："这倒是。你现在好红啊，连霍老师都说，当初推荐你去演南追月，只是觉得适合你，他都没想到你会发展成这样。"

王子烨得意道："没办法，天生丽质难自弃。"

简宁川适时泼他冷水："你们公司还没给你接新戏吗？你整天到处刷脸，都好几个月了，总不能一直当'花瓶'浪费你的好演技。"

王子烨的语气一时惆怅起来，道："好多戏来找，就是都不太好，拍了还不如不拍。"

他现在是够红了，可惜公司是个老派公司，内部资源比较差，外部资源又接不着。现在这流量明星辈出的时代，粉丝们热情很高，但忘性也大，三个月换一个“老公”是常态。影视公司也看透了这点，不会再像前几年一样舍得往流量艺人身上砸钱，反正横竖亏不了。

现在的情况是，流量演员既保证不了票房和收视，还有可能赶走对流量明星有偏见的大批观众。要不然怎么这么多年了，流量明星都换了不知道多少茬，能演A级资源大戏的，转来转去还是那一拨熟面孔？

“说起来就不开心，不说了。”他问，“小简，这周末没安排，你来找我耍嘛？”

简宁川道：“去不了，周末要去金枫奖现场。”

王子烨一阵尖叫：“啊啊啊！你要拿影帝了！”

简宁川谦虚又得意地道：“影帝且早着呢，新人奖入围了。”

王子烨开心道：“厉害！我这辈子还不晓得有没有机会去‘三金’现场看一哈（一下）。”

简宁川认真地提议道：“可以托人和他们说一声，他们肯定会发请柬请你去观礼。你现在这么红，主办方说不定正求之不得。”

王子烨生气道：“我去做啥子？你不要往我心上插刀！”

简宁川：“我以为你真想去。”

王子烨叹气道：“算了，你就是个天然呆。我等你拿奖的好消息，你回来请我吃大餐。”

几天后，金枫奖之夜。

简宁川从走红毯起整个人就恍恍惚惚的，他太紧张了。

霍浮一直跟他说些好玩的话逗他，他也反应迟钝笑不出，霍浮反倒被他逗乐了。

这场电影人的盛会来了不少“影帝”“影后”级的前辈，今年的入围名单里，年龄最小的就是简宁川。他以为他还是个无名小卒，别人至多看在简华的面上叫他一声“小简”，没想到很多大前辈都叫他的全名，还有夸他有灵气、天分好的。不管场面话还是真心话，他听了都很开心。

但他也更紧张了，还好霍浮这次的座位就在他旁边。

颁奖礼过半，他也不知道都看了些什么，霍浮鼓掌他就鼓掌，霍浮笑他也跟着笑，脑子里一团乱麻。说他很在乎这奖项，倒也不是，那是什么？他模模糊糊好像能抓到答案的尾巴，但又没抓住。

大屏幕上播了他的演出片段，而后颁奖嘉宾念出：“第五十四届金枫奖最佳新人演员的获奖人是……”

简宁川整个人僵硬得不得了，霍浮抓住了他的手，他感觉到了霍浮手心的汗。所以霍浮也很紧张吗？

颁奖嘉宾抬头一笑，道：“《江南乱》，简宁川！恭喜你！”

霍浮一下站了起来，简宁川被他带得也站起来。

看到自己茫然的脸出现在大屏幕上，简宁川才终于反应过来：我拿奖了！

简宁川都记不清楚自己说了什么获奖感言，无非是谢谢观众、谢谢公司、谢谢霍老师罢了。别的他都记不住，倒是牢牢记得谢过霍老师，还谢了两遍。

进步很大的是，他没在台上哭！

颁奖礼结束后，他又被娱记们围着进行一轮又一轮的采访，重复说着感谢的话，说到最后，他的舌头都要打结了，紧张感也没了，就剩下兴奋，还有一点点累。

有位挂着香港某媒体胸卡的记者问他：“小简小简，刚刚的获奖感言里，你怎么没有感谢家人？”

简宁川不怎么高兴，还得笑着回答说：“可能太紧张了，我都不记得自己在台上说了什么。”

那记者道：“相信你父亲一定很高兴，他会为你骄傲的。”

简宁川沉默了。

别的娱记又问了关于新片的问题，他刚才回答过好几次，此时机械地复述出来，心里却有什么东西“呼啦”一下排山倒海而来。他突然明白了，刚才颁奖嘉宾在宣布获奖名单的时候，他到底在紧张什么。

如果他和这一生只有一次机会的新人奖失之交臂，别人会说，他给“好莱坞华人之光”简华丢了脸。

有些东西从他出生起就注定融在他的骨血里，即使他否定、拒绝，也改变不了这个事实。

他们很晚才回到下榻的酒店，简宁川累到说不出话，嗓音都沙哑了几分。

手机里消息爆满，全是朋友们发来的祝贺，他的微博也被@了上万条。

他的粉丝一直认为他戴着“天选之子”的光环，被经纪公司迫害因此资源惨不忍睹，现在他“全靠自己的实力”拿了奖，粉丝们都高兴疯了。这搞得他很惭愧，哪里是全靠自己，还是靠经纪人多一点。

霍浮买了凉茶给他喝，他边喝边说：“明天我们去哪里玩一下再回去吧？”

霍浮道："昨天都玩了一整天了，还想玩？一直玩可还行？"

他们昨天白天去了当地著名景点，晚上逛了夜市，还上山看了夜景。这里认识他们的人不多，简宁川连遮掩的墨镜、帽子都能省掉。他整个人玩疯了，一路跑跑跳跳，买了一堆小吃，手里拿着，嘴里吃着，霍浮和小光还帮他提了好几样。他吃得太多，撑到晚上睡不着。

今天颁奖礼上他晕乎乎的，一小半原因也怪他昨晚没睡好。

简宁川还是想去玩，找借口说："我还没给阵哥和烨哥买手信。反正明天下午才回去，上午我就再去逛一下。"

霍浮道："叫小光去帮你买，再不然就在淘宝上买了直接寄到家，还省得麻烦。你明天好好睡半天养养精神，一回去事情就多了，到时候你又喊困，我是不会同情你的。"

简宁川："你这个口是心非的人！"

他刚拿了奖，回去肯定有各种采访、拍写真的工作，他也知道。他垂头丧气了一下，马上又高兴道："我拿了这个奖，是不是更有可能拿下那部推理剧了？我都好几个月没拍戏了，戏瘾快控制不住了！"

闻言，霍浮的眼神和表情都有些微妙。

简宁川意识到了什么，道："霍老师，是有什么事吗？"

霍浮有些歉疚地望着他，说："川川，这部戏……不行了。"

简宁川心里一沉，把凉茶放下，问："所以……片方还是选了邱植想推的那个人吗？"

霍浮点点头，道："就是今天白天才敲定的事。成果娱乐投了一个亿进去，成了这片子最大的投资方。"

简宁川明白了，说："难怪你今天在颁奖礼上那么紧张，是不是担心我鸡飞蛋打，什么都没拿着？"

霍浮道："川川，对不起。"

简宁川忙笑道："干吗？你不用这样啦。这也是没办法的事，成果娱乐规模那么大，邱植财大气粗，比智商你才不会输给他，他只是比咱们有钱而已……嗯？那他之前是舍不得花这一个亿吗？怎么拖到现在才花这钱？"

霍浮道："他大概也很怕你拿奖，这才狠下心花笔钱买了这电影的话语权。"

简宁川却觉得事情不是那么简单，道："花一亿投一部电影，邱植自己说了算吗？他又不是成果最大的股东。"

霍浮："这……"

简宁川道："他到现在才有底气花这钱，是因为晓男姐表态站他那边了，对吗？"

霍浮轻叹了一口气，说："我都不知道该不该夸你聪明。"

他一贯是等尘埃落定才会说一件事，好事坏事都是如此。如今他既然告诉简宁川这戏不行了，那这推理片就是真黄了。

简宁川与叶晓男、邱家成这对母子的私交以后也没办法继续，说不难过是假的，小简舅舅是真的很喜欢成成。

他等这戏的几个月里，还集中看了几本江户川乱步、京极夏彦、东野圭吾的作品和一大堆推理电影。怕随时被叫进组，他一直在坚持健身，不敢吃，不敢胖。他很投入地在为这个未知的角色做准备，如今就这样落空了，心里免不了不甘心和失望。

不过，虽然这些准备这个角色用不上，但他还有下一个角色。这些学过的、看过的、尝试过的东西，终归还是都属于他自己的。

他很快打起精神来，把奖杯拿过来抱在怀里，说："没关系！你看，我现在都有金枫奖啦，马上就会得到新的机会。霍老师，你不要气馁，稳住，我们能赢！"

"我知道，我不会输。就是有点……怎么讲？"霍浮无奈道，"可能是太久没被人拿钱砸过了吧。"

简宁川品出言外之意来，道："以前有人拿钱砸过你吗？"

霍浮笑了笑，说："那可多了。"

简宁川抱着奖杯，听霍老师讲那过去的故事。

"我们刚创业那阵子，全世界都是大爷，谁都能拿钱砸我。还有小时候，我爸这边的亲戚想要我家的四合院，有个我叫伯伯的本家长辈，拿了二十万现金去我家。那时候一百块和现在不一样，还是蓝灰色的，整整齐齐一沓一沓地包好，比现在的钱好看，但我妈没要。"霍浮道，"后来我中学想学音乐，特长生要交两百块钱。我妈那时候在胡同口卖油条，两毛钱一根，刮风下雨还出不了摊。我思前想后，没跟我妈说，偷偷去我姑家，想问她借钱。"

简宁川听故事一样，抱紧了奖杯，紧张道："借到了吗？"

霍浮道："我去的时候她家正在吃饭，我刚说了想借钱，她就把我推出门，塞给我五块钱，说是给我的饭钱，还叫我以后别再去她家了。这五块钱，过了十几年她还在说，说当时看我可怜，连顿饭都没处去吃，她心疼我才给我当零花钱。”

简宁川顿了一下，道：“你姑姑怎么这样！后来呢？这老太太现在哪儿去了？”

霍浮道：“退休了，听说去居委会发挥余热了。”

简宁川更气了，那么坏的人怎么都没有报应？还去居委会？！不过也是吧，好像居委会里这种老太太最多了，别人家本来啥事都没有，被大妈们三搅和两搅和，家家不得安生。肥皂剧里都是这样演的，艺术一定来源于生活。

霍浮说：“也是以前的老邻居说的，不确定。我妈的白事办完后我就没再联系过这帮亲戚。这些事我早就不放在心上了，现在给你讲，都像说别人的事一样，还挺有戏剧性的。”

简宁川道：“你太善良了，我不行，我就希望所有坏人都能得到教训。还有邱植，他也不是好人。”

霍浮：“人很难说是好是坏。当时我和邱植一起创业，拍第一部电视剧时，没钱，天天装孙子求贷款拉赞助。有一回太丧了，有个什么大佬把我们俩骂得狗血淋头。回来后邱植对我说，‘一定要记住今天，等以后我们成功了，一定不要做这样的人。’”

简宁川说：“你记得，他却忘了，他现在变成了他曾经讨厌的那种人。”

霍浮道：“谁知道呢？也有可能他本来就想做那样的人。”

简宁川道：“你既然早觉得他是个滑头鬼，就该早点和他分家。我只是听说当年他对晓男姐那么渣，都不想和他做朋友，我从来就不信渣男会回头，比如说我爸……算了，不用我说，谁都知道他做过什么。”

霍浮道：“川川，其实我一直很羡慕你。”

“羡慕我有个全球闻名的渣爹吗？”简宁川自嘲道，“还是羡慕我天生就很有钱？”

霍浮笑道：“天生有钱这个，倒是也真的很羡慕了。”

简宁川：“我开玩笑的。”

霍浮说：“我知道。我羡慕你很容易就能交到朋友，很容易就能得到别人的喜欢。”

简宁川大吃一惊：“不是吧！喜欢你的人才多，你忘了你的‘绿茶’设定吗？”

霍浮附和道：“对呀，我还真把这个忘了，我的魅力呢？最近怎么都没有人喜欢我了？”

简宁川无语。

霍浮道："你的朋友都对你很好、很真诚，我经常羡慕你。"

简宁川想想觉得也是，高兴地安慰霍浮："霍老师，我们年轻人爱玩爱闹，朋友多很正常，也不像你们的交际圈那么复杂，整天钩心斗角。不是都说，成熟的人能交心的朋友有一两个就够了吗？"

霍浮道："别信这种没营养的心灵鸡汤。如果能交到第三个真心朋友，难道还有人会说'你下去，我们的友谊小船超员了'吗？"

简宁川爆笑起来："哈哈哈！"

霍浮说完自己也笑了，又说："别说三个四个，往往一个都很难留住。"

简宁川有点替霍浮难过起来。霍老师应该还是很在意邱植这个滑头鬼朋友的，可惜邱植是个大猪蹄子。

他以后再也不要过植树节了！

回到北京后，简宁川果真忙了起来。各种杂志采访加封面照拍摄，传统媒体和自媒体的访谈节目，还有躲不开的真人秀，都来约他的档期。

今年金枫"影帝""影后"都是众望所归的老牌影星，获奖无数，这次拿奖也就是锦上添花，大众对此并没什么太大的新鲜感。

简宁川这个新人就很不一样了，在这次拿奖之前他几乎没什么曝光度，只上过一期真人秀，登过寥寥几次微博热门榜，微博关键词除了演过的两部电影，就是星二代的身份、和周放演过兄弟。

这次简宁川终于没有和别人一起，而是单枪匹马出现在热门榜单上，标签也不再是"简华的儿子""周放的'弟弟'"。

他是金枫奖最佳新人演员，他是简宁川。

热不热血，燃不燃？向全世界安利最好的小简——简宁川的粉丝"简爱"们热泪盈眶。

霍浮工作室官微适时更新："热血，萌燃，十二月二十五日《我的职业是少女漫画家》公开首款预告！@简宁川。"

这条微博还附上了四分钟的电影预告片，预告片把电影中三次元和二次元的世界交替剪辑，只剪了简宁川一个人的镜头。黑框眼镜理工科男白领、英伦风校服纯情小萝莉、白衣黑裤动漫美少年，三个设定完全没有重合的人物都由简宁川来扮演。

“简爱”们瞬间疯狂了，在转发里热情疾呼：“这是什么神仙电影！圣诞节上映！都给我看！”

然而官微收到的粉丝的几百条私信内容却十分冷漠——

“请贵工作室善待小简，请贵工作室霍先生正视小简的优秀，公平对待旗下艺人，‘简爱’们的容忍是有限度的。”

简宁川拿奖回来的第二天就有片方联系霍浮工作室想谈合作了，因为角色是和《罪恶城市》里的高哲同一类型的，霍浮就拒绝了。后来陆续来找的几个，霍浮也都觉得不是太合适。

简宁川自己的心态也还算比较好。想等一个好角色，那就急不得。

霍浮和邱植关系不融洽的事也已经在圈内传开，和成果娱乐长期合作的影视公司在选男主的时候都会有些顾虑，至少不会优先选择简宁川。

这样一来，《我的职业是少女漫画家》的票房至关重要，它既是霍浮和邱植对赌的一大筹码，也能证明简宁川是否具备扛票房的能力。

霍浮的宣发铆足了劲，火力全开，买了地铁广告和商场LED屏滚动播出电影预告片。线上宣发本来就是霍浮的长项，如今有了金枫奖加持，更是如虎添翼。官微每天变着花样放出片场花絮来吊人胃口，配合各大营销号的营销软文，吹这片子是“金枫新人的破茧之作”。

另外，还有一些“自来水”加入宣传，“自来水”的构成主要是简宁川的“简爱”、简华的粉丝和周放的“放歌一曲”。“简爱”规模小，其实不是很能打，后面两队前辈才是“自来水”的主力。

同档期和《我的职业是少女漫画家》对打的是一部青春校园片，校园片本来定档元旦当日，大概是被这部电影的宣传势头吓到，很快宣布圣诞节时在大中城市开启提前点映。

《我的职业是少女漫画家》的看点是简宁川一人分饰三角，以及小花演员汪妙然，校园片的两位主角都是正当红的流量演员。究竟这两部电影谁能胜出，在上映前都还是未知数。

邱植也没闲着。

成果娱乐去年收购了一家靠购票App打开市场的传媒公司，在这App平台上，《我的职业是少女漫画家》无法正常宣传。这App今年的市场占有率是百分之六十，大部分电影的线上票务几乎由它垄断。

而这 App 的成功收购，当时正是由霍浮本人负责谈下来的。

好气啊！简宁川把这 App 卸载了，还在应用商店里写了百字睁眼说瞎话的差评。他的良心不会痛，他没有良心！

回来后，简宁川接受了几次采访，拍了几本杂志的封面，忙了好一阵子。霍浮忙着筹备电影宣发，以及帮他打点个人宣传，比他还忙。

有时看到他的“简爱”们又在说霍浮如何如何不好，他心里就郁闷得很，觉得都怪自己不争气。

大家会觉得霍浮偏心吴安迪，除了他们从前莫须有的绯闻，还因为吴安迪自己太牛了。她不但浴火重生、绝地反杀，并且迅速找回状态，完全适应了女王路线。她的新歌打榜也像开了挂，连续两个月霸占几大排行榜的前三位。她本身唱作俱佳，逆袭的时间点和情节又都很戏剧化，圈到的粉丝都是中毒性真爱粉。她一发微博，评论里上万人叫她“老公”。

反观简宁川，几乎没人叫他“老公”。“简爱”们都叫他“小简”“川川”“简川川”“儿子”，他没有女友粉，都是妈妈粉和姨母粉。

和他对比更鲜明的是王子烨。王子烨不但女友粉很多，男友粉也很多。刚红那时候王子烨还看私信，结果私信里有大量裸照，有男有女。

“差点瞎掉！辣眼睛！”王子烨如是说道。

“哈哈哈，就是说，看他们你还不如看自己，你那么美。”简宁川附和他。

王子烨道：“你那部电影的首映会，记得给我留个前排的位子，我要去看。”

简宁川：“好，阵哥也说要来。”

王子烨：“就是他跟我说了我才晓得。小简，不是叔叔要说你，你这样做人不能行。叫阵锅去不叫我去？我要伤心了。”

简宁川解释说：“不是，我怕你太忙，跟你说了你又不好意思不来。”

王子烨：“你就让我蹭蹭你的热度嘛。”

简宁川：“你比我红多啦，谁蹭谁热度呀！”

王子烨道：“不管，反正我要去。”

以他现在的人气，他要抽一晚上去看首映，八成要推掉别的通告。

简宁川真心实意地说：“谢谢王叔叔，我要做你的头号粉丝。”

王子烨臭屁道：“拿好号码牌，大概排到三百多万号了。”

简宁川：“你太不要脸啦。”

首映会在平安夜举行，霍浮工作室请了两位有过合作的一线明星以及数名大V网红来现场观看首映。

简宁川的朋友也来了几个。除了王子烨和秦阵，方浩瀚、吴洲和江白夜也都来了，周放在横店拍戏请不到假，就送了大花篮。霍浮叫人把这花篮摆在显眼的位置，好让媒体能清楚拍到上面的卡片。

首映开始之前，“201三子”先碰了个面。大家都在北京，但是太忙，也很久没有聚过了。

简宁川问秦阵：“妈，怎么没带文莹一起来玩？”

秦阵道：“她这几天不太舒服。”

王子烨：“理解，女娃儿嘛，每个月总有几天。”

秦阵挠挠头，有点不好意思地说：“不是……她……她那个……”

王子烨信口开河道：“做啥子吞吞吐吐？怀孕了吗？”

秦阵竟然沉默了。

简宁川和王子烨大惊：“不是吧？！”

秦阵一脸尴尬：“唉。”

王子烨：“老子随便说说！你龟儿子来真的哦？”

简宁川：“你们不是要生出来吧？”

王子烨：“小文才二十，不得行。”

简宁川：“真要生吗？你想好做爸爸啦？”

王子烨：“都没做措施吗？还是一发入魂？”

简宁川：“不是说婚前不会那什么吗？”

王子烨：“你们好久就同居了？”

秦阵被两个人吵得头大，道：“听我说！”

简宁川和王子烨闭了嘴。

秦阵道：“我想好了，她也想好了，我们要生这个孩子，打算结婚。”

简宁川惊了，王子烨沉默了。

秦阵：“过几天我们就去领证，年前把婚礼办了，就简单办一下，到时候叫你们去玩。”

简宁川：“妈，你认真的吗！”

秦阵：“你看我像开玩笑吗？”

王子烨对简宁川道：“你妈疯啦！”

秦阵道："我爸妈和她爸妈已经见面谈过了，我真没开玩笑。文莹说反正早晚是要生孩子的，年龄大了生完还不好恢复，不如现在就一步到位。等孩子断奶，我们就把孩子送回去给老人们带几年，等孩子到学龄，我爸妈也就退休了，能跟着一起过来北京，接送小孩上学。她妈就是二十一岁时生了她，她也想早点做妈。孩子将来长大成人，还能有个年轻妈妈，她和孩子这辈子相处的时间也能长一点。"

简宁川呆了："这小女孩……"

王子烨："有点酷。"

秦阵笑道："嗯，她的思想和外表看起来很不一样。"

王子烨："哎哟，这狗粮的香气。"

秦阵今天穿了正装，看起来比从前更可靠，眉梢眼角又洋溢着身在爱情里的满足。

简宁川道："阵哥，祝贺你。"

王子烨："加一。"

首映会安排了明星们走红毯，简宁川本来想邀秦阵一起走，但秦阵不想去，说没人认识他，怕冷场了会尴尬，简宁川便也没再勉强，托工作人员带秦阵先入场。

《我的职业是少女漫画家》的主要演员在同一个休息室候场，等着走红毯。

汪妙然又被一群人围着，她和简宁川打了声招呼，又主动和王子烨说了几句话，还和他交换了微信号。

王子烨转过身来，和简宁川交换了一个心照不宣的眼神。

汪妙然开场第一个走红毯，"呼啦"一下跟着走了一群人。

她后面排着其他明星、网红、影评人，男主角简宁川要到最后才出场。

王子烨也在比较前面出场，他的助理来叫他做准备，还给他一个滚轮瘦脸器，他接过来开始推脸。

简宁川默默地看着他推脸。

王子烨说："没用，都是骗人的，就是心理作用。"

说是这么说，他还是认认真真地推着。简宁川不是太懂这东西怎么用，看他的手法感觉还挺专业。简宁川心想：做美人好难啊。

任巡这时才推门进来，大概是要躲着有过露水姻缘的汪妙然。看到简宁川，任巡道："小简，我刚才遇到秦阵了，他是你的同学？"

简宁川道："对，一个班的。"

任巡是话剧院的正式演员，秦阵是编外人员，两人在话剧院见过。他对着简宁川夸了秦阵一番，说秦阵很上进，条件也好，话剧院的几位领导都很喜欢这个年轻人。任巡没必要说这种场面话来恭维简宁川，可见秦阵这段时间在话剧院是真的很努力了。

简宁川和在剧中扮演他母亲的老戏骨云萍作为最后一组嘉宾走了红毯。

入场就位后，出品人霍浮和导演冯源一起上台，感谢了到场的所有嘉宾和观众，然后便开始播放影片。

简宁川也是第一次看这部电影，可能是预期值太低，成片比他想象中要好，画面质感和剧情节奏作为商业片来说都在及格线以上。他在绿幕里演的那几场戏，加了后期CG特效以后，次元壁被打破的效果非常好。不得不说，这家特效工作室虽然要价贵，是真的值。

但影片的缺点还是很明显，人物行为缺乏逻辑链，部分台词低幼夸张，汪妙然这个所谓的女主角除了漂亮，对剧情毫无作用。简宁川扮演的那个萝莉，有些女性化作态实在是太刻意了，他演的时候没觉得，现在看得浑身难受。

影片播放结束，主创们集体到台上，和观众们做了一下互动，一切进行得都很顺利。

片方还准备了小礼物送给到场的观众，包装看起来很精美。霍浮在宣发的细节上也都花了心思。

首映会到了尾声，主题曲歌手上台演唱。

简宁川今晚的任务基本上完成了，他心想，口碑和票房如何听天由命吧。

首映会结束，他们回到家时，已经半夜十二点多了。

简宁川在网上搜了一下这部电影首映后的评价，发现这些评价比他想象中要温和很多。

他自己都看得出来电影的逻辑和台词有硬伤，专业影评人们怎么会看不出来？他看了几篇专业人士刚发布的影评，几乎都提到了简宁川分饰三角还都能驾驭好，演技可圈可点，还盛赞CG特效精美绝伦。至于剧本剧情，只有两位影评人表示很不错，其他几位都是说创意不错，但剧本还可以打磨得更精致。还有一位影评人委婉批评了汪妙然在这剧中毫无贡献的角色和演技。这篇影评下已经有明眼人回复说“片方也是为票房考虑吧，简宁川没演过男主”，原博影评人又回复这条说“选角的时候片方一定没想到，今时今日，简、汪两人的扛票房能力已经不相伯仲，甚至简更有可能稍胜一筹”。

简宁川惊了，道："这是咱们自己人吗？太敢闭眼吹了吧。"

霍浮看了眼这位影评人的名字，说："不是。这位是独立影评人，不但不是自己人，以前工作室找他写软文他都不给写。刚才那个说你'少年态清新俊逸，少女时巧笑倩兮'的是自己人，这句我写的。"

简宁川呆愣片刻，道："厉害了。"

两人又搜了下带电影或演员关键字的实时微博。去了现场观影的普通观众多半是演员的粉丝，回馈的信息自然很热情——

"小简女装真可爱，男装也很帅！"

"汪妙然小姐姐身材真好！"

"任巡好搞笑啊，哈哈哈！"

"小简和妈妈的对话太催泪了，想家了，想妈妈。"

…………

网红大V们对电影的评价也都还不错，微博上该电影的大V推荐度达到了百分之百。虽然正式上映后这个数据一定会回落，但有个开门红也非常好了。

看完评论，简宁川滑着微博页面，看到一条有邱植照片的娱乐新闻。他出席什么影视座谈大会，是最近几天的事。但在简宁川的印象里，邱植明明是个"高白胖"，和这照片里的人不怎么像。

"这照片修得也太过分了吧，"简宁川道，"邱植有这么瘦吗？他也没这么帅。你这发小还是个'照骗'，坏蛋。"

霍浮却道："你有段时间没见他，所以不知道。他现在就是有这么瘦，最近不知怎么突然爱上健身了。人一锻炼样子都会变，变帅倒不至于……嗯，是比以前帅一点。"

闻言，简宁川若有所思。

霍浮："怎么了？"

简宁川道："我听说，你们这岁数的男人，如果突然开始健身了，那八成是出轨了。"

霍浮好笑道："你这从哪里看来的歪理邪说？被你说得胖子都不敢运动了。"

简宁川也觉得好笑，道："也是，有可能他就是想减肥吧。"

次日是圣诞节，也是《我的职业是少女漫画家》公映首日。

公映前一天，《我的职业是少女漫画家》预售票房就已超过三千万。公映当天中午，豆瓣评分还在七分多。

虽然剧本偏弱，但故事的独特创意和演员们的诚意表演还是打动了多数观影群众，加上霍浮的宣发太给力了，在最大票务 App 上毫无推送的前提下，《我的职业是少女漫画家》首日排片率也达到了近百分之四十。截至圣诞节晚上零点，《我的职业是少女漫画家》首日总票房过亿。

从简宁川凭借单反相机广告片正式出现在公众面前那天到这一天，已经过了整整一周年。

第十章 英雄

《我的职业是少女漫画家》票房形势一片大好。

而和这部电影对打的那部校园片《同桌的秘密》，在点映期间评价还算不错，好像也是票房最少能小爆一下的样子。然而到了正式上映的前一天，该片忽然被网友扒出宣传海报涉嫌抄袭，以及片中插曲未经原作者授权。这顿时惹起了滔天非议，抵制该片的话题一度被顶上热门，甚至出现大量退票情况。

吃瓜群众不是都清楚，但业内是知道的。宣传海报通常是外包，音乐无授权也是常事，而且多半是中国音乐著作权协会的锅。这两件事和电影片方的关系其实不大，顶多就是片方工作不够细致。深究起来，市面上能看到的所有电影其实都会有这种问题。但这片摊上这事就闹得这么大，网友还专挑电影上映前一天搞事情，背后没有黑手是不可能的。

在家里吃到这口瓜的简宁川给霍浮打电话，问："是我们做的吗？"

霍浮道："不是啊，热心网友发现的。抄袭是个很敏感的词，只要沾边就犯众怒。"

简宁川才不信："不可能。我现在不是小白啦！营销号无利不起早，一个两个正义感爆棚我信，'呼啦'一下全来踩人家，我才不信。"

霍浮忙得飞起，和旁边的人匆忙说了两句话才回来理他："等下再说，这边催我去开个会。"

简宁川只好道："好，辛苦你了，霍老师。"

挂了电话几分钟后，霍浮发了条消息给他："真不是我做的，我才不是这么阴险的小人［委屈］。"

可是掐抄袭并不阴险啊，霍老师！"阴险"的简宁川不打算掺和这件事，于是登上当初喷吴安迪前男友的小号，去喷最近最讨厌的邱植。

他在知乎匿名答题，说邱植如何坑自己发小，坏得没有底线；在豆瓣八组发帖，爆料邱植当年是个多没良心的渣男；用微博小号在成果娱乐官微下面喷"你们老板是大猪蹄子！"

他边喷边看八卦，还看了一些别人的爆料。

有的爆料一看就很假，比如有人有鼻子有眼地说，邱植的老婆是什么什么二代，邱植为了上位才娶了大小姐，其实霍浮才是他的真爱。跟帖里还有好多人信了，大喊“好萌啊”……什么鬼！这些人有事吗？怎么什么都敢吃？而且如果是真的，这不是骗婚吗！萌个锤子啊？！

可是有的爆料还真的有点意思。

有人说自己在某某度假区看到过邱植和某位同行女士十分亲密，拿邱太太网上的照片对比过，确认两位女士绝不是同一个人。下面有评论说“无图无真相”，发帖人回复说，邱植很谨慎，看到有人注意他，立刻就走了，自己没来得及拍照。

这爆料会是真的吗？简宁川感觉有九成可能是真的。但他自知自己对邱植有很大的成见，做不出足够理性客观的判断，他私心里还是不希望邱植真的出轨了，因为这对叶晓男和成成的伤害太大了。

他还没心软完，马上又吃到了最新的瓜——

“《同桌的秘密》上映前被黑，出品方怒斥同档期某片竞争手段太低劣。”

同档期某片？其他几部同档期片子都没什么水花，这明摆着是在暗指《我的职业是少女漫画家》了。

简宁川相信霍浮的话，他说不是他做的就真的不是他做的，如果真是霍浮或工作室背后操作了这件事，他没必要对简宁川否认。他们都已经这么熟啦，根本不用在对方面前强行立什么“love & peace（爱与和平）”的人设。

因而李铮的电话一打过来，简宁川就知道干爹又来给霍老师“上眼药”了，他接起电话就马上把干爹堵回去：“爸爸，我们被人黑了！我和霍老师好惨啊！”简宁川声泪俱下道，“不知道什么人给我们泼脏水，我们安安分分拍电影，根本不会去做那种影响祖国电影事业良性发展的坏事。哇呜呜呜！现在的人太坏啦！我的经纪人很单纯的，玩不了这种心机，怎么办啊爸爸，我快替他愁死了，怎么办啊？”

“够了够了！”李铮道，“你就给他洗白吧，他还单纯没心机？睁眼说瞎话。你别嚎了，我不说他了还不行吗？”

简宁川道：“爸爸我爱你。”

李铮说：“你的新片我去看了，编剧谁啊？倒贴钱给你们写的吗？什么玩意儿，简直屎一样，比屎还不如。”

简宁川无力反驳。

李铮：“你演得还不错，比在《江南乱》里好，有进步了。”

简宁川“嘿嘿”笑道：“我肯定会越来越好的呀。我请你去看首映，你不去，我还以为你不想看我们这种烂片，怎么最后又自己偷偷跑去看了？”

李铮道：“怎么会不想去，这是你第一部担当男主的电影。只是你的团队已经在尽量淡化你的身世背景了，做得很好，那我们的关系不公开对你才比较好。”

简宁川的团队就等于霍浮。这还是李铮第一次对霍浮有正面评价。

简宁川高兴道：“爸，你最近还是很忙吗？哪天我们一起吃饭啊？你都还没有和霍老师正式见过面。”

李铮：“你要是自己来我不忙，要是带他来我就没空。”

简宁川觉得也不急在这一时，退一步道：“那我改天找你玩，自己去。”

挂了电话后，简宁川继续刷八卦。刚才那条新闻下的热评都在指责《我的职业是少女漫画家》炒作手段下作，正一边倒地在喷。

凡是舆论一边倒，总是有点蹊跷。

简宁川想了很多种可能：要么《同桌的秘密》在自炒；要么是霍浮手下的公关没上报自己搞出来的事；要么是同档期的其他电影眼红这两部电影，故意在挑拨离间；要么就是邱植又在搞事情。

总之真是令小简头大。

过了中午，霍浮终于打了电话回来。

简宁川：“刚开完会吗？辛苦了！”

霍浮道：“川川，我们去看电影吧。”

简宁川：“好啊！”

他非常开心地去换了衣服，这才出了门。小光已经开了车在楼下等他，常平和霍浮也在车上。

因为是下午场，影院人不太多。这家影院的排片，《我的职业是少女漫画家》居于首位，一天排了十几场，第二位就是还在点映的《同桌的秘密》，第三位是引进片。

常平已经提前买好了票，四人分别拿了一张，准备入场。

简宁川看了票面上写着“同桌的秘密”，吃惊道：“我们为什么要给对家送钱？”

霍浮说：“先看，看完出来再说。”

这电影口碑没扑，的确有两把刷子。

一部校园片，画面足够精美，人设立得住，剧情不太坑，没有奇怪的情节，演员也不是老黄瓜刷绿漆强行要演少年少女，这就已经有了“形”，电影已经在及格线以上了。更何况这电影还有“魂”——对校园暴力和青春期家庭教育这种社会性问题进行了探索。

放映结束后，四人从影院里出来，简宁川在门口被两个小姑娘认出来了。简宁川还想否认，霍浮却笑着对人家说：“可以合影的。”

于是简宁川就和两个女孩分别合照。合照时又有几个观众注意到这边，兴奋地过来拍他们正在合影的场景。

这边合影一结束，霍浮和常平、小光，还有不知道什么时候来的几个安保人员，立刻拥着简宁川火速离开现场。

回到保姆车上，常平开了别的车回公司，小光去前面驾驶室开车，后车厢里只有霍浮和简宁川。

霍浮正用手机“噼里啪啦”打字。

简宁川还一脸茫然，问：“霍老师，我们到底在干什么？”

霍浮打完字，把手机递过来，笑着说：“霍老师要替你发微博了，请你先过目。”

简宁川莫名其妙地看过去，手机上是简宁川的微博编辑页面，内容是：“慕名看了《同桌的秘密》点映场。诚意之作，我也必须心怀诚意地推荐给大家，相信每个人都能在片中看到自己的青春。影片中关于校园暴力的讨论太有意义了，我虽然资历尚浅，但也要向这部电影的所有创作人员致敬，电影人是有社会责任感的。”附上的图片是刚才拍的那四张票根的照片。

霍浮道：“可以吗？有没有需要改的地方？”

简宁川说：“没有，我差不多也就是这么想的。可是这要干什么？要给他们做宣传吗？他们家买营销在喷我们啊！我们不是也应该买营销喷回去吗？”

霍浮点了“发送”键发送微博，道：“不，我们要以和为贵。”

简宁川愣了一下，道：“霍老师，你有事吗？是不是疯了？”

霍浮放下手机，一脸无辜地道：“川川，我一直是这么友好的人呀，‘爱与和平’是我的座右铭。”

简宁川作势吐了口血，脑袋一歪，卒。

霍浮：“哈哈哈。”

简宁川“重生”了，爬起来道：“到底什么情况啊？我的智商好像已经下线了。”

霍浮正经起来，说：“我一说你就懂了。今天有人在黑他们，连你都觉得是我做的，别人会怎么看？这就是有人故意引战，你明白吗？”

简宁川：“是谁呢？”

霍浮道：“你说呢？”

简宁川惨叫道：“不是吧！又是你发小？他怎么没完没了？”

霍浮严肃道：“因为他心里没有爱与和平。”

简宁川这条支持《同桌的秘密》的微博很快引起热议，特别是两边一对比，显得《同桌的秘密》片方有点小家子气。

刚开始还有人想带节奏，说这是《我的职业是少女漫画家》要洗白。

可是网络营销这一块，霍浮工作室从来没在怕的。

对方第一次带节奏失败，又想带节奏，说票根打了码，一定是伪造的，简宁川本人怎么可能去看电影。但很快就有几位见证人发了照片，证明自己在影院亲眼看到了简宁川一行人。尤其合影的一个女孩还特地写了长微博，表示“路转粉，小简本人又帅又可爱还温柔”，引来“简爱”们疯狂羡慕。女孩还在评论里回复“简爱”说“小简还喷香水了，真是个精致男孩，哈哈哈”。

晚些时候，《同桌的秘密》导演发了微博：“感谢@简宁川对拙作的诚恳推荐。‘电影人是有社会责任感的’一句，让我深感惶恐，并让我由衷敬佩这位不久前捧回金枫奖的年轻同行。新人尚有此胸怀，我等老骥更应志在千里，今后当为中国电影乃至整个社会，略尽绵力。与同侪共勉。新年快乐。”

跨年的钟声响起，这成了娱乐圈今年最后一个瓜。

该瓜涉及网络最热词“抄袭”，以及近年来被讨论了无数次的热门话题“电影人的社会责任感”。

《我的职业是少女漫画家》和《同桌的秘密》这两部备受关注并且撞了档期的电影，在年末最后一天，在所有人都以为双方就要大掐特掐时，瞬间从互黑逆转成了互相成就。两边被挑起的矛盾在须臾之间便被化解，眼看要两败俱伤的局面最终变成了双赢。在之后很长一段时间里，这场公案成为口口相传的佳话。

新年第一天，《我的职业是少女漫画家》创下上映以来的单日票房最高纪录，狂揽两亿一千万，《同桌的秘密》也收获了正式公映首日便破亿的好成绩。

至此，《我的职业是少女漫画家》上映八天，突破十亿票房。

正式出道仅仅一年零八天的简宁川，成为“华语影坛十亿俱乐部”里首位“九五后”一番男主。

两天后，国内最大的娱乐公司七色传媒联系到霍浮工作室，询问简宁川的档期，提出合作意向。霍浮和对方谈过以后，觉得可以，来问简宁川的意见。

“什么题材？！”简宁川激动得要哭了，半年了，他终于有戏可以演了吗？！

霍浮道：“不是电影，是真人秀。”

简宁川瞬间冷漠：“拒绝。”

他只上过一次真人秀，就是和周放、花蕾一起上的为《罪恶城市》做宣传的慢生活节目。虽然那次的最终效果还算不错，可是他自己感觉很不好。他不喜欢那种把自己三百六十度暴露在镜头下的感觉，也不想把时间浪费在“演”真人秀上面。

他代表“简爱”们发出振聋发聩的质问：“霍老板！小简已经半年没有演戏了，你还安排他去上什么真人秀？他可是立志要做中国马龙·白兰度的男人！演员生涯经得起这么消耗吗？”

霍浮沉默。

简宁川切换回“简宁川模式”，丧丧地问：“霍老师，是不是因为真人秀圈粉快、变现多，你和邱植的两年之约又快到了，所以你想最后再拼一把？如果是这样的话，我听你的安排吧。”

霍浮笑道：“但是《我的职业是少女漫画家》票房这么火爆，我在成果的原始股已经保住了呀。”

简宁川闻言一喜，马上欢呼道：“那我就不上真人秀啦！推掉推掉。”

霍浮却极力推荐道：“你看看这个策划案再说？我真觉得你会喜欢的。”

简宁川勉为其难地打开看了。

真人秀《拯救烂片计划》（暂定名）——

每一期会选择一部豆瓣评分在五点五分到六点五分之间的电影，请影片导演到场，和固定成员团队一起来讨论该片拍摄中的遗憾和不足，而后选择影片中最有代表性的一幕戏重新拍摄。从讨论会到拍摄的过程，镜头会全部记录下来。

简宁川难以置信地把策划案仔细看了好几遍，惊叹道：“太敢玩了吧！这能请到导演来？哪个导演会承认自己拍的是烂片啊？”

霍浮道：“对方说已经敲定好几位导演的档期了。”他说了对方透露的两位导演的名字。都是新生代导演，有一点知名度，但还没有质量过硬的代表作。

简宁川便明白了，评分在五点五分以上的影片本身质量都不算太差，这些年轻导演肯定是有能力的。他们资历浅，还经得起批评。固定成员节目组想必会请大导演什么的来，这样，这些新导演们上节目既能扩大知名度，还能得到前辈的无偿指点，百利而无一害，简直赚翻了。

果然，霍浮又说："固定成员也已经确定了几位，都是知名导演、编剧、制片人。节目组还需要一男一女两位演员，女演员他们选了苏青君，正在和她谈，男演员他们选了你。"

苏青君就是简宁川在《江南乱》里合作过的那位文艺女神，金鸡、百花、华表的"影后"都拿过，她在正当红时急流勇退，婚后半退隐，偶尔友情客串也必定成为话题。以她的资历和能力，她和青年导演们讨论电影如何拍摄，完全足够。

简宁川说："那我不行啊，我才拍了几部戏，就去教人家怎么拍戏吗？太不要脸了。"

霍浮道："有大导演、编剧、制片人压阵，批评提意见的事，不可能让你来做，你主要的工作就是开会的时候旁听学习。翻拍戏的时候一定有请不来的原作演员，到时就要让你来演了。"

简宁川沉默了。

霍浮道："十二集节目，就是十二部电影。假设节目组能请来一半的原作主演，那你也还能演六个男主角的戏，加上还有配角也需要演员，相当于你能参演个十部八部的电影吧，还能一次和十几个导演合作。这种机会，别人想要都要不来的。"

简宁川还是沉默。

霍浮："川川？你怎么傻了？说话呀。"

简宁川："我头晕……"

霍浮笑了，说："这不是我的台词吗？"

简宁川激动到坐不住，跳了起来，不停走动，还做苍蝇搓手状，说："霍老师，我兴奋到缺氧，天哪，天哪，天哪，这节目太牛了吧……"他又警觉道，"这节目怎么会请我呢？这么好的机会，不是该请一线、超一线的男演员吗？比如放哥那种？"

霍浮说："做这节目很辛苦的，从开讨论会到开拍，一整个星期要做完全部工作。十二期节目要做整整三个月，可能一天假都没有。接了这档节目，别说轧戏，演员连广告都别想拍。如果要请周放，他开价最少三千万起步，节目组要付电影版权费，要请大导演、大编剧，还要做翻拍电影布景，哪还有那么多预算请他？倒是也说还有些流量演员愿意自降身价来上这节目，可是导演不干啊，怕流量演员演技不行。本来说是拯救烂片，搞不好最后比原作还烂。”

而拿了金枫新人奖，又刚刚进入“十亿票房俱乐部”的简宁川，演技和性价比都有。

还有一个隐藏原因。打着“拯救烂片”的旗号，演员们或多或少会有些顾忌，怕会拂了原作演员的面子，在这圈子里，大家抬头不见低头见，将来免不了会有点尴尬。而初生牛犊还带着超级星二代背景的简宁川就没有这种后顾之忧。

霍浮又和七色传媒沟通了几次细节，这合同就确定签了。

一月十号，秦阵和文莹领了证，请了各自最好的几个朋友到家里吃饭。

他们俩在学校附近租了套房子，面积不太大，但被文莹整理得干净温馨。她还做了一桌子菜。

文莹怀孕不到三个月，还不大显怀。她素面朝天，穿了件宽松舒适的衣服。她的两个闺密高高兴兴地和简宁川、王子烨合了影，也没怎么吃东西，三人就聚到房间里去聊闺房私话。

三个男生被留在客厅里，喝着秦阵从家里带来的青花汾酒，开着小会。

王子烨：“庆祝阵锅（阵哥）第一个踏入婚姻殿堂，干杯干杯。”

简宁川道：“烨哥你不赶紧谈一个吗？”

王子烨：“和谁谈？都没人喜欢老子。”

秦阵道：“明明是你看不上别人。”

简宁川：“我要是长成烨哥这样，我也看不上别人。”

王子烨：“情场不得意，事业也不顺利。”他突然一拍桌，道，“小简，你对不起我！”

简宁川一脸茫然。

王子烨道：“‘拯救烂片’那个节目，我们公司在谈，被你‘截和’了！你对不对得起我？”

简宁川吃惊道：“真的吗？”难道霍浮说的流量演员就是“王叔叔”吗？！天哪，怎么会这样！

王子烨一脸严肃。

秦阵也尴尬了，说：“子烨你别这样，川川又不知道，这些事肯定都是他们公司在谈的。”

王子烨：“不行，小简你要赔给我。”

简宁川面红耳赤道：“我的合同应该还没签，我马上和霍老师说不签了，烨哥你别生气。”说着，他真的就要打电话。

王子烨被吓一跳，忙阻止他道：“等一哈（一下）！小简，我乱讲的，我们公司是在谈，但没谈下来。不是你们霍浮浮‘截和’的，是我没演过大银幕戏，不符合人家节目组要求。”

简宁川愣了。

秦阵掐住王子烨的脖子就是一阵摇，道：“让你再吓我们川川！他都快被你吓哭了！”

王子烨求饶：“阵锅我错了，快住手！小简，你妈要把我脖子掐断啦！”

简宁川：“好了，好了，不要闹。”

秦阵才放了王子烨。

王子烨脸憋得通红，他大口吸气，才说：“你都十五亿票房男主了，唧个（怎么）还是傻乎乎的？别人说什么你都信，这怎么得行？”

简宁川也很生气，道：“你们又不是别人。再开这种玩笑，我就叫我妈真的掐断你的脖子，你信不信啊？”

秦阵摩拳擦掌。

王子烨做投降状，装委屈：“你们母子两个天天合起伙来欺负我这朵娇花。”

简宁川和秦阵同时做呕吐状。

后来王子烨真喝吐了。青花汾口感绵甜，后劲却很足，他不小心中了招，呆在卫生间里好半天没出来。

简宁川酒量不行，又知道自己喝完要撒酒疯，怕被文莹她们看笑话，就没喝太多，只是脸红了一点，没有什么事。

秦阵过几天要回老家办婚礼，办完婚礼还回北京来。他在话剧院做了半年，表现出色，等明年夏天毕业，很大概率能签到话剧院做正式演员。

简宁川问他：“那你们回来住这里吗，还是得买套房子呀？”

秦阵道：“想买，但房价太贵了，等明年毕业时再说。我爸妈和她爸妈倒是说能支援一部分首付，到时候看情况。”

简宁川道：“要是需要用钱你就说，我不买房也不买车，暂时用不着。”

秦阵：“川川，你还是买套房子，万一将来你和霍浮有矛盾，你都没地方去。”

简宁川：“妈，你放心，如果真的有矛盾了，我就投奔你和烨哥。”

秦阵笑道：“投奔我随时都行，子烨就算了，当心他夜袭你。”

简宁川："哈哈哈，说不定谁夜袭谁，他长那个样子，我不亏。"

王子烨从卫生间里出来，道："什么不亏？"

他醉得一脸通红，领口微敞，露着笔直的锁骨。

简宁川道："王叔叔你真好看。"

王子烨坐下，醉眼蒙眬地说："来来来，王叔叔嫁你。"

简宁川和秦阵都笑了。

文莹的小姐妹们出来了，和秦阵告了别就走了。

简宁川也扶着王子烨起来，和秦阵文莹夫妻两个告别。文莹看王子烨醉得厉害，还穿得很薄，叫秦阵："你拿件你的外套给烨哥披上，不然出去得把他吹感冒。"

简宁川说："嫂子，你真是太好了。"

文莹笑道："哎？你不是背地里叫我'小妈'吗？"

简宁川没想到她知道，不好意思地红了脸。

秦阵拿了衣服来，简宁川给王子烨披上，道："妈、小妈，我们走啦。"

文莹又是一阵笑，秦阵在旁边不好意思地挠了挠头。

小光开车接到简宁川，两人先送王子烨回去。

夜里下起了雪，路况不太好，车子走走停停，王子烨住得也不近，车子开了一个多小时才到他的住处。

简宁川叫醒他，他晕晕乎乎还在做梦似的："小简？"

简宁川道："烨哥，到你家了，自己能走吗？"

王子烨又不应声了。

简宁川感觉他根本就没醒，只好和小光合力把他扶下车。结果他又缠着简宁川死不撒手，小光扒都扒不下来。最后简宁川只能艰难地拖着他上楼，小光在后面跟着看热闹，还说风凉话："小简，王美人重不重啊？"

简宁川快累死了，道："光哥你还是人吗？"

农历腊月二十六，秦阵和文莹在太原办了婚礼，简宁川和王子烨都去了，给秦阵做伴郎。

婚礼现场十分温馨，新郎新娘以及双方父母都很幸福淡定，唯有简伴郎哭得稀里哗啦。

阵哥娶了老婆，很快就要做爸爸了，太感动啦，呜呜呜。

春节放假，简宁川和霍浮去了澳大利亚的塔斯马尼亚岛上过年。

度假回来，七色传媒和霍浮工作室联合出品的网络综艺真人秀《拯救烂片计划》正式开始录制。

这节目做起来比简宁川想象中还要辛苦一万倍。每一期他们都要去原作电影的拍摄地取景，前一周还在上海外滩，后一周就跑去了云贵高原，这几天在冰雪未融的漠河裹着羽绒服哈着白气，转眼又在三十五摄氏度的泰国被晒得汗流浃背。

三个月里，他跟着节目组几乎跑遍了祖国的大江南北，还去了东南亚一次；十二期节目里，他演了十二幕戏中的十二个角色，有主角有配角，形象各异。他还得到了与数十位业内前辈进行不同程度的交流的机会，被指点迷津时，常常有拨云见日、醍醐灌顶之感。

一百天左右的时间里，他不但瘦了八公斤，还从里到外脱胎换骨，明显感觉到自己飞也似的成长。

节目录制到一半，开始在视频平台上线播出。出于各方面考虑，节目名字最终由原定的《拯救烂片计划》改为《电影的诞生》，“拯救烂片计划”的字样只出现在宣传海报和片头小字幕里。

创新大胆的形式，真材实料的内容，加上出品方的宣传以及平台基础用户的庞大，使节目还没有上线就已成为开年最受关注的网综之一。节目正式播出后，更是引来多方热烈讨论。节目网络热度居高不下，第三期还没上线，前两期的总点击量就突破了两亿。

官媒也发表社评，称这档综艺节目的极高热度反映了人民群众对国产电影爱之深、责之切的情感。通过这档节目的成功，希望能让更多电影从业人员认识到，依靠粗糙浮夸之作圈钱的烂片时代已经过去，只有精益求精的作品才是对广大观众和社会最好的回馈，也才具有价值。社评还对参演节目的青年导演和演员大加赞扬。其中简宁川作为节目固定团队里最年轻的电影人，更是被提到数次、点名表扬。

五月中旬，第十二期节目录制完成，回到家的简宁川倒头睡了两天两夜，中途爬起来吃饭都是闭着眼睛把饭塞到嘴里，不等吃完就又睡死过去。

这次忙完，他在家里足足休息了一个星期。他在节目组里还没来得及看《电影的诞生》，现在好不容易挨到休息，他一口气追到了最新更新的一期。节目组后期很厉害，剪辑出的很多场景都比他在现场拍摄中感受到的更有意思。节目的网络点击率能这么高，自然是节目组所有人的功劳。

夏天马上就要到了，霍浮和邱植的两年之约进入最后的倒计时。

简宁川迄今为止的三部作品票房加起来突破六十亿，自《我的职业是少女漫画家》上映后，他连续四个月雄踞艺人新媒体指数榜前三，有望成为新一代顶级流量明星。

同工作室的另一位艺人——新生代唱作歌后吴安迪的巡回演唱会正在进行中，演唱会场场爆满，预售中的几场演唱会门票也都接近售罄。

霍浮工作室投拍的电影《我的职业是少女漫画家》和真人秀《电影的诞生》均大获成功。

综上，霍浮工作室如今市值逾十亿，在不到两年时间的时间里飙升了近二十倍，远超当初和邱植的三亿赌约。

而邱植近来被出轨绯闻缠身，虽然绯闻并无“实锤”，但在网上依旧传得沸沸扬扬，成果娱乐股价一跌再跌。他和妻子叶晓男合体出席公众活动，秀了几次恩爱，以图救市，尽管暂时稳定了股价，但是他也着实焦头烂额，无暇再来给霍浮制造麻烦。

简宁川问过霍浮：“他的绯闻是你放出去的‘锤’吗？”

霍浮否认了，道：“如果我放‘锤’，一‘锤’下去他就完了。”

六月一日，简宁川迎来他的二十二岁生日。

秦阵和王子烨一大早就都给他打了祝福电话，两人都没在北京。

文莹肚子大了，北京也热起来，她闷得想家，秦阵就陪她回太原娘家小住几天。

王子烨终于接到了新戏——一部升级流仙侠小说改编的电视剧。他演男一号——一个下凡历劫的上仙。定妆照又美翻了一大批粉丝。

三人说好等回来再聚。他们也要结束学生生涯了，毕业答辩近在眼前。

下午，霍浮工作室准备了一场小型生日会，请了工作室官方微博抽选出的二十二位“简爱”到场，大家温馨热闹地一起为简宁川庆祝了生日。霍浮没有到场，“简爱”们实在是太痛恨他了。

生日会结束，粉丝走后，简宁川就准备回家。打开手机后，他看到上面有李铮发来的祝福短信，就回了个电话过去道谢。

李铮也没在北京，他编剧并投资的那部新电影筹备得比预想中还要久，直到今年四月份才在上海开机，他就过去跟组了，也是忙得很。

两人随便聊了几句，李铮还叮嘱他要记得吃长寿面，把他当小孩一样。

简宁川道：“你也要注意身体啊。”

李铮：“我会的。”

感觉他一直在断断续续找话题，就是不想挂电话，简宁川隐约猜到了什么，主动说：“我爸今天还没有给我打过电话，可能是忘了吧。”

李铮：“关我什么事？我去忙了，剧组事情很多的。”

于是简宁川就和他道别了。

简宁川心里明白得很，干爹就是想问问他老爸，他也不知道两个人到底是因为什么翻脸的。

小光送他到家，不好意思地拿出一个小礼盒给他，说是生日礼物。里面装了一个平安符，小光说：“就是在泰国录节目的时候，你没时间出去，我去庙里帮你求的。”

简宁川被小光感动了，下了车还眼泪汪汪的。他独自从停车场上楼，就看到前面有两个男人正进电梯。一个是满头金发的外国人，从背影来看身材超级好；他旁边那个黑头发的，看背影好像也还可以，虽然没有那个外国人高壮，但两人之间倒是黑发男的气势看起来更足一点。

那两个人进了电梯，转过身来。

简宁川惊得顿在原地。

黑发男依然沉默着。

他身边的金发保镖开心地叫简宁川：“Panda！泥嚎！（熊猫！你好！）”

华人之光、好莱坞巨星——简华先生，不远万里到中国来给长子简宁川过二十二岁生日。简宁川非常“感动”，并表示：“哈哈哈，您没事吧？我以为您这不请自来的毛病已经改好了。”

简华戴着一副和咖位十分匹配的超大墨镜，道：“不然呢？难道你会请我来吗？”

简宁川也戴着墨镜，讥讽道：“你说呢？”

简华竟没有和他针锋相对，说：“我只是来看看你的生活环境，不会管东管西。”

简宁川：看生活环境，不管东管西？想看就让你看，你想管那可不归你管，你谁啊？

简宁也进了电梯。电梯上行中，他悄悄看了简华几次，觉得这人好像和以前不太一样，但又说不出是哪里不一样，是因为没有动不动就骂他吗？

那个白人保镖站在简华右后方，就只在刚才见面时和他打了声招呼，现在一副很专业的样子，面无表情，目不斜视，又高又壮，简直就是金发白皮版的巨石强森。

到家门口，简宁川要按密码开门，简华回头对那保镖交代了几句话，保镖答应下来，便又回去坐电梯。

简宁川：“Bye bye……”

保镖看简华背对着电梯的方向，对简宁川做了个 wink（眨眼的动作）。

简宁川一下就笑了，肌肉男的 wink 也太好笑了吧，哈哈哈。

简华觉得疑惑，回头去看时，电梯门已经关上了。

简宁川心想：看看看，你的保镖都比你可爱！

他推开门，一脸冷漠道：“请进。”

简华抬脚进门，摘了墨镜随手放在一旁，大摇大摆地四处参观。

简宁川跟在他身后，高冷了还没两秒钟就破功了，龇牙咧嘴地偷偷骂爹。

他爹快走到厨房门口时，霍浮听到动静，从厨房里出来看，腰间还系着方格围裙。

两人顿时都站住了。

吃惊一瞬后，霍浮马上露出得体的笑来，道：“叔叔，您好。”

简华不答话。

简宁川说：“霍老师，你去忙你的，不用管他，他看看就走了。”

简华问霍浮：“你在做饭吗？都做了什么？”

霍浮说：“就是些家常菜。”

简华道：“那再加两个菜，我要在这里吃饭。”

简宁川大惊道：“不是，谁留你吃饭啦？！”

简华没作声。

霍浮道：“那您先坐一下，和川川聊聊天，我很快的。”

简宁川：“有什么好聊的？”

霍浮笑道：“你还不去泡茶？”

简华说：“我只喝普洱。”

霍浮道：“有。川川，你知道放在哪儿的吗？”

简宁川不甘不愿道：“知道！”

他不爽地去泡茶，边泡边想，你们这些社会人真是……

简华一点也不客气，坐在沙发正中，比主人还像主人。

简宁川不想和他说话，把茶放在他面前，就跑进厨房里去，要和霍浮说话：“霍老师……"

霍浮正在爆炒百合肉片，在爆炒声和油烟机的噪声里高声道："你说什么？"

简宁川感觉他是故意的，又郁闷地出来了。

简华坐在那里看他，也不说话，不知道心里在想什么。

"你想聊天吗？"简宁川道，"反正我没什么想和你聊的。"

简华还是不作声。

简宁川就不理他了，坐得离他远远的，开了电视机。首页在推送综艺节目《电影的诞生》最新一期，他便随手点开看了。

偏偏这期的主题是一部讲述亲情的喜剧电影《父与子》，主角是中年离异的父亲和处在叛逆期的高中生儿子，是个笑中带泪的感人故事。

节目组翻拍的是片中一段父子俩矛盾爆发的戏。激烈的争吵后，父亲要动手揍儿子，儿子在躲避中不慎将父亲推倒。父亲磕破了头，身体受伤的同时心也被伤到了，一怒之下对儿子说了狠话，儿子离家出走。

原作拍摄于八年前，当时扮演儿子的演员是个普通中学生，后来也没有进入演艺界发展，他不想再曝光在镜头前，便婉拒了节目组的邀请。因此，这个"儿子"的角色从一开始就确定了由简宁川出演。

简宁川一看是这集，就有点想关掉，转念一想，他没必要在他爸面前显得太刻意，好像他还多在乎这个爸似的。他犹豫了一下，还是看了下去。

为了保证节目的整体可看性，节目后期剪辑保留的多是有趣以及戏剧化的部分，而真正充满技术性的内容就删减得几乎没剩下什么。毕竟，观众想看的是综艺，不是枯燥的学院课。而简宁川是节目的直接参与者，对这些流程中发生过什么太清楚了，反而是最后剪出来的成片他都还没有机会亲自看，因此他按了快进键，直接看到成片部分。

他在《父与子》中的角色，是父母离异后跟着父亲生活的少年。由于父亲脾气暴躁、不擅沟通，刚离异时又把怨气撒在孩子身上，儿子的童年记忆里，自己总是在挨打，因而他一面能体谅父亲一个人带大他的艰难，一面又对父亲充满了怨言。少年升入高中后，和一位小学同学重新做了同窗，这位小学同学随口在班里讲起小学时少年被他爸揍到尿裤子的事当作笑话。新同学们的起哄嘲笑刺激到了少年的自尊心，他和同学打架，被叫了家长。同学的父母通情达理，他的父亲认为他惹事，又给了他一顿暴揍，这进一步激化了父子矛盾。

节目中，对前情背景做了简单交代后，翻拍的片段才正式开始。

夜晚，老式居民楼的一个小小窗口里。

少年穿了一身蓝白色的高中校服，坐在窗前的书桌边，面前是摊开的物理卷子。他没在做题，而是在用手机看一段短视频，视频中，一个女孩在弹着尤克里里唱着歌。他眉眼含笑，微微抿着嘴唇，对女孩的喜爱里有着青春期男孩独有的青涩。

电视外，简华道："你演学生还是可以的。"

简宁川没说话，心里偷偷在想：这是表扬吗？谢谢，不需要。

但是真不需要吗？抛开其他不谈，这可是简华！金球奖最佳男主角！他说"可以"，那是真"可以"啊！简宁川还是有一点点、一点点……高兴的。

电视里。

扮演父亲的中年演员推门进来，看到"儿子"对学习还是这么不上心，恨铁不成钢地斥责了他几句。

少年充耳不闻，完全没有理会父亲，脸上的轻快消散不见了。

父亲越发生气，说自己每天辛苦工作就为了供儿子读书，还说："你要是考不上好大学，对得起你老子我吗？！"

少年终于不再看手机，抬起了头。台灯的冷光打在他麻木的脸上，他说："考不上好大学，最多和你一样没钱没本事，有什么大不了？"

父亲大怒，来到桌前，一把拿起他的手机要没收，两人遂发生了肢体冲突。激烈的推搡间，他无意识地推了父亲一把，父亲摔倒，额头磕到桌角。

少年终究还是担心父亲，不由自主地向前迈出脚，想去扶起对方。可他又纠结着停住了，眼神里竟燃起了几分报复的快意。

父亲惊到了，用手摸到了额头上的血。镜头推进，父亲不再年轻的双眼里写满了愤怒与悲伤。生活的艰辛没有打垮他，他却被儿子此时的举动和表情打倒了。

"我没钱没本事，也把你养这么大，让你吃得饱穿得暖。你想要什么，我也都尽量买给你了。"他笑着，也像在哭，质问道，"结果，你就是这么回报我的？"

儿子道："爸，我知道你这么多年都很辛苦，谢谢你。"

父亲一怔。

儿子的情绪到了不可抑制的地步，眼睛里滚出泪来，他道："可是你能对我说声'对不起'吗？"

自以为尽到责任的父亲希望孩子对他充满感激，而被他伤害过的孩子，只是想要一句“对不起”。

可是父亲不懂，他不明白，以为儿子是在讽刺他是个不能满足其虚荣心的失败者。两人再度争吵，然后“儿子”离家出走。

看到这里，简宁川不禁唏嘘起来，叹了一口很长的气。

“对不起。”简华突然道。

简宁川愣了一刻，然后扭过头看简华。

简华正襟危坐，道：“听我这么说，你有高兴一点吗？”

简宁川心想：有病吗？又来演慈父。

他故意十分刻薄地问：“请问您是有什么地方对不起我？”

简华摇头，说：“我不知道。”

简宁川：“哈哈，您真有意思。”

他信简华说的话，他爸爸这人可能打心里就没觉得自己曾经对不起谁，所以这么多年还都是一副坦荡荡的样子。

简华道：“川川，你现在过得好吗？”

“好。”简宁川道。

简华睨着他，道：“你是不是觉得我特别爱管你的闲事？”

简宁川：“呵呵。”

简华道：“你一次也没听过我的。我管不管你，对你来说好像也没差吧。”

简宁川正色道：“当然不一样。”

简华一时露出欣喜的神色。

简宁川道：“这一年多你没管我，你都不知道我过得多幸福。你以后也不要管我，我们各过各的，行吗？”

简华的脸色顿时灰暗下去。

“我的人生已经很幸福、很圆满了，我真的不需要你总是来扮演什么好爸爸，你老是这样突然出现让我很烦的，你知道吗？”简宁川道，“你别瞪眼睛，是不是超级想骂我？那你骂，我看你忍这么半天应该也很辛苦了。骂够了你就走，就像从去年到今年这样，我们互相不要打扰对方，好吗？”

简华依然沉默着。

简宁川面无表情道：“来，骂我，骂完就走，我今天保证不会还嘴。”

简华一动不动地看着他。

简宁川惊异地发现，那双与自己极为相似的眸子里竟隐有波光。

不是吧，哭了吗？

不待简宁川细看，简华已经低垂下眼帘。他从口袋里拿出一个很小的丝绒盒子来，说："给你的生日礼物。"

简宁川接过盒子，小心地想看简华眼里是不是真的有泪。简华却又戴上了那副超大的墨镜，道："不知道该送你什么好，想起你小时候很喜欢这个，我就去找了以前那家影视公司，从旧仓库里翻出来了。川川，生日快乐。"

简宁川想不出盒子里是什么，也不想当着他的面打开，只好冷淡地说："谢谢。"

简华起身，抬高音量说给霍浮听："我走了。"

霍浮出来，理所当然是要挽留他的，道："怎么要走了？菜马上就做好了。"

"下次吧。"简华客气道，"麻烦你好好照顾他。"

霍浮道："我会的。"

他解了围裙，送简华出去。

简宁川没去，把那个盒子打开看了。里面是一枚简华早年间主演的《超级飞镖侠》的同名限定徽章，他小时候是非常喜欢的。这个 IP 其实票房很扑，在好莱坞一众超级英雄题材大片里毫不起眼，他喜欢是因为能看到爸爸。那个时候的爸爸，还是他的超级英雄。

霍浮去了近十分钟才回来，想必是送简华上了车，还和他聊了天。

"霍老师，你太狗腿了！"简宁川愤怒地指责他。

霍浮冤枉道："我没有啊。"

简宁川问道："你们聊了什么？"

"他叫我照顾好你，不然就让他的保镖干掉我。"霍浮说，"他那个保镖又高又壮，突然从车上下来，吓了我一大跳。"

简宁川道："他就是吓你，那保镖大哥其实还挺可爱的……你不要打岔！我爸还说什么了？"

霍浮道："问我有多少钱，立遗嘱了没有，说要是我还没立，就让我去立遗嘱，把财产写到你名下，反正我也没儿子。还提醒我别落下那套四合院。"

简宁川愣了一下，道："他怎么这样？！"

霍浮叹了一口气，附和道："就是，怎么这样。"

简宁川怀疑他又满嘴跑火车，道："霍老师，你是不是现编出来哄我的？"

"哪有？"霍浮去房间里拿了个牛皮纸袋过来，道，"幸好我有先见之明，已经先办好了。”

简宁川震惊道：“你还真立遗嘱了？！”

霍浮道：“你打开看啊。”

简宁川生气道：“我要打你了！遗嘱是随便立的吗？太不吉利了！”

他边说边接过来，打开袋子。

里面是一沓文件，最上面一张是《企业法人营业执照》，上面写着——

企业名称：简宁川工作室。

法定代表人：霍浮。

简宁川茫然道：“这是什么？”

霍浮道：“看不出来吗？送你的生日礼物。”

简宁川蒙了。

霍浮要完全脱离成果娱乐，出来另立门户了。

这件事很快就传开了，但由于双方都还没有公开发声，所以网络上流传了很多个不同版本，比如霍浮和邱植相爱相杀啦，比如背景强大的邱夫人看上了颜值更高的霍浮，不想要邱植啦，比如霍浮是因为小情人吴安迪在成果娱乐被排挤啦……反正都是吃瓜群众喜闻乐见的猎奇桃色版。

简宁川看这些不着调的八卦已经看到麻木，玩了一会儿手机后还得好好准备他的毕业答辩。

《电影的诞生》播出了几期后，热度持续上涨，大家对简宁川的关注度也逐节攀升。知道他临近毕业，微博上每天都有大量转发、评论、私信和 @ 他的，都是祝他答辩顺利之类的，搞得他压力极大。他特别怕在答辩会上出什么差错，最后毕不了业，到时候被全世界看笑话。他每天把自述背上八百遍还觉得不够，晚上睡觉时梦里都是一帧一帧的论文 PPT。

终于挨到答辩当天，十分钟的答辩顺顺利利地结束，他才彻底放松了。

秦阵和王子烨也都没有什么问题，三个人开开心心地搭着肩一起去玩。

王子烨买了辆新车，带两个室友去兜了圈风，最后三人又去他的住处吃火锅。

文莹还在太原，月底期末考试时才回北京来，秦阵过几天要回去接她。

王子烨的仙侠剧刚杀青一个星期，他又签了个竞技类的真人秀，等学校这边毕业相关的事处理完就要出国去录制。

“本来说去东京，节目组想蹭奥运会热度，但没谈妥，那边不让去，第一站就改去西班牙了。老子还没去过西班牙，英语也不行，四级还是大一时压线过的，单词什么的早忘个干净。唉，老子好方张（慌张）。”王子烨展示了刚买的《英语速成教材》《出国旅行 100 句》，惆怅得很。

简宁川惨不忍睹地道：“你还是找个老师学吧。”

秦阵也道：“你们公司没帮你安排英语老师吗？”

王子烨：“快别提公司了，我们公司就想安排我演内部戏，外戏都不想让我接。就这节目，有个编导是咱们学院导演系的学长，私下通过别人来找到我，说我们公司开价太高把节目组吓退了。说出来你们敢信？我到现在也就一部红的戏，我们公司好牛哦，敢跟人家要价两千万，还没人跟老子说一哈，老子早晚要被公司坑死。”

简宁川动了心思，问道：“烨哥你签了几年啊？”

王子烨：“十年。”

简宁川：“这么久？！”

王子烨道：“你这瓜娃子不晓得，不签十年，公司也不会推我，哪怕我再演十个南追月，也没啥子机会出头。”

“拍《洪武大帝》的那家公司，”秦阵插话道，“也是说要我签十年，我觉得时间太长了，条件还苛刻，就没签。”

王子烨“嗯”了一声，道：“小简，你和霍浮浮签了几年？”

简宁川：“三年。”

秦阵和王子烨对视一眼，又问他片酬分成，听简宁川说了以后，两人悲愤交加，把火锅里的牛肉片全部夹光，一块都没给简宁川剩下。

三个人嘻嘻哈哈了一阵子，王子烨有电话进来，他对两人示意一下，到房间里去接电话了。

秦阵又给简宁川煮了半盘牛肉。

简宁川：“妈，我吃不了这么多。我现在随时准备进组，不敢吃太多。”

“就一顿，不要紧。”秦阵看了看被王子烨关上的房门，压低声音道，“川川，你刚才是不是想问他要不要跳槽去你们公司？”

简宁川：“对啊，霍老师不想在成果混了，出来单干，肯定还要签新人的。”

秦阵：“这事都传开了，我这消息不灵的人都听说过，子烨能不知道吗？他说话你听一半就行，别太认真。”

简宁川一脸茫然。

秦阵："他就是心眼太多。公司不行，真想换东家，明说不就行了吗？非拐着弯让你问他。"

简宁川道："他也不一定是这么想的呀，咱们不是正好聊到了吗？"

秦阵："上次去我那边吃饭，他不是也这样？好好的突然说起你抢他的节目，你是不是到现在还觉得对不起他？还有他那个南追月，也是跟你诉了半天苦，你才回去让霍浮帮他留意的是吗？一次是正好聊到了，总是这样还是正好吗？我也不是说他不好，有心眼也不全是坏事，但是老对自己人耍心眼就没意思了。"

简宁川想了想，说："妈，你也说了，咱们三个都是自己人，这么点小事算什么呀？我又没损失什么，你也别往心里去了吧。"

秦阵笑道："知道，我就是提醒你一句。他要是真害你那还行？我现在就把他切了涮了吃。"

简宁川也笑了。

王子烨从房间里出来，问："在说什么好玩的事？我也要听。"

简宁川道："说文莹预产期快到了。等我妈做了爸爸，烨哥，咱们就有小宝宝玩啦！"

秦阵："哎？还准备把我们家孩子当玩具啊？"

王子烨："哈哈哈，我也超喜欢玩小娃娃。"

简宁川道："妈，你想好买哪儿的房子了吗？房价反正是降不下来了，该买就早点买吧。"

王子烨道："是哦，买房子是大事，总不能让小文和娃娃跟你住出租房。买买买，钱要是不够，趁着我还没过气，还能和小简一起给你凑一下。"

简宁川看着秦阵，说："我们王叔叔人美心善。"

秦阵明白他的意思，笑着说："是啊，仙子下凡。"

王子烨叹气："本仙子哪个没一个对象？"

六月底的毕业典礼上，从院长手里拿过学位证那一刻起，简宁川就哭得稀里哗啦停不下来，谁劝也没用。大家劝着劝着还被他感染到，一个没忍住也痛哭起来，最后全班上下哭成一团，毕业大合照上所有人都是一双兔子眼。

中午，全班一起聚了餐，刚开始大家的心情还平静了下来，开开心心玩了一阵子。到后来又想起要各奔前程，班主任起头，全班合唱了一曲《送别》。

"天之涯，地之角，知交半零落。人生难得是欢聚，惟有别离多……"

悲伤的气氛一下又被烘托起来，简宁川哭到缺氧，整个人都木了。

他酒品不好，全班都知道，以前聚餐大家灌他酒，也就逗他玩一下，他自己也适可而止便罢了。但今天这场离别宴不同于平时聚餐，大家都放开了玩闹，每个人过来找他说两句话，最后都要他喝一杯甚至更多，他也统统来者不拒。虽然后面这两年他来学校来得少了，但大一大二收到过的善意和照顾他都记在心里，看每个来和他诉离情的同学都觉得特别好看，觉得他们不但男帅女美，而且灵魂在发光，个个都是天使。

王子烨正和其他人说话，一眼瞥过去，暗叫“不好”！小简喝大又开始撒酒疯了，正缠着许久不见的“201 一哥”不放！

“一哥”挣脱不开，大喊：“救命啊！”

“一哥”当然早就不是真正的“一哥”了，宿舍里当前最红的是王子烨。

王子烨和秦阵从简宁川魔爪下救了“一哥”出来，“一哥”当即落荒而逃，其他同学为保清白也都自觉远离醉酒的小简。

简宁川虽然醉了，审美还是在线的，左看右看，选了“王叔叔”一把抱住：“哈哈哈！美人！”

等聚餐结束，简宁川还像只考拉一样挂在他身上。

秦阵忍着笑说：“来，给我给我，我送他回家。”

王子烨道：“你不是还要赶时间回去陪老婆？我下午没其他事，叫我的助理开车过来接，先送小简回去，你不用管了。”

文莹马上要期末考试，也回了北京，现在一个人在家。讲实话秦阵也不是太放心，如果不是毕业聚餐一生一次，上午毕业典礼一结束他就想回去的。

“那我就先走了，你送他吧，送完回去你也好好睡一觉，我看你也没少喝。”秦阵道。

“阵锅，”王子烨忽然想起什么，说，“想好买房的事没有？要用钱就说哈。”

秦阵看着他，道：“好，先谢谢你了。”

王子烨朝他笑了笑。

秦阵等到王子烨的助理来接人，帮着王子烨把简宁川塞进车里后才走。

王子烨送简宁川回家，一路上，简宁川不说话，也没睡着，眼睛发直、大脑放空地坐在那里，王子烨对他说话，他也听不懂，就只管眯着眼嘻嘻地笑。

王子烨拿了瓶水，问他：“喝不喝？”

简宁川一脸懵懂。

王子烨："想喝就叫声'哥'来听听。"王子烨一脸期待地等他叫，没等到，说，"小简。"

简宁川没来由地醉笑："嘿嘿嘿，哈哈哈。"

王子烨："你妈不太喜欢我了，你啥子想法？"

简宁川自然不会回答他。

王子烨面露郁闷，道："我也晓得你们两个更亲近，我是个外人，还是个坏人。"

简宁川醉醺醺的，不知道他在说什么，看他表情丧丧的，就凭着本能安慰人："王苏苏（叔叔），我跟你最亲啦。"简宁川无知无觉地笑道，"嘿嘿嘿，么么哒。"

王子烨叹气道："算咯……啷个你这娃这么瓜（傻）？"

简宁川："呱？"

王子烨对牛弹琴了半天，不太想说话了。

简宁川眯着眼睛，要睡不睡。

王子烨沉默半晌，皱眉看他。

最后，简宁川头一歪，睡着了。

半路上，霍浮打了个电话给简宁川，王子烨接了电话，说正送人回去。霍浮便到楼下等着。不久，王子烨的车到了。王子烨把简宁川交接给他，他对王子烨客气道："麻烦你了，下次有时间再来家里玩。"

王子烨说："小简喝太多了，等下可能会吐。"

霍浮说："他现在喝醉不吐，就是爱耍酒疯，等下回去得闹一阵子。"

两人直视着对方，片刻后王子烨转开了脸，道："我先走了。"

霍浮说："留步。可能有点冒昧，我有件事想问问。"

王子烨道："什么？"

霍浮道："听说你在现在的公司发展得不是很愉快，不知道你有没有考虑换个老板？"

简宁川睡到天黑才醒，醒来发现躺在自家床上，怎么离开饭店又是怎么回来的，一点印象都没有，脑袋还有点疼。

他给王子烨打了个电话，问他："王叔叔！我中午怎么回来的？"

王子烨夸大其词地把中午他喝大以后怎么出丑的事讲了一遍。

简宁川沉默了。

王子烨笑够了，在电话里道："不跟你说了，我晚上还有事，正要换衣服出门。"

简宁川只好说："王叔叔再见。"

王子烨："小简。"

简宁川："嗯？"

王子烨道："我中午送你回家时，霍浮浮问我要不要签你的工作室。"

简宁川："啊？他没有和我说呀！"简宁川马上又说，"那你考虑一下啊，霍老师来运作的话，肯定比你现在的公司要强多了。如果你有什么顾虑也可以问我，我帮你打听清楚。王叔叔，霍老师肯定不会坑你的。"

王子烨没有说话。

简宁川又一想，补充道："如果你有别的考虑，不想签过来，拒绝也没事。咱们都是自己人，有什么就说什么，你千万别不好意思啊。"

王子烨最后才说："我再想一下，有问题再找你。"

简宁川感觉他是想签的，上次聊到这件事的时候，很有可能他就有点这个意思了。以他的超高人气，霍浮签他应该也不赔。

挂了电话后，简宁川跑进厨房，做出捧着冲锋枪的样子，嘴里发出"突突突"的扫射音。

霍浮还没有开始做菜，见状，手持锅铲左右挥舞挡"子弹"。

简宁川"收枪"，道："小霍！"

霍浮："简总有什么事？"

简宁川背起手来，说："要签王美人这么大的事，为什么都不和我商量？你胆子肥了呀！是不是不想干了？"

霍浮正色道："是还没来得及和简总说，我也是今天刚决定的。与其另外再耗时耗力去造个'新流量'出来，不如把资源用在简总的朋友身上，肥水不流外人田嘛。"

简宁川高兴道："对对对，其实我上次也这么想过，就是不敢瞎出主意才没和你说……太好啦！但是现在签烨哥合适吗？他的违约金应该很高吧？"

"几百万总是有的。"霍浮震惊道，"不是吧简总！他的违约金你也想要我掏腰包帮他垫付吗？我拒绝。"

简宁川不是很懂，道："那我们挖他过来，可以不用出这笔钱吗？"

霍浮不爽道："什么叫我们挖他过来？是他自己在那家公司混不开，我们又不是必须签他，他换老板才是必须的。你不用替他担心违约金，那点钱他拿得出来。”

简宁川：“万一他拿不出来呢？”

霍浮：“放心吧。他刚拍的那部仙侠剧，六十集，一集片酬五十万；马上要去录的竞技真人秀，一整季打包价一千五百万。”

简宁川惊了：“王叔叔原来赚得这么多吗？！我拍一季《电影的诞生》才是他的片酬的零头，他还老是哭穷，每次吃饭都让我买单。”

霍浮撺掇道：“为富不仁，人品不行，以后不要和他玩了。”

简宁川仇富道：“我才不！我要找他一起吃喝嫖赌，全让他买单。”

霍浮改口说：“他们公司抽成很高，他到手的也不太多。如果他解约的话，马上要付违约金，马上就没钱了。别和他玩了，他太穷了。”

简宁川疑惑地发问：“霍老师，你也变得太快了吧？”

霍浮镇定道：“因为我是个‘杠精’。”

坑“王叔叔”是不行了，几天后“王叔叔”就揣着《英语口语100句》去了欧洲，录搭着奥运东风蹭热度的竞技综艺。

他走之前和公司谈了解约，后续相关事宜交由霍浮全权处理。

那边的公司当然不肯轻易放人，霍浮做了不少工作，最后才和公司达成和解。不需要对簿公堂，王子烨赔付公司违约金七百万，履行未完成的真人秀合约，客串该公司出品的一部影视剧。在法律和道义层面，双方都做到了仁至义尽、公平公正、好聚好散。

简宁川还在休息期。一方面原因是上半年录制《电影的诞生》他耗尽了心力，还要养精蓄锐；另一方面的原因是，他对下一部作品有更高更好的期望，但来邀约的几个剧本不符合他的预期，他就都不太想演。

之前那部《我的职业是少女漫画家》凭着故事新奇和营销到位，最终票房高、评价也勉强过关，可他始终心有余悸、耿耿于怀。他不满意，也明白观众给出的及格分多少是看在他第一次当男主角的分上。但他不会永远是个新人，观众更不可能一辈子用宽容的目光看他，想要在表演艺术上更进一步，他以后都不能再拍这种“鸡贼”的片子。

而且霍浮在对赌中胜出后，不再受制于邱植。邱植如今在成果举步维艰，每天都面临着被挤出决策人席位的危机，自顾不暇，根本没有时间再来找霍浮的麻烦。因此简宁川也不需要再去接烂片。

这个行业里，有很多人拍烂片是被现实所限，不得已而为之。他能理解这些同行的难处，但他自己不行，他的现实太好了，不用为了五斗米折腰，也不用为了维持人气而不断“刷脸”，他可以自由地选择，快乐地表演。

七月中旬，简宁川工作室正式挂牌运营。

霍浮和他的员工们浩浩荡荡地搬去了新公司。

“简总裁”当天特地穿了西装、打了领带，兴冲冲跑去看了看。

常平拿着文件给霍浮：“霍总，这里签字。周三有个电影投资会，得去上海……”

简宁川拍了拍桌子：“常平！你看不到我坐在这里吗？”

常平笑道：“小简别闹，我忙得很，等下有空再和你玩。”

简宁川的总裁梦碎了。

这伙人就是换了个地方办公，一切几乎照旧。

周三，霍浮去上海开会，简宁川没事做，也跟着一起去玩了。霍浮开会时，他就和小光一起跑去松江影视城探班李铮。

李铮是跟组编剧，不用全程跟拍，说忙倒是也不忙，简宁川的到来不影响他的工作。

他这部剧保密性做得很好，除了演员，其他信息一概没有公布。简宁川所知道的也只有霍浮从前说过的，该剧主角是医生和病人。简宁川到了这边才知道，这电影片名叫作《黄色小药丸》，但看布景和演员着装也不像是个医患故事。

他好奇地问：“爸，你这本子是讲什么的？”

李铮却不肯剧透，道：“等上映了我请你去看。”

简宁川：“那算了，到时候我包场请我的朋友们看。”

围观了拍摄现场一会儿，他也没看出所以然。

男一号是个很有名的前辈，三十来岁，国内电影奖项接近大满贯，还提名过国际影帝，以内心戏见长，气质和外貌都“很有阅历”。简宁川虽然还是不了解角色，倒是信了李铮说的，自己不太适合这个角色。

李铮主动提起了简华：“你爸说你过生日时他去北京看你了，你把他赶了出去。”

简宁川：“你们和好了吗？”

李铮避而不谈，只道：“他离婚了。”

简宁川惊了："怎么回事？！"

李铮："他没说为什么，我也没有问。"

简宁川不太关心简华的婚姻，只猜测，以他爸的自大，和他继母离婚大概又会被分走一大笔家产。现在简华又很穷了，来找干爹，难道是……

"难道他来找你借钱吗？"他脑洞大开地问李铮。

李铮无语。

简宁川终究还是好奇地问道："你俩到底因为什么事闹翻了？他那臭脾气也不是一天两天了，你都忍那么久了。"

李铮说："忍到头了。大人的事，小孩少管。"

从上海回去几天后，简宁川还在挑拣剧本。他感觉这些剧本都不太好，可是去了趟剧组探班，把戏瘾勾上来了，他就又有点着急。

这时，正好出现一事，分散了他的注意力。

某匿名论坛在扒邱植，讨论邱植是不是真出轨了、出轨对象是谁、和叶晓男是否会离婚。

简宁川追着帖子看了好半天，看到邱植的疑似出轨对象是某外企的一位女高管，看照片这女人外貌中上，气质很好，结合身份背景，实在不像当"小三"的人。不过，"小三"又不会在脸上写着"我是'小三'"。

晚上霍浮回来后，手底下的公关打电话问他这事接下来怎么处理，简宁川听他说："别管了，看热闹吧。"

等他讲完电话，简宁川幸灾乐祸地问："之前那么长时间都没有人扒出邱植的'小三'到底是谁，说他出轨也都是捕风捉影，这次照片什么的怎么这么快就出来了？"

霍浮神神秘秘道："你猜这女人是谁？"

简宁川疑惑了一下，突然间明白了，道："难道是当初甩了邱植的那个前女友吗？"

霍浮点点头，说："对呀，就是她。"

其实以邱植这样的身家地位，他出轨的成本是非常高的。因而，一般来说，行业大鳄们出轨的概率远低于普通人。

简宁川一直觉得邱植会出轨是因为脑子不清醒、安逸太久有点飘了，现在得知"小三"的身份，这场婚内出轨才显得合乎情理——邱植的渣男本质仍然没有改变。

深夜下起了大雨，简宁川占据了霍浮的书房电脑打游戏，手机响了也顾不上接，霍浮过来帮他接了：“你好？嗯？你别乱跑，在楼下等我。”

简宁川道：“谁呀？大半夜来家里？”

霍浮道：“是你大外甥！他离家出走，现在在我们家楼下。”

简宁川惊了。

邱家成浑身都被大雨淋透，不知道在雨里待了多久，冻得直打哆嗦。

简宁川叫他去冲个热水澡，又找出自己的衣服来让他换上。

邱家成已经是个初中生了，身高随了他妈妈，这年纪就有一米七几了，比简宁川矮不了多少。只是单看脸就还是小孩样子，还是一副受了委屈的稚气模样。

简宁川猜测他离家出走是因为父母的事，没直接问他，道：“成成，你吃饭了吗？”

邱家成的情绪比刚进门的时候好了很多，他说：“吃过了。我带钱了，忘了带身份证，不能住酒店，才来打扰你们。对不起，小简舅舅，你别告诉我爸妈我在你们这里，我明天自己就回去了。”

简宁川道：“我是不会说的，你得求求你霍大爷。”

邱家成看向霍浮。

霍浮无奈道：“你们俩……成成，你爸妈找不到你会报警的。”

邱家成丧气道：“不会的，他们会以为我去同学家了。我不想去同学家，同学肯定也在网上看到我爸找了个‘小三’。真丢脸。”

霍浮和简宁川面面相觑。

简宁川带邱家成到客房里去睡觉，霍浮没跟着他们一起。简宁川笨手笨脚地铺好床单。

邱家成：“小简舅舅，你平时不做家务吗？我怎么看你好像不会啊。”

简宁川大言不惭道：“有人会，就不需要我会啦。”

邱家成：“我爸也什么都不会。”

提起父母，他低下头，有点落寞。

简宁川道：“你好好睡一觉，别想太多了。”

邱家成坐在床边，说：“小简舅舅，他们会离婚吗？”

简宁川：“你怕他们离婚吗？”

邱家成沉默半晌，道："我有点讨厌我爸爸。"

简宁川说："我也讨厌我爸爸。"

邱家成抬头看他，但没有问他为什么，想来是对他父母的事也有所了解，道："我觉得，我爸没有以前那么疼我了。"

简宁川："怎么？你爸的'小三'也要给你生个弟弟或妹妹吗？"

邱家成吃了一惊，道："那……那倒没有。"

简宁川说："我爸就给我生了个弟弟。他更喜欢我弟弟，也不怎么理我，后来我弟弟出了意外，他又转过头来对我好。"

邱家成想了想，说："那我爸好像比你爸好一点。"

简宁川笑道："但是我爸长得比你爸帅。"

邱家成："嗯……其实我爸也挺帅的。"

简宁川像个大人一样摸了摸成成的头，说："成成，没什么大不了，都会过去的。"

他出来关好门，看见了霍浮，霍浮低声说："我给他家里打过电话了，这两口子在家打架，都没发现儿子不见了。"

简宁川："唉……"

霍浮道："他睡了吗？"

简宁川道："睡了。他爸妈怎么说的？"

霍浮："叶晓男说明天早上她过来接成成。"

他关切地看着简宁川。

简宁川明白他的意思，说："霍老师，你不要担心我顾影自怜。我和成成又不一样，成成是日子过得好好的，突然遇到这种事，接受不了才会离家出走。我生下来就这样，没什么接受不了的。就是看成成这个样子，我想起我弟弟简毕成。听说我爸又离婚了，我这弟弟就几岁小孩的心智，本来爸妈都在身边，也还算幸福，现在这样，也不知道他跟着谁过，过得好不好。"简宁川叹气连连，问道，"你怎么不说话了？"

霍浮阴险地说："你爸离婚这么大的八卦，不如卖给狗仔大赚一笔，如何？"

简宁川沉默半晌，道："要卖也是我卖，坑爹我自己坑。"

霍浮："哈哈哈。"

简宁川："你这是假笑，太假了。"

霍浮不笑了。

简宁川忍不住问道："为什么每次我说我家里的事，你都不发表意见？"

霍浮说："我没体会过你的童年，提任何意见都是自以为是。"

简宁川理解道："嗯……人类的悲欢并不相通。"

霍浮说："但我们是家人，你的悲欢，都与我有关。不管你做任何决定，我都会支持你。"

简宁川心里一暖，差点感动哭了。

第二天一早，来接成成的却不是叶晓男，而是邱植。他说公司有急事催叶晓男过去，她来不了，就换他来接儿子了。

简宁川懒得见他，被吵醒了也没起床，躺在床上玩手机，没下楼去。

过了好半天，霍浮才上来，说："父子俩都走了，成成让我对你说'谢谢'。"

简宁川："那你和邱植都说什么了？聊什么聊这么久？"

霍浮："也没什么，他没人能诉苦，跟我多说了几句。"

简宁川："呸！他还苦？要不要脸？"

邱植和前女友重逢，一时没忍住出了轨，倒不是对前女友有多旧情难忘，一多半还是因当年被甩存了些报复心理。他没想过要和叶晓男离婚，也没想到事情会发展成这样。现在东窗事发，影响还这么大，他就后悔了，害怕了。

霍浮道："他说愿意把所有财产转到叶晓男名下，只要她别离婚，其他都好说。"

简宁川："这不就是他当年哄叶晓男回来的招数吗？第一次好用，第二次还好用吗？"

霍浮："叶晓男现在也不打算和他离婚，我估计会她收下。邱植就是这么个人，每次都要到失去才懂得珍惜。"

简宁川画重点道："你知道他是这种人，就不要再和他做朋友了。"

霍浮笑道："好的，我听川川的。"

成果娱乐本就是"夫妻店"，受邱植的出轨风波影响，股价持续动荡。之后不久，叶晓男接替邱植出任CEO，虽然她以雷霆手段稳定了形势，使公司缓慢回到了正轨，但公司近期投资的几部影视剧都受到了波及，其中一部本来备受关注的推理题材电影几乎赔得血本无归。而且霍浮及其团队的整体出走，对成果娱乐的艺人经纪部也造成了摧毁性冲击。自此，成果娱乐在艺人培养和发展上一蹶不振，几年内毫无起色。

这些后事，对已离开成果的霍浮没有造成任何影响。

八月初，简宁川工作室官方微博低调发博：速报，小简确定出演甘小洪导演新戏《水中花》男一号。

“简爱”们顿时炸开了花，官方微博评论区热闹得有如过年。

虽然简宁川全程参与了《电影的诞生》的录制，并没有远离表演，但距离他上一部公映作品的杀青已经过去整整一年了！

而这次的合作导演甘小洪是中国当代最有名的导演之一，数次入围国际 A 类电影节奖项并且有所斩获，其代表作品在上世纪末就在戛纳影展压轴上演，成为当年惊艳戛纳的话题之作。

简宁川参演甘小洪的作品，并且担任男主角，这可以说是毋庸置疑的顶级资源。

疑惑的吃瓜群众纷纷讨论，甘小洪导演选角一向很挑剔的，从前霍浮背靠成果娱乐这棵大树好乘凉，都不一定能拿到甘小洪的电影的男一，现在离开成果娱乐的大手笔投资，单枪匹马的霍浮是怎么为简宁川争取到这个角色的？

“简爱”们自然认为：“我们小简是靠个人能力，才不是靠姓霍的！你们这些‘霍吹’都闭嘴！”

随后有知情人爆料，甘小洪导演是看了《电影的诞生》才属意简宁川，主动发出试镜邀请。而简宁川在看过剧本后非常喜欢，并自降片酬。双方都很有诚意，这才顺利达成了这次合作。

之前简宁川参演《电影的诞生》时，“简爱”们没少攻击霍浮。小简刚拿了金枫新人奖，《我的职业是少女漫画家》票房又那么高，霍浮不给他安排新戏，反而安排他跑去录什么真人秀，“简爱”们都觉得霍老板是掉钱眼里了，就是想榨干小简，奸商！无耻！

现在这档真人秀的后续威力显露出来，霍老板也终于在持续两年的质疑声中第一次收割到“简爱”们的一点认可：姓霍的还凑合。

简宁川吃自己的瓜也吃得津津有味，上了小号去给表扬霍浮的评论点赞并回复：“你说得太对啦！霍老师就是棒棒哒！”

“精分”正玩得高兴，简宁川突然吃到一口烂苦瓜。

知乎有个著名八卦大V，在“如何评价简宁川出演甘小洪新片《水中花》男主角”的问题下，回答说：

“听说的一个料，九成保真。

“《水中花》去年开始筹备，投资方本来是想找周放出演男主角。众所周知，周放情商不太行。他不知怎么得罪了一位大佬，被隐形封杀了。

“大家应该也发现了，周放今年的两部剧几乎都没水花，他本来差一口气就能封神，但现在这口气提不上，卡在瓶颈里，他明显开始过气了。

“他的经纪人千方百计想给他争取来《水中花》男主，要最后一搏。可惜简宁川的经纪人比周放的经纪人更有手段一些。当然，甘小洪也不傻，简宁川的背景和前景都比周放更出色一些，最后甘小洪选简弃放，也在情理之中。

“抛开简宁川的家世，他在新生代里也是很有特点的优秀演员，他出演《水中花》，应该会有不俗的表现。

“遗憾的是，周放恐怕很快就能用来回答‘有哪些惊艳世人却昙花一现的明星’的问题了。”

简宁川辨别不了这个爆料的真假，发了链接给霍浮，问他知道不知道这事。

霍浮此时不忙，打了电话过来，两人聊起了八卦。

霍浮说：“我没听说他得罪谁，他的经纪人一般也不放他出来和大佬见面，就怕他惹麻烦。”

简宁川：“那他的经纪人真和咱们竞标《水中花》了吗？”

霍浮：“这倒是有可能。甘小洪的剧是一级竞品，哪个年轻演员不想被甘小洪调教？”

简宁川说：“可是我看放哥今年的两部剧的确扑得很惨啊。放哥是个好演员，就这么过气了也太可惜了。”

霍浮：“最近这两年，他除了《罪恶城市》，没有拿得出手的作品了。他到了这个岁数，还没有拿过有分量的奖，卡在瓶颈期里太久的话，是要凉。”

简宁川：“那我岂不是也算间接害了他一把？”

霍浮无奈道：“游戏规则就是谁行谁上。就这部戏来说，你更行，所以你上了，不存在谁抢谁的资源这一说。假设甘小洪选了他，你会怨他吗？”

简宁川：“我不会啊。”

霍浮说：“如果他也把你当朋友，他就也不会。”

简宁川：“我不是担心他会不会怨我。”

霍浮顿时明白了，道：“你这个小渣渣！周放年轻貌美，就算没戏拍了也还能浪几年，你替他担心什么？你看看我，一把年纪了还要替你打工，上班摸鱼都在陪你聊天、逗你开心，你同情同情我好吗？！你的良心不会痛吗？”

“简渣渣”没有良心，放肆嘲笑道：“霍老师你好惨啊，哈哈哈。”

他和霍浮聊完八卦，想慰问下处在瓶颈期的放哥，但他早就被周放拉黑了，他不抱希望地随手打了一句“周放是猪，哈哈哈”，点了发送。

但是……居然发出去了！不知道什么时候，周放已经把他从微信黑名单里放了出来。

简宁川手忙脚乱想撤回这条消息。

周放却秒回了他：“你才是猪！”

简宁川迅速赶在被周放再度拉黑之前发了语音请求过去。

周放那边一接，简宁川便撕心裂肺地喊道：“放哥！我好想你啊！”

周放无语。

简宁川觉得气氛不对，道：“说话不方便？”

周放：“没，你有事吗？”

简宁川感觉他是真有事，就没再浪费时间，直奔主题道：“我在网上看到有人想挑拨我们师兄弟的关系，就来找你解释一下。放哥，我真不知道你们也在和甘小洪导演谈合作，我不是存心想‘截和’你的……”

“等等，等等，”周放莫名其妙道，“什么谈合作？甘小洪要拍新戏了吗？”

简宁川蒙了：“你不知道？”

周放：“家里有事，我在放大假，工作都交给经纪人处理了。甘小洪的新戏要拍什么？”

简宁川：“爱情片，讲一个插队青年的恋爱故事。”

周放吃惊道：“这么猎奇吗？！做插队这么没素质的事，这人还能谈个恋爱？什么鬼题材？插队插出爱？”

简宁川被他的脑回路震惊了，道：“是上山下乡那个插队。”

周放沉默了。

“听说你的经纪人想让你去演，”简宁川拍马屁道，“你比我帅还比我演得好，可是甘导演大概觉得我比较没素质，所以最后才选了我。”

周放还是没出声。

简宁川：“放哥？你没生气吧？”

周放气哼哼道：“我有什么好气的！”

简宁川心想，放哥陷入瓶颈期放了大假，一不留神被自己无意中插队抢了角色，搞不好从此就再也没有翻身的机会了，真是太惨了。

他安慰周放道："你不要灰心，不管以后怎么样，我永远是'放歌一曲'，放哥，我永远支持你！"

通话被周放冷酷无情地挂断了。

简宁川一看，哎？放哥怎么又把他拉黑了？

没过几天，《水中花》的正式剧本送到了简宁川手上，这部剧计划国庆后就开机，他有一个多月的时间准备。

剧中男主角是下乡插队的知识青年，文弱瘦削。简宁川身高近一米八，体重七十公斤上下，胖是肯定不胖的，但他长期坚持健身，肌肉线条太健康了，不符合角色设定。化妆造型当然能起到一部分修容作用，但是导演希望他能比现在更瘦弱一些。

霍浮安排了专业教练来帮他制定瘦身计划，加大运动强度，还要残忍地饿他，他终于体会到了一份健身餐分三顿才能吃完的痛苦。

瘦身的同时他还要看剧本。《水中花》的剧本比他从前接触过的剧本都要有深度。甘小洪是个喜欢在故事里探讨人性多面性的导演，但是又不喜欢直白粗暴的表现方式，他更愿意让观众从不同角度去解读他的故事。

整个剧本的留白多到简宁川怀疑人生。但他和甘小洪只见过两次，不太熟，甘导演年龄又很大，说话有点文人气，爱端着，剧本里他想不明白的地方，也不太好意思一直去问导演。

霍浮对电影艺术一知半解，简宁川和他也讨论不出太有用的结果。

闭门造车不是事，他只好去烦专业人士李铮。

李铮帮他分析了几个留白的重点，吐槽他道："你这孩子真是会给我找麻烦，我这边忙得很，还得帮你看本子。"

简宁川："你们剧组不是都快杀青了吗？"

李铮："杀什么青？男二号不在组里，后面好几场戏都没法拍。"

简宁川知道，演这剧的男二号是个最近靠出演真人秀爆红的男演员，以前知名度不高，演技还是被业内认可的。

"签这戏的时候他还没红，还知道规规矩矩拍戏，突然红了他就不知道天高地厚，嫌戏份少，要求加戏。我说我的本子不会再改，这家伙居然撂下挑子跑去拍别的戏。等着我去求他回来吗？做梦。"李铮明显是动了真怒，嫌恶到了极点，说，

“他要走不早走！现在都已经拍了大半，换人就得从头再来。好多演员早就杀青了，还要把人叫回来重新拍一遍。我也就几年不在国内，现在国内的新人怎么都被惯成这样了？”

简宁川道：“也不用从头再拍一遍，跟我之前那部《我的职业是少女漫画家》合作的特效工作室技术很牛的，而且要价还便宜，你们要是决定换人，可以找他们帮你们做后期，保证看不出破绽来。”

李铮：“导演也有这个打算，我们回头再合计一下。你知道我现在最想干什么吗？等找了新人来拍，我马上就给他改剧本，我要给男二加戏，什么姿势能拿奖我就给他加什么姿势的戏，看我不气死那个‘轧戏怪’！”

“哈哈哈，爸爸你太好笑了。”简宁川忽然心里一动，道，“那你们决定换谁了吗？我推荐个特别好的演员给你啊！”

人在家中坐，戏从天上来。周放在简宁川的引荐下和李铮见了面，李铮对他还算满意。两人商量后，很快确定了由他来替换那个“轧戏怪”，出演《黄色小药丸》的男二号。

简宁川喜滋滋道：“放哥，你好好演，李铮老师很厉害的，他说能让你拿奖，你就一定能拿奖。放哥，我看好你！”

周放眼神复杂，半晌才道：“小简，你人不错。”

简宁川脑袋上响起“叮”的一声——好人卡成就达成。

两人分开，各回各家。

周放把简宁川从微信黑名单里放出来，片刻后，收到了简宁川的消息：

“放哥，我还是个新人的时候，你给过我鼓励，帮我拨开过眼前的迷雾，予我河山大爱，今天我只能还你点滴。

“盼你继续好好演戏，继续做我的偶像。

“愿你突破瓶颈期！早日开创新世界！

“放哥么么哒。”

简宁川把李铮送回酒店，没急着走，想和李铮再聊一会儿。李铮先和导演打了个电话，说了下和周放见面的情况。

简宁川听他对导演夸周放，与有荣焉，给周放连发了几条消息“吹彩虹屁”。还没发完，李铮打完电话过来，坐在他旁边。他忙飞速发完最后一条，把手机放下，掏出平板，狗腿道：“华语影坛最伟大的编剧李铮老师，我们来聊聊我的新剧本。”

李铮敲他的头：“好好说话，你在给我刻墓志铭吗？”

简宁川："呸呸呸。你是最帅、最有才华的编剧！"

李铮谦虚地说："那倒不至于，但我是最有钱的。"

简宁川："爸爸厉害。"

两人又聊了一会儿《水中花》的剧本。

李铮是专业人士，也是从《水中花》那个背景年代生活过来的一代人，因此他对这个故事的很多东西有着简宁川无法触及的解读角度，这对简宁川很有帮助。

"甘小洪这本子还挺有意思的，以商业片的配置来拍文艺片，也就是他敢这么搞，别的小导演没这资本。怕赔钱是一方面，关键是没大导演招牌，恐怕过审都有点难。"李铮感慨道，"他今年都六十多了，说不定这部就是封山之作，奔着国际A类大奖去的。"

简宁川点头说："霍老师也是这么说的，他还开玩笑叫我'影帝'，被我打了一顿才不叫了。"

李铮好笑道："夸张，真打吗？"

简宁川恶狠狠道："那当然了，经纪人不听话就是要被打的。"

李铮早已识破他，道："胡说八道，又来骗我。"

八月二十六日，秦阵和文莹的孩子出生，七斤六两，是个女儿。

简宁川把自己捂得严严实实绝对认不出是谁，才跑去医院看文莹和孩子。

他是第一次看到刚生出不久的小宝宝。小宝宝皱巴巴的，看不出模样，文莹的妈妈一直说"孩子和秦阵一个模子刻出来的"，他仔细看了半天也不知道她怎么看出来的，产房里几个新生儿长得明明都一样啊！

他问秦阵："妈，你怎么知道哪个是你女儿啊？"

新晋奶爸秦阵嘴都咧得合不拢，说："我只要看上一眼，就知道哪个是我家小公主啦！"

简宁川："哇！这么玄吗！父女之间有心灵感应？"

秦阵道："你以为演电视剧吗？她身上挂着身份牌啊！"

简宁川一阵无语。

秦阵家的小公主出生半个月后，王子烨在欧洲的工作才结束，他回国的第一件事也是去看秦阵家的宝贝。他买了一大堆东西，还包了个很厚的红包。

秦阵推着不肯收，王子烨说这是提前给的份子钱。因为他只能在家休息几天，稍后又要赶去纳米比亚，在那边录新一期节目，所以赶不到孩子的满月酒。

最后这钱王子烨还是硬塞给秦阵的妈妈了。

秦阵要陪老婆，自然走不开，这次就只有“王叔叔”和小简两个人一起吃了饭。

此时霍浮已经把王子烨和前东家的纠葛解决得差不多，王子烨和简宁川又成了另一种形式的同门师兄弟。但王子烨并不是简宁川工作室的艺人。

霍浮的经纪公司版图不会止步于一间工作室这么简单，近来他的大动作不断：帮简宁川拿下甘小洪新戏男主角的片约，成功签约“当红炸子鸡”王子烨，宣布在马上到来的秋天成立全新的娱乐公司，并参与某视频网站（网站背后即是吴安迪的新公司）一档原创选秀节目的联合制作。

转眼间，秋天要来了。

简宁川减重五公斤，整个人小了一号，甘小洪满意极了，马上安排拍定妆照，正式发宣——

@电影水中花：阳光聚散，我们不多说。@简宁川。

定妆照是黑白画质，照片中的简宁川身着既破又旧的条纹海魂衫，一头乱蓬蓬的头发、粗粝的皮肤和龟裂的嘴唇让他像是饱经风霜。只有一双眼睛，仿佛从岁月的那头看过来，明亮且温柔。

《水中花》发宣的次日，简宁川和李铮登上了飞去美国的航班。

好莱坞媒体报道，著名华人影星简华即将接受肝脏移植手术。

新闻里写到，简华罹患慢性肝病已久，一直没有寻到合适的肝源，近日才终于配型成功。

由于事发突然，简宁川匆匆订了票就赶来机场，路上才给霍浮打了通电话，霍浮马上就说要陪他一起去。

但是简宁川知道，娱乐公司万事俱备，霍浮如果这时候离开国内，对合伙人和所有员工来说都极其不负责任。

简宁川道：“小霍，我自己去，你把我的公司打点好。出了差错，你的年终奖就没了。”

霍浮：“川川。”

简宁川：“我可以的。”

航班起飞。

身旁的李铮默然无语，坐在那里一动不动。

简宁川抓住他的手，他的手掌冰凉，简宁川用力一握，他竟开始发抖。

简宁川道：“没事的，没事的，肝脏移植手术的风险只有百分之几，他一定会没事的。”

李铮道：“他去上海找我，是去向我道歉的，他对我说对不起了。我明明觉得哪里不对了，还是赶他走了，他居然都没有发脾气，还笑着对我说再见。”

简宁川想，爸爸去给他过生日的时候，也对他说“对不起”了。被他赶走的时候，爸爸是笑着的吗？他已经忘了。他还记得爸爸送了他一枚他小时候最想要的徽章。

“川川，别哭。”李铮道，“不会有事的。”

简宁川道：“他对我说‘对不起’了，还叫霍老师好好照顾我。他是去交代遗言的吗？谁要听他交代遗言了。等他死了，我就把他的财产全都捐了。”

李铮：“乱说什么……哎，你别哭了。”

简宁川号啕大哭：“他病了为什么不说？他不说，活该没人救，他为什么不说？怎么会找不到肝源，我就是他的儿子，我可以捐给他啊！”

在天上飞了十几个小时，简宁川也哭了十几个小时，空姐怕他出事，强行给他戴了个氧气面罩。

在纽约一落地，就有人来接他们。

李铮的朋友和李铮叽叽咕咕说英文，简宁川的英文就四级水平，他还哭得耳鸣，所以他什么也没听懂，一脸茫然地看着他们。

那朋友仔细看了看他，恍然问了句：“他是简的儿子？”

这句他听懂了，马上问道：“Yes！ Is my father dead？（是的！我父亲死了？）”

那朋友沉默了。

李铮怒道：“又乱说！你爸好着呢，手术做完了，没事！”

简宁川一时大喜，真的要晕过去了。

李铮去看简华，简宁川知道简华没事，又不想去见爸爸了。李铮便托那位朋友帮简宁川叫了车，送他去简华家里。

路上，简宁川又有点后悔，觉得他其实该去看看他爸的。但他的英语实在不行，而且他也不知道医院的名字，只好作罢。

简华的家还在曼哈顿街区，十几年前简宁川来过那栋房子，现在的房屋重新修缮过，院子好像比印象里小了一点。

他和简华长得太像了，家里的亚裔用人一看便知道他是谁，热情地迎了他进去，还会用简单的中文和他问好，问他“饿不饿”“要不要喝咖啡”这种话。

他被带着进了房子里，有个高个子的年轻人正从楼上下来，那人长了张和他相似的面孔。

佣人用英文对那年轻人介绍了两句，那人便兴高采烈地跑过来，牵起简宁川的手，叫他：“哥哥！你还记得成成吗？”

简宁川吃了一惊：“你是成成？”

简毕成用力点头。

他的个子比简宁川高，足有一米八五甚至更高，他长得也很帅，只是有着不属于这个年纪的稚气，笑容也像几岁孩童的。

简宁川道：“小时候，你请我吃过糖。”

简毕成愣了一下，马上又笑起来，十分开心地绕着简宁川转圈圈。

国内已经知道简华动手术的事，甘小洪导演和制片人先后都给简宁川打过电话表示慰问，说《水中花》开机延后。而且刚好女主角的前一部戏也有些收尾工作还没做完，导演叫他不用担心。

简宁川的定妆照发宣后，反响极好。而有关简华病情的新闻一出，国内很多人已经在替简宁川担忧他会不会因此与这部戏失之交臂。剧组延后一段时间开机，损失不大，而且还能收获舆论同情和一部分关注度。

简家兄弟两人在简华的大房子里相依为命。

简宁川陪弟弟做游戏、读故事书，弟弟陪他出门，还负责做他这个哥哥的翻译。

简毕成只有学龄儿童的智力，但是他喜欢画画，简华请了专业老师教他画法、画技。

简宁川不太懂画画，但感觉简毕成画得像模像样的。

简毕成羞答答地告诉他，自己有几幅画还参加过 exhibition（艺术展）。

简宁川高冷地点头，心想：这个单词有点熟，是什么意思？我忘啦！

他有时候会觉得带成成像带儿子，一个大小简带着一个小小简，又酷又有型。

其间，李铮回来过几次，明显瘦了很多。照顾病人也很辛苦。

他问简宁川要不要去医院看看简华。

简宁川知道简华没事，想了想还是没有去。

他给简华打过一次电话，父子俩平静地问好、聊天气。有点像一对极其普通的父子。

半个月后的一天傍晚。

简宁川和成成从超市回来，他怀里抱着一袋子面包，成成趁他双手都占着，从他口袋里摸糖吃。他也阻止不了，只能瞪眼睛拿出哥哥的威严："不可以吃糖啦！要长蛀牙的！"

弟弟说："成成的牙齿很白很健康。"他还低下头，"咔咔"咬合两下牙齿给哥哥看。

简宁川："哇！你低头是什么意思？是在炫耀你比我高吗？"

弟弟比画着他的头顶："哥哥你真的好矮哦，才到成成的鼻孔。"

简宁川气急败坏道："胡说！明明到鼻梁了！你怎么不把头抬得更高点，说我才到你的下巴啊？！"

弟弟便把头抬高，惊喜道："真的！哥哥才到成成的下巴。"

简宁川半晌无语，道："你哥卒了。"

两人快走到家时，弟弟说："我家有个高个子男人！"

简宁川以为他在夸他自己高，不爽道："闭嘴吧，你这个坏弟弟。"

弟弟："真的，哥哥你看。"

简宁川顺着他指的方向看过去，看到家门口站着一个高个子男人。

那人穿着黑色风衣，戴着金丝边眼镜，站在曼哈顿的暮色里，向他挥了下手。

简宁川想，大结局了，他该说些什么？

要检讨吗？一个娱乐圈文的男主角，竟然还没拿到影帝就要杀青，前无古人后可能也无来者，凭什么说自己了不起？

一个星二代，到结局时成就都不及爸爸的千分之一，哪怕是出演爸爸同款扑街超级英雄都还没有资格。

可是有位诺贝尔文学奖得主说："世上只有一种英雄主义，就是在认清生活真相之后依然热爱生活。"

那么简宁川不需要扮演英雄，他自始至终都是自己的英雄。

希望看到这里的你，也能做最了不起的自己。

@简宁川：我杀青了，谢谢大家，有空一起喝酒哇，哈哈哈！@话剧院－秦

阵 @ 王子烨 @ 杨双双 @ 田娜拉不太甜啦 @ 韩噔噔和韩等等 @ 陈奇峰导演 @ 周放 @ 大哥赵达伦 @ 花蕾 @ 演员王民 @ 方浩瀚 @ 江白夜 @W 吴洲 @ 苏青君 @ 云萍阿姨 @ 汪妙然 @ 任巡 V@ 爱微生物也爱扶他 @ 小光 4.0 冲鸭 @ 简宁川工作室。

@ 霍浮 1988：转发，谢谢大家啦！

番外 了不起的霍浮

“霍浮，你要是还想考音乐学院的话，最迟周五，必须把艺考报名费交了，就只等你一个人了。”

霍浮低垂着头，站在班主任面前，不太自在地“嗯”了一声。

班主任是位女老师，犹豫了一下，还是对他直说了：“你有没有问过家里，如果考上了，将来学费怎么办？还有就是，你全力准备艺考的话，文化成绩也会受影响，班里其他几个艺术生的家长都说，等艺考完了再专门请老师辅导孩子文化课，据我所知，这种辅导课也很贵……”

“老师，我能跟上文化课。如果能考上，学费我会再想办法，谢谢您。”霍浮道，“下周我一定交报名费。”

班主任几不可闻地叹了一口气，说：“好，你进去上课吧。”

单亲家庭，母亲在胡同口炸油条卖早餐，一个十七岁的高中生，明年高考完也不过才十八，又能想什么办法？

晚上放学回了家，霍浮沉默地帮着母亲准备明天早上出摊要用的油和面，想着要怎么问她要艺考报名费。

开着的电视机里，新闻联播正播报着澳门人民欢庆回归而举办各种活动的新闻。

霍妈妈边看着电视，边数着今天赚到的钱。多是几毛一块的零钱，放在由鞋盒改成的收钱盒里。因为挨着油锅，鞋盒上有几星油点子，钱上也都带了一股油烟味。

“今天赚了四十多，”霍妈妈点完了钱，高兴地对儿子说，“再攒一攒，就能给你买台家用的血糖仪，到时候在家就能测，不用老是跑医院了。还有胰岛素也没几支了，得再备两盒。”

霍浮：“嗯……”

艺考报名费要两百，他无论如何也张不开口了。

周四中午，霍浮去了姑姑家。进门时，人家正要吃午饭，姑姑见到他脸上就露出几分多嫌。

他有点尴尬。他并不是存心赶着人家吃饭的时间来，只是高三学生只有放学后才有时间。

姑姑在厨房进进出出，只当没他这个人，他也不好意思坐，局促地站在客厅里。刚上初中的表妹向他小声诉苦道："哥，我妈刚给我买了架钢琴，非让我练琴，我一点都不喜欢。"

霍浮道："要听妈妈的话。"

姑姑忙完了，叫表妹去吃饭，才问霍浮："吃了没？"

"吃过了，"霍浮道，"在学校吃了饭才来的。"

姑姑一家三口坐在餐桌边吃饭，姑姑问他："是有什么事？你妈叫你来的？"

霍浮道："我妈不知道我来。姑姑，我想考音乐学院，艺考要交报名费……要两百。"

姑姑和姑父对视了一眼。

"我说怎么好好的来串门了，"姑姑尖酸道，"弄了半天是这么个事。"

姑父帮腔说："霍浮，不是我说你，你考什么音乐学院？你家里什么条件自己不知道吗？学艺术是那么简单的？你会唱还是会跳？"

"音乐老师说我唱歌好听，"霍浮涨红了脸，道，"我也喜欢。"

姑姑道："喜欢能当饭吃？做人踏实点，你别跟你妈似的，守着那四合院死活不让卖，那砖头能当饭吃了？"

霍浮沉默了。

说到底还是因为霍妈妈不让卖四合院。说到底还是为了钱。

从姑姑家出来，十二月的晌午下起了雪。

纷纷扬扬的大雪里，霍浮骑着自行车，穿街走巷绕着小路回家，旁若无人地唱了一路罗大佑的《追梦人》。

他似乎生来就比别人艰难。他五岁丧父，母亲含辛茹苦养育他。磕磕绊绊到了十五岁，他又被检查出遗传了父亲的病。

因为治病，他休学了半年，本来成绩尚可，再回学校就跟不上课，文化成绩再也没好过。但他从小就喜欢唱歌，想考艺术类院校。

他早已不敢奢望会拥有婚姻和子女，唯一拥有的只有这区区一个梦想，结果也是一样求而不得。

也许是他前世做了什么坏事，这世要来赎罪。

次年，千禧年。

高中毕业后，霍浮没有上大学。

他卖过房子，跑过保险，还差点被骗去做传销，几年下来，从前腼腆害羞的少年也蜕变成了八面玲珑的“老油条”。

巧合之下，他到电影厂做起了群众演员的“经纪人”，工作就是介绍群演去剧组，再从中抽成。他慢慢进入了演艺圈里，凭借左右逢源的人际交往能力，只用了一年，他就当上了剧组选角导演。

二十四岁，发小邱植树找到了他，邀他加入自己的团队。邱植树要做一家文化娱乐公司，霍浮负责开拓人脉关系，邱植树负责出资和应酬，叶晓男负责法务。

三十一岁，“成果娱乐”挂牌上市，霍浮也成为国内首屈一指的金牌经纪人。

最意气风发的时候，他也只敢偷偷想一下，也许他终于还清了前世的罪孽。

五年后，母亲去世，他失去在这世上唯一的亲人。

母亲给他取的小名叫作“大福”，希望他这一生能拥有大福气。

但别说什么“大福气”了，在母亲去世的这一刻，他连继续生活下去的意义都找不到了。

天地间只剩下自己茕茕孑立，事业和金钱都没办法再填满人生里巨大的空白。他像一个没有了太阳的旅人，不知前路，无谓归途。

再一年的六月一日，他遇到了“太阳”。